KB046479

여성과 글쓰기

버지니아 울프의 에세이와 문장들

엮고 옮긴이 박명숙

서울대학교 사범대학 불어교육과를 졸업하고 프랑스 보르도 제3대학에서 언어학 학사와 석사 학위를, 파리 소르본 대학에서 프랑스 고전주의 문학을 공부하고 '몰리에르' 연구로 불문학 박사 학위를 받았다. 서울대학교와 배재대학교에서 강의했으며, 현재 출판기획자와 불어와 영어 전문번역가로 활동 중이다. 헨리 데이비드 소로의 『소로의 문장들』, 제인 오스틴의 『제인 오스틴의 문장들』, 에밀 졸라의 『목로주점』 『제르미날』 『여인들의 행복 백화점』 『전진하는 진실』, 오스카 와일드의 『심연으로부터』 『오스카리아나』 『와일드가 말하는 오스카』 『거짓의 쇠락』, 브라이언 로빈슨의 『하루 쓰기 공부』, 파울로 코엘료의 『순례자』, 알베르 티보데의 『귀스타브 플로베르』, 조지 기싱의 『헨리 라이크로프트 수상록』, 도미니크 보나의 『위대한 열정』, 플로리앙 젤러의 『누구나의 연인』 등 다수의 책을 우리말로 옮겼다.

여성과 글쓰기

버지니아 울프의
에세이와 문장들

박명숙 엮고 옮김

Virginia Woolf

북바이북

일러두기

1. 『여성과 글쓰기』의 1부 '『자기만의 방』과 여섯 편의 에세이'의 번역 판본으로는 다음 책들을 사용했다.

   Virginia Woolf, *A Room of One's Own and Three Guineas(Oxford World's Classics)*, Oxford University Press, 2015.

   Virginia Woolf, *Selected Essays(Oxford World's Classics)*, Oxford University Press, 2009.

   Virginia Woolf, *Women and Writing*, The Women's Press, 1979.

2. 원주를 제외한 나머지 주석은 모두 옮긴이 주이다.

3. 본문 중 고딕체와 이탤릭체는 원서에서 각각 대문자와 이탤릭체로 강조한 부분이다.

4. 장편소설과 단행본은 『』로, 단편소설과 에세이는 「」로, 신문과 잡지는 〈〉로 각각 표기했다.

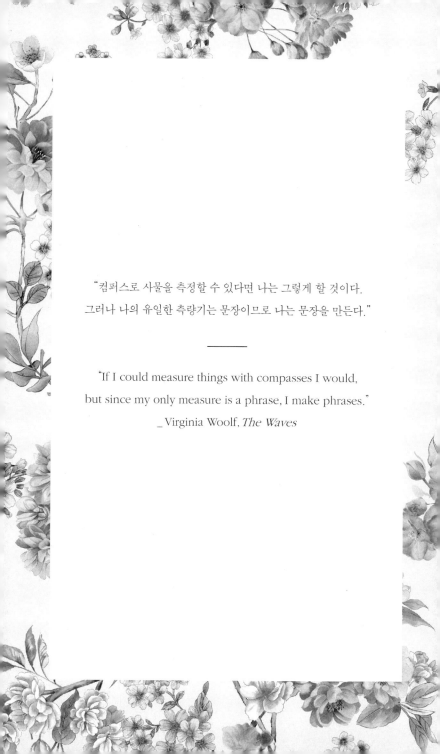

"컴퍼스로 사물을 측정할 수 있다면 나는 그렇게 할 것이다.
그러나 나의 유일한 측량기는 문장이므로 나는 문장을 만든다."

———

"If I could measure things with compasses I would,
but since my only measure is a phrase, I make phrases."

_ Virginia Woolf, *The Waves*

차례

2부 버지니아 울프의 문장들

버지니아 울프의 획기적인 발견,
『자기만의 방』과 문장들

나는 나 자신에게조차도 성공한 작가로 보이고 싶다.

I want to appear a success even to myself.

A Writer's Diary, 1920. 10. 25.

버지니아 울프의 저명한 전기 작가 허마이오니 리는 방대한 전기 『버지니아 울프』의 서두에서 이런 말을 한 바 있다. "나는 버지니아 울프를 대면하기가 두려웠다. 그녀만큼 지적이지 못할까 봐 겁이 났던 것이다." 어쩌면 이 책을 기획하고 엮고 옮기는 동안 나도 내내 같은 마음이었던 게 아닐까? 어쩌면 버지니아 울프라는 이름을 떠올리는 독자도, 그녀의 책을 읽고 싶어 하는 독자도, 울프의 작품을 읽다가 도중에 책장을 덮은 독자도 모두 같은 마음인 것은 아닐까? 버지니아 울프에 늘 따라오는 '의식의 흐름', '모더니즘의 선구자' 등의 어렵게 느껴지는 말에 지레 겁먹거나 왠지 '똑똑하고 센 언니' 같은 이미지에 망설여졌었다면, 『자기만의 방』을 '여성이 글(픽션)을 쓰려면 자기만의 방과 돈이 있어야 한다'라는 한 줄 요약으로만 생각하고 굳이 읽는 수고를 할 필요성을 느끼지 못했었다면, 무엇보다 이 책을 읽어보기를 권하고 싶다. 이 책은 버지니아 울프의 이름에 동반된 두려움과 그보다 훨씬 큰 호기심과 탐구심에서 출발해 만들어졌다. 이미 넘쳐나는 작가의 책들 가운데서 이 한 권의 책이 버지니아 울프라는 방대한 세계를 모두 보여주지는 못할지라도, 그 세계로 향하는 여정을 시작하게 하고, 그를 위한 첫걸음을 성큼 내딛게 할 수 있으리라는 믿음과 함께.

버지니아 울프라는 세계의 알파와 오메가, 『자기만의 방』

이 책의 1부에서는 페미니즘 글쓰기의 정전正典으로 불리는 『자기만의 방』이 어떤 계기와 과정을 통해 세상에 나왔으며 무엇을 이야기하고 있는지와 더불어, 어쩌면 뻔해 보일 수도 있는 사실을 전혀 뻔하지 않게 풀어나간 울프의 유려하면서도 탄탄한 필력을 확인할 수 있을 것이다. 『자기만의 방』과 함께 실린 여섯 편의 '여성' 에세이들은 『자기만의 방』의 이해를 도울 뿐만 아니라 끊임없이 "여성이란 무엇인가? What is a woman?"와 여성의 삶을 탐구해온 작가의 치열함과 진심을 보여주는 글들이다.

1929년, 47세의 버지니아 울프가 호가스 출판사(그들 부부가 함께 만들고 운영하던)에서 『자기만의 방』을 출간했을 때 그녀는 이미 『댈러웨이 부인』(1925), 『등대로』(1927)를 비롯한 여섯 권의 장편소설과 실험적 단편소설, 에세이 등을 출간한 작가였으며, 여러 잡지와 신문의 문학평론가와 강연자로 활발히 활동하고 있었다. 지금 우리가 읽는 『자기만의 방』은 현재의 버전으로 세상에 나오기까지 여러 과정을 거쳤다. 울프는 1928년 케임브리지 대학교의 유일한 두 여성 칼리지에서 '여성과 픽션'에 대한 강연을 해줄 것을 요청받고 이에 응했다. 이때의 강연문은 수정을 거쳐 1929년 3월 「여성과 픽션」이라는 제목으로 미국의 잡지 〈포럼 The Forum〉에 실렸고, 같은 해 10월에 한층 더 깊어지고 보완된 뒤 『자기만의 방』이라는 제목으로 세상에 나왔다. 이 책에도 실려 있는 「여성과 픽션」은 『자기만의 방』의 자매편이자 일종의 축약된 버전이라고 할 수 있다. 버지니아 사후에 남편인 레너드 울프가 추려서 엮은 『작가의 일기 A Writer's Diary』에는 이와 관련해 버지니아가 쓴 일기가 실려 있다. 버지니아는 자신의 강연을 듣는 대상을 '굶주렸

지만 용기 있는 젊은 여성들'(535쪽)이라고 표현했는데, 이
들은 앞선 세대의 여성들과는 달리 교육적이고 직업적인
기회를 누릴 수 있는 여성들이었다. 울프는 앞서 발표한 여
러 작품에서도 이미 페미니스트로서의 관점을 익히 보여준
바 있지만, 그녀가 페미니스트 문학의 기수로 떠오르는 데
는 무엇보다『자기만의 방』이 커다란 기여를 했음은 주지
의 사실이다. 1929년 10월에 출간된 이 얄팍한 책은 19세
기부터 일기 시작한 페미니즘의 도도한 물결에 힘입어 뒤
늦게 더욱 주목을 받으며 널리 회자되기 시작했다. 오늘날
다양한 매체에서 끊임없이 언급되고 되풀이되면서 그 외연
을 확장하고 있는『자기만의 방』은 이제 단순한 하나의 책
을 넘어서는 하나의 문학적, 문화적, 사회적 아이콘으로 자
리 잡았다.

　　『자기만의 방』이 문학비평과 문학이론의 역사 및 20세
기의 페미니즘 운동에서 하나의 획기적인 이정표이자 매
우 중요한 작품으로 여겨지는 이유는 문학작품과 예술작품
의 창작에 요구되는 사회적, 물질적 조건들을 독특하고 도
발적인 방식으로 탐구하고 있기 때문이다. 울프는 예술작
품과 문학작품의 탄생에 필요한 천재성은 사회적, 물질적
여건과는 상관없이 발현된다는 통념에 정면으로 맞서며 여
가(시간), 사적인 공간(자기만의 방), 경제적 독립(돈)과 같

은 물질적 조건들을 모든 창작활동에 선행되어야 할 중요한 요소로 꼽고 있다. 여성은 역사적으로 오랫동안 이러한 기본적 전제조건들을 박탈당해왔기 때문이다. 『올랜도』의 4장에서 작가는 올랜도의 입을 빌려 '가난과 무지'가 '여성의 어두운 의복'이라고 이야기한다(417쪽). 여성은 단지 여자라는 이유만으로 남자들이 마땅히 누리는 교육에서 배제되어야 했고, 이는 작가로서의 재능을 꽃피우기에 더없이 좋은 가정환경에서 태어났던 울프 자신도 예외가 아니었다. 그녀는 또한 여성작가를 넘어서서 진정한 예술가의 마음으로 결실을 맺기 위해서는 셰익스피어의 마음처럼 '뜨겁게 타올라야 하며incandescent', 콜리지가 말하는 '양성적兩性的 마음'을 지녀야 한다고 역설한다. 진정으로 창조적인 예술가에게 필요한 것은 여성적인 것도 남성적인 것도 아닌 양성적 마음, 즉 단일한 마음 상태이기 때문이다. 영국의 소설가 아널드 베넷(1867~1931)이 『자기만의 방』에서의 페미니즘 문제를 거론하면서, 울프는 페미니스트적 시각에서 이 글을 쓴 것이 아니라고 결론 내린 것은 아마도 이런 의미가 아니었을까. "이 책은 남성에 관해서는 조금, 여성에 관해서는 많은 것을 이야기하고 있다. 그러나 페미니스트적인 책은 아니다." 이런 양성적 마음은 여성으로서의 개인적 분노와 원망 등을 모두 걷어낼 때 비로소 가질 수 있

는 것인바, 『자기만의 방』에서 울프는 허구의 화자를 내세
움으로써 스스로의 원망과 분노를 직접적으로 드러내지 않
고 있다.

『자기만의 방』은 내용뿐만 아니라 그 전개 방식에서도
에세이의 전통적인 서술 대신 허구와 사실을 뒤섞은 방식
으로 여성의 실제 삶의 기록의 부재를 메워나가고 있다. 울
프는 '소설가로서의 모든 자유와 내게 허락된 모든 것을 이
용해' 자신이 해야 하는 이야기를 풀어나갈 것임을 밝혔고,
이 때문에 『자기만의 방』은 에세이이자 소설로 분류되곤
한다. 울프가 『자기만의 방』에서 말하고 싶은 것은 '여성의
글쓰기'를 넘어서는 '여성과 글쓰기', 즉 단지 여성이 글을
쓰는 문제뿐만이 아니라 여성의 삶 자체, 생존과 존재의 문
제이다. 글쓰기란 결국 자신의 존재를 입증하는 일이며, 그
치열한 과정을 글로 표현하는 것이 곧 문학이기 때문이다.
『자기만의 방』에서 울프는 여성의 오랜 침묵과 배제의 역
사를 돌아보고, 앞으로 다가올 미래에 여성이 자유롭게 다
양한 직업을 행하는 것이 여성의 마음 상태에 어떤 영향을
미치게 될지를 묻고 있다. 『자기만의 방』과 함께 실린 「여
성의 직업」에서 울프는 자신이 작가가 되기 위해서는 '가정
의 천사'를 죽여야 했음을 이야기하면서 여성들에게 '자신
의 방을 어떤 가구로 채우고 무엇으로 장식할 것인지'를 묻

고 있는데, 이는 오늘을 사는 여성에게도 여전히 유효하고
도 중요한 질문이 아닐 수 없다.

『자기만의 방』은 국내에도 이미 많은 번역본이 존재
하고 앞으로도 계속 나올 테지만, 버지니아 울프라는 작가
와 그 작품을 더 잘 알고자 하는 사람, 무엇보다 그녀의 세
계 속으로 기꺼이 들어가고픈 이들(울피안woolfians)은 반드
시 거쳐야만 하는 하나의 관문이자 필독서라고 할 수 있다.
그러나 바로 그런 이유 때문에 일종의 의무감 내지는 건전
한 압박감을 느끼는 이들도 많을 터다. 그럴 때는 「여성의
직업」이나 「여성과 픽션」 등을 먼저 읽는 것도 하나의 방법
이 될 것이다. 커다란 숲의 나무와 풀 들을 먼저 세심히 살
피는 것도, 조금 멀리 떨어져 숲의 모습과 윤곽을 먼저 바
라보는 것도 모두가 『자기만의 방』이라는 근사한 숲을 알
아가는 하나의 방식이 될 수 있기 때문이다.

**버지니아 울프의 문장들: 의식의 흐름과 일상이라는 구슬을 꿰
어 정교하고 심오한 삶의 걸작을 창조해내다**

"나는 누군가가 입어주기를 기다리는 벽장 안의 옷처럼
내 문장들을 매달아두고 있어."(441쪽)

버지니아 울프가 종종 즐기면서 읽기에는 다소 어렵고 난해한 작가로 여겨지는 데는 작가의 대표적 문학적 특성(일종의 트레이드마크)인 '의식의 흐름stream of consciousness' 기법이 큰 역할을 하고 있다. 『댈러웨이 부인』, 『등대로』, 『파도』처럼 이야기의 흐름 속에서 각기 다른 의식들이 뒤섞이는 울프의 소설은 지적으로나 정신적으로 읽기가 쉽지 않음을 인정할 수밖에 없다(하지만 같은 작품을 거듭 읽을 때마다 점점 더 매료되는 자신을 발견하는 기쁨이란!). 문학 비평에서 말하는 '의식의 흐름'이란 '내레이터(화자)나 등장인물의 머릿속을 물처럼 흘러가는('문장에서 문장으로의 용암식 흐름'(432쪽)) 수많은 생각과 감정을 포착하고 그리고자 하는' 서술 방법 혹은 그러한 시도를 가리킨다. 울프 자신의 표현에 의하면, "플롯을 따르는 글이 아니라 리듬을 타는 글"(1930. 8. 28, 에설 스마이스에게 보낸 편지)인 것이다. 소설 속 인물의 확장된 생각은 그의 머릿속을 물결처럼 흘러가는 동안 다양한 감각적 인상, 불완전한 생각과 감정, 특이한 구문, 다듬어지지 않은 문법 등을 펼쳐 보인다. 울프는 '종종 갑작스레 일어나는 의식의 분열'(199쪽)을 동반하는 인간 존재의 유동성과 모호함과 덧없음을 담아내기 위한 새로운 형식의 글과 자신만의 언어를 끊임없이 추구했다(사실 우리 인생이란 게 그다지 논리적이고 이성적인 것도, 명확하게 흘러가는 것도 아니지 않은가). 이는 제임스 조이스와 마르셀 프루스트 등의 작가들에 의해 시도되긴 했지만 당시에는 아직 매우 실험적인 글쓰기이자 서술 기법이었다. 이런 현대적이고 새로운 방식은 전통적인 이야기 서술 방식, 즉 정해진 등장인물과 구성에 따라 '시간의 흐름'대로 이야기를 읽어나가기만 하면 되었던 독자들에게는 파격적으로 다가올 수밖에 없었던 것이다. 따라서 지금까지도 울프의 작품을 읽는 많은 독자들은 익숙한 서술 방식에 따른 것과는 전혀 다른 이야기의 흐름을 따라잡으려고 애쓰는 과정에서 종종 피로감을 느끼기도 하고 일종의 정신적 멀미를 경험하기도 한다.

버지니아 울프의 정수인 문장들을 한데 모아 원문과 함께 소개한 2부에서는 작가의 이러한 글쓰기 방식의 특징이 잘 드러난 매력적이고 황홀한 문장들을 만나볼 수 있다. 독특한 서술 방식으로 인해 번역이 더욱 어려울 수밖에 없는 울프의 문장들을 원문과 함께 만나봄으로써 그 맛과 의미를 더욱 깊이 느낄 수 있을 터다. 또한 특별할 것 없어 보이는 일상적 삶의 순간들을 포착해 마치 현미경으로 들여다보듯(우리 머릿속을 들여다보듯) 세세하게 분석하고 묘사해내는 놀라운 관찰력과 표현력은 우리의 감탄을 자아내기에 충분하다. "좋은 문장은 독립적으로 존재하는 것 같아"(431쪽)라는 작가의 말처럼, 인간 존재의 본질과 삶의 진수를 보여주는 강력하고 다채로운 수많은 문장들은 마치 한 편의 시나 독립된 글처럼 읽히면서 도무지 헤어나기 힘든 마력으로 우리를 사로잡게 될 것이다. 우리는 또한 그 문장들 속에서 훗날 『자기만의 방』이라는 찬란한 꽃으로 활짝 피어나게 될 페미니즘의 싹이 움트고 있었음도 알게 될 것이다.

문장들에 포함된 작가의 일기에서는 어디에서도 보기 힘든 작가의 집필 과정 및 글쓰기와 책 출간과 관련한 그녀의 마음 상태를 생생하고도 은밀하게 엿볼 수 있다. 작가가 남긴 사적인 기록들을 들여다보노라면 마치 버지니아 울프의 목소리를 가까이서 듣는 듯한 착각에 빠지게 된다. 울프에게 일기 쓰기는 소설 쓰기와 마찬가지로 삶의 덧없음을 극복하는 또 하나의 방식이었다. 의식의 흐름이라는 글쓰기 방식과는 달리 자신의 삶이 '흐르는 수돗물처럼 낭비되게 놔두는 것'(1919. 2. 15, 일기)을 극도로 싫어했던 작가는 마치 하루의 작업 보고서를 적듯 자신의 나날과 시간 들을 기록해나갔다. 1922년 8월 22일 자 일기에서 울프는 자신의 하루가 '아름답게 끼워 맞춘 아름다운 칸들로 이루어진 캐비닛처럼 완벽했음'에 깊은 만족감을 드러내고 있다. 그녀의 일기에는, '익명성의 철학a philosophy of anonymity'

을 추구하고 결코 "유명해지거나 위대해지지는 않을 것이다"(553쪽)라고 천명하면서도 독자의 반응과 언론의 평가에 마음 졸이는 모순적이고 복잡한 작가의 마음 상태가 잘 드러나 있다. 마치 신들린 듯 일필휘지로 글을 써 내려가며 완벽한 글을 쓰는 작가가 아니라 여느 작가, 여느 글 쓰는 사람 혹은 여느 사람처럼 자신이 쓴 글에 대해 끊임없이 의문을 가지고, 불만스러워하고, 회의와 좌절감을 느끼고, 출간한 책의 판매부수에 일희일비하고, 작가로서 추구하는 자발적 고독과 인간적인 외로움 사이에서 갈등하기도 하는, 그래서 너무나 인간적인 그녀의 면모가 가감 없이 드러나 있는 것이다.

어린 시절부터 세상을 떠날 때까지 신경증을 앓았고, 작가였던 비타 색빌웨스트와 동성애를 나누었으며, 병과 싸우고 두 차례의 세계대전을 겪으면서도 엄청난 문학적 업적을 남겼고, 치열하고 세심하게 작가로서의 삶을 관리하면서도 다양한 인간관계를 소중히 여기고 삶에 대한 유머와 재치를 잃지 않았던 작가, 버지니아 울프. 그녀의 삶에 대한 의지와 강인함과 열정을 사랑하고 그녀에게 무한한 경의를 표한다. 무엇보다 '여자들의 권리, 태곳적부터 있어왔던 주제'(356쪽)를 끊임없이 탐구하고 논쟁했던 울프는 '어째서 우리 인생에는 획기적인 발견이란 게 없는 것일까?'(525쪽)라고 자문한 바 있는데, 문학사에서, '여성과 글쓰기'를 논함에 있어서 그녀의 『자기만의 방』과 문장들만큼 획기적인 발견이 또 있을까?

그동안 '누군가가 입어주기를 기다리는' 문장들을 엮어 옮긴 『오스카리아나』, 『제인 오스틴의 문장들』, 『소로의 문장들』을 차례로 펴내면서, 보석처럼 빛나는 수많은 문장들의 바다에서 고르고 고른 작가의 정수들을 한데 모아 소개하는 작업에 크나큰 희열과 보람을 느꼈다. 이 책에 에세이와 함께 실린 버지니아 울프의 문장들은 그런 작업의 맥락에서 이루어진 또 하나의 뜻깊은 성과물이다. 이처럼 의미 있고 행복한 작업의 여정에 선뜻 동참해주시고 많은 도움을 주신 북바이북의 도은숙 편집자에게 다시 한번 깊은 감사의 말씀을 전한다.

2022년 5월
버지니아 울프와 함께한 싱그러운 초여름에
박명숙

1부

『자기만의 방』과
여섯 편의 에세이

서두를 필요가 없습니다. 반짝일 필요도 없습니다.
자기 자신이 아닌 다른 누군가가 될 필요도 없습니다.

———

No need to hurry. No need to sparkle.
No need to be anybody but oneself.
_ Virginia Woolf, *A Room of One's Own*

I

자기만의 방

A Room of One's Own

『자기만의 방』은 1928년 10월 케임브리지 대학교 뉴넘 칼리지의 예술협회와 거턴 칼리지의 오타에서 발표한 두 강연문에 기초한 것이다. 강연문은 전부를 읽기에는 너무 길었고, 그 후 수정되고 확장되었다. ('오타'는 거턴 역사협회를 가리키는데, 당시 존 메이스필드의 소설 제목ODTAA: One Damn Thing After Another을 빌려 오타로 불렸다. 1928년에 울프에게 강연 요청을 한 것은 바로 이 협회였다. 협회의 총무였던 마거릿 토머스는 『자기만의 방』이 책(1929년 9월, 호가스 출판사)으로 출간된 뒤 남자대학과 여자대학의 차이점에 관한 울프의 통찰력에 감사하는 편지를 보냈다.

제1장

하지만 우린 당신에게 여성과 픽션에 관한 이야기를 해줄 것을 요청했는데요. 여러분은 이렇게 말할지도 모릅니다. 여러분은 그 주제와 자기만의 방이 무슨 연관이 있는지 궁금해하겠지요. 이제부터 나는 그것을 설명하고자 합니다. 여러분에게 여성과 픽션에 관해 말해줄 것을 요청받고 나는 강둑에 앉아 그 말이 무엇을 의미하는지 생각하기 시작했습니다. 어쩌면 단지 패니 버니[1]에 관한 짧은 논평, 제인 오스틴에 관한 좀더 긴 이야기, 이를테면 제인 오스틴의 브론테 자매를 향한 찬사와 눈 덮인 하워스 목사관[2]의

---

[1] (1752~1840). 영국의 소설가. 본명은 프랜시스 버니. 대표작으로 『에블리나』(1778), 『세실리아』(1782), 『윈더러』(1814) 등이 있으며, 제인 오스틴에게 많은 영향을 미쳤다.

[2] 브론테 자매가 『제인 에어』와 『폭풍의 언덕』을 썼던 그들의 생가.

간략한 묘사 같은 것. 가능하다면 미트퍼드 양[3]에 관한 약간의 재담. 조지 엘리엇[4]에 대한 존중 어린 이야기. 개스켈 양[5]에 대해 언급하기. 이런 정도면 충분하지 않을까 생각했지요. 하지만 다시 생각해보니 '여성'과 '픽션'의 조합이 그리 단순해 보이지 않더군요. '여성과 픽션'이라는 제목은 어쩌면 '여성'과 '여성이 어떤 존재인가'를 의미하거나, '여성'과 '여성이 쓴 픽션'을 뜻하는지도 모릅니다. 여러분도 그런 의미를 떠올렸을지도 모르지요. 다른 한편으로는 '여성'과 '여성에 관해 쓰인 픽션'을 의미할 수도 있을 것입니다. 어쩌면 이 세 가지가 서로 뗄 수 없을 만큼 뒤섞여 있다 보니 여러분은 내가 그 모두를 함께 살펴봐주기를 바랄지도 모르겠습니다.

하지만 셋 중에서 가장 흥미로워 보이는 마지막 관점에서 이 주제를 고찰하기 시작하자 이내 그 방식이 치명적인 한 가지 결함을 포함하고 있음을 알게 되었습니다. 나는 결코 어떤 결론에 이를 수 없다는 것이 그것입니다. 따라서 나는 결코 강연자의 첫 번째 의무를 다할 수 없으리라는 생

3　메리 러셀 미트퍼드(1787~1855), 영국의 소설가이자 시인, 극작가, 수필가.

4　(1819~1880) 영국의 소설가로 본명은 메리 앤 에번스이다. 대표작으로
『미들마치』(1871~1872), 『다니엘 데론다』(1876) 등이 있다.

5　엘리자베스 개스켈(1810~1865), 영국의 소설가.

각이 들었습니다. 내가 이해한 바로는 강연자의 첫 번째 의무란, 한 시간의 강연이 끝난 뒤 여러분 노트의 페이지 사이에 꼭꼭 감춰진 채 벽난로 위에 영원히 보관될 순수한 한 조각의 진실을 여러분에게 전달하는 것입니다.

　그런데 내가 할 수 있는 것이라고는 기껏해야 여러분에게 한 가지 사소한 사항에 관한 의견을 제시하는 것, 즉 여성이 픽션을 쓰고 싶다면 돈과 자기만의 방을 가져야 한다고 말하는 것뿐이었지요. 그리고 여러분이 보다시피 이런 말은 여성의 진정한 본성과 픽션의 특질이라는 중요한 문제를 해결하지 못합니다. 나는 이 두 가지 문제에 관한 결론을 내리는 의무를 회피해왔고, 따라서 나에게 여성과 픽션은 풀리지 않은 숙제로 남아 있습니다. 그러나 이를 보완하기 위해 나는 어떻게 해서 방과 돈에 관해 이러한 의견에 도달했는지를 여러분에게 보여주고자 최선을 다할 것입니다. 나는 여러분 앞에서 내게 이런 확신을 갖게 한 일련의 생각들을 되도록 솔직하고 자유롭게 개진하고자 합니다. 이런 확신 뒤에 감춰져 있는 아이디어와 편견 들을 드러내 보인다면 여러분은 그것들이 여성과 픽션에 어떤 영향을 미친다는 것을 알게 될지도 모릅니다. 어쨌거나 매우 논쟁적인 주제(성性에 관한 문제는 모두가 논쟁적이지요)를 다룰 때는 진실을 말하기를 기대할 수는 없습니다. 어떤 문제에 관해 의견이 있다면 어떻게 그것에 이르게 되었는지를 보여줄 수 있을 뿐입니다. 강연자가 할 수 있는 것은, 청중이 강연자의 한계와 편견과 특유의 표현법을 주의 깊게 살펴 스스로의 결론을 이끌어낼 수 있는 기회를 제공하는 것뿐입니다. 여기서 말하는 허구는 사실보다 더 많은 진실을 포함하고 있을 수도 있습니다. 따라서 난 소설가로서의 모든 자유와 내게 허락된 모든 것을 이용해 여기 오기 전 이틀간의 이야기를 여러분에게 들려주고자 합니다. 여러분이 내 어깨 위에 올려놓은 주제의 무게에 짓눌린 채, 어떻게 그 문제에 대해 곰곰 생각하고 내 일상생활의 안팎에서 그것을 작동시켜 하나의 견해를 이끌어냈는지를 말입니다. 이제부터 내가 묘사하려는 것이 실재하지 않는다는 것을 굳이 말할 필요는 없겠지요. 옥스브리지[6]는 내가 만들어낸 가상의 대학입니다. 펀엄[7]도 마찬가지고요. 여기서 말하는 '나' 또한 실체가 없는 존재를 가리키는 편의상의 용어일 뿐입니다. 따라서 내 입술에서는 거짓말이 흘러나올 것이며, 어쩌면 그 속에 일말의 진실이 섞여 있을지도 모릅니

---

6   옥스퍼드 대학교와 케임브리지 대학교를 합친 합성어로 보인다.

7   펀엄 Fernham은 케임브리지 대학교에 속한 두 여성 칼리지인 뉴넘과 거턴의 합성어인 듯하다.

다. 그 진실을 찾아내 그 일부를 간직할 가치가 있는지 아닌지를 결정하는 것은 여러분의 몫입니다. 그럴 가치가 없다고 판단되면 물론 그 모두를 휴지통에 던져버리고 더 이상 생각하지 않으면 되는 것이지요.

어쨌든 나(나를 메리 비턴, 메리 시턴, 메리 카마이클 또는 어떤 이름으로 불러도 좋습니다.[8] 그건 중요한 문제가 아니니까요)는 지금으로부터 1, 2주 전쯤, 아름다운 10월의 어느 날 강둑에 앉아 생각에 잠겨 있었습니다. 나는 앞서 말한 부담감, 즉 '여성과 픽션'이라는 주제(온갖 종류의 편견과 열정을 불러일으키는)에 관한 결론을 이끌어내야 하는 필요성에 짓눌려 고개를 숙이고 있었지요. 나의 양 옆으로는 금빛과 진홍빛 수풀이 달아오르다 못해 열기로 타오르는 듯 보였습니다. 맞은편 강둑에서는 머리를 늘어뜨린 버드나무가 끊임없이 탄식하며 눈물 흘리고 있었지요. 강물은 하늘과 다

---

8 울프는 「메리 해밀턴」 또는 「네 명의 메리」라고 불리는 16세기의 스코틀랜드 발라드를 언급하고 있다. 화자인 메리 해밀턴은 스코틀랜드 왕비(퀸 메리)의 네 명의 시녀 중 하나였는데 왕과의 사이에서 낳은 아이를 죽인 죄로 사형에 처해졌다. 이 발라드는 자신의 임박한 죽음을 앞두고 메리 해밀턴이 부른 것으로 다음과 같은 시구를 포함하고 있다. "어젯밤에는 퀸 메리에게 네 명의 메리가 있었다네/ 하지만 오늘 밤에는 세 명밖에 없을 거라네/ 그녀에게는 메리 비턴과 메리 시턴/ 그리고 메리 카마이클과 내가 있었다네."『자기만의 방』에서는 시턴과 비턴, 카마이클이 각각 펀엄의 교장, 화자의 고모 그리고 소설가로 다시 등장한다.

리와 불타는 나무를 자신이 원하는 모습으로 비추고 있었습니다. 그런 가운데 한 대학생이 그 그림자들 사이로 보트의 노를 저어 지나가자, 그림자들은 마치 그가 존재하지도 않았던 것처럼 다시 제 모습으로 돌아왔습니다. 그곳에 서라면 생각에 잠긴 채 하루 종일이라도 앉아 있을 수 있을 것 같았지요. '생각'보다 좀더 그럴듯한 이름으로 부르자면 나의 '사색'은 흐르는 물결에 낚싯줄을 드리웠습니다. 낚싯줄은 몇 분간 물에 비친 그림자와 수초 사이에서 이리저리 흔들리며 수면 위로 떠올랐다가 다시 잠겨 들기를 반복했습니다. 그러다 어느 순간 찰칵하는 소리(여러분도 뭔지 잘 아시겠지요)와 함께 낚싯줄 끝에 아이디어라는 덩어리가 걸린 겁니다. 이제 그것을 조심스럽게 잡아당겨 물 밖으로 끌어내는 일만 남았지요. 그런데 아아! 풀밭 위에 눕혀놓고 보니 '내 생각'이라는 것이 어찌나 작고 하찮아 보이던지요. 현명한 어부라면 훗날 요리해 먹을 수 있을 만큼 자라도록 도로 강물에 놓아 보내줄 것 같았습니다. 하지만 여기서 나는 이런 생각으로 여러분을 혼란스럽게 하고 싶지는 않습니다. 세심하게 들여다본다면 이제부터 내가 말하는 것들 가운데서 여러분 스스로 그것을 발견할 수도 있을 테니까요.

그런데 아무리 작아 보일지라도 그것은 그 나름의 신

비한 속성이 있어서 그것을 다시 내 머릿속에 집어넣자 그 즉시 매우 흥미진진하고 중요한 생각으로 변했습니다. 그리고 여기저기서 솟구치다가는 가라앉고, 빠르게 움직이면서 거센 파도를 일으키는 생각의 소용돌이에 난 더 이상 그 자리에 앉아 있을 수가 없었습니다.

그래서 난 재빨리 잔디밭을 가로질러 걷기 시작했습니다. 그러자 그 즉시 어디선가 나타난 한 남자가 내 앞을 가로막았습니다. 나는 처음에는 모닝코트에 이브닝셔츠 차림을 한 이 기이해 보이는 물체의 몸짓이 나를 향한 것이라는 걸 알아채지 못했습니다. 그의 얼굴은 경악과 분노를 드러내고 있었지요. 그때 나를 도와준 것은 이성보다는 본능이었습니다. 그는 대학의 관리인이었고, 나는 여자였지요. 여긴 잔디밭이었고, 인도는 저쪽에 있었습니다. 오직 대학의 연구원과 학자만이 잔디밭을 지나갈 수 있었고, 내게 허용된 것은 자갈길뿐이었지요. 이런 생각이 든 것은 순식간의 일이었습니다. 내가 인도로 향하자 관리인은 팔을 내려뜨렸고, 그의 얼굴은 다시 평소의 차분함을 되찾았습니다. 사실 잔디밭이 자갈길보다 걷기는 더 낫지만 그렇다고 대단히 불쾌할 것도 없는 일이었습니다. 내가 대학의 연구원과 학자(어느 대학에 속하든 간에)에게 할 수 있었던 유일한 비난은 300년간 가꿔온 자신들의 잔디밭을 보호하기 위해

나의 작은 물고기를 달아나 숨게 했다는 것뿐이었습니다.

어떤 생각이 나로 하여금 그렇게 대담하게 잔디밭을 가로질러 가게 했는지는 기억나지 않습니다. 마치 구름처럼 하늘에서 내려온 평화의 기운이 감돌던 때였지요. 평화의 기운이 머무는 어딘가가 있다면, 어느 아름다운 10월 아침, 옥스브리지의 교정과 사각형 안뜰이 그곳일 것입니다. 오래된 홀들을 통과해 대학의 건물들 사이를 거닐다 보니 조금 전의 불쾌한 기분이 가라앉는 것 같았습니다. 내 몸은 어떤 소리도 뚫고 들어올 수 없는 신비한 유리 장식장 속에 갇힌 듯했지요. 그리고 사실과의 어떤 접촉으로부터도 자유로워진(또다시 잔디밭을 무단 침입하지만 않는다면) 정신은 그 순간과 조화를 이루는 어떤 종류의 사색에도 마음껏 빠져들 수 있었습니다. 그런데 아주 우연히, 긴 방학 동안 옥스브리지를 다시 방문하는 것에 관한 오래된 에세이[9]에 대한 기억이 찰스 램[10]을 떠올리게 했습니다. 새커리는 램의 편지를 자신의 이마에 갖다 대면서 "성 찰스"라고 했다지요. 사실 죽은 이들 중에서는 (나는 여러분에게 내 생각을 떠

---

9   찰스 램의 「방학 중의 옥스퍼드」(1820)라는 에세이를 가리킨다.

10   (1775~1834) 영국의 수필가로 대표작으로 『엘리아의 수필』과 『찰스 램 서간집』이 있다.

오르는 대로 이야기할 뿐입니다) 램이 나와 마음이 가장 잘 맞는 작가 중 하나입니다. "어떻게 그런 에세이를 썼는지 말해줄 수 있나요?"라고 묻고 싶어지는 작가 말입니다. 그의 에세이는 완벽하다고 평가받는 맥스 비어봄의 에세이보다도 훌륭하다고 생각합니다. 왜냐하면 그의 에세이를 가로지르는 번득이는 거친 상상력과 번개처럼 언뜻언뜻 빛나는 천재성으로 인해 비록 결함이 있고 불완전하지만 시정詩情이 별처럼 빛나는 에세이가 될 수 있었기 때문입니다. 아마도 램은 100년 전쯤 옥스브리지에 왔을 것입니다. 그는 분명 여기서 밀턴의 어떤 시의 원고를 발견하고 그것에 관한 에세이(제목이 잘 생각나지 않네요)를 썼을 것입니다. 그 시는 아마도 「리시다스」[11]였을 것이고, 램은 「리시다스」의 어느 한 단어라도 지금의 것과 달라질 수 있었다는 생각만으로도 자신이 얼마나 큰 충격을 받았는지를 이야기했지요. 그에게는 이 시의 단어들을 수정하는 밀턴을 떠올리는 것만으로도 일종의 신성모독을 저지르는 것으로 여겨진 것입니다. 나는 「리시다스」의 구절들을 기억해내려고 애쓰면서 재미 삼아 밀턴이 어떤 단어를 고칠 수 있었을지, 그리

---

11   존 밀턴이 케임브리지 대학교의 학우였던 에드워드 킹(1637년에 익사함)을 추도하며 지은 애가哀歌(1637).

고 그 이유가 무엇이었을지를 추측해보았습니다. 그러자 램이 살펴봤을 그 문제의 원고가 내가 있는 곳에서 고작 몇 백 미터밖에 떨어져 있지 않다는 생각이 들더군요. 따라서 난 그 보물이 간직돼 있는 유명한 도서관[12]으로 향하는 사각형 안뜰을 지나 램의 발자취를 따라갈 수 있었습니다. 게다가 이 계획을 실행에 옮기는 동안 새커리[13]의 『헨리 에스먼드의 역사』[14]의 원고가 보관돼 있는 곳도 이 유명한 도서관이라는 사실이 떠올랐지요. 비평가들은 종종 『헨리 에스먼드의 역사』가 새커리의 가장 완벽한 소설이라고 이야기하곤 합니다. 그러나 내 기억으로는 18세기 문체를 모방한, 수식이 많은 문체는 읽기에 힘든 것이 사실입니다. 그 18세기의 문체가 새커리에게 자연스러운 것이었다면 모르겠지만요. 그의 원고에 가해진 수정들이 문체를 위한 것인지 단어의 의미 때문이었는지를 살펴본다면 이런 사실을 확인할 수 있을 것입니다. 하지만 그러려면 문체가 무엇인지, 의미

---

12 케임브리지 대학교의 트리니티 칼리지에 있는 렌 도서관Wren Library.

13 (1811~1863) 19세기 영국 문학을 대표하는 소설가로 대표작으로는 『허영의 시장』(1847~1848)과 『헨리 에스먼드의 역사』(1852)가 있다.

14 버지니아 울프의 아버지 레슬리 스티븐은 새커리의 『헨리 에스먼드의 역사』의 원고를 트리니티 칼리지의 도서관에 기증한 바 있다. 레슬리 스티븐의 첫 번째 아내 해리엇 메리언이 새커리의 딸이었다.

가 무엇인지를 먼저 확실히 해야겠지요. 그런데 어느새 난 도서관으로 향하는 문 앞에 서 있었습니다. 그리고 그 문을 열었던 것 같습니다. 왜냐하면 그 즉시 마치 수호천사처럼 누군가가 내 앞을 가로막았기 때문입니다. 맵씨 좋은 은발의 신사인 그는 새하얀 날개 대신 검은 가운을 펄럭이며 다소 나무라는 어조로 내게 뒤로 물러서라는 손짓을 했습니다. 그러곤 나직한 목소리로, 유감스럽지만 여자는 대학의 연구원을 동반하거나 추천장을 지참한 경우에만 도서관에 출입할 수 있다고 말했습니다.

그토록 유명한 도서관이 한 여자에게 저주를 받는다고 해서 무슨 문제가 될 것은 없겠지요. 그곳은 자신의 보물들을 안전하게 품에 간직한 채 존경스럽고 평안한 모습으로 만족스럽게 잠들어 있을 테니까요. 나에 관한 한 영원히 잠들어 있을 것이고 말이죠. 나는 그 메아리들을 결코 다시 깨우지 않을 것이며, 다시는 환대를 기대하지도 않으리라. 나는 분노에 휩싸인 채 계단을 내려오면서 그렇게 맹세를 했습니다.

점심시간 전까지는 아직 한 시간이 더 남아 있었습니다. 이제 뭘 하면 좋을까? 들판을 거닐까? 강가에 앉아서 기다릴까? 더없이 아름다운 가을날 아침이었습니다. 나뭇잎들이 붉은빛으로 팔랑거리며 땅으로 떨어져 내리고 있었지요. 나는 별로 힘들이지 않고 무엇이든 할 수 있었습니다. 그런데 어디선가 음악 소리가 들려왔습니다. 아마도 예배나 어떤 기념행사가 열리고 있는 것 같았습니다. 예배당 문을 지나치는데 오르간이 내는 웅장한 신음 소리가 들려왔습니다. 이처럼 평화로운 분위기에서는 기독교에서 말하는 슬픔조차 슬픔 그 자체보다는 슬픔의 어렴풋한 기억으로 다가오는 것 같았습니다. 오래된 오르간의 구슬픈 소리마저도 평화로 둘러싸여 있는 듯했지요. 하지만 난 설령 그럴 권리가 있다 해도 예배당 안으로 들어가고 싶은 마음이 조금도 들지 않았습니다. 어쩌면 이번에는 교구 관리인이 내 앞을 가로막았을지도 모르지요. 내게 세례 증명서나 주임 사제의 추천장 따위를 요구하면서 말입니다. 그런데 이처럼 근사한 건물들의 외관은 종종 내부만큼이나 아름답습니다. 게다가 모여든 신도들이 들어갔다가 다시 나오고, 벌통 입구의 벌들처럼 예배당 문 앞에서 분주하게 움직이는 걸 지켜보는 것도 꽤 즐거운 일이었지요. 많은 이들이 챙이 좁은 모자에 가운을 입고 있었고, 어깨에 털로 된 술 장식을 하고 있는 이들도 있었습니다. 휠체어를 탄 사람들도 있었지요. 어떤 이들은 중년이 지나지 않았는데도 너무나 쪼그라들고 짓눌려서 마치 수족관의 모래 위로 간신히 몸을 들어 올리는 커다란 게와 가재를 연상시켰습니다. 벽에 기대어 바라보니 대학이 마치 희귀종들을 보존해놓은 보호구역 같다는 생각이 들더군요. 생존경쟁을 위해 스트랜드가街의 보도에 내던져진다면 이내 폐기 처분되고 말 그런 희귀종들 말입니다. 그때 나이 든 주임사제와 교수 들에 관한 오래된 이야기가 떠올랐습니다. 한 노교수가 휘파람 소리에 즉시 달려갔다는 이야기였습니다. 그리고 내가 휘파람을 불 용기를 내기도 전에 존경스러운 신도들은 안으로 들어가버렸습니다. 예배당의 외관은 여전히 예전 모습을 간직하고 있었지요. 여러분도 알다시피 예배당의 높다란 돔과 작은 첨탑 들은 마치 한 번도 닻을 내리지 않고 계속 항해만 하는 범선처럼 밤에도 불을 켜놓아 수 킬로미터나 떨어진 먼 언덕 너머에서까지도 볼 수 있습니다.

어쩌면 매끄러운 잔디밭과 육중한 건물들이 있는 이 사각형의 안뜰과 예배당도 과거에는 습지였을지도 모릅니다. 잡초들이 물결치고 돼지가 코를 박고 흙을 파헤치던 곳 말입니다. 멍에를 멘 말과 황소 들이 멀리 시골에서 옮겨 온 돌들이 실린 수레를 끌었을 테지요. 사람들은 끝없는 노력으로 지금 내게 그늘을 드리우고 있는 회색 돌덩어리들을 차곡차곡 균형 있게 쌓아 올렸을 것입니다. 그런 다음 도색공들은 창문을 위한 유리를 날랐고, 석공들은 수세기 동안 이 지붕 위에서 접합제와 시멘트, 삽과 흙손과 함께 분주했을 것입니다.

그리고 토요일마다 누군가가 가죽 지갑에서 꺼낸 금과 은을 연륜이 밴 그들의 손에 쥐어 주었을 것입니다. 저녁에는 그들도 맥주를 마시고 구주희九柱戲 놀이를 하면서 즐겨야 했을 테니까요. 이 뜰에 금과 은의 끝없는 물결이 이어진 덕분에 돌이 계속 공급되어 석공들이 계속 일할 수 있었고, 땅을 평평하게 고르고, 배수로를 파서 물을 빼낼 수 있었습니다. 당시는 믿음의 시대였고, 돈이 얼마든지 넘쳐나서 이 돌들로 기초를 깊숙이 다질 수 있었지요. 그리고 건물이 세워지자 왕과 왕비 그리고 높은 귀족들의 금고에서 더 많은 돈이 흘러나와 찬가가 울려 퍼지고 학자가 배출되었습니다. 사람들은 땅을 기부하고 십일조를 바쳤지요. 믿음의 시대가 끝나고 이성의 시대가 도래했을 때에도 금과 은의 물결은 여전히 넘쳐흘렀고, 연구 기금이 조성되었고 강좌 기금이 마련되었습니다. 다만 이제 금과 은은 더 이상 왕의 금고에서 흘러나오지 않았습니다. 이제는 상인과 제조업자의 돈궤와, 산업으로 재산을 모은 뒤 유언으로 재산의 넉넉한 몫을 자신이 기술을 배운 대학에 기부해 더 많은 강좌를 개설하게 하고, 더 많은 강좌 기금과 더 많은 연구 기금을 마련하게 한 이의 지갑에서 돈이 흘러나왔지요. 그리하여 도서관과 실험실, 천문대가 세워졌고, 지금은 유리 진열장 위에 놓인 값비싸고 정교한 기구들로 이루어진 멋진 장비들이 생겨날 수 있었던 것입니다. 수세기 전에 잡초들이 물결치고 돼지가 코를 박고 흙을 파헤치던 곳에 말이죠.

안뜰을 거닐어보니 확실히 금은으로 만들어진 토대가 충분히 깊고, 들풀 위에 놓인 포석이 단단하다는 걸 알 수 있었습니다. 그러는 동안 머리 위에 쟁반을 인 남자들이 계단에서 계단으로 분주히 오가는 게 보였습니다. 창가의 화단에는 화려한 빛깔의 꽃들이 피어 있었지요. 건물의 방들에서는 축음기의 선율이 흘러나오고 있었습니다. 사색에 잠기지 않을 수 없는 분위기였지요. 하지만 나의 사색은 금세 중단되고 말았습니다. 시계가 울렸거든요. 이제 오찬을 위해 식당으로 가는 길을 찾아야 했습니다.

참으로 흥미롭게도 소설가들은 오찬회는 언제나 누군가의 재치 있는 말이나 현명한 행위 때문에 기억에 남는 법이라고 믿게 만듭니다. 하지만 그들은 식사 중에 무엇을 먹었는지에 대해서는 지극히 말을 아낍니다. 마치 수프와 연어와 새끼 오리 고기를 언급하지 않는 것이 소설가의 관습이라도 되는 것처럼. 마치 수프와 연어와 새끼 오리 고기는 전혀 중요하지 않고, 아무도 담배를 피우거나 포도주를 마시지 않는 것처럼 말이죠. 하지만 여기서 나는 내 마음대로 그런 관습을 무시하고 여러분에게 이번 오찬이 대학의 요리사가 깊은 접시에 담아 그 위에 아주 새하얀 크림소스(암사슴 옆구리의 점들처럼 여기저기 갈색 얼룩이 나 있는 것만 빼면)를 부은 가자미 요리부터 시작했다는 것을 이야기하고자 합니다. 그런 다음에는 자고새 요리가 나왔지요. 그런데 이게 단지 털 없는 갈색 새 두어 마리를 구워 접시에 담은 것이라고 생각하면 오산입니다. 그 종이 매우 다양한 자고새는 각각 순서대로 소스, 샐러드, 그리고 자극적인 것과 부드러운 것으로 이루어진 곁들이 음식들과 함께 나옵니다. 감자는 동전처럼 얇지만 그보다 딱딱하지는 않고, 방울양배추는 장미꽃 봉우리처럼 단단하게 잎이 뭉쳐 있지만 그보다 훨씬 즙이 많지요. 구운 고기와 곁들이 음식들을 먹어치우자마자 말 없는 웨이터(대학 관리인의 좀더 순한 버전인 듯한)가 우리 앞에 냅킨으로 감싼 디저트를 내려놓았습니다. 마치 출렁이는 물결 속에서 달콤함이 솟아오른 듯한 디저트였지요. 그것을 푸딩이라고 부르며 쌀과 타피오카와 연관시키는 것은 모욕일 것입니다. 그사이 포도주 잔들은 노란색과 진홍색으로 물들어갔고, 비워졌다가는 다시 채워지곤 했습니다. 그리하여 영혼이 머무는 척추의 가운데쯤에서 점차 불이 켜졌습니다. 우리가 재기라고 부르는 단단하고 작은 전깃불, 우리 입술 위에 잠깐씩 나타났다가 사라지는 빛이 아니라, 땅속으로부터 빛나는 더욱 깊고 미묘하고 은은한 빛이었습니다. 합리적인 교류로부터 비롯되는 풍부한 노랑 불꽃이었지요. 서두를 필요가 없습니다. 반짝일 필요도 없습니다. 자기 자신이 아닌 다른 누군가가 될 필요도 없습니다. 우린 모두 천국에 갈 것이며, 반 다이크가 우리와 함께 있을 것입니다.[15] 다시 말해, 맛있는 담배에 불을 붙이면서 창가 자리의 쿠션에 몸을 파묻자, 삶이 너무나 즐거운 듯했고, 그 보상은 달콤했으며, 이런저런 원망과 불평이 지극히 하찮게 여겨졌고, 같은 부류의 사람들과의 교제와 우정이 너무나 근사해 보였습니다.

만약 운 좋게 가까이에 재떨이가 있었더라면, 재떨이가 없어서 창밖으로 재를 떨지 않았더라면, 일이 조금만 다르게 흘러갔더라면, 아마도 꼬리가 없는 고양이를 보지 못했을지도 모릅니다. 갑작스럽게 나타나 사각형 안뜰을 살금살금 건너가는 꼬리 없는 동물을 지켜보는 동안 잠재하는 지성의 요행이 나의 감정적인 빛에 어떤 변화를 가져온 것입니다. 마치 누군가가 블라인드를 친 것 같았지요. 그 순간 훌륭한 백포도주로 인한 취기가 가시는 듯했습니다.

---

15 18세기 영국의 풍경화가 토머스 게인즈버러가 마지막 순간에 자신의 동료인 영국의 대표적 초상화가 조슈아 레이놀즈에게 한 말로 알려져 있다.

맹크스 고양이는 마치 그 역시 우주에 관해 어떤 의문을 품은 듯 잔디밭 한가운데에 멈춰 섰습니다. 그 광경을 지켜보는 동안 무언가가 내게 부족한 듯한 느낌이 들었고, 무언가가 달라진 것 같았습니다. 하지만 나는 사람들의 대화를 들으면서 자문했지요. 대체 뭐가 부족하고 뭐가 달라진 거지?

이 질문에 답하기 위해 나는 방 밖으로 나와 과거로, 그러니까 전쟁 전으로 되돌아가 생각해야 했습니다. 그리고 이곳에서 그리 멀지 않은 방에서 열렸던, 그러나 전혀 다른 어떤 오찬회를 떠올려야 했지요. 그때는 모든 것이 지금과는 달랐습니다. 그사이 남녀가 뒤섞인 많은 젊은 손님들 사이에서는 거침없이 편안하고 자유롭고 즐겁게 대화가 계속 이어졌습니다. 대화가 계속되는 동안 난 그것을 또 다른 대화의 배경 속으로 옮겨다 놓았지요. 그 둘을 연결시키다 보니 하나가 다른 하나의 적법한 계승자라는 사실이 명확해지더군요. 아무것도 변한 게 없었습니다. 아무것도 달라진 게 없었습니다. 한 가지 사실만 빼고는요. 여기서는 사람들이 하는 말을 그대로 온전히 듣는 게 아니라 그 뒤에서 들리는 웅얼거림이나 그 흐름에 귀를 기울입니다. 그렇습니다, 바로 그겁니다. 달라진 건 바로 그것입니다. 전쟁 전에 열린 이런 오찬회에서도 사람들은 정확히 똑같은 말들을 했을 테지만 그때는 그 말들이 다르게 들렸을 것입니다. 왜냐하면 당시에는 분명하진 않지만 음악적이고 흥겨우며, 말 자체의 가치를 변화시키는 일종의 콧노래 같은 소리가 그 말들에 수반되었을 것이기 때문입니다. 그런 콧노래를 단어로 옮겨 적을 수 있을까요? 어쩌면 시인들의 도움으로 그럴 수 있을지도 모르겠습니다. 마침 내 옆에 책 한 권이 놓여 있어서 그것을 뒤적이다가 우연히 테니슨의 시를 보게 되었습니다. 그가 이렇게 노래했음을 알게 되었지요.

황홀한 눈물이 떨어져 내린다,

정문에 핀 시계꽃에서.

그녀가 오고 있다네, 나의 비둘기, 나의 연인.

그녀가 오고 있다네, 나의 생명, 나의 운명.

붉은 장미가 소리친다, "그녀가 가까이 왔어, 그녀가 가까이 왔어."

그리고 하얀 장미가 눈물 흘린다, "그녀가 아직 오지 않아."

미나리아재비가 듣는다, "그녀가 오는 소리가 들려, 오는 소리가 들려."

그리고 백합이 속삭인다, "난 아직 기다리고 있어."**16**

---

16 19세기 영국 시인 앨프리드 테니슨 경(1809~1892)의 시 「모드Maud」(1855)의 한 구절.

전쟁 전의 오찬회에서 남자들이 콧노래로 읊은 것이
이런 시였을까요? 그렇다면 여자들은 어땠을까요?

> 내 마음은 한 마리 노래하는 새,
> 물오른 어린 나뭇가지에 둥지를 지었다네.
> 내 마음은 한 그루 사과나무,
> 무성한 과일들로 가지가 휘어졌다네.
> 내 마음은 무지갯빛 조가비,
> 고요한 바닷속을 유영하는 조가비.
> 내 마음은 이 모든 것보다 기쁘다네,
> 내 사랑이 내게로 왔으므로.[17]

전쟁 전의 오찬회에서 여자들이 콧노래로 읊은 것은
이런 시가 아니었을까요?

전쟁 전의 오찬회에서 사람들이 나직하게라도 이런
시들을 흥얼거렸으리라는 생각이 우스꽝스러운 것 같아 나
도 모르게 큰 소리로 웃음을 터뜨리고 말았습니다. 그리고
가엾게도 잔디밭 한가운데 멈춰 선, 다소 우스꽝스럽게 생

---

[17] 19세기 영국 시인 크리스티나 로세티(1830~1894)의 시 「생일」(1861)의
한 구절.

긴 꼬리 없는 맹크스 고양이를 가리킴으로써 내 웃음을 설명해야만 했지요. 그는 본래 그렇게 태어난 걸까요, 아니면 어떤 사고로 꼬리를 잃어버린 걸까요? 맨섬 Isle of Man 에 꼬리 없는 고양이들이 존재한다고들 하지만, 그런 고양이는 생각보다 많지 않습니다. 맹크스 고양이는 기묘하고 아름답기보다는 진기한 동물입니다. 꼬리 하나가 커다란 차이점을 만들어낸다는 것은 참 흥미로운 일입니다. 오찬회가 파하고 사람들이 자기 코트와 모자를 찾아갈 때 화제로 삼게 되는 종류의 이야기 같은 것이지요.

이번 오찬은 주인의 환대로 인해 오후 늦게까지 이어졌습니다. 아름다운 10월의 하루가 저물고 있었고, 내가 걷는 거리의 나무들에서 잎들이 떨어져 내렸지요. 내 뒤로 문들이 차례로 부드럽게 결정적으로 닫히는 걸 느낄 수 있었습니다. 대학의 많은 관리인이 많은 열쇠를 기름칠이 잘된 자물쇠에 넣고 돌렸지요. 보물의 집은 또 다른 밤을 안전하게 보낼 수 있게 된 것입니다. 가로수 길을 지나자 대로(이름은 기억나지 않습니다)가 나왔고, 거기서 오른쪽으로 돌면 펀엄으로 갈 수 있었습니다. 하지만 아직 시간이 많이 남아 있었습니다. 저녁은 7시 반이나 되어야 먹을 수 있었지요. 사실 이런 오찬회 다음에는 저녁을 먹지 않아도 괜찮지만요. 아까 읽은 시의 한 조각이 마음에 남아 그 리듬에 맞춰

길을 걷게 하다니 참으로 신기한 일입니다.

> 황홀한 눈물이 떨어져 내린다,
> 정문에 핀 시계꽃에서.
> 그녀가 오고 있다네, 나의 비둘기, 나의 연인.

내가 빠른 걸음으로 헤딩리로 향하는 동안 이 말들은 내 핏속에서 노래를 불렀습니다. 그리고 둑으로 인해 물이 마구 휘도는 곳에서 난 또 다른 소절로 바꿔 노래를 불렀지요.

> 내 마음은 한 마리 노래하는 새,
> 물오른 어린 나뭇가지에 둥지를 지었다네.
> 내 마음은 한 그루 사과나무……

굉장한 시인들이야, 나는 해 질 녘에 그러듯 큰 소리로 외쳤습니다, 정말 굉장한 시인들이 아닌가 말이야!

이런 비교가 어리석고 우스꽝스러워 보일지도 모르지만, 우리 시대와 비교해 약간의 질투심을 느끼면서, 현존하는 시인들 가운데서 과거의 테니슨과 크리스티나 로세티만큼 위대한 두 사람을 꼽을 수 있을지 의문이 들었습니다. 그런데 거품이 이는 물을 바라보는 동안, 그들을 비교하는 것은 전적으로 불가능하다는 생각이 들었습니다. 시가 그러한 무아 상태와 황홀감을 야기하는 것은 우리가 평소에 느끼던 어떤 감정(전쟁 전의 오찬회에서 느끼던 것과 같은)을 찬양하기 때문입니다. 그리하여 그 감정을 애써 억누르거나 지금 느끼는 어떤 감정과도 비교하지 않고 쉽사리 익숙하게 반응할 수 있기 때문이지요. 하지만 현존하는 시인들은 지금 새롭게 생겨나는 감정, 우리의 깊은 곳에서 찢겨 나온 것 같은 감정을 표현합니다. 우린 그것을 단번에 인식하지 못합니다. 종종 어떤 이유로 그것을 두려워하기도 하지요. 그것을 주의 깊게 살펴보면서, 마치 질투하거나 경계하듯 우리가 이미 알고 있는 오래된 감정과 비교해보기도 합니다. 현대 시가 어렵게 느껴지는 것은 이런 이유 때문입니다. 또한 이런 어려움 때문에 아무리 훌륭한 현대 시라할지라도 연속해서 두 줄 이상을 기억하지 못합니다. 이런 이유 때문에(기억이 안 난다는) 소재의 부족으로 논쟁이 시들해지기도 합니다. 난 헤딩리로 향하는 동안 생각을 이어갔습니다. 그런데 어째서 사람들은 더 이상 오찬회에서 콧노래를 흥얼거리지 않는 걸까요? 어째서 앨프리드는 더 이상 이렇게 노래하지 않는 걸까요?

그녀가 오고 있다네, 나의 비둘기, 나의 연인.

어째서 크리스티나는 더 이상 이렇게 응답하지 않는 걸까요?

> 내 마음은 이 모든 것보다 기쁘다네,
>
> 내 사랑이 내게로 왔으므로.

이 모든 것을 전쟁 탓으로 돌려야 하는 걸까요?

1914년 8월 총성이 울리자, 남자와 여자의 얼굴이 서로에게 너무나 적나라하게 드러나서 로맨스가 죽어버린 것일까요? 우리의 지배자들의 얼굴을 포탄의 빛 속에서 본다는 것은 분명 하나의 충격이었을(교육과 기타 등등에 관한 환상을 품었던 여성들에게는 더욱더 커다란) 것입니다. 독일과 영국 그리고 프랑스의 지배자들은 매우 흉하고 어리석어 보였습니다. 이런 변화에 대한 비난을 어디로 누구에게로 향하든 간에, 테니슨과 크리스티나 로세티로 하여금 그들의 연인이 오는 것을 그토록 열정적으로 노래할 수 있게 영감을 불러일으킨 환상이 이젠 그때보다 훨씬 드물어진 것은 사실입니다. 이제 우리는 단지 읽고, 보고, 듣고, 기억할 뿐입니다. 그런데 어째서 '비난' 운운하는 것일까요? 앞서 말한 것들이 단지 환상이었다면 어째서 재앙을 찬양하지 않는 걸까요? 그 재앙이 어떤 것이든 환상을 파괴하고 진실을 제자리로 돌려놓았는데 말이죠. 왜냐하면 진실이라는 것은…… 이 말줄임표는 내가 진실을 찾느라 펀엄으로 가는 갈림길을 지나쳐버린 지점을 뜻합니다. 그래요, 난 나 자신에게 물어보았습니다. 과연 진실은 무엇이고 환상은 무엇일까? 예를 들면, 석양이 질 무렵에는 붉게 물든 창문과 함께 어둑하고 흥겨워 보이지만, 아침 9시에는 먹다 남은 디저트와 신발 끈 등과 함께 노골적이고 붉은색으로 지저분해 보일 저 집들에 관한 진실은 무엇일까? 또한 버드나무와 강물 그리고 강가까지 뻗어 내려간 정원이 지금은 그것들을 감싼 안개로 인해 희미해 보이지만 태양 아래에서는 황금빛과 붉은빛으로 빛나는 것을 보면서, 과연 이 모든 것에 관한 진실은 무엇이고 환상은 무엇인지 자문해보았습니다. 하지만 난 이렇게 뒤틀리고 우회하는 내 생각들로 여러분을 괴롭히고 싶지는 않습니다. 헤딩리로 가는 길에서는 아무런 결론도 찾지 못했기 때문입니다. 그리고 내가 갈림길에서 이내 실수를 깨닫고 펀엄으로 가기 위해 발걸음을 돌렸을 거라고 생각해주기를 바랍니다.

　　앞서도 말한 것처럼 때는 10월의 어느 날이었습니다. 나는 계절을 바꾸어 정원 담벼락에 늘어진 라일락과 크로커스와 튤립과 또 다른 봄꽃들을 묘사함으로써 픽션에 대한 여러분의 존중심을 잃게 하고 픽션의 고귀한 이름을 위태롭게 할 생각이 전혀 없습니다. 픽션은 사실에 충실해야 하고, 사실이 진실에 가까울수록 더 나은 픽션을 창조할 수 있다고 들어왔으니까요. 따라서 때는 여전히 가을이었고, 나뭇잎들은 여전히 노랗게 떨어져 내렸습니다. 다른 점이 있다면, 조금 전보다는 다소 빠르게 떨어진다는 것뿐입니다. 지금은 저녁이고(정확히는 7시 23분) 미풍(정확히는 남서풍)이 불어오고 있기 때문입니다. 그런데 이 모든 것을 고려한다고 해도 이상하게 느껴지는 무언가가 있었습니다.

> 내 마음은 한 마리 노래하는 새,
> 촉촉한 어린 나뭇가지에 둥지를 지었다네.
> 내 마음은 한 그루 사과나무,
> 무성한 과일들로 가지가 휘어졌다네.

라일락이 정원 담벼락 위로 꽃잎을 흩날리고, 멧노랑나비들이 이리저리 스치듯 날아다니고, 꽃가루가 공중에 휘날리는 듯한 기이한 환상(이는 물론 환상일 뿐이니까요)은 어쩌면 부분적으로는 크리스티나 로세티의 시구에 기인한 게 아니었을까요. 그때 어디선가 바람이 불어와 반쯤 자란 잎들을 들어 올리자 대기 중에 은회색 섬광이 번쩍였습니다. 땅거미가 내리자 색들이 더욱 강렬해졌고, 쉽게 흥분하는 심장의 박동처럼 자줏빛과 금빛이 창유리를 타오르게 하고 있었지요. 어떤 이유로 세상의 아름다움이 그 모습을 드러냈다가 이내 사라져버릴 때면(여기서 난 정원 문을 밀고 들어갔습니다. 부주의하게도 문이 열려 있었고, 주변에 대학의 관리인도 보이지 않았거든요), 그렇게 곧 사라지고 말 세상의 아름다움은 두 개의 날을 지니고 있기 마련입니다. 우리 마음을 둘로 쪼개버리는, 웃음과 고뇌의 날 말입니다. 봄날 석양이 질 무렵 펀엄의 정원은 내 앞에 자연 그대로의 모습으로 활짝 열려 있었습니다. 높이 자란 풀들 사이로는 수선화와 블루벨이 마치 아무렇게나 내던져진 듯 흩어져 피어 있었지요. 한창때에도 질서 있게 피지는 않았을 테지만요. 그리고 지금은 불어오는 바람에 뿌리가 뽑혀 나갈 듯 이리저리 흔들리고 있었습니다. 건물의 창문들은 붉은 벽돌의 출렁이는 물결 위에 떠 있는 배의 창문처럼 곡선을 이루고 있었고, 빠르게 지나가는 봄날의 구름들 아래에서 레몬빛에서 은빛으로 변했습니다.

　　그런데 해먹 안에 누군가가 누워 있는 게 보였습니다. 그 누군가는(이런 빛 속에서는 누구라도 반쯤은 짐작되고 반쯤은 보이는 환영에 불과하지만요) 잔디밭을 가로질러(혹시 누가 그녀를 가로막지는 않을지?) 뛰어갔습니다. 그리고 어디선가 잠깐 바람을 쐬면서 정원을 둘러보려는 듯 허리가 굽은 사람이 테라스에 모습을 드러냈습니다. 그녀는 너른 이마와 낡은 드레스로 인해 초라하지만 당당해 보였습니다. 혹시 그 유명한 학자인 J— H—[18]가 아닐까? 마치 석양이 정원 위로 던져놓은 휘장이 별이나 검(늘 그렇듯 봄의 심장에서 튀어나온 어떤 무시무시한 리얼리티의 섬광 같은)에 의해 찢겨나간 듯 모든 것이 어둑하면서도 강렬했습니다. 왜냐하면 젊음이란……

　이제 내 수프가 나왔습니다. 만찬은 커다란 구내식당에서 열렸습니다. 물론 봄날과는 거리가 먼 10월의 어느 저녁이었지요. 모두들 커다란 식당에 모여 있었습니다. 만찬이 준비돼 있었지요. 먼저 수프가 나왔는데 평범한 고깃국이었습니다. 그 속에는 상상력을 자극할 만한 어떤 것도 들어 있지 않았습니다. 멀건 액체 사이로 접시 바닥의 무늬가 들여다보일 정도였지요. 하지만 아무런 무늬도 보이지 않았습니다. 접시는 무지無地로 된 것이었습니다. 그다음에는 푸른색 야채와 감자를 곁들인 소고기가 나왔습니다. 이 소박한 삼위일체는 진흙투성이 시장의 소 엉덩이, 가장자리 잎이 누렇게 말린 방울양배추, 값을 흥정하고 깎는 광경,

---

18　뉴넘 칼리지를 최초로 졸업한 여성 중 하나로 1898~1922년에 고전 고고학을 강의한 제인 엘런 해리슨(1850~1928)을 가리키는 듯하다.

그리고 월요일 아침에 망태기를 멘 여인네들을 연상시켰습니다. 인간이 일용하는 음식에 대해 불평할 이유는 전혀 없었습니다. 음식은 충분했고, 광부들은 필시 이보다 못한 음식이 차려진 식탁에 앉곤 했을 테니까요. 그다음으로 나온 것은 커스터드 소스를 뿌린 프룬이었습니다. 만약 누군가가 커스터드로 인해 부드러워진 프룬조차도 야박한 야채(프룬은 과일이 아니지요)라고 불평한다면(구두쇠의 심장처럼 쪼그라든 데다, 80년간 스스로 포도주와 온기를 거부하면서 가난한 이들에게 베풀지도 않은 구두쇠의 혈관에 흐르는 것처럼 즙이 적게 나온다는 이유로), 그는 프룬까지도 포용하는 자비로운 사람들이 있다는 사실을 기억해야 할 것입니다. 그다음에는 비스킷과 치즈가 나왔고, 사람들은 물주전자를 넉넉하게 돌렸습니다. 비스킷은 으레 퍽퍽하기 마련이지만, 이 비스킷은 속속들이 퍽퍽했거든요. 이게 다였습니다. 식사는 끝이 났습니다. 사람들은 시끄러운 소리를 내며 의자를 뒤로 밀었고, 반회전문은 앞뒤로 세차게 흔들렸지요. 홀에서는 이내 음식의 흔적이 모두 자취를 감추었고, 식당은 다음 날 아침식사를 위한 준비를 마친 듯 보였습니다.

아래층 복도와 위쪽 계단에서는 영국의 젊은이들이 부산스럽게 움직이면서 노래를 부르고 있었습니다. 우리 같은 손님이나 이방인(난 트리니티나 서머빌, 거턴이나 뉴넘,

크라이스트처치에서와 마찬가지로 이곳 편엄에서도 아무런 권리가 없었으니까요)이 "저녁이 그저 그랬어요"라거나 "여기서 우리끼리 저녁을 먹으면 안 될까요?"라고 말할 수 있을까요? (이제 메리 시턴과 나는 그녀의 거실에 있었지요.) 이런 식으로 말하는 것은 이방인에게 즐거움과 용기의 근사한 겉모습을 보여주고자 하는 집의 내밀한 경제 사정을 캐내고 뒤지는 격일 것입니다. 아니, 그런 말은 절대 할 수 없었습니다. 실제로 대화는 잠시 시들해졌습니다. 인간이란 존재는 몸과 마음과 두뇌가 각각 분리된 칸에 담긴 게 아니라 (어쩌면 100만 년쯤 후에는 그렇게 될지도 모르지만요) 모두 하나로 합쳐져 있어서 충실한 저녁식사는 기분 좋은 대화에 매우 중요한 역할을 합니다. 저녁을 잘 먹지 못하면 생각을 잘할 수도, 사랑을 잘할 수도, 잠을 잘 잘 수도 없습니다. 우리 척추에 있는 등불은 소고기와 프룬만으로는 불이 켜지지 않습니다. *아마도 우린 모두 천국에 갈 것이며, 다음번 길모퉁이에서 반 다이크를 만나게 되기를 소망합니다.* 하루 일이 끝난 뒤에 소고기와 프룬으로 식사를 하면 이처럼 모호하고 제한적인 정신 상태가 되는 법입니다.

다행히 과학을 가르쳤던 내 친구 집의 찬장에는 배가 불룩한 병과 조그만 잔들이 있어서 (사실 시작하는 데는 가자미와 자고새 고기가 제격이지만요) 우린 불가로 가서 이 하루의 손실을 어느 정도 만회할 수 있었습니다. 우리는 이내 어떤 특정한 사람이 없을 때 마음속에 생겨나는 모든 호기심과 관심의 대상 사이를 자유롭게 오가며 이야기했습니다. 어쩌다 누군가와 다시 만나게 되면 자연스레 화제에 올리게 되는 그런 것들을 말이죠. 누가 결혼했다더라, 누군 아직 안 했다더라. 누구는 이런 생각을 하고, 또 누구는 저런 생각을 한다더라. 누구는 대단한 발전을 이루었는데, 또 누구는 놀랄 정도로 나빠졌다더라 등등. 이렇게 시작된 이야기에서 자연스레 인간의 본성과 우리가 사는 놀라운 세상이 어떤 것인지에 대한 성찰이 이어졌습니다.

그런데 이런저런 이야기를 하는 동안 나는 부끄럽게도 어떤 흐름이 스스로 자리를 잡아 스스로의 결론으로 모든 것을 이끈다는 사실을 깨달았습니다. 우린 스페인이나 포르투갈, 책 혹은 경주마에 관한 이야기를 할 수도 있겠지요. 그러나 우리가 무슨 이야기를 하든 나의 진정한 관심은 5세기 전쯤에 높다란 지붕 위의 목수들이 연출하는 광경으로 향했습니다. 왕과 귀족은 커다란 부대에 보물들을 싣고 와 흙더미에 그것을 쏟아부었지요. 이러한 광경은 영원히 내 마음속에 살아 있으면서, 마른 소와 진흙투성이 시장, 시들어버린 푸른 야채와 노인의 쪼그라든 심장이 이루는 광경과 나란히 각인될 것입니다. 아무런 연관성이나 일관성도 없고 무의미해 보이는 이 두 광경은 언제까지나 함께하고 서로 충돌하면서 나를 그 영향력 아래 두게 될 것입니다.

대화 전체를 왜곡하지 않을 수만 있다면, 가장 좋은 대화 방식은 내 마음속에 떠오른 것을 공중에 드러내 보이는 것입니다. 운이 좋다면 그것은 윈저궁의 관을 열었을 때의 죽은 왕의 머리처럼 서서히 가루가 되어 바스라지고 말 것입니다. 간단히 말해 나는 시턴 양에게 그 오랜 세월 동안 예배당의 지붕 위에 있었던 목수들과, 금과 은이 든 부대를 어깨에 메고 와 삽으로 흙더미에 퍼부었던 왕과 여왕과 귀족에 관해 이야기했습니다. 그리고 아마도 과거에 다른 이들이 금 잉곳과 거친 금덩어리를 맡겼던 곳에 우리 시대의 재계 거물들이 수표와 채권을 기탁하러 온 일에 대해서도 이야기했지요. 나는 이 모든 것이 저기 대학들의 발밑에 누워 있다고 말했습니다. 그렇다면 지금 우리가 앉아 있는 이 대학에는, 이곳의 근사한 붉은색 벽돌과 정원의 잡초들 아래에는 무엇이 놓여 있을까요? 우리의 식사가 담겼던 무지의 자기 그릇 뒤에는, 그리고 (미처 멈출 새도 없이 이 말이 튀어나왔지요) 소고기와 커스터드 소스와 프룬 뒤에는 어떤 힘이 감춰져 있을까요?

그러자 메리 시턴이 이렇게 말했습니다. 그게 그러니

까, 당신도 다 아는 이야기지만, 1860년경에는 (그녀는 장황하게 설명하는 일이 지루한 듯 보였습니다) 방들을 빌려서 썼지요. 그 일을 위해 위원회가 소집되었고, 봉투를 보내고, 안내장을 작성했지요. 그리고 회의가 열렸고, 진행자는 각처에서 보내온 편지들을 큰 소리로 읽었지요. 누구누구가 기부금을 얼마를 약속했는데, 그 반대로 모모 씨는 한 푼도 줄 수 없다고 했지요. 〈새터데이 리뷰〉는 그 점에서 매우 무례했습니다. 사무실 비용을 위해 어떻게 기금을 모을 수 있을까요? 바자회를 여는 건 어떨까요? 앞줄에 앉힐 예쁜 여자가 어디 없을까요? 이 문제에 관해 존 스튜어트 밀[19]이 뭐라고 했는지 찾아봅시다. 모모 지의 편집장에게 편지를 인쇄해달라고 설득할 수 있을까요? 모 귀부인으로 하여금 그것에 서명하도록 할 수 있을까요? 그 귀부인은 지금 도시를 떠나 있다고 합니다. 60년 전에는 아마도 이런 식으로 일이 진행되지 않았을까요. 이는 엄청난 노력을 요하는 것이었고, 수많은 시간을 쏟아부어야 하는 일이었지요. 그리고 그들은 오랫동안 투쟁하고 엄청난 어려움을 겪고 난 뒤

---

19 (1806~1873) 19세기 영국의 철학자이자 경제학자로 『여성의 종속』(1869)을 펴낸 바 있다. 1865~1868년에 자유당 하원의원을 지냈으며, 최초로 여성의 선거권에 대한 법안을 의회에 제출했다.

에야 3만 파운드를 모을 수 있었지요.[20] 따라서 우리가 포도주와 자고새 요리를 맛보거나 머리에 주석 쟁반을 인 웨이터들의 서비스를 누릴 수 없는 것은 자명한 일이라고 그녀는 말했습니다. 우린 소파와 자기만의 방도 가질 수 없지요. 그리고 그녀는 어떤 책에서 인용한 듯한 말을 이렇게 덧붙였습니다. "쾌적한 것들은 더 기다려야 합니다."[21]

몇 년을 죽어라 일해도 2,000파운드를 모으기 힘든 여성들, 3만 파운드를 모으기 위해 온갖 일을 다 해야만 하는 모든 여성을 생각하면서 우린 비난받아 마땅한 여성의 가난에 경멸 어린 분노를 터뜨렸습니다. 우리 어머니들은 대체 뭘 했길래 우리에게 아무 재산도 물려주지 못한 걸까요? 콧등에 분칠을 하느라고? 상점 쇼윈도를 구경하느라고? 몬테카를로의 태양 아래에서 으스대며 걷느라고? 그때

---

20 (원주) "우린 적어도 3만 파운드를 모금해야 한다고 들었습니다…… 그레이트브리튼, 아일랜드 그리고 식민지를 통틀어 이런 종류의 대학이 하나밖에 없고, 남자학교를 위해서 엄청난 돈을 모금하는 게 얼마나 쉬운 일인지를 생각하면 이것은 별로 큰돈이 아닙니다. 하지만 여성이 교육받는 것을 진정으로 바라는 사람이 지극히 적다는 걸 생각하면 이것은 상당히 많은 돈입니다." 레이디 스티븐, 『에밀리 데이비스와 거턴 칼리지』(1927), 150~151쪽.

21 (원주) "긁어모을 수 있는 돈은 모두 건물을 위해 비축해두었고, 쾌적한 것들은 나중으로 미루어야만 했다." 레이 스트라치(1887~1940), 『대의』(1928), 250쪽.

벽난로 장식장에 놓인 몇 장의 사진이 눈에 들어왔습니다. 어쩌면 메리의 어머니(내가 본 게 어머니 사진이 맞는다면)는 여가 시간에 흥청망청 놀았을지도 모릅니다(그녀는 교회 목사에게서 열세 명의 자녀를 낳았습니다). 하지만 설사 그게 사실이라고 하더라도, 그녀의 얼굴에서는 그렇게 낭비하는 흥겨운 삶을 살았던 사람에게서 엿보여야 할 즐거운 삶의 흔적을 거의 찾아볼 수 없었습니다. 사진 속의 그녀는 지극히 평범한 모습이었습니다. 커다란 카메오로 느슨하게 여민 체크무늬 숄을 두른 노년의 여성이었지요. 버들가지 의자에 앉은 그녀는 스패니얼 종의 개로 하여금 카메라를 쳐다보게 하면서 즐겁지만 약간 긴장한 표정을 짓고 있었습니다. 아마도 카메라의 셔터를 누르는 순간 개가 움직일 거라고 확신하는 듯 보였습니다. 이번에는 또 다른 상상을 해 보겠습니다. 메리의 어머니가 사업가로 나서서 인조 실크 제조업자가 되었거나 증권가의 큰손이었다면 어땠을까요. 혹은 펀엄에 20~30만 파운드쯤을 기부했더라면, 우린 오늘 밤 편안히 앉아 고고학, 식물학, 인류학, 물리학, 원자의 성질, 수학, 천문학, 상대성이론, 지리학 등에 관해 이야기할 수 있었을지도 모르지요. 만약 시턴 부인과 그녀의 어머니와 또 그 어머니가 돈을 버는 위대한 기술을 배워서 유산을 남겨주었더라면 얼마나 좋았을까요. 그들의 아버지와

할아버지가 그랬듯이, 그래서 남자들만이 사용하기에 적합한 연구 기금과 강좌 기금을 마련하고 상과 장학금을 수여했듯이 말이죠. 그랬다면 지금쯤 여기서 우리끼리 새고기와 포도주를 곁들여 썩 괜찮은 저녁식사를 할 수 있었을지도 모르지요. 그리고 넉넉한 보수를 받는 직업 중 하나를 선택해 그 그늘 속에서 즐겁고 명예로운 삶을 사는 것을 기대할 수 있었을지도 모릅니다. 그 사실을 과도하게 확신하지는 않지만요. 또한 무언가를 탐구하거나 글을 쓰거나 지구 상의 유서 깊은 장소들을 한가롭게 거닐 수 있었을지도 모르지요. 파르테논 신전의 계단에 앉아 곰곰 생각에 잠길 수도, 오전 10시에 사무실에 출근했다가 오후 4시 반에 편안히 집에 돌아와 짧은 시 한 편을 쓸 수 있었을지도 모릅니다. 하지만 시턴 부인과 그 비슷한 이들이 열다섯 살부터 돈벌이에 뛰어들었더라면 아마도 메리는 세상에 태어나지 못했을지도 모릅니다. 이것이 내 주장에 포함된 한 가지 흠이라고 할까요. 나는 메리에게 그 점에 대해 어떻게 생각하는지 물었습니다.

커튼 사이로 노랗게 물든 나뭇잎들에 걸린 별이 하나 둘 보이는 고요하고 감미로운 10월의 밤이었습니다. 시턴 부인과 같은 이들이 펜을 한 번 놀림으로써 편엄에 5만 파운드를 기부할 수 있기 위해 메리는 자신의 삶의 한 부분인, 스코틀랜드에서의 놀이와 다툼에 대한 추억들(그들은 대가족이었지만 행복한 가족이었거든요)을, 끊임없이 자랑했던 그곳의 맑은 공기와 훌륭한 케이크에 대한 기억을 포기할 수 있을까요? 여성이 대학에 기부금을 낼 수 있기 위해서는 가족이란 것이 세상에 존재해서는 안 되었습니다. 큰돈을 벌면서 열세 명의 아이를 낳는다는 것은 세상 그 누구도 할 수 없는 일이니까요. 앞서 나는 사실만을 생각하자고 말했습니다. 아기가 태어나려면 9개월을 기다려야 합니다. 그리고 3, 4개월 동안 아이에게 젖을 먹여야 하고, 그런 다음에는 최소 5년간 아이와 함께 놀아줘야만 합니다. 아이들이 혼자 거리에서 뛰놀게 할 수는 없으니까요. 러시아에서 거칠게 뛰어노는 아이들을 목격한 사람들은 보기에 썩 유쾌하지 않은 광경이었노라고 하더군요. 또한 사람은 1~5세 사이에 성격이 형성된다고 합니다. 나는 다시 물었습니다. 만약 당신 어머니(시턴 부인)가 돈을 벌었더라면 당신은 놀이와 다툼에 대해 어떤 종류의 추억을 간직했을까요? 스코틀랜드와 그곳의 신선한 공기와 케이크와 다른 모든 것들에 대해 무엇을 알 수 있었을까요? 하지만 이런 질문들은 사실 아무 의미가 없지요. 왜냐하면 당신은 애초에 존재하지도 않았을 테니까요.

　게다가 시턴 부인과 그녀의 어머니와 또 그 어머니가

큰돈을 벌어서 대학과 도서관의 토대를 위해 그것을 기부
했더라면 어땠을까 묻는 것도 마찬가지로 무의미한 질문일
것입니다. 왜냐하면 첫째는, 그들이 돈을 번다는 것은 불가
능한 일이었고, 둘째는 돈을 벌 수 있었다고 하더라도 그
들이 번 돈을 소유하는 것을 법이 금했기 때문입니다. 시턴
부인 같은 사람이 한 푼이라도 자기 소유의 돈을 가질 수
있었던 것은 겨우 48년밖에 되지 않은 일이었으니까요.[22]
그 이전에는 수세기 동안 그것은 그녀의 남편의 소유였을
테고요. 어쩌면 이런 생각이 시턴 부인과 그녀의 어머니들
로 하여금 증권거래소를 가까이하지 않게 하는 데 한몫을
했을지도 모릅니다. 어쩌면 그들은 이렇게 생각했을지도
모르지요. 내가 버는 돈은 모두 남편의 차지가 되어 그의
현명함이 이끄는 대로 사용될 것이다. 어쩌면 발리올이나
킹스[23]에 장학 기금을 마련하고 연구 기금을 기부하는 식으
로. 그러니 설령 내가 돈을 벌 수 있다고 해도 그것은 내겐

---

22 영국에서는 1870년, '기혼여성재산법The Married Women's Property Act'이 제
    정되기 전까지는 여성이 결혼 후에 벌어들인 급료와 재산을 모두 남편
    이 차지했다. 1882년에는 이 법이 확장되어 그 근거나 획득 시기에 상
    관없이 여성이 자기 재산을 소유할 수 있게 되었다.

23 발리올 칼리지는 옥스퍼드 대학교에서 가장 오래된 칼리지 중 하나로
    1263년에 세워졌다. 킹스 칼리지는 케임브리지 대학교의 칼리지 중 하
    나로 1441년에 창립되었다.

별로 흥미로운 일이 아닐 것이다. 그런 일은 남편에게 맡겨 두는 게 낫다.

어쨌거나 스패니얼을 바라보던 노부인을 탓하거나 그러지 않거나 간에, 어떤 이유에서든 우리의 어머니들이 자신의 일을 잘 꾸려나가지 못했다는 것은 의심의 여지가 없습니다. 그들은 '쾌적한 것들', 즉 자고새 요리와 포도주, 대학의 관리인과 잔디밭, 책과 시가, 도서관과 여가를 위한 돈을 한 푼도 마련할 수 없었습니다. 맨 땅에 맨 담을 쌓아 올리는 것이 그들이 할 수 있는 최선이었으니까요.

이렇게 우리는, 매일 밤 수천의 사람이 그러듯, 우리 눈 아래 펼쳐진 유명한 도시의 돔과 탑 들을 내려다보며 대화를 이어나갔습니다. 가을의 달빛 아래 무척이나 아름답고 신비스러운 밤이었지요. 오래된 석조 건물은 더없이 하얗고 고색창연해 보였습니다. 나는 저곳에 모여 있는 모든 책을 생각했습니다. 또한 나무판자로 벽을 두른 방에 걸린 노성직자와 유명 인사의 초상화, 보도에 기이한 구형과 초승달 모양의 그림자를 드리우는 채색 창문, 기념패와 기념비와 비문碑文, 조용한 사각형 안뜰이 건너다보이는 고요한 방들을 생각했지요. 그리고 (이런 생각을 해서 미안합니다만) 기막히게 맛있는 담배와 술, 푹신한 안락의자와 쾌적한 카펫도 떠올렸지요. 호사스러움과 사생활과 공간에서 비롯되는 도시적인 세련됨과 친절과 품위에 대해서도 생각했습니다. 우리 어머니들은 분명 이 모든 것에 비견될 만한 어떤 것도 우리에게 물려주지 못했습니다. 3만 파운드를 그러모으는 것이 어렵다는 걸 깨달은 우리 어머니들. 세인트앤드루스의 목사들에게서 열세 명의 자녀를 낳은 우리 어머니들.

이제 난 숙소로 돌아갔고, 하루 일과를 마친 뒤에 그러듯 어두운 거리를 걸으면서 이것저것 곰곰 생각해보았습니다. 어째서 시턴 부인은 우리에게 물려줄 돈이 없었던 걸까. 가난은 정신에 어떤 영향을 끼치는 걸까. 부富는 정신에 어떤 영향을 끼치는 걸까. 오늘 아침에 보았던, 어깨에 털로 된 술 장식을 한 이상한 노신사들도 생각이 났습니다. 누군가가 휘파람을 불면 그중 하나가 달려갔다는 이야기도 기억났지요. 예배당에서 울리던 오르간과 도서관의 닫힌 문도 떠올랐습니다. 그러면서 잠긴 문 안으로 들어가지 못하는 것이 얼마나 불쾌한 일인지를 생각해보았지요. 어쩌면 잠긴 문 안에 있는 것이 더욱더 불쾌한 일인지도 모른다는 생각도 들었습니다. 한 성의 안전과 번영, 또 다른 성의 빈곤과 불안감, 그리고 전통 혹은 전통의 결핍이 작가의 정신에 미치는 영향에 대해서도 생각해보았습니다. 그리고 마지막으로 하루의 쪼그라든 껍질을 돌돌 말아서, 하루의 논쟁과 하루의 인상印象과 하루의 분노와 웃음과 함께 산울타리 너머로 던져버릴 시간이라는 생각이 들었습니다. 광막한 푸른 하늘에는 수천 개의 별이 반짝이고 있었지요. 마치 불가해한 사회에서 혼자인 것만 같은 느낌이 들었습니다. 모든 사람이 엎드리고 가로누운 채 말없이 잠들어 있었지요. 옥스브리지의 거리에서는 아무런 인기척을 찾아볼 수 없었습니다. 호텔 문조차도 마치 보이지 않는 손에 의한 것처럼 휙 열렸습니다. 자리에서 일어나 불을 밝혀 침대까지 나를 안내해주려는 종업원도 없었습니다. 많이 늦은 시각이었으니까요.

제2장

여러분에게 나를 계속 따라와달라고 해도 될지 모르겠지만, 이제 장면이 바뀌었습니다. 여전히 나뭇잎들이 떨어지고 있었지만 이번에는 옥스브리지가 아니라 런던이 배경입니다. 그리고 나는 여러분에게 다른 수천 개의 방처럼 생긴 방 하나를 상상해달라고 요청해야만 합니다. 그 방 창문에서는 사람들의 모자와 화물차와 자동차 너머로 또 다른 창문들이 보입니다. 방 안의 테이블 위에는 종이가 한 장 놓여 있고, 거기에는 커다랗게 **여성과 픽션**이라고만 쓰여 있었습니다. 옥스브리지에서의 오찬과 만찬은 불행히도 필연적으로 대영박물관 방문으로 귀결되는 듯 보였습니다. 나는 내가 받은 이 모든 인상에서 개인적이고 우연적인 것을 모두 걸러내고, 순수한 액체, 즉 진실의 본질적인 기름을 찾아내야 합니다. 옥스브리지 방문과 그곳에서의 오찬과 만찬으로 인해 벌떼처럼 많은 질문이 생겨났기 때문입니다. 어째서 남자는 포도주를 마시고 여자는 물을 마시는 걸까? 어째서 남성은 그렇게 부유하고 여성은 그토록 가난한 걸까? 빈곤은 픽션에 어떤 영향을 미치는가? 예술작품의 창조에 필요한 조건은 무엇일까? 즉시 수많은 질문이 머릿속에 떠올랐습니다. 그러나 내게 필요한 것은 질문이 아닌 대답이었습니다. 그리고 그 답은 언쟁과 육체의 동요를 넘어서서 자신들의 추론과 탐구의 결과물을 책으로 펴낸, 편견 없고 박식한 이들을 참조함으로써만 얻어질 수 있으며, 그런 책들은 대영박물관에서 찾을 수 있을 것입니다. 나는 노트와 연필을 챙기면서 스스로에게 물었습니다. 대영박물관의 서가에서 진실을 찾을 수 없다면 어디에서 진실을 찾을 수 있겠느냐고.

이렇게 준비를 끝낸 나는 자신만만하고 탐구적인 마음으로 진실을 찾아 나섰습니다. 비가 내리지는 않았지만 왠지 모를 음울함이 느껴지는 날이었지요. 대영박물관 주변 거리에서는 집집마다 지하 석탄 저장고의 투입구를 열어놓은 채 포대에 담긴 석탄을 쏟아붓고 있었습니다. 사륜마차들이 멈춰 서더니 끈으로 묶은 상자들을 보도에 내려놓는 광경도 보였습니다. 그 상자들 속에는 아마도 요행이나 은신처를 찾거나, 겨울에 블룸즈버리의 하숙집들이 제공하는 어떤 매력적인 편리함을 누리려는 스위스인이나 이탈리아인 가족의 옷이 몽땅 들어 있을 테지요. 늘 그렇 듯이 목소리가 거친 남자들이 농작물 수레를 끌면서 거리 를 누비고 있었습니다. 소리를 지르는 사람도 있었고, 노래 를 부르는 사람도 있었지요. 런던은 마치 하나의 공장 같았 습니다. 기계나 다름없었지요. 우리는 모두 이처럼 단조로 운 바탕 위에 방직기가 앞뒤로 오가며 짜내는 무늬들인 셈 입니다. 대영박물관은 그런 공장의 또 다른 부분이라고 할 수 있지요. 회전문이 휙 하고 열리면서 나는 거대한 돔 아 래로 들어섰습니다. 돔은 마치 저명한 이름들의 띠로 화려 하게 둘러싸인 거대한 대머리 같았고, 난 그 머릿속의 어떤 '생각'이라도 된 것 같았지요. 나는 카운터로 가서 종이 한 장을 집어 들고 도서 목록을 살펴보았습니다. 그런데……
여기 다섯 개의 점은 각각 경악하고 놀라고 당혹스러웠던 5분간을 가리키는 것입니다.

여러분은 1년 동안 여성에 관해 얼마나 많은 책이 쓰 이는지 아시나요? 그중에서 얼마나 많은 책이 남성에 의 해 쓰이는지 짐작하시나요? 여러분이 세상에서 가장 많이 논의된 동물일지도 모른다는 사실을 알고 계시는지요? 나 는 책을 읽으며 아침나절을 보내려고 노트와 연필을 갖고 왔고, 점심때쯤이면 내 노트에 진실을 옮겨놓을 수 있으리 라 기대했습니다. 그러나 이내 내가 이 모든 것을 소화할 수 있으려면 한 무리의 코끼리, 무수히 많은 거미, 가장 수명이 길다는 동물과 눈이 가장 많이 달렸다는 곤충이 되어야 할지도 모른다는 절망적인 생각이 들었습니다. 심지어 그 껍질을 뚫고 들어가려면 강철 발톱과 황동 부리가 필요할지도 모릅니다. 이 산더미 같은 종이들 속에 박힌 진실의 알갱이들을 대체 어떻게 찾는단 말인가? 나는 이렇게 자문하면서 자포자기의 심정으로 제목의 긴 목록을 아래위로 훑어보았습니다. 책들의 제목조차도 내게 생각할 거리를 제공했지요. 성과 그 본질이 의사와 생물학자 들의 관심을 끌 수는 있을 것입니다. 하지만 설명하기 어려운 놀라운 사실은 성, 즉 '여성'이 유쾌한 에세이스트나 재능 있는 소설가, 문학 석사를 취득한 젊은이들, 아무런 학위가 없는 사람들, 심지어 여자가 아니라는 사실 외에는 아무런 자격도 없는 사람들에게까지 관심의 대상이 된다는 점입니다. 이런 책들 중 어떤 것은 겉보기에 경박하고 익살맞아 보이지만, 반면에 또 다른 많은 책들은 진지하고 예언적이고 도덕적이며 무언가를 장려하는 성격을 띠고 있었습니다. 책의 제목들을 읽기만 해도, 강단이나 설교단에 올라 지나치게 장황한(이 한 가지 주제에 관한 강연에 대개 할당되는 시간을 훨씬 초과하는) 연설을 하는 수많은 교사와 목사 들이 떠올랐지요. 그것은 참으로 신기한 현상이었습니다. 그리고 이는 명백히 (여기서 난 M_{Male}이라는 글자를 염두에 두고 찾아보았습니다) 남성에게 국한된 일이었지요. 여성은 남성에 관한 책을 쓰지 않으니까요. 나는 안도하며 이 사실을 다행으로 생각지 않을 수 없었습니다. 왜냐하면 남성이 여성에 관해 쓴 책을 모두 읽고 여성이 남성에 관해 쓴 책까지 모두 읽어야 한다면, 100년에 한 번 꽃이 핀다는 알로에가 두 번은 꽃을 피워야 글을 쓰기 시작할 수 있을 테니까요. 그래서 순전히 임의로 열두 권 정도를 추린 다음 철망 트레이에 대출 카드를 넣어두고 진실의 본질적인 기름을 찾는 다른 이들 사이에 서서 차례를 기다렸습니다.

그런데 대체 이 기이하고 불평등한 차이는 어디에서 생겨난 것일까? 영국의 납세자들이 또 다른 목적으로 제공한 종이에 수레바퀴 모양의 낙서를 하는 동안 이런 의문이 들었습니다. 이 도서 목록으로 판단하자면, 어째서 남성이 여성의 흥미를 끄는 것보다 남성이 여성에게 흥미를 느끼는 경우가 훨씬 더 많은 걸까? 정말 기이한 사실이 아닌가. 나는 여성에 관한 책을 쓰느라 일생을 보낸 사람들의 삶을 상상해보았습니다. 그들은 늙었을까 젊었을까. 결혼을 했을까 안 했을까. 딸기코일까 척추 장애인일까. 어쨌거나 스스로를 그처럼 대단한 관심의 대상으로 느끼는 것은 막연하게나마 사람을 우쭐해지게 하는 면이 있습니다. 그 관심이 전적으로 불구자나 병자로부터 오는 게 아니라면 말이지요. 나는 책들이 눈사태처럼 내 앞의 책상 위로 한꺼번에 쏟아져 내릴 때까지 그런 경박한 생각들에 잠겨 있었습니다. 이제 고난이 시작되었습니다. 옥스브리지에서 연구에 단련된 학생이라면 물론 헤매는 법 없이, 양이 우리로 곧장 달려 들어가듯 그의 질문이 곧장 그의 답으로 향하도록 그 질문을 이끄는 노하우를 갖추고 있을 테지요. 예를 들어 내 옆에 앉아 과학 교재를 부지런히 베껴 쓰고 있는 학생은 필시 10분쯤마다 원석의 순수한 덩어리를 뽑아내고 있었을 것입니다. 그가 만족스럽다는 듯 나직하게 끙 소리를 내는 사실이 그것을 알려주었지요. 하지만 불행히도 대학에서 아무런 훈련을 받지 못한 사람이라면, 그가 던지는 질문은 우리로 곧장 향하기는커녕 사냥개 무리에게 쫓기는 겁먹은 양떼처럼 허둥지둥 이리저리 뛰어다니게 될 것입니다. 교수, 교사, 사회학자, 목사, 소설가, 에세이스트, 저널리스트 또는 여자가 아니라는 사실 외에는 아무런 자격이 없는 사람들이 내가 던진 단순한 한 가지 질문(어째서 어떤 여성들은 가난할까?)을 뒤쫓았습니다. 그리하여 그것은 쉰 개의 질문이 되었고, 그 쉰 개의 질문은 미친 듯이 강물 한가운데로 뛰어들어 물결에 휩쓸리고 말았습니다. 내 노트의 매 페이지에는 메모들이 어지러이 휘갈겨져 있었습니다. 당시의

내 마음 상태가 어땠는지 알려주기 위해 여러분에게 그중
일부를 읽어주고자 합니다. 해당 페이지에는 블록체로 여성
과 가난이라는 단순한 제목이 붙어 있었고, 그 아래에는 다
음과 같은 것들이 적혀 있었습니다.

중세의 ……의 조건,

피지섬에서의 ……의 습관,

……에게 여신으로 숭배됨,

……보다 도덕의식이 약함,

……의 이상주의,

……이 더 성실함,

남태평양제도 주민의 사춘기 연령,

……의 매력,

……에게 제물로 바쳐짐,

……의 작은 두뇌,

……의 더 심오한 잠재의식,

……의 몸에 털이 더 적음,

……의 정신적, 도덕적, 신체적 열등성,

……의 아이들에 대한 사랑,

……이 더 장수함,

……의 근육이 더 약함,

……의 강한 애정,

……의 허영심,

……의 고등교육,

……에 대한 셰익스피어의 견해,

……에 대한 버컨헤드 경의 견해,

……에 대한 잉 사제장의 견해,

……에 대한 라 브뤼예르의 견해,

……에 대한 존슨 박사의 견해,

……에 대한 오스카 브라우닝의 견해……

여기서 나는 한숨을 돌린 뒤 여백에 이렇게 덧붙였습니다. 새뮤얼 버틀러가 "현명한 남자는 여성에 대해 생각하는 바를 결코 입 밖에 내지 않는다"라고 말한 이유가 무엇일까? 똑똑한 남자들은 그것 말고는 다른 어떤 말도 한 적이 없는 것 같은데. 나는 의자에 등을 기댄 채 거대한 둥근 천장을 바라보면서 계속 생각했습니다. 이제 난 이 공간에서 하나의 생각이 아니라 몹시 지친 생각으로 존재하고 있었습니다. 매우 유감인 것은, 현명한 남성들이 여성에 대해 결코 똑같은 생각을 하지 않는다는 사실입니다. 포프[24]는 이렇게 생각했습니다.

대부분의 여성은 성격이란 것이 아예 없다.

그리고 라 브뤼예르[25]는 이런 말을 했지요.

여성은 극단적이다. 여자는 남자보다 우월하거나 훨씬 못하다.

동시대인이었던 예리한 관찰자들이 보여주는, 전적으로 상반되는 의견인 셈이지요. 여성에게 교육을 받을 능력이 있는가, 없는가? 나폴레옹은 여성에게는 그런 능력이 없다고 했고, 존슨 박사[26]는 그 반대를 주장했습니다.[27] 여성에게 영혼이 있는가, 없는가? 어떤 야만인들은 여성에게는 영혼이 없다고 말했지요. 그 반대로 어떤 사람들은 여성

---

24 알렉산더 포프(1688~1744). 영국의 시인이자 비평가.

25 장 드 라 브뤼예르(1645~1696). 17세기 프랑스의 모럴리스트, 작가로 『성격론』(1688)으로 큰 성공을 거두었다.

26 새뮤얼 존슨(1709~1784). 영국의 시인이자 평론가로 '존슨 박사'라는 별칭으로 불렸다.

27 (원주) '"남성은 여성이 자신보다 뛰어난 상대라는 것을 알고 있다. 그래서 가장 나약하거나 가장 무지한 여성을 선택하는 것이다. 그렇게 생각하지 않는다면 여성이 자신만큼 아는 것을 두려워하지 않을 것이다." 이후에 이어진 대화에서 존슨은 이 말이 진심이었노라고 내게 말했다. 여성을 공정하게 평가하려면 이 사실을 솔직하게 인정해야 한다고 생각한다.' 보즈웰, 『헤브리디스 여행일기』, 1773년 9월 19일.

은 반신半神 같은 존재이기 때문에 그들을 숭배하는 것이라고 주장합니다.[28] 어떤 박식한 이들은 여성이 피상적이라고 주장했고, 또 어떤 이들은 여성의 의식意識이 더 심오하다고 이야기했습니다. 괴테는 여성을 찬양했고, 무솔리니는 여성을 경멸합니다. 어디를 돌아보건 남성은 여성에 관해 생각했고, 서로 다르게 생각했습니다. 나는 이 모든 것을 모두 이해하는 것은 불가능하다고 생각하기로 하면서 옆자리에서 책을 읽고 있는 사람을 부러운 시선으로 흘끗거렸습니다. 그는 종종 A나 B나 C로 제목을 붙이면서 깔끔하게 요약을 하고 있었지요. 그에 비하면 내 노트는 아무렇게나 갈겨쓴 모순적인 메모들로 요동치고 있었습니다. 그것은 참담하고 당혹스러우며 굴욕적인 일이었습니다. 진실은 내 손가락들 사이로 빠져나가버렸습니다. 진실의 작은 방울까지도 모두 달아나버린 것입니다.

이런 식이라면 집에 돌아가서, 여성과 픽션의 연구에 대한 진지한 공헌이랍시고 여성은 남성보다 몸에 털이 적다거나, 남태평양제도 주민의 사춘기 연령이 아홉 살이라

---

28 (원주) '고대 독일인들은 여성에게는 신성한 무언가가 있다고 믿었다. 따라서 신탁을 전하는 이들이라고 여긴 여성들에게 자문을 구하곤 했다.' 제임스 조지 프레이저, 『황금가지』(1913).

는(아니, 아흔 살인가? 정신이 산만하다 보니 글씨마저 알아보기 힘든 지경이 되었네요) 따위의 말들을 덧붙일 수는 없을 것 같았습니다. 오전 내내 일을 하고 나서도 좀더 무게가 있거나 훌륭한 무언가를 보여줄 수 없다는 사실은 내게 수치감을 느끼게 했습니다. 과거의 W(간결하게 여성을 이렇게 부르기로 했습니다)에 관한 진실을 파악할 수 없다면 무엇 때문에 미래의 W에 대해 고민을 해야 할까요? 여성 혹은 여성이 무언가(정치, 자녀, 임금, 도덕성 등)에 미치는 영향을 전문적으로 다룬 모든 남성들의 말을 참고하는 것은 순전한 시간 낭비로 여겨졌습니다. 그들이 아무리 수가 많고 박식하다고 할지라도 말이죠. 차라리 그들이 쓴 책을 펼쳐보지 않는 편이 나을 것 같았습니다.

　이런저런 생각을 하는 동안 난 무력감과 절망감에 휩싸인 채 무심결에 그림을 하나 그리고 있었습니다. 내 옆 사람처럼 어떤 결론을 써 내려갔어야 할 자리에 말이죠. 그것은 어떤 얼굴, 누군가의 모습이었습니다. 다름 아닌 『여성의 정신적, 도덕적, 신체적 열등성』이라는 제목의 기념비적인 저서를 집필하는 데 몰두하고 있는 폰 X 교수의 모습이었지요. 내 그림 속의 그는 여성에게 매력적인 남자가 아니었습니다. 육중한 체구에 턱살이 축 늘어지고, 그런 것들과 균형을 맞추듯 눈이 아주 작았습니다. 얼굴은 아주 붉게 상기돼 있었지요. 그의 표정으로 보건대, 글을 쓰면서 어떤 해로운 벌레를 죽이기라도 하듯 펜으로 종이를 자꾸만 찌르게 만드는 어떤 감정에 사로잡혀 일을 하는 것 같았습니다. 하지만 그는 벌레를 죽이고 나서도 만족하지 못했고, 그것을 계속 죽여야만 합니다. 그리고 그런 뒤에도 그의 분노와 짜증의 원인은 여전히 남아 있었습니다. 나는 내 그림을 보면서 자문했습니다. 그의 아내가 그 원인이었을까? 그녀가 기병대 장교와 사랑에 빠졌던 것일까? 그 기병대 장교가 날씬하고 우아한 데다 아스트라한[29]식으로 옷을 입어서였을까? 프로이트의 이론을 차용해 말하자면, 어떤 예쁜 소녀가 요람에 누워 있는 그를 조롱했던 것은 아닐까? 왜냐하면 그 교수는 요람에 누워 있을 때조차도 사랑스러운 아이였을 리가 없기 때문입니다. 그 이유가 무엇이든 간에 여성의 정신적, 도덕적, 신체적 열등성에 관한 역작을 쓰고 있는 그 교수는 내 스케치 속에서 아주 화가 나고 매우 추한 모습으로 그려져 있었습니다.

그림을 그리는 것은 무익한 오전 작업을 끝내는 나태한 방식이었습니다. 하지만 우리의 나태와 몽상 가운데

---

29   러시아의 아스트라한 지방과 중근동 지방에서 나는 새끼 양의 털가죽, 또는 그것을 본떠 짠 직물.

서 때로는 물속에 가라앉았던 진실이 수면 위로 떠오르기도 합니다. 내 노트를 보노라면, 정신분석이라는 거창한 이름을 붙일 필요도 없이 아주 기초적인 심리학 훈련만으로도 나는 분노한 교수의 스케치가 나의 분노 속에서 그려졌다는 사실을 알 수 있었습니다. 내가 몽상에 잠겨 있는 동안 분노가 내 연필을 잡아챈 것입니다. 그런데 대체 분노가 거기서 뭘 하고 있었던 걸까요? 흥미, 당혹감, 즐거움, 지루함, 이 모든 감정이 오전 내내 연이어 지나갈 때 나는 그것들을 추적해서 이름 붙일 수 있었습니다. 그것들 사이에 분노가, 검은 뱀 같은 분노가 몸을 숨기고 있었던 걸까요? 그랬습니다, 과연 내 스케치는 분노가 거기 도사리고 있다고 말해주었습니다. 그림은 어떤 책과 그 속의 어떤 구절이 내 안의 악마를 일깨웠는지를 너무나 분명하게 알려주었지요. 그것은 여성의 정신적, 도덕적, 신체적 열등성에 관한 예의 그 교수의 진술이었습니다. 나는 심장이 빠르게 뛰고, 볼이 달아올랐으며, 분노로 얼굴이 벌게졌습니다. 바보 같긴 했지만 이런 반응이 유별난 것도 아니었지요. 숨을 씨근거리고 기성품 넥타이를 매고 2주간 면도도 하지 않은 조그만 남자보다(난 내 옆자리의 학생을 흘끗거렸습니다) 선천적으로 열등하다는 말을 듣고 싶은 사람은 없을 테니까요. 사람은 누구나 어떤 어리석은 허영심이 있기 마련입니다. 그것은 단지 인간의 본성일 뿐이라고 생각하면서 나는 분노한 교수의 얼굴 위에 수레바퀴와 동그라미 들을 그렸습니다. 그러자 그의 얼굴은 불타는 덤불이나 타오르는 혜성, 어쨌든 인간의 모습이 아니거나 어떤 의미 없는 유령처럼 보였습니다. 이제 문제의 교수는 햄스테드 히스[30] 꼭대기에서 타오르는 장작더미에 불과했습니다. 이내 나 자신의 분노가 설명되었고 사라져버렸지요. 하지만 호기심은 여전히 남아 있었습니다. 교수들의 분노를 어떻게 설명해야 할까? 그들은 왜 화가 난 것일까? 그들의 책이 남긴 인상을 분석하다 보면 언제나 열기熱氣라는 요소와 만나게 됩니다. 이 열기는 다양한 형태를 띠었고, 풍자, 감상感傷, 호기심, 비난 등으로 나타났습니다. 그런데 종종 존재하지만 즉각 눈에 띄지 않는 또 다른 요소가 있었습니다. 나는 그것을 분노라고 불렀습니다. 하지만 그것은 지하로 숨어 들어가 온갖 종류의 또 다른 감정들과 뒤섞인 분노였습니다. 그 기이한 영향으로 판단하건대, 그것은 단순하고 공공연한 분노가 아니라 복합적인 위장된 분노였습니다.

책상 위에 쌓인 책들을 살펴보다 보니 이유가 무엇이

30　영국 런던 북서부의 고지대 햄스테드에 있는 규모가 크고 역사가 오래된 공원.

든 간에 이 모든 책은 나의 목적에는 아무런 쓸모가 없다는 생각이 들더군요. 다시 말하면 그것들은 과학적으로는 아무런 가치가 없었습니다. 인간적으로는 가르침, 흥미, 권태 그리고 피지섬 주민들의 관습에 관한 기묘한 사실들로 가득 차 있을지도 모르지만요. 그 책들은 진실의 흰빛이 아닌 감정의 붉은빛으로 쓰인 것이었습니다. 따라서 그것들은 중앙 탁자로 반송되어서 거대한 벌집 속 각자의 칸으로 되돌아가야 합니다. 그날 오전의 작업에서 내가 건진 것은 분노라는 단 하나의 사실뿐이었습니다. 교수들(나는 그들을 한데 묶어서 이렇게 부르기로 했습니다)은 몹시 화가 나 있었습니다. 나는 책들을 반납하면서 왜 그럴까 자문했습니다. 그리고 비둘기와 선사시대 카누가 그려진 주랑 아래에 선 채 또다시 자문했지요. 그들은 대체 왜 그렇게 화가 나 있을까? 스스로에게 이런 질문을 던지면서 나는 점심 먹을 곳을 찾아 천천히 걸었습니다. 내가 일단 그들의 분노라고 이름 붙인 것의 실체는 무엇일까? 나는 계속 자문했지요. 대영박물관 부근의 작은 식당에서 음식이 나오기를 기다리는 동안에도 이러한 수수께끼는 여전히 풀리지 않고 지속되었습니다. 그때 나보다 앞서 점심을 먹은 누군가가 의자 위에 놔두고 간 석간신문의 초판이 눈에 띄었습니다. 나는 음식을 기다리면서 한가롭게 신문의 헤드라인들을 읽기 시작했습니다. 커다란 글자들이 기다랗게 지면을 가로지르고 있었습니다. 어떤 사람이 남아프리카에서 대성공을 거두었다는군요. 그보다 짧은 줄들은 오스틴 체임벌린 경이 스위스에 있고, 어느 지하실에서 발견된 커다란 고기 썰기용 식칼에 사람의 머리칼이 붙어 있었다는 소식을 전해줍니다. 모 판사는 이혼 법정에서 여성의 파렴치함에 대해 언급했다고 합니다. 또 다른 소식들이 신문 여기저기에 흩어져 있었지요. 캘리포니아에서는 한 여배우가 산꼭대기에서 늘어뜨려져 공중에 매달려 있었다는군요. 안개가 낄 거라는 날씨 예보도 있습니다. 이 혹성을 아주 잠깐 스쳐 가는 여행자가 우연히 이 신문을 집어 든다면, 이 산재한 증언들만으로도 영국이라는 나라가 가부장제의 지배하에 있다는 사실을 알아차릴 수 있을 것입니다. 제정신인 사람이라면 누구라도 앞서 말한 교수의 지배력을 간파하지 않을 수 없을 것입니다. 그는 권력이자 돈이고 영향력이며, 신문의 소유주이며 주필이자 부주필입니다. 또한 외무대신이자 재판관이며, 크리켓 선수이자 경주마와 요트의 소유주입니다. 자신의 주주들에게 200퍼센트의 배당금을 지불하는 회사의 임원이기도 합니다. 그는 자신이 경영하는 자선단체와 대학들에 수백만 파운드를 남겼습니다. 그는 여배우를 공중에 매달았습니다. 또한 고기 써는 식칼에 붙은 머리칼이 사람

의 것인지를 판단할 것이며, 살인자가 무죄인지 유죄인지
를 결정하고 그를 목매달든지 풀어주든지 할 것입니다. 안
개를 제외하고는 그는 모든 것을 자기 마음대로 할 수 있는
듯합니다. 그런데도 그는 화가 나 있습니다.

　나는 다음과 같은 이유로 그가 화가 나 있다는 것을
알 수 있었습니다. 그가 여성에 관해 쓴 글을 읽으면서 나
는 그가 말한 것이 아닌 그 자신에 대해 생각했습니다. 냉
정하게 논의에 임하는 논자는 오로지 논의만을 생각합니
다. 독자 역시 논의에 대해 생각하지 않을 수 없습니다. 그
가 만약 여성에 관해 공정한 글을 썼더라면, 자신의 주장이
옳다는 것을 보여주기 위해 반론의 여지가 없는 증거들을
제시했더라면, 논의의 결과가 다른 무엇이 아닌 특정한 어
떤 것이기를 바란다는 흔적을 보여주지 않았더라면, 독자
역시 분개하지 않았을 것입니다. 독자 역시 완두콩이 녹색
이고 카나리아가 노란색이라는 사실을 받아들이듯 그가 주
장한 사실을 받아들였을 것입니다. 그렇다면 좋아요, 나 역
시 이렇게 말했을 것입니다. 하지만 그가 분노했기 때문에
나도 분개했습니다. 석간신문의 페이지를 넘기면서 이 모
든 권력을 지닌 사람이 분노한다는 건 우스꽝스럽다는 생
각이 들었습니다. 어쩌면 분노란 권력에 으레 따라오는 친
숙한 유령이 아닐까 생각했습니다. 일례로 부자들은 종종

화를 냅니다. 가난한 사람들이 자신의 재물을 빼앗아 갈지도 모른다고 의심하기 때문이지요. 교수들, 어쩌면 가장家長이라고 부르는 게 더 정확할지도 모르는 이들은 부분적으로는 그런 이유로 분노할 수도 있지만, 다른 한편으로는 덜 뚜렷한 표면적 이유 때문에 분노하기도 합니다. 어쩌면 그들은 전혀 '분노하지' 않는지도 모릅니다. 사실 그들은 사적인 삶의 관계에서는 종종 여성을 찬미하고 헌신적이며 모범적인 태도를 보입니다. 어쩌면 예의 그 교수가 여성의 열등함을 다소 지나치게 강조했을 때 그는 여성의 열등함이 아닌 자신의 우월함을 생각했는지도 모릅니다. 그것이 바로 그가 상당히 격렬하게, 지나치게 강조하면서 지키려고 했던 것이 아닐까요. 그에게는 그것이 가장 귀한 보석이나 다름없었으니까요.

남성과 여성 모두에게 (나는 보도에서 서로의 어깨를 밀치며 지나가는 사람들을 바라보았습니다) 삶은 고되고 어렵고 끊임없는 투쟁입니다. 산다는 것은 엄청난 용기와 힘을 요구합니다. 어쩌면 그 무엇보다 자기확신을 요하는 일인지도 모릅니다. 우리는 환상으로 이루어진 존재이기 때문이지요. 자신감이 없이는 우린 요람 속 아기와 다를 바 없습니다. 이토록 측정 불가능하고 소중한 가치를 지닌 자질을 어떻게 하면 가장 빠르게 획득할 수 있을까요? 아마도 다른 사람들이 자신보다 열등하다고 생각함으로써, 자신이 어떤 우월함(부, 지위, 곧은 콧날 또는 롬니[31]가 그린 조부의 초 상화일 수도 있겠지요. 인간의 상상력이 만들어낸 애처로운 고 안품에는 끝이 없으니까요)을 타고났다고 느낌으로써 가능 할 것입니다. 따라서 정복하고 지배해야 할 가장에게 다수 의 사람들, 사실상 인류의 절반을 차지하는 사람들이 선천 적으로 자신보다 열등하다고 여기는 것은 엄청난 중요성 을 지닐 수밖에 없습니다. 사실 그런 믿음은 그의 힘의 가 장 중요한 원천 중 하나일 것입니다. 이러한 관찰의 빛으 로 실제 생활을 비추어 보면 어떨까요? 그 빛으로 일상생 활의 여백에 적어둔 심리학적 수수께끼들을 설명할 수 있 을까요? 그 관찰의 빛으로 일전에, 더없이 친절하고 겸손 한 남자인 Z가 레베카 웨스트[32]의 책을 집어 들고 한 구절 을 읽은 뒤 "골수 페미니스트로군! 남자들을 속물로 취급 하다니!"라고 했을 때 내가 놀랐던 것을 설명할 수 있을까 요? 내게는 몹시 놀라웠던 (웨스트 양이 다른 성에 대해 칭찬 은 아닐지언정 진실일지도 모르는 이야기를 했다고 해서 그녀를

---

31 조지 롬니(1734~1802). 당시 초상화가로 명성이 높던 레이놀즈와 게인 즈버러 다음으로 꼽혔던 영국의 초상화가.

32 (1892~1983) 20세기 영국의 작가이자 문학비평가.

골수 페미니스트라고 할 수 있을까요?) 그 외침은 단지 상처받은 허영심에서 비롯된 외침이 아니라, 스스로를 믿는 힘을 침해당한 데 대한 항의였습니다.

여성은 수세기 동안 남성의 모습을 두 배로 커 보이게 하는 기분 좋은 마력을 지닌 거울 역할을 해왔습니다. 그런 마력이 없었더라면 지구는 아마도 여전히 늪지대와 정글뿐일지도 모릅니다. 사람들이 일으킨 모든 전쟁의 위업도 알려지지 못했을 것입니다. 사람들은 여전히 양 뼈다귀에 사슴의 윤곽을 새기고, 투박한 취향에 어울리는 단순한 장식물이나 양가죽을 부싯돌과 교환하고 있을지도 모릅니다. 초인이나 운명의 손가락 같은 것은 존재하지도 않았을 겁니다. 러시아 황제와 카이저[33]가 왕관을 쓰거나 잃을 일도 결코 없었을 것입니다. 문명사회에서 그 용도가 무엇이든 간에 거울은 모든 맹렬하고 영웅적인 행위에 필수적입니다. 바로 이런 이유 때문에 나폴레옹과 무솔리니는 둘 다 여성의 열등함을 그토록 강조했던 것입니다. 여성이 열등한 존재가 아니라면, 그들이 남성을 커 보이게 하는 일은 없을 테니까요. 이 사실은 한편으로 여성이 남성에게 그토록 자주 필요한 이유를 설명해줍니다. 또한 남성이 여성의

---

33 과거 독일·오스트리아·신성 로마제국의 황제.

비판에 안절부절못하는 이유를 설명해주기도 합니다. 여성이 이 책은 나쁘고, 이 그림은 별로라는 식의 비판을 할 때마다 똑같은 비판을 하는 남성이 야기하는 것보다 훨씬 큰 고통과 분노를 불러일으키는 이유도 설명해줍니다. 여성이 진실을 말하기 시작하면 거울 속에 비친 남성의 모습이 쪼그라들고, 삶에 대한 그들의 적응력 또한 약화되기 때문입니다. 남성이 아침식사와 저녁식사에서 적어도 실제의 두 배나 커 보이는 자신의 모습을 볼 수 없다면 어떻게 그가 판결을 내리고, 원주민을 교화하고, 법률을 제정하고, 책을 쓰고, 성장盛裝을 하고 연회에서 장광설을 늘어놓을 수 있겠습니까? 나는 빵을 잘게 부서뜨리고 커피를 저으면서, 이따금씩 거리의 사람들을 바라보며 이런 생각을 했습니다. 남성에게 거울에 비친 모습은 엄청나게 중요합니다. 활력을 불어넣어주고 신경계를 자극하기 때문이지요. 그것을 빼앗는다면 남자들은 코카인을 빼앗긴 마약중독자처럼 죽어버릴지도 모릅니다. 창밖을 내다보는 동안, 절반의 사람들이 그런 환상의 주문呪文에 홀린 채 일터로 향하고 있다는 생각이 들었습니다. 아침이면 그들은 유쾌한 햇살 아래 모자를 쓰고 코트를 입습니다. 그리고 자신이 스미스 양의 티파티에 환영받는 존재라고 믿으며 자신만만하게 준비된 모습으로 하루를 시작합니다. 그들은 방으로 들어가며 "나는 여기 있는 사람들의 절반보다 우월해"라고 중얼거립니다. 그렇게 그들은 자신감과 자기확신으로 가득 차 이야기하고, 그 사실은 공적인 삶에 깊은 영향을 미치며 사적인 마음의 여백에 그런 기이한 메모를 남기게 만듭니다.

남성의 심리라는 위험하고도 매력적인 주제(여러분에게 연 500파운드의 연금 소득이 생긴다면 이 주제를 계속 탐구할 수 있기를 바랍니다)는 점심값의 지불로 인해 중단되었습니다. 점심값은 모두 5실링 9펜스가 나왔습니다. 난 웨이터에게 10실링짜리 지폐를 주었고 그는 거스름돈을 가지러 갔습니다. 그런데도 내 지갑에는 10실링짜리 지폐가 한 장 더 남아 있었습니다. 나는 그 사실에 주목했습니다. 내 지갑에서 자동적으로 10실링짜리 지폐가 생겨난다는 것을 생각할 때마다 난 아직도 숨이 멎곤 합니다. 지갑을 열면 거기에 지폐들이 있습니다. 단지 같은 성을 쓴다는 이유만으로 나의 고모님에게서 물려받은[34] 종잇조각 몇 개에 대한 보답으로 사회는 내게 닭고기와 커피 그리고 침대와 숙소를 제

---

34 울프는 그녀의 고모였던 캐롤라인 에밀리아 스티븐이 2,500파운드의 유산을 물려준 것을 이야기하고 있다. 유산에 대한 연 이자는 500파운드보다 훨씬 적었다. 이 문장 바로 뒤에 나오는 "나의 고모님 메리 비턴은 봄베이에서 바람을 쐬러 나갔다가 낙마하여 돌아가셨습니다"라는 이야기와는 달리 캐롤라인 스티븐은 1909년(74세)에 영국의 케임브리지에서 세상을 떠났다.

공합니다.

　여기서 이 이야기를 여러분에게 들려드려야 할 것 같군요. 나의 고모님 메리 비턴은 봄베이에서 바람을 쐬러 나갔다가 낙마하여 돌아가셨습니다. 그녀가 남긴 유산에 관한 소식이 내게 당도한 것은 여성의 선거권에 관한 법률이 통과된 무렵의 어느 날 밤이었습니다. 한 변호사의 편지가 우편함으로 떨어졌고, 그것을 열어보고 그녀가 내게 평생 연 500파운드의 연금이 지급되게 했다는 것을 알게 되었지요. 솔직히 고백하자면 내게는 선거권과 돈 중에서 돈이 엄청나게 더 중요한 것으로 여겨졌습니다. 유산을 상속받기 전까지 나는 신문사에 온갖 잡일을 구걸하고, 여기에는 당나귀 쇼에 관한 기사를 쓰고, 저기에는 결혼식 기사를 기고하면서 생계를 꾸려왔지요. 또한 봉투에 주소를 쓰고, 노부인들에게 글을 읽어주고, 조화를 만들거나 어린 유치원생들에게 알파벳을 가르치고 몇 파운드를 벌기도 했습니다. 이런 것들이 1918년 이전의 여성들이 할 수 있는 주요 일거리였습니다. 여러분도 아마 그런 일을 해온 여성들을 알고 있을 테니 그 일의 어려움에 대해 상세히 묘사할 필요는 없으리라 생각합니다. 또한 그렇게 번 돈으로 살아가는 어려움에 대해서도 새삼 말할 필요가 없을 것입니다. 여러분도 이미 그렇게 살아봤을 테니까요.

그러나 지금까지 내게 그런 것들보다 더한 고통으로 남아 있는 것은 그 시절 내 안에 생겨난 두려움과 씁쓸함이라는 독이었습니다. 무엇보다 언제나 자신이 원하지 않는 일을 하고 있다는 사실. 노예처럼 남의 비위를 맞추고 아첨하면서(꼭 그래야만 하는 것은 아니지만 모험을 하기에는 너무 큰 이해가 걸려 있으므로) 그 일을 한다는 사실. 숨기고 있으면 시들어버릴지도 모르는 단 하나의 재능(비록 하찮은 것이지만 그것을 지닌 사람에게는 소중한)이 소멸하고 있으며, 그와 더불어 나 자신과 내 영혼도 소멸하고 있다는 생각. 이 모든 것들이 봄날의 개화를 좀먹고 나무의 심장을 갉아먹는 녹으로 작용한 것입니다. 그런데 앞서 말했듯이 나의 고모님이 돌아가신 것입니다. 그리고 내가 10실링짜리 지폐를 바꿀 때마다 그 녹과 부식이 조금씩 벗겨지고 두려움과 씁쓸함이 사라졌습니다. 나는 지갑 안에 은화를 미끄러뜨리면서 생각했습니다. 지난 시절에 느꼈던 씁쓸함을 돌이켜보면, 고정 수입이란 것이 누군가의 기질을 이토록 변하게 하다니 이 얼마나 놀라운 일인가. 이제 세상의 어떤 힘도 내게서 500파운드를 빼앗아 가지 못할 것입니다. 음식과 집과 옷은 영원히 내 것이 되었습니다. 따라서 나는 더 이상의 노력과 노동이 필요 없을 뿐 아니라 지금까지 가졌던 증오심과 씁쓸함에도 이별을 고할 수 있었습니다. 나는 이제 누구도 미워할 필요가 없습니다. 누구도 내게 해를 끼칠 수 없기 때문입니다. 누구에게 잘 보이려고 애쓸 필요도 없습니다. 내게 무언가를 줄 수 있는 사람이 아무도 없기 때문입니다. 그리하여 나는 부지불식간에 인류의 절반을 차지하는 사람들에 대해 새로운 태도를 취하게 되었습니다.

어떤 계층이나 성에 속한 사람들 전부를 싸잡아 비난하는 것은 불합리한 일이었습니다. 대다수의 사람들은 자신이 하는 것에 대해 아무런 책임이 없기 때문입니다. 그들은 스스로 통제할 수 없는 본능에 이끌리는 것뿐입니다. 그들, 가장과 교수 들 역시 맞서 싸워야 할 끝없는 어려움과 극복해야 할 커다란 결함을 지니고 있습니다. 그들이 받은 교육도 어떤 면에서는 내가 받은 교육만큼이나 잘못된 것이었지요. 그로 인해 그들에게 아주 중대한 결함이 생겨난 것입니다. 그들이 돈과 권력을 지닌 것은 사실입니다. 그러나 그것은 끊임없이 간을 찢고 허파를 뽑아버리는 독수리와 콘도르를 가슴속에 품는 대가를 치러야만 하는 일이었습니다. 소유 본능과 획득에 대한 갈망은 그들로 하여금 끊임없이 남의 땅과 재산을 탐내게 하고, 국경을 넓혀 깃발을 꽂게 하고, 전함과 독가스를 만들고, 자신들의 생명과 자녀들의 생명까지 바치게 했습니다. 애드미럴티 아치(이제 난

이 기념물에 이르렀습니다)[35]를 통과해 걷거나 전승 기념물과 대포가 전시된 또 다른 거리를 걸으면서 거기서 칭송되는 명예가 어떤 종류인가를 곰곰 생각해보시기 바랍니다. 또는 봄 햇살 아래에서, 돈을, 더 많은 돈을 벌고 또 벌기 위해 건물 안으로 들어가는 증권 중개인과 이름난 변호사를 지켜보시기 바랍니다. 1년에 500파운드만 있으면 햇살 아래에서 얼마든지 살아갈 수 있는데 말이죠. 앞서 말한 본능들은 가슴속에 품고 살기에는 불쾌하리라는 생각이 들었습니다. 나는 케임브리지 공작의 동상, 그중에서도 그의 삼각모에 꽂힌 깃털을 지금까지 한 번도 받아보지 못했을 시선으로 뚫어져라 바라보며 다시 생각했습니다. 그런 본능들은 그들의 삶의 조건, 즉 문명의 결핍에서 비롯된 것이라고 말이죠. 이처럼 그들이 지닌 결함들을 깨닫게 되자 두려움과 씁쓸함이 점차 연민과 관용으로 변해갔습니다. 그리고 1, 2년 뒤에는 연민과 관용마저 사라지고 이 모든 것으로부터의 더없이 커다란 해방감이 찾아왔습니다. 즉, 사물들을 그 자체로 생각할 줄 아는 자유를 누리게 된 것입니다. 예

---

35 1911년 에드워드 7세가 어머니인 빅토리아 여왕을 기리기 위하여 건설하도록 한 아치. 근처에 해군성이 있어 애드미럴티 아치Admiralty Arch라고 불린다.

를 들면, 나는 저 건물을 좋아하는가, 아닌가? 저 그림은 아름다운가, 아닌가? 내 생각에 저것은 좋은 책인가 나쁜 책인가? 진정 내 고모님의 유산은 나를 위해 하늘의 베일을 벗겨주었고, 밀턴이 영원히 찬양할 것을 권고했던[36] 신사의 커다랗고 위압적인 형상 대신 내게 탁 트인 하늘을 선사해주었습니다.

　이런 생각과 추측을 하면서 나는 강가의 내 집으로 돌아갔습니다. 가로등이 하나둘 켜지고 있었고, 아침 이후로 런던에는 형언하기 힘든 어떤 변화가 생겨나 있었습니다. 마치 거대한 기계가 온종일 일한 다음 우리의 도움으로 매우 흥미롭고 아름다운 어떤 것(붉은 눈을 반짝이며 타오르는 듯한 직물)을 몇 야드 더 자아내고, 뜨거운 숨결로 포효하는 황갈색 괴물을 만들어낸 것 같았습니다. 심지어 집들을 후려치고 광고판들을 덜컹거리게 하는 바람마저 마치 깃발처럼 흔들리는 듯했지요.

　하지만 내가 사는 작은 거리에서는 가정적인 삶의 풍경이 주로 펼쳐졌습니다. 가옥 도색공은 사다리에서 내려

36　버지니아 울프는 자신의 일기에서 밀턴의 『실낙원』의 이브의 묘사를 예로 들며 밀턴을 남성 우월주의자 중 하나로 간주하는 글을 남긴 바 있다. 여기서 언급하는 '신사'와 밀턴은 서로 직접적인 연관성이 없다.

오고, 아이 보는 여성은 유모차를 요리조리 조심스레 밀면서 차를 마시러 육아실로 돌아가고 있었습니다. 석탄 운반부는 빈 자루들을 차곡차곡 개고 있었고, 야채 가게 여주인은 붉은 장갑을 낀 손으로 하루의 소득을 계산하고 있었습니다. 여러분이 내 어깨 위에 올려놓은 문제에 너무 몰두하다 보니 이런 일상적인 광경들조차도 하나의 주제와 연관시키지 않을 수 없더군요. 이런 직업들 중에서 어떤 게 더 고귀하고 어떤 게 더 필요한 일인지를 판단하는 것은 100년 전보다 지금이 훨씬 더 어려우리라는 생각이 들었습니다. 석탄 운반과 아이 보기 중 어떤 게 더 나은 일일까요? 여덟 명의 아이를 길러낸 유모는 10만 파운드를 벌어들인 변호사보다 세상에 쓸모가 적은 사람일까요? 이런 질문들을 하는 것은 아무 소용 없는 짓일 것입니다. 아무도 대답할 수 없을 테니까요. 유모와 변호사의 상대적 가치가 10년마다 오르락내리락할 뿐만 아니라, 우리에겐 지금도 그 가치들의 우위를 측정할 아무런 잣대가 없기 때문입니다. 내가 교수님에게 여성에 관한 그의 주장을 입증할 이런저런 '논박할 수 없는 증거들'을 제시해달라고 요구한 것은 어리석은 짓이었습니다. 설령 어떤 순간에 어떤 재능의 가치를 말할 수 있다고 하더라도 그러한 가치들은 계속 변화할 것이기 때문입니다. 아마도 100년이 지난 뒤에는 완전히 달라질 테고요. 게다가 앞으로 100년 후쯤이면, 난 내 집 문간에 이르러 생각했습니다, 여성은 더 이상 보호받는 성이 아니게 될 것입니다. 필연적으로 여성은 과거에 그들에게 허용되지 않았던 모든 행위와 힘든 작업에도 참여하게 될 것입니다. 아이를 보던 여성이 석탄을 운반하고, 가게 여주인은 기관차를 운전하게 될 것입니다. 또한 여성이 보호받는 성이었을 때 관찰된 사실에 근거한 가설들은 모두 사라질 것입니다. 예를 들면(지금은 한 분대의 군인들이 거리를 따라 행군하는 중입니다), 여성과 목사와 정원사가 다른 사람들보다 오래 산다는 가설 같은 것 말입니다. 여성에게서 보호를 거둔 다음, 그들을 남성이 하는 것과 같은 힘든 작업과 행위에 직면하게 하고, 그들로 하여금 군인, 선원, 기관차 운전사 그리고 부두 노동자가 되게 하십시오. 그런다고 해서 예전에 "비행기를 봤어"라고 말하듯 "오늘 여자를 봤어"라고 말할 정도로 여자가 남자보다 훨씬 빨리, 훨씬 젊어서 죽는 일은 없을 테니까요. 나는 문을 열면서 생각했습니다. 여성이라는 사실이 더 이상 보호받을 이유가 되지 않는다면 무슨 일이든 일어날 수 있을 거라고요. 그런데 이 모든 것이 내 강연의 주제인 여성과 픽션하고 무슨 연관이 있을까? 나는 안으로 들어가면서 자문했습니다.

제3장

저녁이 되어 돌아오면서 어떤 중요한 진술과 믿을 만한 사실을 가지고 오지 못했다는 것은 실망스러운 일이었습니다. 여성은 이런저런 이유로 남성보다 가난하다고들 합니다. 어쩌면 이젠 진실을 찾는 것을 포기하고, 용암처럼 뜨겁고 개숫물처럼 혼탁하게 머리 위로 쏟아지는 수많은 견해를 더 이상 받아들이지 않는 게 나을지도 모르겠습니다. 그보다는 커튼을 쳐서 산만한 생각들이 들어오지 못하게 한 뒤 불을 밝히고 탐구의 폭을 좁혀서, 견해가 아닌 사실을 기록하는 역사가에게, 시대를 통틀어서가 아니라 영국에서, 그중에서도 엘리자베스 시대[37]의 여성이 어떤 조건하에서 살아왔는지를 말해달라고 요구하는 편이 나을지도 모릅니다.

37　잉글랜드의 역사에서 튜더 왕조 시대 가운데 엘리자베스 1세(1558~1603)의 치세를 뜻한다. 역사가들은 보통 이 시대를 영국사의 황금기로 부른다.

왜냐하면 남자라면 하나 걸러 한 명꼴로 노래나 소네트를 지을 수 있었던 듯한 시대에 어떤 여성도 그런 놀라운 문학작품을 단 한 줄도 쓰지 못했다는 것은 영원한 수수께끼로 남아 있기 때문입니다. 그래서 나는 당시 여성들이 어떤 조건하에서 살았는지 궁금해졌습니다. 픽션이 상상력의 산물이긴 하지만 땅바닥으로 떨어지는 조약돌처럼 어딘가에서 뚝 떨어지는 것은 아니니까요. 과학은 그럴 수도 있겠지만요. 픽션은 마치 거미줄처럼, 아마도 아주 미세하게, 네 귀퉁이 모두가 삶과 연결돼 있습니다. 종종 그 연결 부분이 거의 눈에 띄지 않기도 합니다. 일례로 셰익스피어의 극작품들은 그 자체로 완벽하게 공중에 떠 있는 듯 보입니다. 하지만 거미줄을 비스듬히 잡아당겨 가장자리에 걸고 가운데를 찢어보면, 이 거미줄이 무형의 존재가 공중에 짜놓은 것이 아니라 고통받는 인간의 작품이며, 건강과 돈 그리고 우리가 사는 집 같은 뼛속 깊이 물질적인 것들과 연결돼 있다는 사실을 떠올리게 됩니다.

그래서 나는 역사책들이 꽂힌 서가로 가서 한 권을 뽑아 들었습니다. 최근에 출간된 트리벨리언 교수[38]의 『영국

---

38 조지 매콜리 트리벨리언(1876~1962)은 영국의 역사학자로 1926년 『영국사』를 출간했다.

사』였지요. 나는 또다시 여성에 관한 부분을 찾다가 '여성의 지위'라는 항목을 발견하고는 해당 페이지를 들춰 보았습니다. 거기에는 이렇게 쓰여 있었습니다. "아내를 구타하는 것은 남자의 공인된 권리였고, 하류층뿐만 아니라 상류층에서도 부끄러움 없이 자행되었다…… 마찬가지로" 역사가는 계속 말했습니다. "자신의 부모가 고른 신사와 결혼하기를 거부하는 딸은 방 안에 가둔 채 구타하고 방치한다고 해도 여론에 아무런 충격을 안겨주지 못했다. 결혼은 개인적인 애정이 아닌 가족의 탐욕과 관련된 문제였으며, 특별히 '기사도적 정신을 중시하는' 상류층에서 더욱 그러했다…… 약혼은 종종 당사자 중 하나 또는 둘 다 요람에 누워 있을 때 이루어졌으며, 결혼은 그들이 유모의 보살핌에서 채 벗어나기도 전에 성사되었다."

이것은 초서의 시대 직후인 1470년경의 일이었습니다. 그리고 여성의 지위에 관한 그다음 언급은 그로부터 200년쯤 뒤인 스튜어트 왕조 시대에서나 발견되었습니다. "자신의 남편을 선택하는 것은 상류층과 중류층 여성에게는 여전히 예외적인 일이었다. 그리고 남편이 정해지면 적어도 법과 풍습이 허용하는 한 남편은 지배자이자 주인이었다. 그렇다고 해도," 트리벨리언 교수는 다음과 같이 결론짓고 있습니다. "셰익스피어의 작품에 나오는 여성들이

나, 베르네나 허친슨의 그것처럼 믿을 만한 17세기의 회고록[39]에 등장하는 여성들은 고유한 인격과 개성이 결여된 것처럼 보이지는 않는다."

생각해보면 실제로 클레오파트라는 자기만의 방식을 가졌던 게 분명합니다. 레이디 맥베스 역시 자신만의 의지를 가졌으리라 생각되며, 로잘린드[40]는 매력적인 여성이었다고 말할 수 있을 것입니다. 트리벨리언 교수가 셰익스피어 작품 속의 여성들에게 고유한 인격과 개성이 결여된 것으로 보이지 않는다고 했을 때 그는 진실을 말한 것입니다. 나는 역사가가 아니므로 한 발 더 나아가 여성은 유사 이래로 모든 시인의 작품 속에서 횃불처럼 타올랐다고 말할 것입니다. 극작가들의 작품에서는 클리타임네스트라,[41] 안티

---

39 레이디 베르네(프랜시스 파세노프)가 편집한 『17세기의 베르네 가문의 회고록』(1892~1899)과 루시 허친슨이 쓴 『허친슨 대령의 생애에 대한 회고록』(1810)을 가리킨다.

40 셰익스피어의 희극 『뜻대로 하세요』의 주인공. 궁에서 쫓겨나 남장을 하고 살아가게 된다.

41 그리스 신화 및 전설에 나오는 여성. 미케네의 왕 아가멤논에게 살해된 전남편의 복수를 위해 아가멤논과 결혼해 그를 살해한다. 훗날 성장한 자신의 아들 오레스테스와 딸 엘렉트라에게 살해된다. 호메로스, 아이스킬로스, 소포클레스 등이 그녀를 소재로 다양한 비극 작품을 탄생시켰다.

고네, 클레오파트라, 레이디 맥베스, 페드르, 크레시다,[42] 로 잘린드, 데스데모나, 몰피 공작부인[43]을, 산문 작가의 작품 에서는 밀러먼트,[44] 클러리사,[45] 베키 샤프,[46] 안나 카레니 나, 엠마 보바리, 게르망트 부인[47] 등을 예로 들 수 있겠지 요. 무리 지어 머릿속에 떠오르는 이 이름들은 '개성이나 고유한 기질이 결여된' 여성을 연상시키지 않습니다. 사실 여성이 남자들이 쓴 픽션 속에서만 존재한다면, 우린 그들 을 최고로 중요한 사람으로 상상할 수도 있습니다. 매우 다 양하고, 영웅적이거나 비열하고, 훌륭하거나 추하며, 엄청

---

42 셰익스피어의 풍자 희극 『트로일러스와 크레시다』에 나오는 인물로, 그 리스의 영웅 디오메데스에게 마음을 빼앗겨 연인인 트로일러스를 배반 하는 트로이 여성이다. 셰익스피어의 작품 외에도 두 사람을 소재로 한 중세와 르네상스 시대의 여러 작품 속에 등장한다.

43 영국의 극작가 존 웹스터(1580?~1625?)가 1623년에 출간한 동명의 비 극의 주인공. 셰익스피어 다음가는 엘리자베스 왕조 비극의 최고 걸작 으로 인정받았다.

44 '풍속 희극'을 대표하는 영국의 극작가 윌리엄 콩그리브(1670~1729)가 1700년에 발표한 희극 『세상만사』의 주인공.

45 영국의 소설가 새뮤얼 리처드슨(1689~1761)의 서간체 소설 『클러리사 할로 또는 젊은 여성의 이야기』(1748)의 주인공. 울프는 이 이름을 자신 의 소설 『댈러웨이 부인』의 주인공 이름으로 사용했다.

46 19세기 영국 소설가 윌리엄 새커리의 『허영의 시장』의 주인공.

47 프랑스의 소설가 마르셀 프루스트(1871~1922)의 작품 『잃어버린 시간 을 찾아서』(1913~1927)에 나오는 인물.

나게 아름답거나 대단히 흉측하고, 남자처럼 위대하거나, 심지어 어떤 이들은 여성이 남성보다 더 위대하다고[48] 생각할 수도 있을 겁니다. 하지만 이런 것들은 픽션 속의 여성일 뿐입니다. 실상은 트리벨리언 교수가 지적했듯이 여성은 방 안에 갇힌 채 구타당하고 방치되었던 것입니다.

이런 사실들로부터 아주 기묘하고 복합적인 존재가 생겨나게 됩니다. 상상 속에서의 여성은 매우 중요한 인물로 그려지지만, 실제 삶에서는 전적으로 하찮은 존재입니다.

---

48 (원주) 아테네에서는 여성이 동양에서처럼 노예로서 억압받거나 고된 일에 시달리는 삶을 살았던 반면, 당시 연극 무대는 클리타임네스트라와 커샌드라, 아토사와 안티고네, 페드르와 메데이아 그리고 '여성혐오자'였던 에우리피데스의 극들을 대부분 지배했던 또 다른 여주인공들을 배출해냈다는 것은 아직까지도 기이하면서도 설명하기 힘든 사실로 남아 있다. 실제 삶에서는 고귀한 신분의 여성이 얼굴을 드러낸 채 홀로 거리를 나다닐 수 없었지만, 연극 무대에서의 여성은 남성과 동등하거나 그를 능가하는 세계의 모순은 아직까지 충분히 해명되지 않았다. 현대 비극에서도 마찬가지로 여성의 우위가 존재한다. 셰익스피어의 작품을 대략 살펴보는 것만으로도 로잘린드부터 레이디 맥베스에 이르기까지 여성의 우세와 주도권이 지속됨(말로나 존슨 박사의 작품에서처럼은 아니지만 웹스터의 작품에서와는 유사하게)을 알 수 있을 터다. 라신의 작품 속에서도 마찬가지다. 그의 비극 중 여섯 편의 제목이 여주인공의 이름이다. 그의 남성 인물들 중에서 에르미온과 앙드로마크, 베레니스와 록산, 페드르와 아탈리에 대적할 만한 인물이 있을까? 입센의 경우도 이와 다르지 않다. 그의 작품 속에서 솔베이그와 노라, 헤다와 힐다 반겔 그리고 레베카 웨스트와 필적할 만한 남성들을 찾을 수 있을까?(F. L. 루커스, 『비극』(1927), 114~115쪽.)

여성과 글쓰기

시에서는 여성의 존재가 처음부터 끝까지 전반에 걸쳐 펼쳐지지만, 역사에서는 그 존재를 거의 찾아볼 수 없습니다. 여성은 픽션에서는 왕과 정복자의 일생을 지배하지만, 실제 삶에서는 어떤 소년의 부모가 그녀의 손에 강제로 반지를 끼움으로써 그의 노예가 되었습니다. 문학에서는 풍부한 영감으로 가득한 말과 더없이 심오한 생각이 여성의 입술에서 흘러나오지만, 실제 삶에서의 그녀는 글을 거의 읽을 줄도 쓸 줄도 모르며 남편의 소유물에 불과한 존재였습니다.

그것은 분명 사람들이 역사가의 글을 먼저 읽은 다음에 시인의 글을 읽음으로써 만들어진 기이한 괴물이었습니다. 독수리 날개가 달린 벌레, 또는 부엌에서 소의 지방을 잘게 썰고 있는 생명과 미의 요정 같은 것 말입니다. 하지만 이런 괴물은 상상하기에는 재미있을지 몰라도 실제로는 존재하지 않는 것입니다. 여성에게 생명을 불어넣기 위해 우리가 해야 할 일은 그녀를 시적이자 산문적으로 생각하는 것입니다. 그리하면 우린 '그녀는 마틴 부인이고 서른여섯 살이며, 푸른색 옷에 검은 모자를 쓰고 갈색 신발을 신고 있다'라는 사실을 계속 접하면서, '그녀는 온갖 종류의 정신과 힘이 끊임없이 흐르며 반짝이는 그릇이다'라는 픽션 또한 놓치지 않을 수 있습니다. 그러나 엘리자베스 시대의 여성에게 이 방법을 적용하고자 시도하는 순간 우린 한 분야의 조명照明이 결여돼 있음을 알게 됩니다. 사실의 부족이라는 현실에 부딪히게 되는 것입니다. 우리는 당시의 여성에 대해 세세한 사실 혹은 더없이 진실하고 중요한 그 어떤 것도 알지 못합니다. 역사는 여성에 대해 거의 언급하지 않기 때문이죠. 그래서 난 다시 트리벨리언 교수의 책으로 돌아가 그에게 역사가 무엇을 의미하는지를 살펴보았습니다. 각 장의 제목들을 보면서 그에게 역사는 다음과 같은 것들을 의미한다는 걸 알게 되었지요.

"중세의 장원과 공동경작 방식…… 시토회와 목양업…… 십자군…… 대학…… 하원…… 백년전쟁…… 장미전쟁…… 르네상스 시대 학자들…… 수도원의 해체…… 농민 투쟁과 종교 갈등…… 영국 해군력의 기원…… 스페인의 무적함대……" 등등. 때때로 엘리자베스 1세나 메리 여왕 같은 여왕이나 귀부인의 이름이 개별적으로 언급되기도 합니다. 하지만 가진 것이라곤 두뇌와 개성밖에 없는 중류층 여성은 어떤 위대한 흐름(이런 것들이 한데 모여 과거에 대한 역사가의 관점을 형성하는 법이지요)에도 낄 자리가 없습니다. 게다가 일화를 모아놓은 어떤 책에서도 여성의 존재는 발견되지 않습니다. 오브리[49]는 여성을 거의 언급하지 않

49　영국의 전기 작가인 존 오브리(1626~1697).

습니다. 게다가 여성은 자신의 삶에 관한 글을 쓰거나 일기를 쓴 적이 거의 없습니다. 얼마 안 되는 편지 정도만 남아 있을 뿐이지요. 여성은 우리가 그들을 판단하는 척도가 될 수 있는 극작품이나 시를 남기지도 않았습니다. 우리가 원하는 것은 다량의 정보입니다. (어째서 뉴넘이나 거턴 칼리지의 똑똑한 학생들은 이런 정보를 제공하지 않는 것일까요?) 여자들은 대체로 몇 살에 결혼을 했고, 일반적으로 몇 명의 자녀를 두었으며, 그들의 집은 어떠했고, 자기만의 방을 가졌었는지, 요리를 직접 했는지, 하인을 둘 수 있었는지? 이 모든 사실들은 아마도 어딘가에, 교구 기록부와 회계 장부 같은 데에 적혀 있을 것입니다. 엘리자베스 시대의 평균적인 여성의 삶에 대한 기록들이 어딘가에 흩어져 있을 테니 그것들을 모아 책으로 펴낼 수도 있겠지요. 나는 서가에 없는 책들을 찾으면서 생각했습니다. 앞서 말한 이름난 칼리지의 학생들에게 역사를 다시 쓰기를 제안하는 것은 과도한 나의 야심일 것이라고. 역사라는 것이 다소 기묘하고 비현실적이며 어느 한쪽으로 치우쳐 있다는 것은 인정하지만요. 하지만 어째서 역사에 부록을 덧붙여서는 안 되는 걸까요? 물론 그 속에서 여성이 부적절하지 않게 등장할 수 있도록 눈에 잘 띄지 않는 제목을 붙여서 말이죠. 왜냐하면 종종 위인들의 전기에서 배경 속으로 재빨리 물러나버리거나, 윙크나 웃음 혹은 눈물을 감추는 듯 보이는 여성들을 언뜻언뜻 발견하게 되기 때문입니다. 어쨌거나 우린 제인 오스틴의 일생에 관해서는 이미 충분히 알고 있습니다. 조애나 베일리[50]의 비극들이 에드거 앨런 포의 시에 끼친 영향을 다시 고찰할 필요도 없을 듯합니다. 나로 말하자면, 메리 러셀 미트포드[51]가 살던 집과 자주 갔던 곳 들이 적어도 1세기 동안 대중에게 공개되지 않는다고 해도 개의치 않습니다. 하지만 나는 또다시 서가를 살펴보면서 생각했습니다. 내가 유감스럽게 생각하는 것은 18세기 이전의 여성에 관해서는 아무것도 알려진 게 없다는 사실입니다. 내 마음속에서 이리저리 굴려볼 만한 모델이 없는 것이지요.

지금 나는 엘리자베스 시대의 여성은 왜 시를 쓰지 않았는지를 묻고 있습니다. 그런데 난 그들이 어떻게 교육을 받았는지, 글 쓰는 법을 배운 적은 있는지, 자기만의 방이 있었는지, 스물한 살이 되기 전에 아이를 낳은 여성이 얼마나 되는지, 한마디로 아침 8시부터 저녁 9시까지 그들이 무엇을 했는지를 알 길이 없습니다.

그들이 돈이 없었던 것은 확실합니다. 트리벨리언 교

---

50 (1762~1851) 스코틀랜드의 시인이자 극작가.

51 (1787~1855) 영국의 작가이자 극작가.

수의 말에 따르면, 그들은 자신이 원하건 원치 않건 아이 방을 채 벗어나기도 전인 열다섯 살이나 열여섯 살쯤에 결혼을 했습니다. 이런 사실만 놓고 보더라도 그들 중 누군가가 느닷없이 셰익스피어의 희곡을 썼더라면 매우 기이한 일로 여겨졌을 것입니다. 나는 이렇게 결론지으면서 지금은 세상을 떠난 한 노신사를 떠올렸습니다. 생전에 주교를 지낸 그는 과거나 현재 혹은 미래의 어떤 여성이라도 셰익스피어의 천재성을 타고나는 것은 불가능하다고 단언했지요. 그는 신문에 그것에 관한 글을 썼습니다. 그는 또한 자신에게 문의한 어떤 귀부인에게 고양이는 사실상 천국에 가지 않는다고 대답했습니다. 고양이에게도 영혼이란 게 있기는 하다고 덧붙이긴 했지만요. 이런 노신사들은 우리의 생각거리를 얼마나 많이 덜어주었는지 모릅니다! 그들이 다가오기만 하면 무지의 경계선이 움찔하며 뒤로 물러나곤 했지요! 그들의 말에 의하면, 고양이는 천국에 가지 않으며, 여성은 셰익스피어의 희곡을 쓸 수 없습니다.

그런데 서가에 꽂힌 셰익스피어의 작품들을 바라보는 동안 적어도 한 가지 점에서만은 그 주교의 말이 옳았다는 생각이 들더군요. 그의 말대로 어떤 여성도 셰익스피어의 시대에 셰익스피어의 극과 같은 작품을 쓰기란 전적으로 불가능했을 것입니다.

일례로 셰익스피어에게 주디스라는 이름의, 놀라운 재능을 타고난 누이가 있었다면 어떤 일이 일어났을지 상상해보도록 합시다. 실제 사실에 관한 자료를 구하기란 너무나 어려운 일이니까요. 셰익스피어 자신은 필시 그래머스쿨[52]에 다녔을 것입니다. 그의 어머니가 유산 상속인이었거든요. 거기서 그는 오비디우스, 베르길리우스, 호라티우스를 비롯한 라틴어와 문법과 논리학의 기초를 배웠을 것입니다. 잘 알려져 있다시피 거친 소년이었던 그는 토끼를 밀렵하고 아마도 사슴 사냥을 했을 것이며, 너무 일찍 이웃 여자와 결혼했고, 그녀는 적절한 시기보다 훨씬 빨리 아이를 낳았습니다. 이런 엉뚱한 짓들은 그로 하여금 런던으로 가서 자신의 운을 시험해보게 했지요. 그는 연극을 좋아했습니다. 그래서 무대 출입구에서 말을 잡고 있는 일부터 시작했지요. 그는 이내 극장에서 일자리를 얻게 되었고, 성공적인 배우가 되었습니다. 그 세계의 중심에서 살면서 모두를 만났고 모두를 알았으며, 무대에서 기술을 익히고 거리에서 재치를 시험했고, 여왕의 궁전에까지 접근할 수 있었

---

52 중세 이후의 영국의 중등학교를 가리킨다. 근대 초기의 그래머스쿨 Grammar school은 주로 영국의 상류층 자녀들만을 학생으로 받아들였으나 이후 실력이 뛰어난 학생들을 받아들이면서 누구나 입학이 가능한 중등학교가 됐다.

습니다.

그사이 놀라운 재능을 지닌 그의 누이는 집에만 머물러 있었다고 가정해봅시다. 그녀는 셰익스피어만큼이나 모험심이 강하고 상상력이 풍부하며 세상을 알고자 하는 열망으로 가득했습니다. 하지만 그녀는 학교에 다니지 못했습니다. 호라티우스와 베르길리우스를 읽기는커녕 문법과 논리학을 배울 기회조차 갖지 못했지요. 때때로 아마도 오빠의 것이었을 책을 집어 들고 몇 페이지씩 읽는 게 고작이었지요. 그러나 그녀의 부모님이 들어와 책과 논문 따위를 보면서 허송세월하지 말고 양말을 꿰매거나 스튜를 끓이는 데나 신경 쓰라고 말했습니다. 그들은 엄격하지만 애정이 깃든 어조로 이야기했을 것입니다. 왜냐하면 그들은 그 시절에 여자로 살아가는 게 어떤 것인지를 잘 아는 현실적인 사람들이었고, 자신들의 딸을 사랑했기 때문입니다. 그녀는 아버지에겐 눈에 넣어도 아프지 않을 만큼 사랑하는 딸이었을 것입니다. 그녀는 사과 창고에서 남몰래 글을 조금씩 끄적거리기도 했지만 자신이 쓴 것을 감추거나 태워버리곤 했습니다. 그리고 10대를 채 벗어나기도 전에 이웃에 사는 양모 중매인의 아들과 약혼을 해야 했지요. 그녀는 자신은 결혼을 혐오스럽게 생각한다고 소리쳤고, 그로 인해 아버지에게 심하게 맞았습니다. 그리고 나서 그는 딸을 꾸짖는 것을 그만두었습니다. 그 대신 자기 마음을 상하게 하지 말라고, 결혼 문제로 자신을 부끄럽게 만들지 말라고 그녀에게 애원했습니다. 그녀에게 목걸이나 예쁜 페티코트를 사주겠다고 하면서요. 그의 눈에는 눈물이 고였습니다. 그런데 그녀가 어떻게 아버지의 말을 거역할 수 있었겠습니까? 그녀는 그의 마음을 아프게 할 수 없었습니다. 하지만 그녀가 지닌 재능의 힘이 그녀를 몰아붙였습니다. 그리하여 어느 여름날 밤 그녀는 조그만 봇짐을 꾸려 밧줄을 타고 내려와 런던으로 향했습니다. 아직 열일곱 살도 채 되지 않았을 때였지요. 산울타리에서 노래하는 새들도 그녀보다 음악적이지는 않았습니다. 그녀는 단어의 음조에 있어서 더없이 예리한 상상력과 자기 오빠처럼 뛰어난 재능을 지녔습니다. 셰익스피어처럼 연극을 좋아했던 그녀는 무대 출입구 앞에 버티고 서서 배우가 되고 싶다고 말했지요. 남자들은 그녀의 면전에서 웃음을 터뜨렸습니다. 뚱뚱하고 입이 가벼운 극단의 감독은 너털웃음을 터뜨렸습니다. 그는 여자가 연기하는 것은 푸들이 춤추는 것과 마찬가지라고 하면서[53] 어떤 여자도 결코 배우가 될 수 없다고 말했습니다. 그리고 무언가를 넌지시 이야기했는데 그게 무엇인지는 여러분도 짐작할 수 있을 것입니다. 그녀가 자신의 재능을 단련받기란 불가능했습니다. 혹은 선술집에서 저녁을 먹거나 자정에 거리를 배회할 수 있었을까요? 사실 그녀는 픽션에 더 재능이 있었고, 남자와 여자의 삶 및 그들의 생활 방식에 대한 관찰로 자신을 가득 채우기를 열망했습니다. 마침내(그녀는 매우 젊었으며, 신기할 정도로 시인 셰익스피어와 얼굴이 닮았고, 그와 똑같이 회색 눈에 이마가 둥글었기에), 마침내 배우이자 극단 매니저인 닉 그린이 그녀를 동정하게 되었습니다. 그리고 그 신사의 아이를 가진 것을 알게 된 그녀는 그 때문에 (시인의 마음이 여성의 몸속에 갇힌 채 뒤엉켜 있을 때 그 마음이 뿜어내는 열기와 격렬함을 누가 감히 가늠할 수 있을까요?) 어느 겨울날 밤 스스로 목숨을 끊었고, 지금은 엘리펀트 앤드 캐슬[54] 외곽의 버스 정류장 부근 교차로 어딘가에 묻혀 있습니다.

만약 셰익스피어 시대에 셰익스피어처럼 뛰어난 재능

---

53   울프는 새뮤얼 존슨이 설교하는 여성에 대해 했던 이야기를 빗대고 있다. "선생, 여자가 설교하는 것은 개가 뒷발로 걷는 것과 마찬가지요."(제임스 보즈웰, 『존슨전』, 펭귄클래식, 2008년, 244쪽) 이 이야기는 3장의 뒷부분에서도 다시 언급된다.

54   런던 남부에 위치한 주요 교차로 주위의 구역. 울프는 '인판타 드 카스티야(카스티야의 아이)'에서 유래한 이름 때문에 이 장소를 선택한 것으로 보인다. 인판타 드 카스티야는 헨리 8세 왕의 첫 번째 부인이었던 아라곤의 캐서린을 가리킨다. 그녀는 남성 후계자를 낳지 못했다는 이유로 이혼당했다. 울프는 여기서 상품화된 여성의 몸을 가리키는 강력한 상징으로서의 캐서린과 엘리펀트 앤드 캐슬을 암시하고 있다.

을 지닌 여성이 있었다면 이야기가 대략 이렇게 흘러갔을 것입니다. 하지만 나로서는 돌아가신 그 주교(그가 정말 주교였다고 한다면)의 말에 동의합니다. 셰익스피어 시대의 여성이 셰익스피어처럼 뛰어난 재능을 타고난다는 것은 생각할 수조차 없습니다. 셰익스피어 같은 천재는 노동을 하거나 교육받지 못한 사람, 노예와 같은 삶을 사는 사람들 사이에서는 태어날 수 없기 때문입니다. 영국에서는 그런 천재가 색슨족이나 브리튼족 가운데서 태어난 적이 없습니다. 오늘날에는 노동자 계층 사이에서도 태어나지 않습니다. 그런데 그런 인물이 어떻게 여성들 가운데서 태어날 수 있었겠습니까? 트리벨리언 교수의 말에 따르면, 여성은 아이 방을 채 벗어나기도 전부터 가사를 돌봐야 했고 그러도록 부모에게 강요당했으며, 법과 관습의 힘에 억눌려 지내야 했습니다. 그러나 노동자 계층 가운데도 천재가 존재했을 것처럼 여성 가운데도 분명 어떤 천재가 존재했을 것입니다. 때때로 에밀리 브론테나 로버트 번스[55] 같은 이들이 빛을 발하면서 그 존재를 입증하기도 합니다. 하지만 그런 이들조차 글로써 자신을 드러낸 적은 결코 없습니다. 그러

---

55 (1759~1796) 18세기 스코틀랜드의 농부 시인. 스코틀랜드 서민의 소박하고 순수한 감정을 표현하여 스코틀랜드의 국민 시인으로 일컬어진다.

나 강제로 물에 빠뜨려진 마녀나 악령에 사로잡힌 여인, 약초를 파는 현명한 여성, 혹은 어느 비범한 남성의 어머니에 관한 이야기를 읽게 될 때면 우린 재능이 사장된 소설가나 억압받은 시인, 제인 오스틴 같은 재능을 지닌 말없는 무명의 작가, 에밀리 브론테에 필적할 만한 재능을 지녔으나 자신의 재능으로 인해 고통받고 미쳐버린 채 일그러진 얼굴로 거리를 배회하거나 황야에서 자신의 머리를 찧어버린 어떤 여성의 자취를 만나게 됩니다. 그리고 이름을 밝히지 않은 채 수많은 시를 썼던 무명의 작가들이 종종 여성이었으리라 조심스레 추측해봅니다. 에드워드 피츠제럴드가 시사했던 것처럼, 발라드와 민요를 만들어 자기 아이들에게 흥얼거리듯 들려주고, 그 노래들로 실잣기의 무료함을 달래거나 긴긴 겨울밤을 잊었던 것도 여성이었을 거라고 생각합니다.

이는 사실일 수도 그렇지 않을 수도 있겠지요. 누가 그걸 자신 있게 말할 수 있을까요? 하지만 이 이야기 속에서 사실인 것은, 혹은 내가 만들어낸 셰익스피어의 누이 이야기를 다시 살펴보면서 사실이라고 여긴 점은, 16세기에 뛰어난 재능을 타고난 어떤 여성이라도 분명 미쳐버리지 않으면 총으로 자살했거나, 마을 외곽의 외딴 오두막에서 반은 마녀, 반은 마법사 취급을 받으며 두려움과 조롱의 대상으로 생을 마쳤을 거라는 것입니다. 왜냐하면 천부적 재능을 타고나 시적 재능을 발휘하고자 애썼던 소녀가 다른 사람들로 인해 좌절을 겪고 방해받으며, 스스로의 상충하는 본능으로 인해 고통받으며 갈가리 찢겨나가고, 종국에는 건강을 잃고 미쳐버렸을 거라고 확신하는 데는 대단한 심리학적 지식이 필요하지 않기 때문입니다. 어떤 소녀라도 런던까지 걸어가 무대 출입구 앞에서 서성거리다가 어떻게든 극단 매니저 겸 배우를 만나고자 했다면, 그로 인해 불합리하지만 그럼에도 불구하고 피할 수 없는 고통을 감내해야만 했을 것입니다. 순결은 어떤 사회들이 알려지지 않은 어떤 이유들로 만들어낸 맹목적 숭배의 대상이었으니까요. 지금도 여전히 그렇지만 당시 순결이란 것은 여성의 삶에서 종교적인 중요성을 지니면서 신경과 본능으로 꽁꽁 둘러싸여 있었던 터라, 그것을 따로 잘라내 대낮의 햇빛에 노출시킨다는 것은 매우 드문 용기를 요구하는 일이었지요. 16세기의 런던에서 자유로운 삶을 산다는 것은, 시인이자 극작가였던 여성에겐 그녀를 죽게 할 수도 있었을 극심한 스트레스와 정신적 딜레마를 동반하는 일이었을 것입니다. 설령 그녀가 살아남는다고 해도, 그녀가 쓴 것은 그게 무엇이든 병적이고 긴장된 상상력의 산물인 터라 분명 뒤틀리고 기형적이었을 것입니다. 나는 여성이 쓴 극작품이 한 편도 없는 서가를 바라보며 생각했습니다. 여성이 쓴 작품은 서명이 되지 않은 채 출간되었을 거라고. 당시의 여성은 분명 그런 도피처를 찾았을 것입니다. 그것은 심지어 19세기 말까지도 여성에게 익명을 요구했던 정조관의 유물이었습니다. 커러 벨,[56] 조지 엘리엇, 조르주 상드 등은 그들의 글이 입증하듯 내면적 투쟁의 희생자로, 남자 이름을 사용함으로써 헛되이 스스로를 감추고자 했습니다. 그렇게 그들은, 남성이 주입하지는 않았더라도 한껏 부추긴 관습(그 자신이 자주 언급되는 인물이었던 페리클레스는 여성에게 최고의 영예는 언급되지 않는 것이라고 말했습니다), 즉 여성에게 평판이란 혐오스러운 것이라는 관습에 경의를 표한 셈이 되었지요. 여성의 핏속에는 익명성이 흐르고 있습니다. 여성은 여전히 자신을 숨기고자 하는 욕구에 사로잡혀 있습니다. 지금도 여성은 남성이 그러는 것만큼 자신의 건전한 명성에 신경 쓰지 않으며, 대개는 묘비나 표지판을 지나치면서 거기에 자신의 이름을 새기고 싶다는 억누를 수 없는 욕구를 느끼지도 않을 것입니다. 앨프나 버트 또는 차스 같은 남자들은 지나가는 멋진 여자나 심지어 개를 보면서

---

56 『제인 에어』를 쓴 샬럿 브론테의 필명.『폭풍의 언덕』을 쓴 에밀리 브론테는 '엘리스 벨'이라는 필명을 사용했다.

도 "저 개는 내 거야"[57]라고 중얼거리는 본능에 따라 그런 욕구를 느끼겠지만요. 물론 그것은 단지 개 한 마리가 아니라 땅 한 조각이나 검은 고수머리의 남자일 수도 있을 거라고, 의사당 광장과 지게스 알레[58] 그리고 또 다른 거리들을 떠올리면서 생각했습니다. 아주 매력적인 흑인 여성을 보면서 그녀를 영국 여성으로 만들고 싶다는 생각을 하지 않고 지나칠 수 있다는 것은 여성으로서의 커다란 이점일 것입니다.[59]

그러니까 16세기에 시적 재능을 타고난 여성은 곧 불행한 여성, 자신과 싸워야만 하는 여성이었던 것입니다. 그녀의 삶의 모든 조건과 그녀의 모든 본능은 머릿속에 있는 어떤 것을 자유롭게 하는 데 필요한 마음 상태에 적대적이었습니다. 여기서 나는 스스로에게 이런 질문을 던졌습니다. 창조 행위에 가장 유리한 마음 상태란 어떤 것일까? 그 기이한 행위를 가능하게 하고 발전시키는 상태에 대해 우

---

57 블레즈 파스칼의 『팡세』에서 빌려 온 구절로, 본문에는 프랑스어로 씌어 있다("Ce chien est à moi.").

58 런던의 국회의사당 앞에 있는 의사당 광장과 베를린의 지게스 알레(승리의 거리)에는 역사적으로 유명한 인물들의 조각상이 많다.

59 이 부분에 대해서는 논란이 많다. 울프가 남성의 정복욕과 통제력을 문제 삼는 것일 수도 있고, 흑인 여성과 영국 여성을 서로 배타적인 존재로 생각한다는 것을 암시하는 것일 수도 있기 때문이다.

린 무언가를 알 수 있을까? 여기서 나는 셰익스피어의 비극들이 들어 있는 책을 펼쳤습니다. 예를 들어, 그가 『리어왕』과 『안토니우스와 클레오파트라』를 썼을 때의 마음 상태는 어떠했을까요? 그것은 분명 시를 쓰기에 가장 유리하고 적절한 마음 상태였을 것입니다. 하지만 셰익스피어 자신은 그에 관해 어떤 말도 한 적이 없습니다. 우리는 '그는 결코 한 줄도 삭제하지 않았다'는 것을 우연히 알게 되었을 뿐입니다. 실제로 18세기가 되기 전까지는 어떤 예술가도 자신의 마음 상태에 대해 이야기한 적이 없었습니다. 아마도 그것을 시작한 것은 루소였을 것입니다.[60] 어쨌거나 19세기 무렵에는 자의식이란 것이 상당히 발전하여, 문인들이 고백록이나 자서전에서 자신의 마음을 묘사하는 것이 관행이 되었지요. 그들의 전기도 쓰였고, 그들의 편지도 사후 출간되었습니다. 그리하여 우린 셰익스피어가 『리어왕』을 썼을 때 어떤 마음이었는지는 알지 못하지만, 칼라일[61]이 『프랑스 혁명사』를 썼을 때 어떤 일들을 겪었는지, 플로베르가 『보바리 부인』을 썼을 때 어떤 마음이었는지는 알

---

60 장자크 루소의 『고백록』을 언급하고 있다.

61 영국의 역사가이자 문인인 토머스 칼라일(1795~1881). 훗날 찰스 디킨스의 『두 도시 이야기』(1859)에 영감을 준 명저 『프랑스 혁명사』(1837)를 남겼다.

고 있습니다. 또한 키츠[62]가 다가오는 죽음과 세상의 무관심과 맞서 시를 쓰고자 했을 때 어떤 심경이었는지도 알고 있지요.

고백록과 자기분석으로 이루어진 거대한 현대문학으로부터 우린 천재적인 작품을 쓰는 것은 거의 언제나 엄청난 어려움을 동반하는 위업이라는 것을 유추할 수 있습니다. 작가의 마음 상태에서 총체적이고 완전한 작품이 탄생할 가능성을 가로막는 것들이 도처에 존재하기 때문이지요. 일반적으로 물리적 환경은 그 일에 적대적입니다. 개가 짖고, 사람들이 방해를 합니다. 돈도 벌어야 하고, 건강은 나빠질 것입니다. 게다가 세상의 악명 높은 무관심은 이 모든 어려움을 가중시키고 더욱더 견디기 힘들게 합니다. 세상은 사람들에게 시와 소설과 역사를 쓰라고 요구하지도 않고 그것들을 필요로 하지도 않습니다. 또한 플로베르가 적절한 단어를 발견했는지,[63] 칼라일이 이런저런 사실을 꼼꼼히 확인했는지 따위에 아무런 관심이 없습니다. 당연

---

[62] 존 키츠(1795~1821). 영국의 낭만주의를 대표하는 시인으로 「나이팅게일에게 부치는 송가」, 「가을에」, 「엔디미온」 등의 명작을 남겼다. 만 25세의 나이에 폐결핵으로 요절했다.

[63] 플로베르는 "하나의 대상을 표현하는 가장 적절한 말은 단 하나뿐이다"라는 일물일어설一物一語說로 유명하다.

히 세상은 자신이 원하지 않는 것에 비용을 지불하지도 않겠지요. 키츠, 플로베르, 칼라일 같은 작가는 특히 창조적인 젊은 시절에 다양한 형태의 혼란과 좌절로 고통받았습니다. 자기분석과 고백으로 이루어진 책들에서는 저주와 극심한 고통의 비명이 솟구쳐 나옵니다. '비참하게 죽은 위대한 시인들',[64] 이것이 그들의 노래가 감당해야 하는 짐입니다. 만약 이 모든 것에도 불구하고 무언가가 나온다면 그것은 기적일 것입니다. 그리고 애초에 구상된 것처럼 온전하고 완전하게 세상에 나오는 책은 아마도 없을 것입니다.

나는 여전히 텅 빈 서가를 바라보며 생각했습니다. 여성에게는 이 모든 어려움이 무한히 크고 훨씬 더 많았을 거라고 말입니다. 우선 19세기 초까지도 여성은 조용한 방이나 방음 장치가 된 방[65]은커녕 자기만의 방을 갖는다는 것은 생각조차 할 수 없었습니다. 그녀의 부모가 보기 드문 부자이거나 대단한 귀족이 아니라면 말이죠. 아버지의 아

---

64 'Mighty Poets in their misery dead'. 윌리엄 워즈워스의 시 「결의와 독립」에 나오는 구절.

65 토머스 칼라일은 도시의 소음, 특히 거리의 음악가들의 소리에 시달린 나머지 자신의 집에 방음 장치가 된 방을 마련한 것으로 유명하다. 울프는 그녀의 에세이 「위인들의 집」에서 칼라일이 소음과 싸운 이야기와 이중으로 두꺼운 벽에 관해 들려준다.

량에 달려 있던 그녀의 용돈은 옷을 사 입기에도 빠듯했을 것입니다. 여성은, 마찬가지로 가난했던 키트나 테니슨 또는 칼라일 같은 남성에게는 허용되었던 도보 여행이나 짧은 프랑스 여행 혹은 비록 누추하긴 해도 가족들의 요구와 압제로부터 그들을 보호해주는 독립된 숙소와 같은, 고통을 덜어주는 것들의 혜택을 전혀 누릴 수 없었습니다. 이러한 물질적 어려움도 굉장히 컸지만, 비물질적인 것으로 인한 시련은 그보다 훨씬 가혹했습니다. 키츠와 플로베르 그리고 또 다른 천재적인 남성들이 견디기 어려워했던 세상의 무관심은 여성의 경우에는 무관심을 넘어선 적대감이었습니다. 세상은 앞서 언급한 남자들에게는 "글을 쓰고 싶으면 쓰시오. 나하고는 아무 상관 없으니까"라고 말했습니다. 하지만 여성에게는 너털웃음을 터뜨리면서 이렇게 말했지요. "글을 쓰겠다고? 그따위 것을 무엇에 쓰려고?"

또다시 서가 위의 텅 빈 공간들을 바라보는데 이 대목에서 뉴넘과 거턴의 심리학자들이 우리에게 도움이 될지도 모르겠다는 생각이 들더군요. 이제 분명 좌절이 예술가의 마음에 끼치는 영향을 측정해볼 때가 되었기 때문입니다. 예전에 한 우유 회사가 보통 우유와 1등급 우유가 쥐의 신체에 끼치는 영향을 측정한 것을 본 적이 있습니다. 그들은 나란히 붙어 있는 두 개의 우리 안에 쥐 두 마리를 각각 넣어두웠는데, 그중 한 마리는 자꾸만 피하고 소심하고 몸집이 작았으며, 다른 하나는 윤기가 흐르고 대담하고 몸집이 컸습니다. 그렇다면 우린 예술가로서의 여성에게 어떤 먹이를 주고 있을까요? 나는 프룬과 커스터드 소스가 나왔던 저녁식사를 떠올리며 자문했습니다. 이 질문에 답하기 위해서는 석간신문을 펼쳐서 버컨헤드 경의 견해[66]를 읽기만 하면 되었습니다. 하지만 난 여성의 글쓰기에 관한 그의 견해를 베끼는 수고를 할 생각은 없습니다. 잉 사제장이 말한 것[67]도 문제 삼지 않겠습니다. 할리가街[68]의 전문의는 시끄러운 소리로 그 거리의 반향을 불러일으킬 수도 있겠지만, 그런다고 해도 난 머리털 한 올도 까딱하지 않을 것입니다. 그러나 난 오스카 브라우닝 씨의 견해는 인용하려고 합니다. 오스카 브라우닝 씨는 한때 케임브리지 대학교의 유명 인사였을 뿐만 아니라 예전에 거턴과 뉴넘의 시험관이

---

66 본명은 F. E. 스미스(1872~1930)로 영국의 보수파 정치인이자 변호사. 여성의 선거권에 반대하며 다음과 같은 말을 한 바 있다. "사포가 노래를 하지 않고, 잔 다르크가 싸우지 않고, 시던스가 연극을 하지 않고, 조지 엘리엇이 소설을 쓰지 않았더라도 인간의 행복과 지식과 업적의 총량은 거의 변함이 없으리라는 것을 나는 자신 있게 말할 수 있다."(존 캠벨, 『F. E. 스미스, 버컨헤드 제1백작』(1983년 판), 279쪽.)

67 (1860~1954) 그는 여성의 선거권과 더 나아가 여성의 참정권에 반대했다.

68 런던 중심부의 개인 병원 밀집 거리.

었기 때문입니다. 오스카 브라우닝 씨는 "어떤 답안지라도 검토하고 난 뒤 점수에 상관없이 마음에 남는 인상은, 최상위의 여성이 최하위의 남성보다 지적으로 열등하다는 것이다"라고 단언하곤 했습니다. 이 말을 한 뒤 브라우닝 씨는 자기 아파트로 돌아갔는데 (이어지는 이야기는 그에게 일말의 애정을 느끼게 하면서 그를 어떤 크기와 위엄이 있는 인물로 여기게 해줍니다) 거기서 그는 마구간지기 소년이 소파에 누워 있는 것을 보았습니다. "그는 마치 한낱 해골처럼 뺨이 쑥 들어가고 누렇게 떴으며, 이는 시커멨고, 손발은 충분히 자란 것 같지 않았다…… '아서로군.' (브라우닝 씨의 말입니다.) '정말 소중하고 고귀한 마음을 지닌 아이야.'" 내게는 이 두 그림이 서로를 보완해주는 듯 보였습니다. 그리고 다행히도 전기가 유행하는 이 시대에 두 그림은 종종 서로를 보완해주어서 우린 위인들의 말뿐만 아니라 그들의 행위에 의해서도 그들의 견해를 해석할 수 있게 되었습니다.

하지만 오늘날 이러한 해석이 가능해졌다고는 해도, 50년 전까지만 해도 중요한 인물들의 입에서 나오는 그런 견해는 엄청난 무게를 지녔었음이 분명합니다. 일례로 한 아버지가 어떤 고귀한 동기에서, 자신의 딸이 집을 떠나 작가나 화가 또는 학자가 되기를 원치 않았다고 가정해봅시다. 그는 "오스카 브라우닝 씨가 뭐라고 말하는지 봐라"라고 할 것입니다. 게다가 오스카 브라우닝 씨만 있었던 것도 아닙니다. 〈새터데이 리뷰〉도 있었고, 그레그 씨도 있었습니다. 그레그 씨는 이렇게 역설했습니다. "여성이라는 존재의 본질은, *남자에게 부양받고 남자를 섬기는 것이다.*" 이밖에도 여성에게는 지적인 면에서 기대할 게 아무것도 없다는 취지로 이야기한 남성들의 견해가 산더미를 이루고도 남습니다. 설사 그녀의 아버지가 이런 견해들을 큰 소리로 읽어주지 않았더라도 어떤 소녀라도 스스로 그것들을 읽을 수 있었을 것입니다. 그런 글들은 19세기에도 분명 그녀의 활력을 저하시키고 그녀의 작업에 깊은 영향을 끼쳤을 것입니다. "넌 이건 하면 안 돼, 넌 저건 할 수 없어"처럼 맞서서 항변하고 극복해야 할 주장은 언제나 있어왔지요. 어쩌면 소설가에게는 이런 병균이 대단한 영향을 끼치지 못했을지도 모릅니다. 훌륭한 여성 소설가들은 늘 있어왔으니까요. 그러나 그 병균은 화가들에게는 여전히 어느 정도 독침을 포함하고 있고, 음악가들에게는 지금도 살아 움직이면서 극도로 유해하게 작용하고 있습니다. 여성 작곡가는 셰익스피어 시대의 여배우와 같은 입장에 놓여 있습니다. 앞서 셰익스피어의 누이에 관해 지어낸 이야기를 떠올리다가 생각난 건데, 닉 그린은 연기하는 여자는 춤추는 개를 연상시킨다는 말을 한 적이 있습니다. 존슨 박사는 그로부터 200년 후 설교하는 여성에 관해 똑같은 이야기를 했지요. 이쯤에서 음악에 관한 책을 펼쳐보면 1928년 현재에도 작곡을 하려는 여성에 관해 여전히 똑같은 말이 사용되고 있음을 알 수 있습니다. "제르맨 타유페르 양[69]에 대해서는 존슨 박사의 여성 설교자에 관한 금언[70]을 음악 용어로 바꿔 반복하기만 하면 된다. '선생, 여자가 작곡을 하는 것은 개가 뒷발로 걷는 것과 마찬가지요. 그런 일이 잘된 적도 없지만, 그런 일이 행해진다는 게 놀라울 따름이오.'"[71] 이처럼 역사는 어김없이 반복되고 있습니다.

따라서 난 오스카 브라우닝 씨의 전기를 덮고 다른 책들을 밀어놓으면서, 19세기에조차도 여성은 예술가가 되도록 권장되지 않았음이 분명하다고 결론지었습니다. 그 반대로 여성은 무시당하고 얻어맞고 설교와 훈계를 들어야 했습니다. 이런저런 것들에 맞서고 반박해야 했기에 그녀의 마음은 짓눌리고 활기를 잃었을 것입니다. 여기서 우린 또다시 여성 운동에 지대한 영향력을 행사해온 매우 흥미롭고도 모호한 남성의 강박관념을 만나게 됩니다. *여성*

---

69   (1892~1983) 프랑스의 작곡가.

70   각주 53번 참조.

71   (원주) 세실 그레이, 『현대음악 개론』(1924), 246쪽.

이 열등하다기보다는 *남성*이 우월하기를 바라는 이 뿌리 깊은 욕망으로 인해 남성은 사람들의 시선을 끄는 곳이면 어디든 나섰습니다. 예술의 전면에 나섰을 뿐만 아니라 여성의 정치 참여 또한 가로막았습니다. 남성 자신이 감당해야 하는 위험이 극히 적고, 여성 청원자가 겸손하고 헌신적인 경우에조차 말입니다. 심지어 레이디 베스버러조차 정치를 향한 대단한 열정에도 불구하고 자신을 겸허히 낮추면서 그랜빌 레버슨가워 경에게 다음과 같은 편지를 써야 했습니다. "……정치에 대한 저의 격렬한 태도와 그 주제에 대한 수많은 논고論告에도 불구하고 저는 그 어떤 여성도 자신의 의견을 제시하는 것(그런 요청을 받는 경우에) 이상으로 이런저런 심각한 사안에 관여해서는 안 된다는 당신의 의견에 전적으로 동의합니다." 그리고 그녀는 아무런 장애물도 없는, 그랜빌 경의 하원에서의 첫 연설이라는 엄청나게 중요한 주제 같은 데에 자신의 열정을 쏟아부었습니다. 이런 광경은 참으로 기이하기 짝이 없었습니다. 어쩌면 여성 해방에 저항하는 남성의 역사는 여성 해방 자체의 이야기보다 훨씬 흥미로울지도 모릅니다. 만약 거턴이나 뉴넘의 여학생이 그 사례들을 모아 하나의 이론을 도출해낸다면 매우 흥미로운 책이 나오지 않을까요. 하지만 그녀는 순금과도 같은 자신의 책을 지키기 위해 손에 두꺼운 장갑을 끼

121

1부 『자기만의 방』과 여섯 편의 에세이

고 몽둥이를 들어야 할 것입니다.

레이디 베스버러의 책을 덮으면서, 지금은 우리를 즐겁게 하는 것이 예전에는 절망적이리만치 심각한 것이었을 거라는 생각이 들었습니다. 장담하건대 오늘날 여름밤에, 선정된 청중에게 읽어주기 위해 '수탉 울음소리'라는 제목의 책에서 오려 보관해둔 견해들이 과거에는 사람들의 눈물을 자아냈을 것입니다. 여러분의 할머니와 증조모 가운데는 수없이 눈물을 쏟았던 분들이 많을 것입니다. 플로렌스 나이팅게일[72]도 극도의 고통 속에서 큰 소리로 비명을 질렀습니다.[73] 하지만 대학에 들어가 자기만의 방(혹은 단지 침실 겸 거실인 방이라 할지라도)을 즐기는 여러분이 천재는 그런 견해들을 무시해야 하며, 다른 사람의 평가에 개의치 말아야 한다고 말하는 것은 당연합니다. 하지만 불행히도 세인들이 자신을 두고 하는 이야기에 가장 많이 신경 쓰

---

[72] (1820~1910) 영국의 간호사로 크림전쟁에서 야전병원장에서 활약했으며 '광명의 천사'로 불렸다. 간호사 직제의 확립과 병원, 의료 제도 개혁을 위해 힘썼다. 간호학에 대한 공헌으로 더 잘 알려져 있으나 나이팅게일은 영국 페미니즘의 연구에 중요한 연결 고리가 되는 인물이다. 그녀는 평생 많은 책과 소논문, 기사 등을 썼다. 그녀의 에세이 중에서 가장 잘 알려진 「커샌드라」는 1928년 레이 스트레이치의 『대의』에 실리면서 세상에 처음 알려졌다.

[73] (원주) 레이 스트레이치의 『대의』에 수록된 플로렌스 나이팅게일의 「커샌드라」를 볼 것.

는 것은 바로 천재적인 남성과 여성입니다. 키츠를 생각해 보세요. 그가 자신의 묘비에 새기게 한 말[74]을 떠올려보시길 바랍니다. 그리고 테니슨을 생각해보세요. 꼭 그러길 바랍니다. 하지만 자신에 관한 이야기에 지나치게 신경 쓰는 것이 예술가의 본성이라는, 매우 유감스럽지만[75] 부인할 수 없는 사실의 예를 거듭 들 필요는 없겠지요. 한마디로 문학은 다른 사람들의 견해에 과도하게 신경을 쓴 이들의 잔해로 뒤덮여 있습니다.

창조적 작업에 가장 유리한 마음 상태는 어떤 것인가 하는 애초의 내 물음으로 되돌아가 생각해볼 때 예술가들의 이처럼 민감한 마음은 이중으로 불행한 것이라고 할 수 있습니다. 왜냐하면 지금 내 앞에 펼쳐져 있는 『안토니우스와 클레오파트라』를 보면서 추측건대, 자기 안에 있는 작품을 온전히 세상에 내놓고자 하는 예술가의 마음이 엄청난 노력으로 결실을 맺으려면 셰익스피어의 마음처럼 뜨겁게 타올라야 하기 때문입니다. 거기에는 어떤 장애물이나 불타지 못한 어떤 이물질이 남아 있어서도 안 됩니다.

74　존 키츠는 자신의 묘비에 "여기 물에 그 이름이 새겨진 사람이 누워 있다"라는 말을 남기길 원했고 실제로 그렇게 되었다.

75　여기서 울프는 'if very fortunate'라고 쓰고 있다. 문맥상 'if very unfortunate'의 의미로 쓰인 듯하며 저자의 실수로 보인다.

달리 말하면, 셰익스피어의 마음 상태에 대해 아무것도 알지 못한다고 말하면서도 우린 그의 마음 상태에 관해 무언가를 이야기하고 있는 것입니다. 던이나 벤 존슨[76] 혹은 밀턴과 비교할 때 셰익스피어에 관한 것이 거의 알려지지 않은 이유는 그가 자신의 원한이나 양심 혹은 반감을 우리에게 감추고 있기 때문인지도 모릅니다. 작가를 상기시키는 어떤 사실의 '폭로'는 우리에게 아무런 장애가 되지 못합니다. 저항하고 설교하고 상처를 드러내 보여주고 앙갚음을 하고 싶은 욕구, 세상을 자신이 겪은 고난이나 불만의 증인으로 삼고 싶은 욕구는 그에게서 내쫓겨 모두 불태워졌습니다. 따라서 그의 시는 아무런 방해도 받지 않고 거침없이 그에게서 흘러나올 수 있었습니다. 자신의 작품이 온전한 표현이 되게 한 누군가가 있었다면, 그건 바로 셰익스피어였습니다. 나는 서가로 다시 눈길을 돌리면서 생각했습니다. 아무런 방해도 받지 않고 활활 타버린 마음이 있었다면, 그건 바로 셰익스피어의 마음이었다고.

76　존 던(1573~1631)은 영국의 시인이자 목사, 벤 존슨(1572~1637)은 영국의 극작가, 시인, 평론가.

제4장

이런 마음 상태를 지닌 16세기의 여성을 발견한다는 것은 사실상 불가능한 일이었습니다. 자녀들이 두 손을 모은 채 엘리자베스 시대의 묘석 앞에 무릎을 꿇고 있는 광경과 여성들의 이른 죽음, 어두컴컴하고 비좁은 방들이 있는 그들의 집을 떠올리기만 해도 우린 당시의 어떤 여성도 시를 쓸 수 없었으리라는 사실을 깨닫게 됩니다. 우리가 발견하리라 기대할 수 있는 것은, 그보다 좀더 늦은 시대에 어떤 뛰어난 귀부인이 상대적인 자유와 안락한 처지를 이용해 자기 이름으로 책을 출판하고 괴물 취급을 받을 위험을 감수하는 것일 테지요. 나는 레베카 웨스트 양의 '골수 페미니즘'을 교묘히 피하면서 생각을 이어갔습니다. 남자들은 물론 속물이 아닙니다. 그들은 시를 쓰려는 백작부인의 노력을 대부분 호의적으로 평가했습니다. 귀족 작위를 지닌 여성은 그 시절 무명의 오스틴 양이나 브론테 양보다 훨씬 더 많은 격려를 받았으리라는 것도 짐작할 수 있습니다. 하지만 그녀의 마음이 두려움과 증오 같은 낯선 감정들로 혼란스러웠으며, 그녀의 시들이 그런 혼란스러움의 흔적들을 보여주었으리라는 것 역시 예상할 수 있습니다. 일례로 여기 레이디 윈칠시[77]가 있습니다. 나는 그녀의 시집을 꺼내면서 생각했습니다. 그녀는 1661년에 태어났고, 출생과 결혼에 의한 귀족이었지요. 자녀는 없었고, 시를 썼습니다. 그녀의 시집을 펼치기만 하면 윈칠시가 여성의 지위에 대해 얼마나 분노를 터뜨렸는지를 알 수 있습니다.

> 우리는 얼마나 쇠락했는가! 잘못된 지배로 인해 쇠락하고,
> **자연**이 아닌 **교육**이 빚어낸 어릿광대.
> 모든 정신의 진보에서 배제되고,
> 우둔하리라 예상되고 그렇게 설계된 존재.
> 더욱더 열렬한 상상력과 열망의 부추김으로
> 남들보다 높이 날아오르려는 누군가가 있다면,
> 또다시 강력한 반대 당파가 나타나

---

77 윈칠시 백작부인. 본명은 앤 핀치(1661~1720)로 영국의 시인이자 조신朝臣이었다.

번창하려는 희망은 두려움에 압도당하고 만다네.[78]

그녀의 마음은 분명 '모든 장애물을 태워버리고 환히 빛나지' 못했을 것입니다. 그 반대로 증오와 불만으로 고통받고 흐트러져 있지요. 그녀에게 인류는 두 개의 당파로 쪼개져 있습니다. 남성은 '반대 당파'입니다. 그녀가 남성을 증오하고 두려워하는 이유는 그들이 그녀가 원하는 것(글쓰기)을 가로막을 수 있는 힘을 갖고 있기 때문입니다.

아아! 펜을 들려는 여자는

주제넘은 존재로 간주되어

어떤 미덕으로도 잘못을 만회할 수 없다네.

그들은 우리가 성과 방식을 착각한다고 이야기하지.

교양, 패션, 춤, 옷 치장, 유희,

우리가 갈구해야 할 성취는 이런 것들이라고.

쓰고, 읽고, 생각하고, 탐구하는 것은

우리의 아름다움을 흐리게 하고 우리의 시간을 소진시키며

한창때의 남성 정복을 방해한다고.

---

78 이 시구를 비롯해 다음에 오는 두 개의 시구는 윈칠시 백작부인의 시 「서문」(1713)에서 인용된 것이다.

또 어떤 이들은 따분하고 굴욕적인 집안일이

우리의 최고 기술이자 용도라고 주장하지.

실제로 그녀는 자신의 글이 출판되는 일은 결코 없으리라 가정하면서 글을 쓰도록 스스로를 부추기고 슬픈 노래로 자신을 달래야만 했습니다.

몇몇 친구를 위해, 그대의 슬픔을 위해 노래하라.

월계수 숲은 결코 그대의 것이 될 수 없으리니.

그대의 그늘을 충분히 어둡게 하여 그곳에서 자족하라.

하지만 그녀가 증오와 두려움으로부터 자신의 마음을 자유롭게 하고 그 안에 쓸쓸함과 원망을 쌓아놓지 않았더라면, 그녀의 내면의 불길은 분명 뜨겁게 타올랐을 것입니다. 이런 그녀에게서 때때로 순수한 시정을 보여주는 말들이 흘러나옵니다.

빛이 바랜 실크에는 수놓지 않으리라

희미하게라도, 무엇과도 비길 수 없는 장미를.[79]

머리 씨[80]는 타당하게도 이 시구들을 찬양했고, 포프는 또 다른 시구들을 기억했다가 자신의 글에 써먹은 것으로 보입니다.

> 이제는 노란 수선화가 나약한 두뇌를 압도하여,
>
> 우린 향기로운 고통으로 정신을 잃는다네.

이런 글을 쓸 수 있는 여성이, 자연과 조화를 이루고 사색하는 마음을 지닌 여성이 분노와 씁쓸함을 느껴야만 했던 것은 천만번 유감스러운 일입니다. 하지만 그녀가 달리 뭘 할 수 있었을까요? 나는 조롱과 폭소, 아첨꾼들의 아부, 전문적 시인의 회의적 태도를 상상하면서 물었습니다. 그녀는 글을 쓰기 위해 시골의 방에 스스로를 가두었을 것이고, 어쩌면 더없이 다정한 남편과 완벽한 결혼생활에도 불구하고 씁쓸함과 망설임으로 인해 마음이 갈가리 찢겨 나갔을 것입니다. 나는 그녀가 '분명 그랬을 것'이라고 말할 수 있습니다. 왜냐하면 레이디 윈칠시에 관한 사실들을

---

79   이 시구를 비롯해 다음에 오는 세 개의 시구는 윈칠시 백작부인의 시 「우울」에서 인용한 것이다.

80   존 미들턴 머리(1889~1957)는 『윈칠시 백작부인, 앤의 시집』(1928)을 편집했다.

찾고자 했을 때, 으레 그렇듯 그녀에 관해 알려진 것이 전
무하다시피 한 것을 알게 되었기 때문입니다. 그녀는 우울
증으로 극심한 고통을 받았을 것입니다. 우울증에 시달리
던 그녀가 어떤 상상을 했었는지를 보면서 우린 어느 정도
그 사실을 설명할 수 있습니다.

> 내 글은 비웃음을 샀고, 내가 하는 일은
> 쓸모없고 어리석은 짓거리나 주제넘은 과오로 여겨졌다.

이처럼 비난을 받았던 그녀의 일이란 우리가 아는 한
들판 거닐기나 몽상에 잠기기 같은 무해한 것이었습니다.

> 내 손은 특이한 것들을 그리기를 좋아하고,
> 익숙한 평범한 길에서 벗어난다네.
> 빛이 바랜 실크에는 수놓지 않으리라
> 희미하게라도, 무엇과도 비길 수 없는 장미를.

물론 그녀의 습관이 이러했고, 그녀의 기쁨이 저런 것
이었다면, 그녀는 비웃음을 사리라 예상할 수 있었을 겁니

다. 바로 그런 이유로 포프나 게이[81]가 그녀를 "글을 끼적거리지 못해 안달이 난 블루스타킹"[82]으로 풍자했다지요. 그녀 역시 게이를 비웃음으로써 그를 언짢게 했다고 합니다. 그녀는 그의 「트리비아」가 "그가 이동용 의자를 타고 가기보다는 그 의자 앞에서 걷기에 더 적합한 사람"이라는 것을 보여주었다고 했습니다. 머리 씨는 이 모든 것이 '수상쩍은 뒷공론'이며 '흥미롭지 않은' 이야기에 불과하다고 말합니다. 하지만 나는 그의 말에 동의할 수 없습니다. 비록 수상쩍은 뒷공론일 뿐일지라도 이런 이야기가 더 많으면 좋았을 거라는 생각이 들기 때문입니다. 그럼 들판을 배회하면서 특이한 것들에 관해 생각하기를 좋아하고, 무모하고 현명하지 못하게 '따분하고 굴욕적인 집안일'을 경멸했던 이 우울한 귀부인에 대한 어떤 이미지를 찾아내거나 만

---

81 영국의 시인이자 극작가인 존 게이(1685~1732). 유머 넘치는 장시 「트리비아」와 당시의 민요와 유행가를 교묘하게 곁들인 「거지 오페라」로 굉장한 인기를 누렸다.

82 청탑파라고도 한다. 18세기 중반 영국에서 엘리자베스 몬태규가 주도한 '블루스타킹 소사이어티'는 문학 애호가인 인텔리 여성들의 모임이었다. 여기에는 당시 영국 사회의 저명한 남성 문인들도 초대되었는데, 그중 한 남성 문인이 당시 정장 차림이었던 검정 실크스타킹 대신 파란 스타킹을 신은 데서 블루스타킹이라는 말이 유래했다고 전해진다. 그 후 문학을 좋아하는 여성이나 여성 문학가를 자처하는 여성을 일컫는 말로 쓰이면서 종종 현학적인 여성을 가리키는 비하적인 의미로 쓰이기도 한다.

들어갈 수 있었을 테니까요.

그러나 머리 씨는 그녀가 장황해졌다고 말합니다. 그녀의 재능은 잡초와 함께 자라나고 가시나무로 뒤덮였습니다. 그녀는 자신의 재능이 얼마나 섬세하고 탁월한지를 드러내 보여줄 기회를 얻지 못했던 것입니다. 나는 그녀의 책을 다시 서가에 꽂아놓으면서 또 다른 귀부인에게로 눈길을 돌렸습니다. 윈칠시 백작부인보다 나이는 많았지만 그녀와 동시대인이며 램이 사랑했던 뉴캐슬 공작부인 마거릿[83]은 엉뚱하고 별난 여성이었습니다. 두 사람은 서로 전혀 달랐지만, 귀족이었고 자녀가 없었으며 최고의 남편감과 결혼했다는 점에서는 같았습니다. 또한 두 사람 모두 똑같이 시에 대한 열정으로 불타올랐으며, 바로 그런 이유로 망가지고 볼품이 없어졌습니다. 공작부인의 책을 펴면 똑같은 분노의 폭발을 만나게 됩니다. "여성은 박쥐나 올빼미처럼 살아가고, 짐승처럼 일하며, 벌레처럼 죽는다……" 마거릿 역시 시인이 될 수도 있었을 것입니다. 지금이라면 그런 모든 행위가 어떤 운명의 바퀴를 돌려놓았을지도 모릅니다. 하지만 당시의 상황에서 어떤 방법으로 그토록 거칠

---

83 본명은 마거릿 캐번디시(1623~1673). 17세기 영국의 시인, 극작가, 에세이스트, 과학자.

고 풍부하며 교육받지 못한 지성을 인류에 도움이 되도록 통제하고 길들이고 교화할 수 있었을까요? 뒤죽박죽으로 쏟아져 나온 그녀의 지성은 운문과 산문, 시와 철학의 격류를 이루었다가 지금은 아무도 읽지 않는 사절판과 이절판 책 속에 응집돼 있습니다. 그녀는 손에 현미경을 들었어야 했습니다. 그녀는 별들을 관찰하는 법을 배우고 과학적으로 사고하는 법을 배웠어야 했습니다. 그녀의 기지는 고독과 자유로 인해 변질되었습니다. 아무도 그녀를 억제하지 않았습니다. 아무도 그녀를 가르치지 않았습니다. 교수들은 그녀에게 아첨을 했고, 궁정에서는 그녀에게 야유를 보냈습니다. 에저턴 브리지스 경[84]은 "궁정에서 자라난 높은 신분의 여성에게서 흘러나온" 그녀의 조악함에 불만을 표시했습니다. 그녀는 웰벡에 홀로 틀어박혔습니다.

마거릿 캐번디시를 생각하면 고립된 마음이 폭동을 일으키는 광경이 떠오릅니다! 마치 거대한 오이가 정원의 모든 장미와 카네이션 위로 뻗어나가 꽃들을 질식시켜 죽게 하는 것처럼 말이죠. "가장 잘 양육받은 여성이 가장 공민적인 마음을 가진 사람이다"라는 글을 썼던 여성이 엉터

---

84 (1762~1837) 문학사가와 계보학자로 1814년 사후 출간된 뉴캐슬 공작 부인의 자서전에 서문을 썼다.

리 같은 글이나 끼적거리며 시간을 허비하고, 점점 더 깊은 어둠과 어리석음 속으로 빠져들어 밖으로 나갈 때마다 그녀의 마차 주위로 사람들이 모여들곤 했다니, 이 얼마나 소모적인 삶인지요! 사람들은 그 미친 공작부인을 마녀 취급하면서 똑똑한 소녀들을 겁주기 위해 언급하곤 했을 것입니다. 여기서 난 공작부인의 책을 도로 집어넣고 도로시 오스본의 서간집[85]을 펼쳤고, 공작부인의 새 책에 관해 템플 경에게 편지를 쓰던 도로시가 떠올랐습니다. "그 여자는 제정신이 아닌 게 분명해요. 그렇지 않으면 어떻게 책을, 그것도 운문으로 쓸 생각을 할 정도로 터무니없을 수 있겠어요. 나라면 보름간 잠을 못 잔다고 해도 절대 그 정도까지 되지는 않을 거예요."

양식 있고 정숙한 여성은 책을 쓰면 안 되었기에, 공작부인과 정반대 기질이었던 민감하고 우울한 도로시는 아무것도 쓰지 않았습니다. 하지만 편지는 문제가 되지 않았습니다. 여성도 자기 아버지의 병상을 지키면서 편지를 쓸 수 있었으니까요. 남자들이 대화를 하는 동안에도 그들을 방해하지 않고 불가에 앉아 편지를 쓸 수도 있었습니다. 나는

---

85 도로시 오스본(1627~1695)이 남편 윌리엄 템플 경에게 보낸 편지들로 1888년에 출간되었다.

도로시의 편지들을 넘기면서 생각했습니다. 참으로 신기한 것은, 교육도 받지 못하고 외톨이로 지낸 여성이 문장을 구사하고 장면을 구성하는 데 놀라운 재능을 보여주었다는 사실입니다. 이어지는 그녀의 이야기를 들어보십시오.

"저녁을 먹고 우린 이야기를 나눴지요. 그러다 B씨 이야기가 나오자 나는 밖으로 나갔어요. 뜨거운 한낮에는 책을 읽거나 일하면서 시간을 보냈고, 6시나 7시쯤 집 근처의 공유지로 갔지요. 양과 암소를 지키는 어린 계집아이들 여럿이 그늘에 앉아 민요를 부르고 있더군요. 난 그들 가까이 가서 그들의 목소리와 아름다움을 책에서 읽은 고대의 양치기 소녀들과 비교해보고는 거기엔 커다란 차이점이 있다는 걸 알게 되었어요. 하지만 분명히 말하지만 그들도 옛 양치기 소녀들만큼이나 순수하다고 생각해요. 나는 그들과 이야기를 해보고는 그들이 세상에서 가장 행복한 사람들이 되는 데 아무것도 필요 없다는 걸 알았어요. 자신들이 세상에서 가장 행복한 사람들이라는 것을 스스로는 알지 못한다는 사실만 빼고는 말이죠. 대개는 우리가 한창 이야기하던 중에 누군가가 주위를 둘러보다가 자기 암소가 밀밭으로 들어가는 걸 발견하곤 하지요. 그럼 모두들 재빨리 달려간답니다. 마치 발꿈치에 날개라도 달린 것처럼 말이에요. 나는 그렇게 날렵하질 못해서 뒤에 남아 있었어요. 그리고 그들이 가축을 집으로 몰고 가는 걸 보면서 나도 집으로 돌아갈 시간이라고 생각했지요. 저녁을 먹은 뒤에는 정원으로 갔어요. 그리고 가까이 흐르는 조그만 강의 강둑에 앉아 당신이 나와 함께 있었으면 좋겠다고 생각했답니다……"

이 정도면 그녀에게 작가의 소질이 있다고 단언할 수도 있지 않을까요. 하지만 "나라면 보름간 잠을 못 잔다고 해도 절대 그 정도까지 되지는 않을 거예요"라는 말을 하다니요! 글쓰기에 뛰어난 재능을 가진 여성조차 책을 쓰는 게 터무니없는 일이고 제정신이 아님을 입증하는 거라고 믿는 걸 보면서 당시 만연해 있던 글 쓰는 여성에 대한 반감을 가늠할 수 있었습니다. 나는 도로시 오스본이 남긴 단 한 권의 얇은 서간집을 다시 서가에 꽂아놓으면서 이제 벤 부인[86]을 살펴봐야겠다고 생각했습니다.

벤 부인의 등장과 함께 우린 매우 중요한 전환점을 맞이하게 됩니다. 자신만의 정원에 스스로를 가두고 자신의 이절판 책들 속에 파묻힌 채, 독자나 비평도 없이 오직 스

---

86 애프러 벤(1640~1689)은 영국의 극작가, 시인, 소설가로, 한때 찰스 2세에게 고용되어 정부의 첩자로 일한 적이 있고, 빚을 져서 투옥되기도 했다. 수리남을 무대로 노예 문제를 다룬 소설 『오루노코』는 사실적 수법에 뛰어난 근대소설의 선구적 작품으로 평가된다. 비타 색빌웨스트는 1927년에 출간된 애프러 벤의 전기에서 그녀를 "글쓰기를 생업으로 삼은 최초의 영국 여성"으로 정의한 바 있다.

스로의 기쁨만을 위해 글을 썼던 고독한 귀부인들을 뒤로 한 채로. 이제 우린 도시로 와서 거리의 보통 사람들과 어깨를 부딪치면서 걸어갑니다. 벤 부인은 유머와 활력과 용기 같은 평민적 미덕을 모두 갖춘 중산층 여성이었습니다. 그녀는 남편의 죽음과 그녀 자신에게 닥친 몇몇 불행한 사건들로 인해 자신의 재기로 생계를 꾸려나가야만 했지요. 남성들과 동등한 조건으로 일해야만 했던 것입니다. 그녀는 아주 열심히 일해서 먹고살 만큼 충분히 벌 수 있었습니다. 이러한 사실은 그녀가 실제로 쓴 어떤 글, 심지어 그녀의 빛나는 시, 「나는 1,000명의 순교자를 만들었다네」나 「사랑은 환상적인 승리 가운데 앉아 있다네」보다 훨씬 더 중요합니다. 왜냐하면 여기서 정신의 자유, 더 정확히 말해, 시간이 더 흐르면 자기 마음이 내키는 대로 자유롭게 글을 쓸 수 있으리라는 가능성이 시작되기 때문입니다. 이제 애프러 벤이 그 일을 해냈기 때문에 소녀들은 부모님에게 가서 이렇게 말할 수 있게 되었습니다. "저한테 용돈을 주지 않으셔도 돼요. 이제 글을 써서 돈을 벌 수 있거든요." 물론 그 후로도 오랫동안 그 말에 대한 대답은 "그래, 애프러 벤처럼 살면서 말이지! 그럴 바엔 차라리 죽는 게 낫지!"였을 테고, 문은 어느 때보다 빨리 쾅 하고 닫혔을 것입니다. 남성이 여성의 순결에 부여하는 중요성과 그것이 여성의 교육에 미치는 영향이라는 지극히 흥미로운 주제가 여기서 논의의 대상으로 등장하는데, 거턴 칼리지나 뉴넘 칼리지의 학생 누구라도 이 문제를 파고들 생각을 한다면 매우 흥미로운 책이 탄생할 것입니다. 다이아몬드를 몸에 두른 채 스코틀랜드 황야의 날벌레들 가운데 앉아 있는 레이디 더들리[87]가 책의 권두 삽화로 쓰일 수도 있겠지요. 일전에 레이디 더들리가 세상을 떠났을 때 〈타임스〉는 더들리 경에 관해 이렇게 이야기했습니다. "더들리 경은 세련된 취향과 소양을 지녔으며, 자애롭고 너그러웠지만 변덕스럽고 전제적이었다. 그는 고지대의 외진 사냥 막사에서도 자신의 아내가 정장을 갖춰 입을 것을 고집했고, 화려한 보석들로 그녀를 휘감았다." 그리고 이런 말도 덧붙였습니다. "그는 그녀에게 모든 것을 주었다. 결코 어떤 책임감도 허락하지 않은 것을 제외하고는." 더들리 경이 뇌졸중을 일으키자 레이디 더들리는 그를 돌보았고 그 후에 죽 탁월한 능력으로 그의 재산을 관리했습니다. 이처럼 변덕스러운 전제주의는 19세기에도 여전히 존재했던 것이지요.

이제 아까 하던 얘기로 돌아가볼까요. 애프러 벤은 여

---

87 본명은 조지아나 엘리자베스 워드(1846~1929)로 더들리 공작부인이다.
보어전쟁과 제1차 세계대전 동안에 영국 적십자에서 일했다.

성도 글을 써서 돈을 벌 수 있음을 입증해 보였습니다. 어쩌면 그 대가로 여성으로서의 매력적인 자질들을 얼마간 희생시켰을지도 모르지만요. 이렇게 차츰 글쓰기는 단지 어리석음이나 분열된 정신의 징후가 아니라 실제적인 중요성을 지닌 것이 되어갔습니다. 언제라도 남편이 죽을 수 있고 어떤 재앙이 가족을 덮칠 수도 있으니까요. 18세기가 지나는 동안 수백 명의 여성이 번역을 하거나, 더 이상 교과서에는 언급되지 않지만 채링크로스가[88]의 4페니짜리 상자에서 고를 수 있는 수많은 조잡한 소설을 써서 자신의 용돈을 늘리고 가족을 도왔습니다. 18세기 후반에 여성들이 보여준 매우 활발한 지적 활동(대화, 모임, 셰익스피어에 관한 에세이 쓰기, 고전 번역 등)은 여성이 글을 써서 돈을 벌 수 있다는 엄연한 사실에 기초한 것이었습니다. 돈은 대가가 지불되지 않을 때는 하찮게 여겨지는 것에 권위를 부여합니다. "글을 끼적거리지 못해 안달이 난 블루스타킹"을 여전히 조롱할 수는 있었겠지만, 그 여성들이 자기 지갑에 돈을 넣을 수 있다는 사실을 부인할 수는 없었을 것입니다. 그리하여 18세기 말경에는 어떤 변화가 일어났는데, 내가 만약 역사를 다시 쓴다면 그것을 십자군전쟁이나 장미전쟁보다

---

88   런던의 서점으로 유명한 거리.

훨씬 중요하게 생각하면서 더욱더 충실하게 묘사했을 것입니다. 그것은 중산층 여성이 글을 쓰기 시작했다는 사실입니다. 『오만과 편견』이 중요한 작품이라고 한다면, 『미들마치』, 『빌렛』, 『폭풍의 언덕』[89]이 중요한 작품이라고 한다면, 시골 저택에서 아첨꾼들과 자신의 이절판 책 속에 파묻혀 지내던 외로운 귀부인들뿐만 아니라 평범한 여성들까지도 글을 쓰기 시작했다는 것은 내가 한 시간의 강연에서 보여줄 수 있는 것을 넘어서는 훨씬 중요한 사실입니다. 이런 선구자들이 없었다면, 제인 오스틴과 브론테 자매와 조지 엘리엇은 글을 쓸 수 없었을 것입니다. 말로[90]가 없었다면 셰익스피어도 없었을 것이고, 초서가 없었다면 말로도 없었을 것이며, 먼저 길을 닦고 언어의 자연적인 야만성을 순화한 잊힌 시인들이 없었다면 초서도 글을 쓸 수 없었을 것처럼 말이죠. 걸작이란 외따로 홀로 태어나는 것이 아니니까요. 걸작이란 오랜 세월에 걸쳐 축적된 공동의 생각, 일단의 사람들의 생각에서 비롯된 결과물이며, 따라서 하나의 목소리 이면에 다수의 경험이 존재합니다. 제인 오스틴

---

89 순서대로 각각 제인 오스틴, 조지 엘리엇, 샬럿 브론테, 에밀리 브론테의 소설.

90 크리스토퍼 말로(1564~1593). 영국의 극작가이자 시인.

은 패니 버니의 무덤에 화환을 갖다 놓았어야 합니다. 조지 엘리엇은 엘리자 카터[91](일찍 일어나 그리스어를 공부할 수 있도록 침대에 종을 매달았던 용맹한 노부인인)의 강건한 그림자에 경의를 표했어야 합니다. 상당한 물의를 일으키긴 했지만 마땅히 웨스트민스터 사원에 안치된 애프러 벤의 무덤에 모든 여성은 꽃을 바쳐야만 할 것입니다. 왜냐하면 여성들에게 자기 마음을 드러내 표현할 수 있는 권리를 얻게 해준 것이 그녀였기 때문입니다. 그녀에게 미심쩍고 문란한 구석이 있긴 했지만, 오늘 밤 내가 여러분에게 "여러분의 재기로 연 500파운드를 버십시오"라고 말하는 게 그다지 터무니없게 들리지 않게 한 것도 그녀였습니다.

이제 우린 19세기 초엽에 이르렀습니다. 여기서 처음으로 나는 서가의 여러 칸이 온전히 여성의 작품에 할애돼 있는 것을 볼 수 있었습니다. 그런데 난 그 책들을 죽 훑어보면서 자문하지 않을 수 없었습니다. 어째서 몇몇 예외를 제외하고는 죄다 소설들일까? 여성에게 최초의 충동은 시적인 것이었습니다. '노래의 최고 정상'[92]은 여성 시인이었

---

91 본명은 엘리자베스 카터(1717~1806). 고전주의자, 시인, 번역가이자 블루스타킹 멤버였다.

92 영국의 시인 겸 평론가인 앨저넌 스윈번(1837~1909)이 한 말로, 고대 그리스의 대표적 서정 시인인 사포를 가리킨다.

지요. 프랑스와 영국에서는 여성 시인이 여성 소설가보다 앞섰습니다. 게다가 난 네 명의 유명한 이름을 보면서 생각했습니다. 조지 엘리엇이 에밀리 브론테와 어떤 공통점이 있었을까? 샬럿 브론테는 제인 오스틴을 완전히 이해하지 못했던 게 아닐까? 그들 중 누구도 아이가 없었다는 유의미한 사실을 제외하고는 그렇게 서로 어울리지 않는 네 사람이 한 방에서 만나는 일이란 결코 있을 수 없습니다. 그들의 만남과 대화를 가상의 이야기로 꾸며보고 싶은 생각이 들 정도입니다. 하지만 그들이 글을 쓸 때에는 알 수 없는 어떤 힘에 이끌려 소설을 써야만 했습니다. 그들이 중산층 출신이라는 사실과 그것이 어떤 관련이 있는 걸까요? 좀더 시간이 지난 뒤에 에밀리 데이비스 양[93]이 굉장히 인상적으로 입증했던 것처럼, 19세기 초반의 중산층 가정에는 거실이 하나밖에 없었다는 사실과도 관련이 있는 걸까요? 만약 여성이 글을 썼다면 공동의 거실에서 글을 썼을 것입니다. 그래서 나이팅게일 양이 그토록 격렬히 불만을 토로한 것처럼("여성에게는 자기 것이라고 부를 수 있는 시간이 채 30분도 허락되지 않는다") 그녀는 언제나 방해를 받았

93　세라 에밀리 데이비스(1830~1921). 영국의 페미니스트, 여성 참정권론자, 케임브리지 대학교 거턴 칼리지의 창립자.

을 것입니다. 그나마 시나 극작품을 쓰는 것보다는 산문이나 소설을 쓰기가 더 용이했을 테지요. 집중력이 덜 요구되니까요.

제인 오스틴은 죽을 때까지 그렇게 글을 썼습니다. 그녀의 조카는 그의 『제인 오스틴 회고록』에서 이렇게 이야기했습니다. "고모님이 어떻게 이 모든 걸 해낼 수 있었는지 나로서는 놀라울 따름이다. 그녀에게는 홀로 시간을 보낼 수 있는 독립적인 서재가 없었고, 대부분의 작업은 일상적으로 온갖 방해를 받을 수밖에 없는 공동 거실에서 이루어졌다. 그녀는 하인들이나 방문객들 또는 가족이 아닌 그누구라도 자신이 하는 일을 눈치채지 못하도록 늘 주의를 기울였다."[94] 제인 오스틴은 자신의 원고를 감추고 압지로 그것을 덮어놓곤 했습니다. 게다가 19세기 초반에 여성이 할 수 있는 문학 훈련이라고는 성격 관찰과 감정 분석이 고작이었지요. 여성의 감수성은 수세기 동안 공동 거실의 영향 아래 단련되어왔습니다. 사람들의 감정은 그녀에게 깊은 인상을 남겼고, 그녀는 매일같이 다양한 인간관계를 관찰할 수 있었지요. 따라서 중산층 여성이 글을 쓰기 시작했

---

94   (원주) 제인 오스틴의 조카인 제임스 에드워드 오스틴리의 『제인 오스틴
      회고록』(1870), 128~129쪽.

을 때 그녀는 자연스레 소설을 썼습니다. 사실 여기서 언급된 네 명의 유명한 여성 중 두 사람은 천성적 소설가가 아니었음이 명백해 보이지만 말이죠. 에밀리 브론테는 시극詩劇을 썼어야 했습니다. 조지 엘리엇의 넉넉한 마음은 그 창조적 충동이 역사나 전기로 향할 때 더 마음껏 흘러넘쳤을 것입니다. 그러나 그들은 소설을 썼습니다. 더 나아가, 나는 서가에서 『오만과 편견』을 꺼내면서 말했지요, 그들은 훌륭한 소설을 썼습니다. 남성들에게 자랑하거나 상처를 주려는 것은 아니지만, 우리는 『오만과 편견』이 훌륭한 책이라고 말할 수 있습니다. 어쨌거나 『오만과 편견』을 쓰는 것을 들켰다고 하더라도 부끄러워할 이유는 조금도 없습니다. 그런데도 제인 오스틴은 돌쩌귀가 삐걱거리는 걸 다행스럽게 여겼습니다. 누군가가 들어오기 전에 자기 원고를 숨길 수 있도록 말이지요. 제인 오스틴에게는 『오만과 편견』을 쓰는 데 떳떳하지 못한 무언가가 있었던 것입니다. 여기서 나는 궁금해졌습니다. 제인 오스틴이 방문객에게 자기 원고를 숨길 필요가 없다고 생각했더라면 『오만과 편견』이 더 좋은 소설이 될 수 있었을까요? 나는 그것을 알아보려고 한두 페이지를 읽어보았습니다. 하지만 그녀의 그런 상황이 그녀의 작품에 조금이라도 해를 끼쳤다는 어떤 흔적도 발견할 수 없었습니다. 어쩌면 이것이 그녀의 작품에서 가장 놀라운 기적인지도 모릅니다. 여기 1800년경에 어떤 증오나 쓸쓸함이나 두려움 없이, 어떤 항의나 설교도 하지 않고 글을 썼던 한 여성이 있습니다. 나는 『안토니우스와 클레오파트라』를 보면서, 아마도 셰익스피어도 그렇게 글을 썼을 거라고 생각했습니다. 사람들이 셰익스피어와 제인 오스틴을 비교할 때는 두 사람의 마음이 장애물을 다 태워버렸다고 생각할지도 모릅니다. 그리고 바로 그런 이유로 우리는 제인 오스틴을 알지 못하고 셰익스피어를 알지 못합니다. 그리고 똑같은 이유로 제인 오스틴의 존재는 그녀가 쓴 모든 말에 스며들어 있습니다. 셰익스피어가 그렇듯이 말이죠. 만약 제인 오스틴이 어떤 식으로든 자신의 상황으로 인해 고통받았다면, 그것은 아마도 그녀에게 강요된 삶의 협소함 때문이었을 것입니다. 당시에는 여자가 혼자 나다니기란 불가능했습니다. 그녀는 홀로 여행을 한 적이 한 번도 없습니다. 승합마차를 타고 런던 시내를 돌아다닌 적도 없고, 혼자서 식당에서 점심을 먹은 적도 없습니다. 어쩌면 자신이 갖지 않은 것은 원하지 않는 게 제인 오스틴의 천성이었는지도 모릅니다. 그녀의 재능과 상황이 서로 완벽하게 어울렸던 것입니다. 하지만 난 『제인 에어』를 펼쳐서 『오만과 편견』 옆에 놓으면서, 샬럿 브론테에게도 이 사실이 해당될지 의문이 들었습니다.

나는 『제인 에어』의 12장을 펼쳤고, 내 눈길을 사로잡은 것은 "누구든 마음대로 날 비난해도 좋다"라는 구절이었습니다. 무엇 때문에 사람들이 샬럿 브론테를 비난한다는 것일까요? 나는 의아한 생각이 들었습니다. 그리고 페어팩스 부인이 젤리를 만드는 동안 제인 에어가 지붕 위로 올라가 멀리 들판 너머로 펼쳐지는 풍경을 바라보곤 했다는 이야기를 읽었습니다. 그럴 때마다 그녀는 갈망했습니다. 사람들이 그녀를 비난한 것은 바로 이 점 때문이었습니다. "그럴 때마다 난 저 경계를 넘어설 수 있는 일종의 천리안을 갈망했다. 이야기는 들어봤지만 한 번도 본 적이 없는 분주한 세상, 도시들, 활기 넘치는 지역들에 가닿을 수 있는 천리안을. 그리하여 내가 그동안 했던 것보다 더 많은 실제 경험을 할 수 있기를 바랐다. 이곳에서 접촉할 수 있는 것보다 더 많은 다양한 인물과 알아가고, 나와 같은 부류의 사람들과 더 많이 교류할 수 있기를 바랐다. 나는 페어팩스 부인과 아델의 내면에 있는 선함을 소중하게 생각했다. 하지만 난 더욱더 활기찬 또 다른 종류의 선함이 존재한다고 믿었고, 내가 믿는 것을 눈으로 보고 싶었다."

"누가 이런 나를 비난할까? 분명 많은 이들이 그러겠지. 나보고 불만으로 가득 찼다고 할 거야. 하지만 나도 어쩔 수가 없어. 잠시도 가만있지 못하는 건 내 천성이니까. 때로는 지나친 마음의 동요로 고통스러울 때도 있지만……"

"인간은 평온한 삶에 안주해야 한다고 말하는 것은 허황된 말이다. 인간에게 필요한 것은 행동하는 것이다. 할 일을 찾을 수 없다면 인간은 그것을 만들어낼 것이다. 수많은 사람들이 나보다 더 정체된 삶을 살도록 저주받았고 자신의 운명에 맞서 말 없는 반란을 일으키고 있다. 사람들이 땅에 파묻는 수많은 생명 속에서 얼마나 많은 반란의 싹이 들끓고 있는지 그 누가 알까. 여성은 아주 정적인 삶을 살아가야 한다고들 한다. 하지만 여자도 남자와 똑같은 것을 느낀다. 여성도 그들의 남자형제들처럼 능력을 개발하기 위한 훈련과 그들의 노력을 펼칠 수 있을 장場이 필요하다. 여성도 지나치게 엄격한 통제와 절대적인 침체로 인해 남성과 똑같이 고통받는다. 여성보다 훨씬 많은 특권을 누리는 동료 남성들이, 여성이 하는 일은 푸딩을 만들고 양말을 짜고 피아노를 치고 가방에 자수를 놓는 데 국한되어야 한다고 말하는 것은 그들의 편협함을 드러내는 것이다. 여성이 관습적으로 필요하다고 여겨지는 것 이상으로 무언가를 추구하거나 배우고자 할 때 그들을 단죄하거나 비웃는 것은 몰지각한 행동이다."

"이처럼 혼자 있을 때 나는 때때로 그레이스 풀의 웃

음소리를 들었다……"

이것은 어색한 단절이라는 생각이 들었습니다. 느닷없이 그레이스 풀과 맞닥뜨리는 것은 혼란을 초래합니다. 문장의 연속성이 파괴되었기 때문이지요. 나는 『오만과 편견』 옆에 책을 내려놓으면서, 이런 페이지들을 쓴 여성은 제인 오스틴보다 더 뛰어난 재능을 지녔을지도 모른다고 생각했습니다. 그러나 그 페이지들을 거듭 읽는 동안 그 속에서 발견되는 비틀림과 분노를 주목한다면, 그녀가 결코 자신의 재능을 온전하고 완벽하게 표현할 수 없으리라는 것을 알게 됩니다. 그녀가 쓰는 책들은 변형되고 뒤틀릴 것입니다. 그녀는 차분히 써야 할 부분을 분노에 휩싸인 채 쓰게 될 것이고, 현명하게 써 내려가야 할 곳을 어리석게 쓰게 될 것입니다. 또한 자신의 등장인물들에 대해 써야 할 부분에서 자신에 대해 쓰게 될 것입니다. 말하자면 그녀는 자신의 운명과 격렬하게 싸우고 있는 셈입니다. 이처럼 뒤틀리고 절망에 빠진 여성이 어떻게 젊은 나이에 죽지 않을 수 있었을까요?

여기서 난 샬럿 브론테에게 연 300파운드의 연금이 주어졌더라면 어땠을까 잠시 생각해보지 않을 수 없었습니다. 이 어리석은 여자는 1,500파운드에 즉각 자기 소설의 판권을 팔아버렸거든요. 그녀가 만약 분주한 세상과 도시들, 활기 넘치는 지역들에 대해 좀더 잘 알았더라면, 실제 경험이 좀더 많았더라면, 그리고 그녀와 같은 부류의 사람들과 더 많이 교류하면서 다양한 인물을 알았더라면 어땠을까도 생각해보았습니다. 앞서 인용한 글에서 그녀는 소설가로서의 자신의 결핍뿐만 아니라 당시 여성의 결핍도 정확히 짚고 있습니다. 그녀는 자신의 재능이 홀로 먼 들판 너머를 바라보는 데 소모되지 않았더라면, 자신에게 경험과 교류와 여행이 허용되었더라면 자신의 재능이 얼마나 유용하게 쓰일 수 있었을지를 누구보다 잘 알고 있었던 것입니다.

그러나 그녀에게 그런 것들은 허용되지 않았습니다. 그녀는 그런 욕망을 억눌러야 했습니다. 『빌렛』, 『에마』, 『폭풍의 언덕』, 『미들마치』 같은 훌륭한 소설이 점잖은 목사의 집안에서 허용되는 정도의 인생 경험을 지닌 여성들에 의해 쓰였으며, 그 점잖은 집의 공동 거실에서 쓰였고, 너무나 가난해서 『폭풍의 언덕』이나 『제인 에어』를 쓸 종이를 한 번에 몇 묶음 이상 살 수 없었던 여성들에 의해 쓰였다는 사실을 우린 인정해야만 합니다. 그중 한 사람인 조지 엘리엇은 온갖 시련을 겪은 후에 탈출을 한 게 사실입니다. 하지만 그건 단지 세인트 존스 우드의 외딴 시골 저택에 스스로를 가두기 위해서였습니다. 거기서 그녀는 세상의 부인否認이라는 그늘 아래 정착했습니다. "초대해줄 것을 먼저 요청하지 않은 분들에게 나를 보러 오도록 초대장을 보내는 일은 결코 없을 것임을 양해해주시기 바랍니다"라고 그녀는 썼습니다. 기혼남과 동거하는 죄를 짓고 사는 그녀[95]를 스미스 부인이나 우연한 방문객이 보게 된다면 그들의 순결이 더럽혀질 테니까요. 사회적 관습을 따라야 했던 그녀는 '세상이라고 부르는 것과 단절된 채' 살아가야 했습니다. 그와 같은 시기에 유럽의 또 다른 쪽에는 집시 여인이나 귀부인과 어울리며 자유분방하게 살아가던 한 젊은이가 있었습니다. 그는 전쟁에 참전했고, 아무런 방해도 비난도 받지 않은 채 다양한 인간의 삶을 경험할 수 있었지요. 그리고 훗날 책을 쓸 때 그 경험들을 멋지게 써먹었습니다. 톨스토이가 기혼녀와 프라이어리에서 '세상이라고 부르는 것과 단절된 채' 살았더라면, 거기서 얻을 수 있는 도덕적

---

95   조지 엘리엇(메리 앤 에번스)은 기혼자였던 비평가 조지 헨리 루이스
(1817~1878)(그는 아내와 개방 결혼에 합의했다)를 1851년에 처음 만나
1854년부터 그와 함께 살았다. 그 때문에 그녀는 친구와 친척 들로부터
철저히 따돌림을 당했고, 그들은 자신들의 관계를 숨기려 하지 않았다.
조지 엘리엇은 루이스의 조언과 격려 덕분에 소설을 쓸 수 있었고, 그가
죽은 뒤에 자신의 이름을 메리 앤 에번스 루이스로 개명했다. 프라이어
리The Priory는 두 사람이 1863년에 구입해 함께 살았던 리젠트 파크 부
근의 커다란 집으로 지금은 그 자취를 찾아볼 수 없다.

교훈이 아무리 유익하다 할지라도, 아마도 『전쟁과 평화』를 쓸 수는 없었을 것입니다.

이제 우리는 소설을 쓰는 문제와 성이 소설가에게 미치는 영향에 대해 좀더 깊이 파고들 수 있을 것입니다. 눈을 감고 전체로서의 소설에 대해 생각해보면, 소설은 삶과 유사한, 일종의 거울을 포함한 창작물이라고 할 수 있을 것입니다. 물론 그 유사성이란 단순화되거나 숱하게 왜곡된 것이긴 하지만요. 어쨌든 소설은 일종의 구조물처럼 우리 마음의 눈에 하나의 형태를 남깁니다. 그 형태는 어떤 때는 사각형을 이루고, 또 어떤 때는 탑 모양이 되며, 때로는 측면 건물과 회랑으로 뻗어나가기도 하고, 또 때로는 콘스탄티노플의 성 소피아 성당처럼 둥근 지붕이 덮인 견고하고 튼튼한 것이 되기도 합니다. 유명한 몇몇 소설을 되돌아보며 생각하건대, 이러한 형태는 우리의 내면에 그것과 어울리는 어떤 감정을 촉발합니다. 그러나 이런 감정은 그 즉시 또 다른 형태들과 뒤섞이게 됩니다. 왜냐하면 그 '형태'라는 것은 돌과 돌의 관계가 아니라 인간과 인간의 관계로 만들어지기 때문입니다. 그리하여 소설은 우리 안에 온갖 종류의 적대적이고 상반된 감정들을 불러일으킵니다. 삶은 삶이 아닌 어떤 것과 충돌을 일으킵니다. 그 때문에 우린 소설에 관한 어떤 합의에 이르기가 어려워지고, 우리의 개인적 편견들이 우리에게 엄청난 영향력을 행사하게 됩니다. 한편으로는, 우리는 당신(주인공 존)이 살아야만 한다고 느낍니다. 그렇지 않으면 나는 깊은 절망에 빠지게 될 테니까요. 하지만 다른 한편으로는 우린, 아아, 존 당신이 죽어야 한다고 느낍니다. 왜냐하면 책의 형태가 그것을 요구하기 때문입니다. 삶은 삶이 아닌 어떤 것과 충돌을 일으킵니다. 그런데 삶이 아닌 것도 부분적으로는 삶이기 때문에 우린 그것을 삶으로 간주합니다. 우린 "제임스는 내가 가장 싫어하는 부류의 인간이야"라고 말합니다. 혹은 "이런 말도 안 되는 엉터리가 어디 있어. 나는 그런 걸 전혀 느낄 수 없었다고"라고도 합니다. 어떤 유명한 소설을 되돌아보더라도 명백한 사실은, 그토록 다양한 판단과 그토록 다양한 종류의 감정으로 이루어진 책의 전체 구조는 무한히 복잡할 수밖에 없다는 것입니다. 놀라운 것은, 그렇게 구성된 어떤 책이라도 1, 2년 이상 존속하거나, 러시아 독자나 중국 독자 혹은 영국 독자에게 똑같은 의미를 지닐 수 있다는 사실입니다. 그런데 때때로 어떤 책들은 아주 놀라울 정도로 오랜 생명력을 유지합니다. 그리고 이처럼 드물게 오래 생존하는 경우에(나는 지금 『전쟁과 평화』를 생각하고 있습니다) 그들을 버티게 해주는 것은 이른바 성실성이라는 것입니다. 이것은 빚을 갚거나 위급한 경우에 명예롭게 행동하는 것과는 아무 상관이 없습니다. 소설가에게 성실성이란, 이것은 진실이라고 작가가 독자에게 심어주는 확신을 의미합니다. '그래, 난 이게 이럴 수 있을 거라고 절대 생각지 못했을 거야. 이렇게 행동하는 사람을 본 적이 없으니까. 하지만 당신은 이건 이렇고, 이런 일이 생길 수 있다는 확신을 심어주었지'라고 독자는 느낍니다. 우린 책을 읽는 동안 각각의 문장과 각각의 장면에 빛을 비춰 봅니다. 마치 매우 기이하게도 자연에게서 소설가의 성실성이나 불성실성을 판단할 수 있는 내면의 빛을 부여받은 것처럼 말이죠. 어쩌면 더없이 변덕스러운 자연이 눈에 보이지 않는 잉크로 우리 마음의 벽에, 위대한 예술가들이 확인시켜줄 수 있는 어떤 예감을, 천재의 불길을 비춰야만 비로소 눈에 보이는 일종의 스케치를 그려놓은 것은 아닐까요. 그리하여 우리는 밖으로 드러난 그것이 생명력을 얻게 되는 것을 보게 되면 황홀해하며 소리칩니다. 그래, 이게 바로 내가 항상 느껴왔고 알아왔고 갈망했던 거라고! 그리고 흥분으로 끓어넘치며, 책이 마치 굉장히 소중한 것 혹은 살아 있는 동안 언제라도 되돌아갈 수 있는 마음의 의지처라도 되는 양 일종의 경건함과 함께 책을 닫고는 서가에 다시 꽂아놓습니다. 나는 『전쟁과 평화』를 집어 제자리에 갖다 놓으면서 생각했습니다. 다른 한편으로는, 우리가 집어 들고 검토하는 이

빈약한 문장들은 처음에는 빛나는 색채와 과감한 몸짓으로 빠르고 열렬한 반응을 불러일으키기도 하지만 때로는 거기서 그치기도 합니다. 무언가가 그들의 발달을 저지하는 듯 보입니다. 만약 그 문장들에서 한구석의 희미한 낙서나 어딘가의 얼룩이라도 발견된다면, 그 어떤 것도 온전하고 완전해 보이지 않는다면, 우린 실망의 한숨을 내쉬면서 "또 하나의 실패작이로군"이라고 말할 것입니다. 이 소설은 어딘가에서 실패한 것이지요.

물론 소설은 대부분 어딘가에서 실패하기 마련입니다. 작가의 상상력은 엄청난 중압감으로 비틀거립니다. 통찰력은 흐려져 더 이상 진실과 거짓을 구분하지 못합니다. 매 순간 매우 다양한 능력의 사용을 요하는 방대한 노동을 지속할 힘이 더 이상 없기 때문입니다. 그런데 『제인 에어』와 그 밖의 책들을 보면서 소설가의 성이 이 모든 것에 어떤 영향을 미치는지 궁금해졌습니다. 작가가 여성이라는 사실이 어떤 식으로든 여성 소설가의 성실성(작가의 중추라고 여겨지는 그 성실성)에 방해가 될까요? 앞서 인용했던 『제인 에어』의 구절을 살펴보면, 분노가 소설가 샬럿 브론테의 성실성에 장애물로 작용하고 있음이 분명합니다. 그녀는 사적인 불만에 신경 쓰느라 자신이 전념했어야만 하는 이야기를 저버렸습니다. 그녀는 자신에게 합당한 몫의 경험을 누리지 못했음을 기억해낸 것입니다. 그녀는 자유롭게 세상을 돌아다니기를 원했을 때 목사관에서 양말을 꿰매며 정체된 삶을 살아야 했습니다. 그녀의 상상력은 분노로 인해 엇나갔고, 우린 그 사실을 느낄 수 있습니다. 그러나 분노 이외의 또 다른 영향들(이를테면 무지 같은 것)이 그녀의 상상력을 세게 잡아끌어 본연의 길에서 벗어나게 했습니다. 로체스터[96]의 초상은 어둠 속에서 그려졌습니다. 우리는 그 속에서 두려움의 영향을 느낍니다. 마찬가지로 우린 억눌림에서 비롯된 신랄함과 그녀의 열정 아래 들끓고 있는 숨겨진 고통, 그리고 아무리 빛나는 책이라 할지라도 그 책을 고통의 경련으로 수축시키는 원망을 끊임없이 느낄 수 있습니다.

소설은 이처럼 실제 삶과 상응하는 면이 있으므로 그것의 가치는 어느 정도는 실제 삶의 가치와 동일합니다. 하지만 여성의 가치들은 종종 남성에 의해 구축된 그것들과는 분명 다릅니다. 당연히 그렇겠지요. 우세한 것은 남성적 가치들입니다. 조야하게 말하자면, 축구와 스포츠는 '중요'합니다. 반면 유행의 숭배와 옷을 구입하는 것은 '하찮은' 일입니다. 그리고 이러한 가치들은 필연적으로 삶에서 픽

---

[96] 『제인 에어』의 남자 주인공.

션으로 전이됩니다. 이것은 전쟁을 다루기 때문에 중요한 책이라고 비평가들은 추정합니다. 반면 이것은 거실에서 시간을 보내는 여성의 감정을 다루므로 하찮은 책입니다. 전쟁터에서의 장면은 상점에서의 장면보다 훨씬 중요합니다. 도처에서 더욱더 미묘하게 가치의 차별이 이어집니다. 따라서 19세기 초반에 여성이 쓴 소설의 전체 구조는 일직선에서 살짝 비켜나, 외부 권위에 순종하여 자신의 명확한 비전을 변화시켜야만 했던 정신에 의해 구축되었습니다. 오래되고 잊힌 소설들을 죽 훑어보면서 그것들을 쓴 이들의 어조에 귀 기울이는 것만으로도 그들이 비판과 맞서야 했음을 짐작할 수 있습니다. 여성작가는 공격하기 위해 이런 말을 하거나, 화해하기 위해 저런 말을 했습니다. 또한 그녀는 자신이 '단지 여자일 뿐'이라는 것을 인정하거나, 자신도 '남자만큼 뛰어나다'라며 반박했습니다. 그녀는 자신의 기질이 시키는 대로 때로는 유순하고 소심하게, 또 때로는 분노하고 역설하며 비판과 맞섰습니다. 사실 어느 쪽이었는지는 중요하지 않습니다. 문제는 그녀가 사물 자체가 아닌 다른 무언가를 생각하고 있었다는 사실입니다. 이제 그녀의 책이 우리에게 이르렀습니다. 그런데 그 책의 한가운데에 흠이 나 있습니다. 나는 마치 과수원의 벌레 먹은 조그만 사과들처럼 런던의 중고 책방에 산재해 있는 여성

작가들의 소설들을 떠올렸습니다. 그 책들을 썩게 만든 것은 한가운데에 난 흠이었습니다. 그녀는 다른 이들의 의견을 존중하느라 자신의 가치를 변질시켰던 것입니다.

　　이 여성들이 오른쪽이나 왼쪽으로 조금이라도 움직이지 않기란 불가능했을 것입니다. 철저한 가부장제 사회의 한가운데서 그 모든 비판과 직면하여 움츠러들지 않고 자신이 본 그대로의 사물을 고집하는 것은 대단한 재능과 엄청난 성실성이 요구되는 일이었을 테니까요. 오직 제인 오스틴과 에밀리 브론테만이 그 일을 해냈습니다. 이는 그들의 또 다른 성취, 어쩌면 가장 자랑스러운 성취일 것입니다. 그들은 남성이 쓰는 것처럼 쓰지 않고 여성이 쓰는 것처럼 썼습니다. 당시 소설을 썼던 수많은 여성 중에서 오직 그들만이 영원한 현학자의 끊임없는 훈계(이렇게 써라, 저렇게 생각하라)를 완전히 무시했습니다. 오직 그들만이 그 끈질긴 목소리, 때로는 불평하고, 때로는 가르치려 들거나 권위적이며, 때로는 상심하거나 충격받은 듯하고, 때로는 분노를 드러내고, 또 때로는 아저씨처럼 친근한 그 목소리에 귀 기울이지 않았습니다. 그 목소리는 여성을 홀로 내버려 두지 못하며, 지나치게 양심적인 가정교사처럼 그들에게 집착하고, 에저턴 브리지스 경처럼 그들에게 품위를 갖출 것을 엄명합니다. 심지어 시 비평에 성의 비평[97]을 끌어들이기도 합니다. 그리고 여성작가들이 뛰어나고 싶고 어떤 빛나는 상을 받기를 원한다면 문제의 신사가 적절하다고 생각하는 경계 내에 머물 것을 강력하게 충고합니다. "(…) 여성 소설가들은 자신의 성이 지닌 한계를 용감하게 인정함으로써만 탁월한 경지에 이르기를 바랄 수 있다."[98] 이 말은 문제의 핵심을 단적으로 보여줍니다. 그리고 아마도 놀라시겠지만, 이 문장이 쓰인 것은 1828년 8월이 아니라 1928년 8월입니다. 지금의 우리에게는 이 말이 아주 재미있다고 느껴질지 모르지만 1세기 전에는 훨씬 격렬하고 훨씬 요란했던 거대한 일단의 여론(나는 그 오래된 웅덩이를 휘젓지는 않을 것이며, 우연히 내 발치로 흘러 들어온 것만을 취할

---

97 (원주) "(여성은) 형이상학적 목적을 가지고 있다. 이는 위험한 강박관념이며, 여성의 경우에는 특히 더 그렇다. 여성은 남성처럼 수사학에 건전한 애정을 느끼는 일이 거의 없기 때문이다. 여성은 또 다른 점에서는 더 원초적이고 더 물질주의적인 성임을 고려할 때 이는 이상한 결합이라고 할 수 있다."(『새로운 기준』, 1928년 6월, 160쪽)

98 (원주) "그 보고자처럼 여러분도 여성 소설가들이 자신의 성이 지닌 한계를 용감하게 인정함으로써만 탁월한 경지에 이르기를 바랄 수 있다고 믿는다면(제인 오스틴은 이런 제스처를 얼마나 우아하게 해낼 수 있는지를 입증했습니다)……"(〈삶과 편지들〉, 1928년 8월, 121~122쪽)

(옮긴이 주) 이 서평은 〈삶과 편지들〉(1928~1935년에 발행된 영국의 문학 잡지)의 첫 번째 주간을 지낸 데스먼드 매카시가 쓴 것이다. 원주에서 괄호 안의 문장은 원래는 "제인 오스틴과 우리 시대의 버지니아 울프 양은 이런 제스처를 얼마나 우아하게 해낼 수 있는지를 입증했습니다"였는데 울프가 자신과 관련된 부분을 뺀 것이다.

뿐입니다)을 대변했다는 사실에 여러분도 동의할 것입니다. 1828년의 젊은 여성이 이 모든 타박과 힐난과 상賞에 대한 약속을 무시할 수 있으려면 매우 강건한 심성을 타고났어야만 할 겁니다. 스스로에게 이렇게 말할 수 있는 일종의 선동가적인 기질 말입니다. 좋아, 하지만 그들이 문학마저 매수할 수는 없어. 문학은 모두에게 열려 있으니까. 당신이 아무리 대학의 관리인이라 할지라도 나를 잔디밭에서 내쫓는 것을 허용하지 않을 거야. 어디 얼마든지 도서관을 걸어 잠가보라고. 그런다고 문이나 자물쇠나 빗장으로 내 자유로운 정신을 가둬두지는 못할 테니까.

하지만 용기를 꺾는 말과 비판이 여성의 글쓰기에 어떤 영향(아주 커다란 영향을 미쳤으리라고 믿지만)을 미쳤든지 간에, 그들(난 여전히 19세기 초반의 소설가들을 생각하고 있습니다)이 종이에 자신의 생각을 옮겨 적으려고 할 때 직면했던 또 다른 어려움과 비교하면 그것은 사소한 것이었습니다. 그 어려움이란, 그들의 뒤에는 전통이란 게 전혀 없고, 있다고 해도 너무 짧고 편파적이라 아무 도움이 안 되었다는 것입니다. 왜냐하면 우리 여성의 경우에는 우리 어머니들을 돌이켜보면서 생각하기 때문입니다. 위대한 남성작가들에게 도움을 청하는 것은 아무 소용이 없습니다. 어떤 즐거움을 위해 아무리 자주 그들의 작품을 접한다 할지라도 말이죠. 지금까지 램, 브라운, 새커리, 뉴먼, 스턴, 디킨스, 드 퀸시[99]를 비롯해 어떤 남성작가라 할지라도 여성에게 어떤 도움이 되었던 적이 없습니다. 그들에게서 약간의 요령을 배워 그것을 자신에게 적용할 수는 있었겠지만요. 남성의 정신의 무게와 걷는 속도와 보폭은 여성의 그것들과는 너무나 달라서 여성은 그들에게서 실질적인 무언가를 성공적으로 캐낼 수가 없었습니다. 그들을 모방하기에는 그들과 너무 멀리 떨어져 있었기 때문이죠.

여성이 종이 위에 펜을 올려놓자마자 알게 될 첫 번째 사실은 아마도 그녀가 차용할 수 있는 공동의 문장이 없다는 사실일 것입니다. 새커리와 디킨스와 발자크 같은 위대한 소설가들은 모두 자연스러운 산문, 날렵하지만 엉성하지 않고, 표현이 풍부하면서도 가식적이지 않으며, 공동의 자산에 속하면서도 자기만의 색깔을 간직한 글을 썼습니다. 그들의 글은 당시 통용되던 문장에 바탕을 두었습니다. 19세기 초에 통용되던 문장은 아마도 대략 이랬을 겁니다. "그들의 작품이 지닌 장엄함은 그들에게 멈추지 말고 계속

---

99 순서대로 찰스 램, 토머스 브라운(1605~1682), 윌리엄 새커리, 존 헨리 뉴먼(1801~1890), 로런스 스턴, 찰스 디킨스, 토머스 드 퀸시(1785~1859)를 가리킨다.

나아가라는 하나의 논거였다. 그들은 자신의 기교를 발휘하고 진실과 아름다움을 부단히 창조하는 데서 최고의 흥분과 만족을 느낄 수 있었다. 성공은 노력을 촉구하고, 습관은 성공을 용이하게 한다." 이것은 남성의 문장입니다. 그 이면에는 존슨 박사와 기번[100]과 또 다른 이들이 보입니다. 이것은 여성이 사용하기에는 적합하지 않은 문장이었습니다. 샬럿 브론테는 산문에 탁월한 재능이 있었음에도 불편한 도구를 손에 든 채 비틀거리고 넘어졌습니다. 조지 엘리엇은 그 도구로 믿기 힘든 엄청난 실수를 저질렀습니다. 그러나 제인 오스틴은 그 도구를 보고 비웃었으며, 자신이 사용하기에 적합한 더없이 자연스럽고 맵시 있는 문장을 고안해냈고 그것을 내내 고수했습니다. 그리하여 그녀는 샬럿 브론테보다 글 쓰는 재주가 부족하면서도 무한히 더 많은 것을 이야기할 수 있었습니다. 사실 표현의 자유와 풍부함은 예술의 본질에 속하므로, 그와 같은 전통의 부족 및 도구의 결핍과 부적절함은 여성의 글쓰기에 막대한 영향을 미쳤을 게 분명합니다.

게다가 이미지를 빌려 설명하자면, 책이란 죽 이어놓

---

100 에드워드 기번(1737~1794). 영국의 역사가로 『로마 제국 쇠망사』(1788)를 썼다.

은 문장들로 이루어지는 게 아니라 아치나 돔 같은 형태로 구축되는 것입니다. 그리고 이러한 형태 역시 남성들에 의해, 그들 자신의 필요에 따라 그들 자신이 사용하기 위해 만들어진 것입니다. 남성적 문장이 여성에게 적합하지 않듯 서사시나 시극의 형태가 여성에게 적합하다고 생각할 이유가 조금도 없는 것이지요. 그러나 여성이 작가가 될 무렵에는 문학의 오래된 형식들은 굳어져 모두 자리를 잡은 상태였습니다. 오직 소설만이 여성이 유연하게 다룰 수 있을 정도로 새로운 것이었습니다. 아마도 여성이 소설을 썼던 또 하나의 이유겠지요. 하지만 오늘날에조차도 '소설'[101](이 단어가 적절하지 않다는 내 느낌을 표시하기 위해 인용부를 사용했습니다)이, 문학의 가장 유연한 형식인 소설조차도 여성이 사용하기에 적합한 형태를 갖추었다고 그 누가 자신 있게 말할 수 있을까요? 여성이 자유로이 운신할 수 있게 되면, 그녀는 분명 그것을 부수고 자신에게 어울리는 형태를 만들어낼 것입니다. 그리고 자신의 내면에 있는 시를 위해, 반드시 운문이 아니더라도 새로운 어떤 수단을 제공하게 될 것입니다. 아직도 여성에게 출구가 막혀 있는 것

---

101   울프는 '소설novel'이라는 명칭이 포함하는 '새로운' 장르라는 의미에 동의하지 않는 듯 보인다.

은 시이니까요. 나는 오늘날의 여성이 5막의 시비극詩悲劇을 어떤 형태로 쓸 것인지를 곰곰 생각해보았습니다. 그녀는 운문을 사용할까요? 그보다는 산문을 사용하게 되지 않을까요?

그러나 이런 것들은 미래의 어슴푸레한 빛 속에 놓인 어려운 문제들입니다. 나는 이것들을 그대로 놔두어야 합니다. 이 문제들이 나를 자극하게 되면, 난 내 주제에서 벗어나 길 없는 숲속을 헤매다가 야생동물에게 잡아먹힐지도 모르거든요. 나는 픽션의 미래라는 아주 우울한 주제를 끄집어내고 싶지 않고, 여러분도 내가 그러기를 원치 않으리라고 확신합니다. 따라서 여기서 잠시 멈추고, 미래의 여성과 관련한 물리적 여건의 중요한 역할에 대해 여러분의 주의를 환기시키고자 합니다. 책은 어떤 식으로든 여성의 신체에 적합해야만 합니다. 감히 말하건대, 여성의 책은 남성의 책보다 짧고 더 응축되어야 하며, 꾸준하고 중단되지 않는 장시간의 작업을 필요로 하지 않도록 짜여야 합니다. 여성은 언제나 방해받기 마련이기 때문이지요. 또한 남성과 여성은 두뇌에 영양분을 공급하는 신경이 서로 다른 듯 보입니다. 따라서 여성이 가장 효율적으로 열심히 일할 수 있게 하려면 우린 무엇보다 그들을 어떻게 처우해야 할지를 알아야 합니다. 이를테면 수백 년 전쯤에 수도승들이 고안해냈을 법한 이런 긴 시간의 강연이 과연 여성에게 적합한 지를 생각해봐야 하는 것이지요. 여성이 일과 휴식을 어떻게 번갈아 하기를 원하는지도 알아야 할 것입니다. 휴식이 단지 아무것도 하지 않는 게 아니라, 무언가를, 다른 무언가를 하는 것으로 해석한다면 말이죠. 물론 그 '다른 무언가'가 무엇인지도 생각해봐야겠지요. 우리는 이 모든 것을 토론하고 알아내야 합니다. 이 모두는 '여성과 픽션'이라는 문제의 일부이니까요. 그런데, 난 다시 서가로 다가가면서 생각했습니다, 여성이 여성의 심리에 관해 쓴 상세한 연구서는 어디서 찾을 수 있을까? 여성이 축구를 못한다고 해서 의사가 되는 것이 허용되지 않는다면……

다행히 내 생각은 이제 다른 방향으로 흘러갔습니다.

제5장

이곳저곳을 기웃거리던 나는 마침내 현존 작가들의 책을 보관하고 있는 서가에 이르렀습니다. 좀더 정확히는 여성과 남성 현존 작가들이라고 해야겠지요. 이젠 남성이 쓴 것만큼이나 여성이 쓴 책도 많아졌으니까요. 설령 그것이 전적인 사실이 아니고 남성이 여전히 수다스러운 성이라고 해도, 여성이 이제 더 이상 소설만 쓰지 않는다는 것은 분명합니다. 그리스 고고학에 관한 제인 해리슨의 책, 미학에 관한 버넌 리의 책 그리고 페르시아에 관한 거트루드 벨의 책도 있습니다. 한 세대 전만 하더라도 어떤 여성도 손대지 못했던 온갖 종류의 주제를 다룬 책들이 있는 것이지요. 시집과 희곡집, 비평서도 있습니다. 역사서와 전기, 여행기, 학술서와 연구서 그리고 심지어 철학책과 과학과 경제학을 다룬 책들도 있고 말이죠. 소설이 여전히 우세하긴 하지만, 소설 자체도 다른 부류의 책들과의 연관성으로 인해 많이 달라졌을 것입니다. 이제 자연스러운 소박함과 여성의 글쓰기의 서사적敍事的 시대는 지나가고, 독서와 비평이 여성에게 한층 더 폭넓은 시야와 더욱더 섬세한 감수성을 부여했을 것입니다. 자서전을 향한 충동은 소진되고, 여성은 이제 자기표현의 방식이 아닌 예술로서의 글쓰기를 시작할 것입니다. 이 새로운 소설들 가운데서 우린 이런 여러 의문에 대한 답을 찾을 수 있을지도 모릅니다.

　나는 그중 한 권을 무작위로 꺼냈습니다. 서가의 맨 끝에 꽂혀 있던 책에는 『생의 모험』 혹은 그 비슷한 제목이 붙어 있었습니다. 메리 카마이클[102]이 쓴 책으로 바로 이달 10월에 출간되었지요. 그녀의 첫 책인 것 같다는 생각이 들었습니다. 하지만 우린 그 책이 꽤 긴 연속물의 마지막 권인 양 읽어야 합니다. 앞서 살펴본 레이디 윈칠시의 시와 애프러 벤의 희곡 그리고 네 명의 위대한 소설가의 소설의 계보를 잇는 책처럼 말이죠. 우린 책들을 개별적으로 판단

102　울프는 산아제한 운동가 마리 스톱스(1880~1958)의 필명인 마리 카마이클을 메리 카마이클로 바꿔 이야기하고 있다. 마리 카마이클은 1928년 『사랑의 창조』라는 소설을 발표했다. 소설에는 릴리안 럴포드라는 여성이 실험실을 함께 쓰는 케네스라는 여성과 사랑에 빠지는 이야기가 나온다. 울프는 『자기만의 방』의 화자 및 제1장에서 언급한 『네 명의 메리』와 관련지어 마리 카마이클을 메리 카마이클로 바꾼 것으로 보인다(각주 8번 참조).

하는 습성이 있지만 사실 책들은 서로 연관돼 있기 때문입니다. 따라서 나는 이 무명의 여성을 지금까지 여러 여건을 살펴보았던 또 다른 여성들의 계승자로 간주하면서, 그녀가 그들의 특성과 제약에서 무엇을 물려받았는지를 살펴봐야 합니다. 나는 한숨을 내쉬고는(소설은 해독제가 아닌 진통제를 제공하는 경우가 많고, 타오르는 횃불로 누군가를 일깨우기보다는 무기력한 잠 속으로 빠져들게 하기 때문에), 메리 카마이클의 첫 소설인 『생의 모험』에서 무언가를 얻어내기 위해 공책과 연필을 들고 자리에 앉았습니다.

　　나는 우선 한 페이지를 아래위로 죽 훑어보았습니다. 푸른 눈과 갈색 눈 그리고 클로이와 로저 사이에 생겨날 관계를 내 기억에 담기 전에 먼저 그녀의 문장들을 이해하고자 했지요. 그녀가 손에 펜을 들었는지 곡괭이를 들었는지를 판단하고 난 뒤에야 그런 것들을 살필 수 있을 테니까요. 나는 일단 한두 문장을 혀에 굴리듯 읽어보았습니다. 무언가가 제자리를 찾지 못하고 있는 게 분명했습니다. 문장들이 서로 매끄럽게 연결이 되지 않았거든요. 무언가가 찢기거나 긁혔고, 때때로 단어 하나가 내 눈에 강렬한 빛을 비추곤 했지요. 오래된 연극에서 하는 말처럼 그녀는 스스로 '손을 놓아버린' 것입니다. 마치 불이 붙지 않는 성냥을 그어대는 사람 같다고 할까요. 하지만 어째서 제인 오스틴의 문장은 당신에게 적합한 형태가 될 수 없을까요? 나는 마치 그녀가 내 앞에 있는 것처럼 물었습니다. 에마와 우드하우스 씨[103]가 죽었다고 해서 그 문장들도 모두 버려야 할까요? 만약 그래야 한다면 참으로 안타까운 일이 아닐 수 없습니다. 나는 또다시 한숨을 내쉬었습니다.

왜냐하면 모차르트의 음악이 하나의 노래에서 다른 노래로 넘어가듯 제인 오스틴의 문장은 하나의 곡조에서 다른 곡조로 이어지는 반면, 이 글을 읽는 것은 마치 갑판도 없는 배를 타고 바다로 나서는 것과도 같았기 때문입니다. 위로 솟구쳤다가는 아래로 가라앉기를 반복했지요. 이러한 문장의 간결함과 거친 호흡은 그녀가 무언가를 두려워하고 있음을 의미하는지도 모릅니다. 어쩌면 '감상적'이라고 불리는 것을 두려워했을지도 모르지요. 혹은 여성의 글이 현란하다는 말을 기억해내고는 가시를 지나치게 많이 박아놓았는지도 모릅니다. 그러나 한 장면을 주의 깊게 읽고 난 뒤에라야 비로소 메리가 자기 자신을 표현하고 있는지 혹은 다른 누군가가 되려고 하는지를 확실히 알 수 있을 것입니다. 나는 좀더 주의를 기울여 읽으면서, 어쨌거나 그녀는 읽는 이의 활기를 저하시키지는 않는다고 생각했습니

103　제인 오스틴의 소설 『에마』의 주인공과 그녀의 아버지.

다. 하지만 그녀는 너무 많은 사실들을 쌓아가고 있습니다. 이만한 분량(『제인 에어』의 절반 정도 길이밖에 안 되는)의 책에서는 그것들의 절반도 사용하지 못할 텐데 말이죠. 그러나 어떻게 했는지는 모르겠지만 그녀는 우리 모두(로저, 클로이, 올리비아, 토니 그리고 빅엄 씨)를 강물을 거슬러 올라가는 카누에 태우는 데 성공했습니다. 난 의자에 등을 기대면서 "잠깐만"이라고 말했지요. 앞으로 더 나아가기 전에 전체를 좀더 세심하게 살펴봐야겠다는 생각이 들었거든요.

나는 메리 카마이클이 우리에게 어떤 속임수를 쓰고 있는 게 분명하다고 중얼거렸습니다. 그녀가 우리에게 기대하게 만든 것처럼 전향선轉向線에서 기차의 차량이 아래로 향하는 대신 또다시 전속력으로 위로 올라갈 때의 기분이 느껴지기 때문입니다. 메리는 예상된 순서를 마음대로 바꾸고 있었습니다. 그녀는 처음에는 문장을 부쉈고, 이젠 그 연속성을 부수고 있습니다. 좋습니다, 단지 부수기 위해서가 아니라 창조하기 위해 이 두 가지를 하는 것이라면 그녀는 얼마든지 그럴 권리가 있습니다. 둘 중 어느 쪽인지는 그녀가 어떤 상황에 직면하기 전까지는 확실히 알 수 없습니다. 나는 그 상황이 어떤 것이 될지 선택할 모든 자유를 그녀에게 줄 거라고 말했습니다. 원한다면 그녀는 양철통과 낡은 주전자로부터도 상황을 만들어낼 수 있을 것입니다. 하지만 그런 것을 하나의 상황이라고 믿는다는 것을 내게 설득시켜야만 합니다. 그리고 일단 상황을 창조하고 나면 그것과 직면해야 합니다. 그녀는 그것을 뛰어넘어야만 합니다. 그녀가 내게 작가로서의 의무를 다한다면 나는 그녀에게 독자로서의 의무를 다하리라 마음먹으며 책장을 넘겨 읽었습니다…… 중간에 말을 끊어서 미안합니다만, 여기 혹시 남자는 한 사람도 없나요? 저 붉은색 커튼 뒤에 차트리스 바이런 경[104]이 숨어 있지 않다고 장담할 수 있는지요? 여긴 우리 여자들뿐이라고 단언할 수 있나요? 만약 그렇다면 나는 여러분에게 내가 다음에 읽은 문장은 이것이었다고 말할 수 있습니다. "클로이는 올리비아를 좋아했다……" 놀라지 마십시오. 얼굴을 붉히지도 마십시오. 때로 이런 일들이 일어나기도 한다는 것을 우리들끼리 모인 곳에서는 인정하도록 합시다. 때로는 여성이 여성을 좋아하기도 하니까요.

"클로이는 올리비아를 좋아했다." 나는 이 문장을 읽었습니다. 그러자 이 사실이 엄청난 변화를 가져왔다는 생

---

104 차트리스 바이런 경은 여성 동성애를 다룬 래드클리프 홀의 소설 『고독의 우물』(1928)의 외설 시비 재판을 담당한 대법관이었다. 울프는 홀을 지지하는 증언을 하려고 준비 중이었다. 그러나 바이런은 증언을 허락하지 않았고, 문제의 소설이 외설적이라는 판결을 내렸다.

각이 퍼뜩 들더군요. 클로이는 아마도 문학사상 처음으로 올리비아를 좋아했을 것입니다. 클레오파트라는 옥타비아[105]를 좋아하지 않았습니다. 만약 그랬더라면 『안토니우스와 클레오파트라』는 지금과는 얼마나 다른 작품이 되었을까요! 『생의 모험』에서 잠시 벗어나 생각해보면, 『안토니우스와 클레오파트라』의 모든 것은 터무니없이 단순화된 인습적인 이야기라고 할 수 있습니다. 클레오파트라가 옥타비아에게 느끼는 유일한 감정은 일종의 질투심입니다. 그녀는 나보다 키가 클까? 머리 손질은 어떻게 할까? 아마도 희곡은 그 이상을 요구하지 않았을 것입니다. 하지만 두 여성 사이의 관계가 좀더 복잡했더라면 그것은 얼마나 흥미로운 이야기가 되었을까요! 문학작품 속의 빛나는 여성들을 재빨리 떠올려보면, 여성들 간의 모든 관계가 지나치게 단순하다는 생각이 듭니다. 너무나 많은 것이 생략돼 있고 시도조차 되지 않았지요. 그래서 난 내가 읽어본 책들 가운데서 두 여성이 친구로 묘사되는 경우가 있었는지 기억을 떠올려보았습니다. 『크로스웨이스의 다이애나』[106]에 그런 시도가 있긴 했습니다. 물론 라신과 그리스 비극에도

105　고대 로마 공화정 말기의 옥타비아누스의 누이이자 안토니우스의 아내.

106　영국의 소설가 조지 메러디스(1828~1909)의 소설.

속내를 털어놓을 수 있는 친구 같은 존재가 등장하지요. 때로는 어머니와 딸이 서로에게 그런 존재가 되기도 합니다.

그러나 거의 예외 없이 여성은 남성과의 관계 내에서만 그려지고 있습니다. 제인 오스틴의 시대 전까지는 문학작품 속의 모든 위대한 여성이 남성의 눈을 통해서만 보였을 뿐만 아니라 남성과의 관계 내에서만 보였다는 것은 참으로 이상한 일입니다. 사실 남성과의 관계는 여성의 삶에서 아주 작은 부분밖에 차지하지 못하는데 말이죠. 남성이 자신의 코에 걸린 검거나 불그레한 성적 편견의 안경을 통해 여성의 삶을 관찰할 때 그는 그것의 아주 작은 부분조차 제대로 이해할 수가 없습니다. 어쩌면 이런 이유로 문학작품 속의 여성이 특이한 성격으로 그려지는지도 모릅니다. 여성은 놀라우리만치 극단적으로 아름답거나 혐오스러운 존재, 천사처럼 선하거나 악마처럼 사악한 존재 사이를 오갑니다. 왜냐하면 남성이 자신의 사랑이 커지거나 줄어들거나, 순조롭거나 불행한가에 따라 여성을 달리 보기 때문이지요. 물론 19세기 소설가들의 경우에는 반드시 그렇지는 않습니다. 그들의 작품 속에서는 여성이 훨씬 다양하고 더욱더 복잡한 존재로 그려지고 있지요. 어쩌면 여성에 관한 작품을 쓰고자 하는 욕망이 남성들로 하여금 시극(그 폭력성 때문에 여성을 거의 등장시킬 수 없었던)을 점차 버리고 좀더 적합한 양식으로서의 소설을 고안해내게 했는지도 모릅니다. 그렇다고 하더라도, 남성에 관한 여성의 인식과 마찬가지로 남성은, 심지어 프루스트의 글에서조차, 여성을 몹시 제한적이고 편파적으로 이해하고 있음이 분명합니다.

따라서 나는 다시 페이지를 내려다보며, 여성도 가정생활이라는 영원한 관심사 외에 남성처럼 또 다른 데에 관심을 기울이고 있음이 분명해졌다고 생각했습니다. "클로이는 올리비아를 좋아했다. 그들은 실험실을 같이 썼다……" 나는 계속 읽어나가면서 이 두 젊은 여성이 악성빈혈의 치료제 개발을 위해 간을 잘게 써는 데 몰두하고 있음을 알았습니다. 둘 중 한 사람은 결혼을 했고 두 어린 자녀가 있는데도 말이죠(아마도 내 말이 맞을 겁니다). 물론 지금까지는 문학작품에서 이런 사실들이 모두 배제되었던 터라, 허구적인 여성의 빛나는 초상이 지나치게 단순하고 지극히 단조로울 수밖에 없었던 것입니다. 예를 들어, 문학에서 남성이 오로지 여성의 연인으로만 묘사되고, 다른 남성의 친구나 군인, 사상가, 몽상가로 등장하는 일이 결코 없다고 상상해봅시다. 그렇다면 셰익스피어의 극작품에서 그들이 차지하는 역할이 얼마나 제한적이고 문학은 얼마나 극심한 손상을 입었을까요! 아마도 오셀로 같은 인물이 대부분이고 안토니우스 같은 인물도 상당수 있었겠지만 카이

사르나 브루투스, 햄릿, 리어왕, 제이퀴스[107]는 없었을 것이며, 문학은 엄청나게 빈곤해졌을 것입니다. 여성에게 닫힌 문 때문에 실제로 문학이 우리의 상상 이상으로 빈곤해진 것처럼 말이지요. 자기 의사와 상관없이 결혼하고 방에 갇혀 한 가지 일만 하도록 강요받은 여성을 어떤 극작가가 충실하고 흥미롭고 진실하게 묘사할 수 있었을까요? 사랑만이 유일하게 남녀를 이어주는 통역자인 셈이었지요. 시인은 열정적이거나 신랄하거나 둘 중 하나였습니다. 그가 '여성을 증오하기로' 작정하지 않았다면 말이지요. 시인이 여성을 증오하는 경우는 대개 그가 여성에게 매력적이지 못했음을 의미할 테고 말이죠.

이제 클로이가 올리비아를 좋아하고 그들이 실험실을 같이 쓴다면 그들의 관계는 덜 개인적이므로 그들의 우정이 더욱 다양한 형태로 지속될 수 있을 것입니다. 만약 메리 카마이클이 글 쓰는 법을 안다면(이제 나는 그녀의 문체가 지닌 어떤 특징을 즐기게 되었습니다), 그녀에게 자기만의 방이 있다면(이 점에 대해서는 확신할 수 없습니다만), 그녀가 연 500파운드를 마음대로 쓸 수 있다면(이것은 앞으로 입증되

---

107 셰익스피어의 5대 희극 중 하나인 『뜻대로 하세요』의 주요 등장인물 중 하나.

어야 할 사실이지요), 그렇다면 대단히 중요한 어떤 일이 일어난 것이라고 생각합니다.

만약 클로이가 올리비아를 좋아하고 메리 카마이클이 그것을 표현하는 법을 안다면, 그녀는 지금까지 아무도 들어가본 적이 없는 그 거대한 방에 횃불을 밝히는 셈입니다. 사람들이 어디를 걷고 있는지도 모르는 채 촛불을 들고 위아래를 살펴보며 걸어가는 구불구불한 동굴처럼 그 방은 온통 어슴푸레하고 짙은 그림자로 뒤덮여 있습니다. 나는 그 책을 다시 읽기 시작했고, 올리비아가 선반에 병을 올려놓으며 아이들에게로 돌아갈 시간이라고 말하는 것을 클로이가 지켜보는 장면을 읽었습니다. 이것은 세상이 시작된 이래 한 번도 본 적이 없는 광경이라고 나는 경탄했지요. 그래서 나 또한 호기심에 차서 지켜보았습니다. 여성이 남성의 변덕스러운 편견의 빛으로 조명되지 않고 홀로 있을 때 천장에 붙은 나방의 그림자만큼이나 어렴풋이 형태를 드러내는, 기록되지 않은 제스처와 말해지지 않았거나 반쯤 말해진 말들을 포착하기 위해 메리 카마이클이 어떻게 해나가는지를 보고 싶었던 것입니다. 그 일을 하려면 그녀는 숨을 죽여야 할 거라고, 나는 계속 읽으며 말했습니다. 여성은 누군가가 뚜렷한 동기 없이 자신에게 관심을 기울일 때면 의심을 품기 마련이고, 자신을 감추거나 억누르는 데 엄청나게 익숙하다 보니 자신을 관찰하는 듯한 눈의 깜박거림에도 사라져버릴 수 있기 때문입니다. 나는 메리 카마이클이 거기 있기라도 하듯 그녀에게 말했습니다. "당신이 그 일을 해낼 수 있는 유일한 길은, 계속 창밖을 내다보며 어떤 다른 일에 대해 이야기하는 것이에요." 그리고 수백만 년 동안 바위 그늘 아래 웅크리고 있던 유기체인 올리비아가 자기 몸 위로 빛이 드는 것을 느끼고, 지식, 모험, 예술 같은 낯선 음식들이 자신에게로 다가오는 것을 볼 때 어떤 일이 일어나는지를 기록해야 한다고 그녀에게 말했지요. 공책에 연필로 쓰는 대신 가장 짧은 속기, 즉 아직 거의 분절되지 않은 말들로 기록해야 한다고 말이죠. 나는 다시 책에서 눈을 떼며 생각했습니다. 올리비아는 새로운 음식들을 붙잡기 위해 손을 내밀고, 무한히 복잡하고 정교한 전체의 균형을 깨뜨리지 않은 채 새것을 옛것에 흡수시키기 위해, 또 다른 목적들을 위해 고도로 발달된 자신의 재능들을 전적으로 새롭게 조합해야만 한다고요.

그런데 유감스럽게도 나는 절대 하지 않으리라 결심했던 일을 하고 말았습니다. 아무 생각 없이 나의 성을 칭찬하는 데 빠져든 것이지요. '고도로 발달된', '무한히 복잡한', 이런 말들은 부정할 수 없는 찬사이고, 자신의 성을 칭찬하는 것은 언제나 수상쩍고 종종 어리석은 일이지요. 게

다가 이 경우 내가 한 말들을 어떻게 정당화할 수 있을까요? 지도를 가리키면서 콜럼버스가 아메리카 대륙을 발견했고 콜럼버스는 여자였다고 말할 수도 없습니다. 사과를 집어 들고 뉴턴이 중력의 법칙을 발견했으며 뉴턴은 여자였다고 이야기할 수도 없지요. 혹은 하늘을 쳐다보면서 머리 위로 비행기가 날아가고 있으며 비행기는 여성이 발명했다고 말할 수도 없습니다. 여성의 정확한 크기를 잴 수 있는 벽의 눈금[108]도 없습니다. 훌륭한 어머니의 자질이나 딸의 헌신, 누이의 신의 또는 가정주부의 능력을 잴 수 있는, 1인치보다 더 작은 눈금으로 세밀하게 구분된 야드 자도 없습니다. 아직까지 대학에서 평가를 받아본 여성도 거의 없습니다. 육군, 해군, 무역, 정치, 외교 등 전문직의 위대한 시련은 여성을 시험해본 적이 거의 없지요. 지금 이 순간에도 여성은 거의 분류되지 않은 상태입니다. 그러나 내가 홀리 버츠 경에 대해 인간이 알 수 있는 모든 것을 알

---

108 여기서 울프는 자신의 첫 소설이자 단편소설 제목인 '벽에 난 자국The Mark on the Wall'을 빗대어 이야기하고 있다. 버지니아와 레너드 울프 부부는 1917년에 호가스 출판사를 설립하여 첫 책으로 『두 개의 이야기』라는 단편집을 펴냈다. 이 단편집에는 버지니아의 「벽에 난 자국」과 레너드 울프의 「세 유대인」이 함께 실려 있다.

고 싶다면, 버크나 더브릿의 책들[109]을 펼치기만 하면 됩니다. 그러면 그가 이러저러한 학위를 받았고, 시골 저택을 소유하고 있으며, 상속자가 있고, 어느 성城의 대신이었고, 캐나다에서 대영제국을 대표했으며, 다양한 학위와 직책 및 그의 공적이 지워지지 않게 새겨놓은 메달과 훈장 들을 받았다는 것을 알게 될 것입니다. 홀리 버츠 경에 대해 이보다 많이 아는 자는 오직 하느님뿐일 것입니다.

그러므로 내가 여성은 '고도로 발달된', '무한히 복잡한' 자질을 가지고 있다고 말할 때 나는 내 말을 『휘터커 연감』[110]이나 더브릿 혹은 대학 연감으로 입증할 수 없습니다. 이처럼 난감한 상황에서 내가 무엇을 할 수 있을까요? 나는 서가를 다시 살펴보았습니다. 거기에는 존슨과 괴테, 칼라일, 스턴, 쿠퍼,[111] 셸리, 볼테르, 브라우닝[112]과 그 밖의 다른 사람들의 전기가 꽂혀 있었습니다. 그때 문득 이런 생

---

109 버크와 더브릿은 매년 영국의 귀족과 상류 지주 계층에 관한 정보를 담은 참고서들을 펴낸 바 있다. 홀리 버츠 경은 울프가 창조해낸 인물인 듯하다.

110 『휘터커 연감』은 영국에서 1868년부터 매년 발간되던 참고서로 교육, 귀족 계층, 정부 부서, 건강, 사회적 이슈, 환경 등의 다양한 주제를 다루고 있다.

111 윌리엄 쿠퍼(1731~1800)는 『올니의 찬미가』(1779)를 펴낸 영국의 시인으로 낭만파 시인들에게 영향을 미쳤다.

각이 떠오르더군요. 이 모든 위인은 이러저러한 이유로 여성을 찬미했으며, 여성과 교제하기를 바랐고, 여성과 함께 살았으며, 여성에게 비밀을 털어놓았고, 여성을 사랑했으며, 여성에 대한 글을 썼고, 여성을 신뢰했으며, 이성에 대한 필요와 의존이라고 표현될 수밖에 없는 면들을 보여주었습니다. 이 모든 관계가 전적으로 플라토닉했다고는 단언하지 않겠습니다. 윌리엄 조인슨 힉스 경도 아마 부정하겠지요. 그러나 이 저명한 남성들이 이런 관계에서 오직 안락함과 아부와 육체적인 쾌락만을 즐겼다고 주장한다면, 그들을 대단히 부당하게 폄하하는 게 될 것입니다. 그들이 얻은 것은 분명 자신의 성이 제공할 수 없는 것이었습니다. 더 나아가 더없이 열광적인 시인들의 말을 인용하지 않고도, 그것을 이성만이 줄 수 있는 선물에 포함된, 일종의 자극이자 창조력의 재생으로 정의한다고 해서 경솔하다고 할수는 없을 것입니다. 남성은 거실이나 아이 방의 문을 열고 아이들 가운데 있거나 무릎 위에 수놓을 천을 올려놓고 있는 여성을(어느 경우이건, 삶의 또 다른 질서와 또 다른 체계의

---

112 로버트 브라우닝(1812~1889). 영국 빅토리아 시대를 대표하는 시인으로 극적 독백dramatic monologue의 수법으로 많은 명작을 남겼다. 그의 대표작 『반지와 책』은 2만 행이 넘는 대작이다.

중심으로서의 그녀를) 보게 될 것입니다. 그러면 이러한 세계와 법정이나 하원 같은 그 자신의 세계의 대조로 인해 이내 그의 심신은 상쾌해지고 활력을 되찾게 될 것입니다. 아주 간단한 대화에서도 자연스러운 견해차가 드러날 테고, 따라서 그의 고갈된 생각은 다시 풍부해지겠지요. 또한 여성이 자신의 것과는 다른 매개체를 통해 창조하는 광경을 봄으로써 그의 창조력이 되살아나, 그의 메마른 마음은 서서히 무언가를 다시 도모하게 될 것이고, 그녀를 방문하려고 모자를 썼을 때는 그에게 결여되었던 어구나 정경情景을 발견하게 될 것입니다. 존슨 박사 같은 이에게는 스레일[113] 같은 여성이 있었고, 이러한 이유들 때문에 그는 그녀에게 집착했습니다. 스레일이 이탈리아인 음악 선생과 결혼할 때 존슨은 분노와 혐오감으로 미쳐버리다시피 했는데, 이것은 그가 더 이상 그녀와 스트레텀에서 유쾌한 저녁 시간을 보낼 수 없기 때문만이 아니라 마치 자신의 삶의 빛이 "꺼져버린 듯했기" 때문이었습니다.

그리고 존슨 박사나 괴테 또는 칼라일이나 볼테르가

---

[113] 헤스터 스레일(1741~1821)은 영국의 일기 작가이자 시인으로 존슨 박사의 가까운 친구였다. 그들의 우정은 그녀가 가브리엘 피오치와 결혼하면서 끝이 났다.

아니더라도 우린 여성들 가운데서 이처럼 복잡한 성질과 고도로 발달된 창조력을 느낄 수 있습니다(비록 앞서 말한 위인들과는 매우 다른 방식으로 느끼겠지만 말이죠). 이제 한 여성이 어떤 방으로 들어갑니다. 여성이 어떤 방으로 들어갈 때 무슨 일이 일어나는지를 스스로 말할 수 있으려면, 먼저 영어라는 언어의 자원이 훨씬 많아져야 하고 모든 말들이 날개를 달고 뻗어나가 파격적으로 새롭게 태어나야 합니다. 그 방들은 모두가 전혀 다릅니다. 고요할 수도 있고 아주 시끄러울 수도 있으며, 바다를 면하고 있을 수도, 정반대로 감옥의 뜰을 향할 수도 있습니다. 빨래들이 널려 있을 수도 있고, 오팔과 실크로 화려하게 장식돼 있을 수도 있지요. 혹은 말총처럼 거칠거나 새털처럼 부드러울 수도 있습니다. 누군가가 어떤 거리에 있는 어떤 방이든 들어서기만 하면, '여성성'이라는 지극히 복합적인 힘 전체가 그의 얼굴로 날아들 것입니다. 어떻게 그렇지 않을 수 있을까요? 여성은 수백만 년 동안 방 안에 앉아 있었던 터라 지금은 벽 자체에도 여성의 창조력이 스며들어 있습니다. 그 창조력은 오랫동안 벽돌과 회반죽을 넘치게 채워왔으므로 이제는 글쓰기와 그림, 사업 그리고 정치에서 스스로를 적극 활용되게 해야 합니다. 하지만 여성의 창조력은 남성의 그것과는 근본적으로 다릅니다. 단언하건대 이러한 창조력이 좌절되거나 소모된다면 천만번 유감스러운 일일 것입니다. 여성의 창조력은 수세기에 걸쳐 더없이 혹독한 훈련에 의해 얻어졌고 그것을 대체할 만한 것은 없기 때문입니다. 여성이 남성처럼 글을 쓰거나 남성처럼 살거나 남성처럼 보인다면, 그 또한 천만번 유감스러운 일이겠지요. 세상의 광대함과 다양함을 고려해볼 때 두 가지 성으로도 너무나 불충분할진대 하나의 성만으로 무엇을 어떻게 해나갈 수 있겠습니까? 교육은 유사성보다는 차이점을 이끌어내고 강화해야 하는 게 아닐까요? 지금으로서는 우린 너무나 유사합니다. 만약 어떤 탐험가가 돌아와 다른 나뭇가지들 사이로 다른 하늘을 바라보는 또 다른 성들의 이야기를 전해준다면 인류에게 그보다 큰 공헌은 없을 것입니다. 게다가 우린 X 교수가 자신의 '우월함'을 입증하기 위해 측정용 자를 가지러 달려가는 것을 지켜보는 크나큰 즐거움을 덤으로 맛볼 수 있겠지요.

메리 카마이클은 자신에게 적합한 일을 단지 하나의 관찰자처럼 해나갈 거라고 나는 여전히 책장冊張 위의 허공을 바라보며 생각했습니다. 유감스럽게도 그녀는 소설가 부류 가운데서 그다지 흥미롭지 못한 분파, 즉 사색적 소설가가 아니라 자연주의적 소설가가 되고 싶은 유혹을 느낄지도 모릅니다. 그녀가 관찰해야 할 새로운 사실들이 너무도 많으니까요. 그녀는 더 이상 중상 계층의 점잖은 집에 국한될 필요가 없습니다. 그녀는 친절을 베풀거나 짐짓 겸손한 척할 필요 없이 동류의식을 가지고 비좁고 냄새나는 방으로 들어갈 것입니다. 그곳에는 고급 창부와 매춘부, 발바리를 안고 있는 여자 들이 앉아 있습니다. 그들은 여전히 남성작가가 억지로 입혀놓은 거친 기성복을 입고 앉아 있습니다. 이제 메리 카마이클은 가위로 신체의 움푹한 곳이나 각이 진 곳에 꼭 맞게 옷을 잘라낼 것입니다. 훗날 이 여성들을 있는 그대로의 모습으로 보는 것은 흥미로운 광경이 되겠지요. 하지만 그러기 위해서는 우린 좀더 기다려야 합니다. 왜냐하면 메리 카마이클은 여전히 성적 야만의 유산인 '죄악'과 직면하며 자의식의 방해를 받을 테니까요. 그녀는 아직도 분명 낡고 허위로 가득한 계급의 족쇄를 발에 차고 있을 것입니다.

　　그러나 여성 대다수는 매춘부도 고급 창부도 아닙니다. 여름날 오후 내내 먼지투성이의 우단 옷차림으로 발바리를 끌어안고 앉아 있지도 않습니다. 그럼 그들은 무엇을 할까요? 내 마음의 눈에 강의 남쪽 어딘가 무수히 늘어선 집에 수많은 사람이 모여 사는 기다란 거리가 떠올랐습니다. 나의 상상의 눈에 몹시 늙은 여인이 아마도 자기 딸인 듯한 중년 여성의 팔에 기대어 길을 건너는 광경이 보였습니다. 두 사람 다 품위 있게 구두를 신고 모피를 둘렀는데, 그날 오후 그들의 옷차림은 틀림없이 하나의 의식儀式이었을 것입니다. 그 옷들은 매년 여름철 내내 방충제를 넣은 옷장 속에 보관되었을 테지요. 그들은 해마다 그래왔던 것처럼 가로등에 불이 켜질 무렵(어스름이 내리는 저녁이 그들이 좋아하는 시간이거든요) 길을 건너갑니다. 노부인은 여든 살에 가까운 나이였습니다. 혹여 누군가가 그녀에게 그녀의 삶이 스스로에게 무엇을 의미하는지를 묻는다면, 그녀는 발라클라바 전투[114]를 기려 거리에 불이 켜졌던 것이나 에드워드 7세의 탄신일에 하이드 파크에서 울리는 축포를 들은 것을 기억한다고 말할 것입니다. 하지만 또 누군가가 날짜와 계절을 정확히 꼬집어서 1868년 4월 5일이나 1875년 11월 2일에 무엇을 하고 있었는지를 묻는다면, 그녀는 흐리멍덩한 표정으로 아무것도 기억하지 못한다고 이야기할 것입니다. 그녀는 언제나처럼 저녁식사를 준비했고 접시와 컵 들을 닦았겠지요. 아이들은 학교에 다녔고 사회로 나갔습니다. 그 모든 일에서 남은 것은 아무것도 없습니다. 모두가 사라져버린 것입니다. 어떤 전기나 역사도 그런

114　1854년 10월 크림전쟁 중에 일어난 전투로, 영국의 경기병 여단인 '빛의 여단'에 속하는 많은 병사들이 죽거나 부상당했다.

것들에 대해 아무런 언급도 하지 않습니다. 그리고 소설은, 그럴 의도는 없다고 할지라도, 불가피하게 거짓말을 합니다.

이처럼 그늘에 가려진 불명료한 모든 삶을 기록해야 한다고, 나는 메리 카마이클이 내 앞에 있기라도 하듯 그녀에게 말했습니다. 그리고 나의 상상 속에서 무언의 압박과 기록되지 않은 삶들의 축적된 무게를 느끼며 런던 거리를 따라 걸어갔습니다. 살찌고 부어오른 손가락에 파묻힌 반지를 낀 여자들이 길모퉁이에서 양손을 허리에 대고 선 채 마치 셰익스피어의 대사를 읊듯 격렬한 몸짓으로 이야기하고 있군요. 집들의 문간에는 제비꽃을 파는 여자와 성냥팔이 소녀 그리고 노파가 쪼그리고 앉아 있습니다. 정처 없이 떠도는 소녀들의 얼굴은 마치 햇빛과 구름 속을 넘나드는 파도처럼 남녀들이 다가옴을 알려주었고, 그들의 얼굴 위로는 쇼윈도의 깜빡이는 빛이 어른거렸습니다. 손으로 횃불을 단단히 잡은 채 이 모든 것들을 탐구해야 한다고, 나는 메리 카마이클에게 말했습니다. 무엇보다 당신은 당신 영혼의 깊은 곳과 얕은 곳, 그 허영심과 관대함을 불로 비춰 봐야만 합니다. 당신의 아름다움 혹은 못생긴 용모가 당신에게 무엇을 의미하는지, 약국의 약병에서 새어 나와 인조 대리석이 깔린 직물점들 사이로 퍼져 나가는 희미한 냄새 사이를 이리저리 오가는 장갑과 구두와 다양한 사물 들로 이루어진 세상, 끊임없이 변화하고 움직이는 그 세상과 당신이 어떤 관계가 있는지를 이야기해야 합니다.

상상 속에서 나는 한 상점 안으로 들어갔습니다. 바닥은 흑백으로 포장돼 있고 너무나 아름다운 색깔의 리본들이 걸려 있었습니다. 메리 카마이클도 지나가면서 그것들을 보았을 거라는 생각이 들더군요. 그것은 안데스산맥의 눈 덮인 봉우리 혹은 암석투성이의 골짜기만큼이나 글로 옮기기에 적합한 광경이었습니다. 카운터 뒤에 한 소녀가 있었습니다. 나는 나폴레옹의 생애를 150번째로 쓴다든가 키츠에 대한 연구를 70번째로 한다든가, 늙은 Z 교수와 그 부류가 지금 쓰고 있는, 밀턴식의 어순 도치를 키츠가 사용했다는 등의 글을 쓰느니 차라리 그 소녀의 진정한 역사를 쓸 것입니다. 그런 생각을 한 뒤 아주 조심스럽게 발끝으로 걷듯(나는 겁이 무척 많아서 언젠가 내 어깨에 닿을 뻔했던 채찍을 생각하면 지금도 등골이 오싹하답니다), 메리 카마이클은 남성의 허영심(아니면 특성이라고 말하는 편이 나을는지요. 그것이 훨씬 덜 공격적인 말일 테니까요)을 신랄하지 않게 비웃는 법을 배워야 한다고 중얼거렸습니다.

왜냐하면 사람의 머리 뒤에는 스스로는 볼 수 없는 동전만 한 크기의 반점이 있기 때문입니다. 뒤통수의 동전만 한 크기의 반점을 묘사하는 것은 한 성이 다른 성에게 베풀

수 있는 커다란 호의 중 하나일 것입니다. 여성이 유베날리스[115]의 논평과 스트린드베리[116]의 비판을 얼마나 유리하게 이용해왔는지를 생각해보십시오. 고대로부터 남성이 얼마나 인간적으로 또 얼마나 탁월하게 여성의 머리 뒤에 있는 그 어두운 부분을 지적해왔는지를 생각해보십시오. 만약 메리가 아주 용감하고 대단히 정직하다면, 그녀는 남성의 뒤편으로 가서 그곳에서 무엇을 발견했는지를 우리에게 말해줄 것입니다. 여성이 동전만 한 그 반점을 묘사한 뒤에라야 비로소 남성의 진정한 초상화가 온전히 그려질 수 있을 것입니다. 일례로 우드하우스 씨와 캐소번 씨[117]는 그런 크기와 성질을 지닌 반점들인 셈입니다. 물론 양식이 있는 사람이라면 누구라도 여성에게 의도적으로 남성을 경멸하고 웃음거리로 만들 것을 권하지는 않을 것입니다. 문학은 그

---

115 (55~140) 고대 로마의 시인으로 당시의 사회상에 대한 통렬하지만 유쾌한 풍자시로 유명하다. 그의 『풍자시집』은 모두 다섯 권의 책(총 16편의 풍자시)으로 이루어져 있는데, 그중 풍자시 6편에는 여성 및 결혼에 대한 신랄한 비판이 담겨 있다.

116 아우구스트 스트린드베리(1849~1912). 스웨덴의 극작가, 소설가로 입센의 여성해방운동에 냉소적인 입장을 취했으며 여성 증오로 유명하다. 그는 자신의 희곡 『줄리 양』(1888)의 서문에서 여주인공을 '남성을 증오하는 반反여성'으로 묘사했다.

117 조지 엘리엇의 장편소설 『미들마치』에서 주인공인 도로시아 브룩과 결혼하는 나이 든 목사.

런 정신으로 쓰인 것이 무익함을 보여주고 있으니까요. 우리는 다만 사실에 충실하라고 말하고 싶을 뿐입니다. 그것만으로도 그 결과물은 분명 대단히 흥미로울 테니까요. 그리하면 희극은 더욱 풍성해질 것이고, 새로운 사실들이 어김없이 발견될 것입니다.

이제 눈을 내려서 다시 책을 봐야 할 때가 되었습니다. 메리 카마이클이 무엇을 쓸 수 있고 무엇을 써야 하는지를 추측하기보다는 그녀가 실제로 무엇을 썼는지를 살펴보는 게 더 나을 것입니다. 그래서 나는 다시 읽기 시작했습니다. 그러다 그녀에게 무언가가 불만스러웠던 사실을 떠올렸습니다. 그녀는 제인 오스틴의 문장을 해체해버렸고, 그리하여 흠잡을 데 없는 내 취향과 까다로운 귀를 뽐낼 수 있는 기회를 앗아 가버렸습니다. 그들 사이에 어떤 유사성도 없음을 인정해야만 했을 때 "좋아, 아주 좋아, 이 부분은 아주 마음에 들어. 하지만 제인 오스틴은 당신보다 훨씬 더 잘 썼지"라고 말하는 것은 아무 소용이 없을 테니까요. 게다가 더 나아가 그녀는 연속성, 즉 예상되는 순서를 깨뜨렸습니다. 어쩌면 그녀는 무의식적으로 그렇게 했는지도 모릅니다. 그녀가 여성답게 글을 쓴 것이라면, 여성이라면 으레 그러듯 단지 사물에 자연스러운 질서를 부여하려 했는지도 모릅니다. 그러나 그 결과는 다소 당황스러웠습니다.

그녀의 글에서는 점점 커지는 파도가 보이지도 않았고, 임박한 위기가 느껴지지도 않았습니다. 따라서 나는 내 감정의 깊이와 인간의 마음에 관한 나의 심오한 지식을 자랑할 수도 없었습니다. 왜냐하면 내가 사랑과 죽음에 관해 일상적인 곳들에서 일상적인 것들을 느끼려고 할 때마다 그 성가신 존재[118]가 나를 잡아채곤 했거든요. 마치 정말 중요한 것은 좀더 가봐야 알 수 있다는 듯 말이죠. 그 때문에 나는 '근본적인 감정들', '인간의 공통된 자질', '인간 마음의 깊이'에 관한 나의 낭랑한 문장들과, 겉으로는 잔꾀나 부리는 듯 보여도 실상 우리는 매우 진지하고 심오하며 더없이 인도적이라는 믿음을 뒷받침해주는 또 다른 문장들을 큰 소리로 말할 수 없었습니다. 그 반대로 그녀는 나로 하여금 우리가 진지하고 심오하며 인도적인 존재가 아니라 단지 나태하고 인습적이기까지 한 사람일지도(이는 훨씬 덜 매력적인 생각이었지요) 모른다고 느끼게 했지요.

그러나 나는 계속 읽어나갔고 또 다른 사실들에 주목했습니다. 메리 카마이클은 '천재'가 아니었습니다. 그녀는 레이디 윈칠시, 샬럿 브론테, 에밀리 브론테, 제인 오스틴 그리고 조지 엘리엇 같은 위대한 선배들이 지녔던 자연

---

[118]   메리 카마이클을 가리킨다.

에의 사랑, 격렬한 상상력, 거친 시상, 빛나는 기지, 명상적
인 지혜를 갖추지 못했습니다. 또한 도로시 오스본처럼 선
율과 품위를 갖춘 글을 쓰지도 못했지요. 사실 그녀는 단
지 영리한 여성에 불과하며, 10년 후쯤이면 그녀의 책들은
출판업자에 의해 펄프로 변하고 말 것이 분명합니다. 그럼
에도 그녀는 50년 전까지만 해도 그녀보다 훨씬 뛰어난 재
능을 지닌 여성들에게 결여돼 있던 유리한 장점을 지니고
있었습니다. 그녀에게는 남성이 더 이상 '반대 당파'가 아
니라는 점이 그것입니다. 그녀는 남성을 향해 분노를 터뜨
리느라 자신의 시간을 허비할 필요가 없습니다. 지붕 위로
올라가 그동안 자신에게 허락되지 않았던 여행과 경험 그
리고 세상과 사람들에 대한 이해를 갈망하느라 마음의 평
화를 깨뜨릴 필요도 없습니다. 두려움과 증오는 그녀의 책
들에서 거의 자취를 감추었습니다. 다만 자유의 기쁨에 대
한 약간의 과장된 표현에서나 남성을 묘사할 때 낭만보다
는 신랄함과 풍자의 경향을 띤다는 점에서 예의 그 두려움
과 증오의 잔재가 엿보일 뿐입니다. 그렇다면 그녀가 소설
가로서 높은 차원의 자연스러운 이점을 누렸다는 사실은
의심할 여지가 없을 것입니다. 그녀는 매우 폭넓고 열렬하
고 자유로운 감수성을 지녔습니다. 그리고 그 감수성은 아
주 미세한 터치에도 반응을 보였습니다. 마치 야외로 새로

이 옮겨놓은 식물처럼 자신이 보고 듣는 모든 것을 마음껏 즐겼지요. 그것은 지금까지 거의 알려지지 않았거나 기록되지 않은 것들 사이로 매우 세심하고 교묘하게 퍼져 나갔고, 사소한 것들에게까지 그 빛을 비춤으로써 어쩌면 그것들이 그리 사소한 게 아닐지도 모른다는 사실을 깨닫게 해주었습니다. 그녀의 감수성은 사장돼 있던 것들을 발굴해 냈고, 그것들을 사장시켜야 했던 이유가 무엇이었는지 궁금해하게 했지요. 그녀가 비록 아직 서툴고, 새커리나 램처럼 펜을 한 번만 놀려도 귀를 즐겁게 해주는 듯한 오랜 전통의 무의식적인 영향을 받지는 못했지만, 그녀는 이제 첫 번째 위대한 교훈을 터득했다는 생각이 들었습니다. 그녀는 여성으로서, 그러나 자신이 여성이라는 사실을 잊어버린 여성으로서 글을 썼습니다. 그리하여 그녀가 쓴 페이지들은 성이 자신의 성을 의식하지 않을 때라야 생겨날 수 있는 흥미로운 성적 요소들로 가득했습니다.

이 모든 것은 환영할 만한 일이었습니다. 하지만 순간적이고 개인적인 것들로부터 결코 무너지지 않을 항구적인 건축물을 세울 수 없다면 풍부한 감각이나 예리한 통찰력도 아무 쓸모가 없을 것입니다. 나는 그녀가 '어떤 상황'에 직면할 때까지 기다릴 것이라고 말한 바 있습니다. 그 말은 즉, 부르고 손짓하고 한데 그러모음으로써 그녀가 단지 표면만을 훑은 것이 아니라 깊은 곳의 밑바닥까지 들여다보았음을 입증할 때까지 기다린다는 뜻이었습니다. 어느 순간 그녀는 스스로에게 말할 것입니다. 뭐든 무리하게 애쓰지 않고서도 이 모든 것의 의미를 보여줄 수 있는 때가 되었다고 말입니다. 이제 그녀는 손짓하고 부르기 시작할 것이며(그녀가 이 모든 것을 얼마나 활기차게 해냈을지는 의심할 여지가 없지요!), 그러다 보면 다른 장章들에서 이야기 중에 무심히 흘렸던 아주 사소한 것들이나 반쯤은 잊힌 것들이 다시 기억날지도 모릅니다. 그녀는 누군가가 바느질을 하거나 파이프 담배를 피우는 동안 되도록 자연스럽게 그 잊힌 것들의 존재가 느껴지게 할 것입니다. 그리고 그녀가 계속 써나가는 동안 사람들은 마치 세상 꼭대기에 올라서서 발아래 장엄하게 펼쳐진 세상을 내려다보는 듯한 기분이 들 것입니다.

어쨌든 그녀는 그런 시도를 하고 있었습니다. 그리고 그녀가 그 시험을 치르기 위해 점점 길어지는 것을 지켜보면서 나는 주교, 주임사제, 박사, 교수, 가장家長, 교육자 모두가 그녀에게 큰 소리로 경고와 충고를 외치는 것을 보았고, 그녀가 그런 그들을 보지 않기를 바랐습니다. 당신은 이것을 할 수 없습니다! 당신은 저것을 하면 안 됩니다! 대학의 연구원과 학자만이 잔디밭을 지나갈 수 있습니다! 여자는 추천장이 없이는 도서관에 들어갈 수 없습니다! 장차 소설가가 되고자 하는 우아한 여성들은 이리로 오십시오! 이렇게 그들은 경마장의 울타리에 몰려든 군중에게 하듯 그녀를 몰아붙였습니다. 그리고 그녀는 왼쪽이나 오른쪽을 돌아보지 않고 울타리를 넘는 시험을 치러야 했습니다. 혹여 욕설을 퍼붓기 위해 멈춰 선다면 당신은 끝장이라고, 나는 그녀에게 말했습니다. 비웃기 위해 멈춰도 마찬가지라고도 말했지요. 머뭇거리거나 더듬거려도 당신은 끝장입니다. 오직 뛰어넘는 것만을 생각하세요. 나는 그녀의 등에 내 전 재산을 걸기라도 한 것처럼 그녀에게 간청했습니다. 그리고 그녀는 새처럼 울타리를 뛰어넘었습니다. 그러나 그 너머에도 울타리가 있었고, 또 그 너머에도 또 다른 울타리가 있었습니다. 나는 박수 소리와 고함 소리가 신경을 날카롭게 하는 상황에서 그녀가 지구력을 유지할 수 있을지 의심스러웠지요. 하지만 그녀는 최선을 다했습니다. 메리 카마이클이 천재도 아니고, 침실 겸 거실에서 첫 소설을 쓴 무명의 여성인 데다, 시간과 돈과 여유 같은 바람직한 것들을 충분히 갖추지 못했음을 고려하면 꽤 괜찮게 해낸 거라고 생각했지요.

나는 마지막 장章을 읽으면서 (누군가가 갑자기 거실의 커튼을 열어젖히는 바람에 별이 빛나는 밤하늘을 배경으로 사

람들의 코와 맨 어깨가 더 적나라하게 보였습니다) 그녀에게
100년을 더 주자고 결론지었습니다. 나는 생각했습니다.
그녀에게 자기만의 방과 연 500파운드를 주자. 그녀의 마
음이 자유롭게 말하게 하고, 그녀가 지금 쓰는 것의 절반을
빼버리는 것을 허용하자. 그러면 그녀는 조만간 더 나은 책
을 쓸 것이다. 나는 메리 카마이클이 쓴『생의 모험』을 다시
서가 끝에 꽂으며 말했습니다. 앞으로 100년 후쯤이면 그
녀는 시인이 될 거라고 말이지요.

제6장

다음 날, 커튼을 치지 않은 창문들로 10월의 아침 햇살이 먼지 기둥처럼 쏟아져 들어왔고, 거리에서는 자동차들이 내는 소음이 들려왔습니다. 그러자 런던이 다시 기지개를 켰고, 공장이 활기를 띠고 기계가 작동하기 시작했습니다. 앞서 말한 책들을 모두 읽은 뒤 나는 창밖을 내다보며 1928년 10월 26일[119] 아침에 런던은 무엇을 하고 있었는지 알고 싶어졌습니다. 런던은 무엇을 하고 있었을까요? 아무도 『안토니우스와 클레오파트라』를 읽는 것 같지는 않았습니다. 런던은 셰익스피어의 희곡에는 아무 관심이 없는 듯했습니다. 픽션의 미래나 시의 죽음 혹은 평범한 여성이 자기 마음을 완벽하게 표현해줄 산문체를 발전시키는 것 따위에는 아무도 털끝만큼도 신경을 쓰지 않는 듯했

---

119   버지니아 울프가 거턴 칼리지에서 강연을 한 날이다.

습니다. 물론 그런 사람들을 탓하려는 것은 아닙니다. 이런 문제 중 어떤 것에 대한 견해들이 보도에 백묵으로 쓰여 있다고 해도 그것들을 읽기 위해 몸을 굽히는 사람은 아무도 없을 것입니다. 분주하게 오가는 무심한 발길들이 30분 만에 그것들을 모두 지워버릴 테지요. 심부름꾼 소년이 이리로 오고 있고, 한 여성이 목줄을 맨 개를 끌고 지나가는군요. 런던 거리의 매력은 비슷해 보이는 사람이 하나도 없다는 것입니다. 각자 자기 일에 얽매여 있는 듯 보입니다. 사업가인 듯 조그만 가방을 든 사람들도 있습니다. 지하철 가까이에서 지팡이를 탁탁거리며 돌아다니는 이들도 보입니다. 거리가 마치 클럽의 방인 양 마차에 탄 사람들에게 큰 소리로 인사를 하고는 묻지도 않은 소식을 전해주는 붙임성 있는 사람들도 있네요. 장례식 행렬이 지나가자 사람들은 갑자기 자기 육신의 덧없음을 떠올린 듯 모자를 들어 경의를 표합니다. 저쪽에서는 품위 있는 옷차림을 한 신사가 천천히 집 앞의 계단을 내려오다가 허둥대는 한 여성과 부딪치지 않기 위해 잠시 멈춰 서 있습니다. 여인은 근사한 모피코트(어떻게 장만했는지 모르겠지만)를 걸치고 손에는 파르마 바이올렛 다발을 들고 있네요. 사람들은 각자 개별적인 존재로 자기 일에만 몰두하고 있는 듯 보였습니다.

그런데 지금은, 런던에서는 종종 그러듯 통행이 완전

히 멈추었습니다. 아무도 거리를 따라 내려오지 않았고, 아무도 지나가지 않았습니다. 길 끝의 플라타너스에서 이파리 하나가 나무에서 분리되더니 이 휴지와 정지의 순간에 떨어져 내렸습니다. 어쩐지 잎이 떨어지는 것이 그동안 우리가 간과해온 어떤 신호, 사물에 내재하는 힘을 가리키는 하나의 신호처럼 느껴졌습니다. 마치 눈에 보이지 않게 모퉁이를 돌고 길을 따라 흐르면서 사람들을 낚아채 한데 소용돌이치게 하는 어떤 흐름을 가리키는 것 같았지요. 옥스브리지에서 보트에 탄 학부생과 낙엽을 싣고 흐르던 강물처럼 말이죠. 이제 그 흐름은 에나멜가죽 부츠를 신은 한 소녀를 거리의 한쪽에서 대각선 방향의 다른 쪽으로 실어왔고, 그다음에는 밤색 외투를 입은 한 청년과 택시를 실어왔습니다. 그 흐름은 그 셋 모두를 내 창문 바로 밑으로 데려다 놓았지요. 그곳에서 택시가 멈추었고, 소녀와 청년도 멈추었습니다. 그리고 그들은 택시에 올라탔지요. 그러자 택시는 그 흐름에 휩쓸려 미끄러지듯 다른 곳으로 사라졌습니다.

그러한 광경은 지극히 일상적인 것이었습니다. 기이한 것은, 내 상상력이 그 광경에 부여한 리드미컬한 질서와, 두 사람이 택시에 올라타는 일상적 광경이 그들의 외견상의 만족감 같은 것을 전달하는 힘을 지녔다는 사실입니다.

나는 택시가 방향을 돌려 그 자리를 떠나는 것을 지켜보면서, 두 사람이 거리를 따라 내려와 모퉁이에서 만나는 광경이 마음의 어떤 중압감을 덜어준 것 같다고 생각했습니다. 어쩌면 요 이틀간 내가 그랬던 것처럼, 한 성을 다른 성과 구분해 생각하는 것은 고역일지도 모릅니다. 그것은 마음의 단일성을 방해합니다. 이제 두 사람이 한데 만나 함께 택시를 타는 것을 봄으로써 그런 고역이 끝났고 마음의 단일성이 회복되었습니다.

나는 창문에서 고개를 돌리면서 곰곰 생각했습니다. 마음은 참으로 신비로운 기관이라고요. 우리는 마음에 대해 아무것도 모르지만 그것에 전적으로 의존하곤 하지요. 어째서 나는 명백한 이유로 몸이 긴장감을 느끼듯 마음이 단절감과 대립을 느낀다고 생각하는 것일까요? '마음의 단일성'이란 무엇을 의미하는 것일까요? 곰곰 생각해보건대, 마음이란 것은 어느 순간 어떤 점에라도 집중할 수 있는 놀라운 힘을 지닌 터라 어떤 단일한 상태로는 존재하지 않는 듯합니다. 일례로 마음은 그 자신과 거리의 사람들을 분리할 수 있고, 위쪽 창문에서 그들을 내려다보며 스스로를 그들과 별개의 존재로 여길 수도 있습니다. 또는 누군가가 어떤 뉴스를 큰 소리로 들려주기를 기다리는 군중 가운데 있을 때처럼 자연스레 다른 사람들과 같은 생각을 할 수도 있습니다. 혹은 자신의 아버지나 어머니를 돌이켜보면서 생각할 수도 있을 것입니다. 앞서 내가 글 쓰는 여성은 자신의 어머니를 돌이켜보면서 생각한다고 한 것처럼 말이죠. 다시 말하지만 여성의 경우에는 종종 갑작스레 일어나는 의식의 분열에 놀라게 됩니다. 화이트홀을 따라 걸어가는 동안, 자신이 그 문명의 타고난 계승자에서 정반대의 존재, 문명 바깥에 있는 이질적이고 비판적인 존재로 옮겨 갔음을 깨달았을 때처럼 말이죠. 마음은 분명 끊임없이 그 초점을 변화시키고 세상을 다양한 시각으로 보게 합니다. 그런데 어떤 마음 상태는 아무리 자발적으로 채택된 것이라 할지라도 또 다른 마음 상태보다 불편하게 느껴집니다. 그런 마음 상태를 계속 유지하기 위해서는 우린 무의식적으로 무언가를 억눌러야 하고, 그러한 억제는 점차 고역이 됩니다. 그러나 아무것도 억누를 필요가 없기 때문에 고역스럽게 느끼지 않고도 지속할 수 있는 마음 상태가 있습니다. 나는 창가에서 물러나면서 아마도 지금의 마음 상태가 그런 것이리라 생각했지요. 왜냐하면 두 남녀가 함께 택시에 올라타는 것을 봤을 때, 갈라져 있던 마음이 자연스레 다시 합쳐진 듯했기 때문입니다. 이런 마음 상태가 고역으로 느껴지지 않는 명백한 이유는 두 성이 협력하는 것이 자연스러운 일이기 때문이겠지요. 우리에게는 남성과 여성의 결합이 가장 큰 만족감과 완전한 행복을 선사한다는 이론을 지지하는, 비합리적이지만 심오한 본능이 있습니다.

그러나 두 사람이 함께 택시에 타는 광경과 그것이 내게 준 만족감은 육체의 두 성에 상응하는 정신의 두 성이 존재하는지, 만약 있다면 그것들 역시 완전한 만족감과 행복을 선사하기 위해서는 한데 합쳐져야만 하는지를 자문하게 했습니다. 나는 미숙하게나마 영혼의 도면을 스케치해나갔습니다. 그 그림은 우리 각자를 관장하는 두 종류의 힘, 즉 남성적인 힘과 여성적인 힘을 보여줍니다. 또한 남성의 두뇌에서는 남성성이 여성성보다 우세하고, 여성의 두뇌에서는 여성성이 남성성보다 우세하다는 것도 보여줍니다. 이 두 가지가 함께 조화를 이루면서 정신적으로 협력할 때라야 우린 정상적이고 편안한 상태가 됩니다. 남성도 두뇌의 여성적인 부분의 영향을 받으며, 여성도 자기 안에 있는 남성적인 부분과 교류를 해야 합니다. 콜리지[120]가 '위대한 마음은 양성적'이라고 한 것은 아마도 이런 의미였을 것입니다. 이런 결합이 일어날 때라야 마음이 온전히 풍요로워지면서 그것이 지닌 모든 능력을 사용할 수 있습니다. 순전히 여성적인 마음이 창조적일 수 없듯이 순전히 남

---

120   새뮤얼 테일러 콜리지(1772~1834). 영국의 시인 겸 평론가.

성적인 마음 또한 창조적일 수 없을 것입니다. 하지만 잠시 멈춰 서서 한두 권의 책을 살펴보면서 여성적인 남성과, 그 반대로 남성적인 여성이 무엇을 의미하는지 알아보는 것도 좋겠지요.

콜리지가 위대한 마음은 양성적이라고 했을 때는, 여성에게 특별한 공감을 느끼는 마음, 여성의 대의를 채택하거나 그들을 대변하는 데 헌신하는 마음을 의미한 것은 분명 아니었습니다. 어쩌면 양성적 마음은 한 가지 성의 마음보다 성적인 차이를 잘 알지 못할지도 모릅니다. 콜리지가 말하는 양성적 마음이란 아마도, 다른 이들에게 공명共鳴하면서 열려 있는 마음, 아무런 방해 없이 감정을 전달하는 마음, 타고난 창의성으로 뜨겁게 타오르는, 온전한 마음을 의미했을 것입니다. 실제로 돌이켜 생각해보면 셰익스피어의 마음이야말로 양성적 마음 혹은 여성적 남성의 마음의 전형이 아닐까요. 셰익스피어가 실제로 여성을 어떻게 생각했는지는 알 수 없지만요. 완전히 발달한 마음의 징표 중 하나가 성을 특별하게 생각하거나 구분해서 생각하지 않는 마음이라면, 지금은 그런 마음 상태에 도달하기가 과거 어느 때보다 훨씬 어려울 것입니다. 이제 나는 현존 작가들의 책 앞에 멈춰 서서, 오랫동안 나를 혼란스럽게 했던 것의 근저에 이러한 사실이 자리 잡고 있는 게 아닐까 생각했습니다.

지금까지 우리 시대만큼 성가실 정도로 성을 의식한 시대는 없었을 것입니다. 남성이 여성에 관해 쓴 대영박물관의 수많은 책이 그 사실을 말해주고 있습니다. 여성 선거권[121] 운동도 분명 그 일에 한몫을 했을 테지요. 그것은 남성에게 자기주장에 대한 엄청난 욕구를 불러일으켰을 것입니다. 또한 도전받지 않았더라면 애써 생각해보지도 않았을 자신의 성과 그 특징들을 강조하게 만들었을 겁니다. 사람은 본디 어떤 도전을 받으면, 이전에 한 번도 도전을 받아본 적이 없을수록 더욱더 과도하게 앙갚음을 하는 성향이 있으니까요. 도전하는 이들이 검은 보닛을 쓴 소수의 여성이라 할지라도 말이죠. 인생의 전성기를 누리며 평론가들에게도 아주 좋은 평가를 받고 있는 듯한 A 씨의 신간 소설을 꺼내는데, 어쩌면 이런 사실이 내가 여기서 발견한 몇몇 특징을 설명해줄지도 모른다는 생각이 들었습니다. 나는 책을 펼쳤습니다. 남성의 글을 다시 읽는 것은 정말 즐거웠습니다. 여성이 쓴 글을 읽은 뒤에 읽는 남성의 글은 아주 직설적이고 솔직하게 느껴졌지요. 그의 글은 커다란

---

121 영국은 제1차 세계대전 후인 1918년에 만 30세 이상 여성의 선거권을, 1928년에는 남성과 마찬가지로 만 21세 이상의 여성에게도 선거권을 부여했다.

마음의 자유와 일신 一身의 자유 그리고 깊은 자기확신을 보여주었습니다. 지금까지 한 번도 방해받거나 저지된 적이 없고, 태어날 때부터 자신이 원하는 방식대로 마음껏 뻗어나가는 온전한 자유를 누려왔으며, 풍부한 영양과 훌륭한 교육의 혜택을 받아온 자유로운 정신 앞에서 나는 물질적 행복감을 느꼈습니다. 이 모든 것이 대단히 감탄스러웠지요.

그러나 한두 장 章을 읽고 나자 어떤 그림자가 책장을 가로질러 드리워지는 게 느껴졌습니다. 그것은 곧고 검은 막대기처럼 생긴 'I' 모양의 그림자였지요. 나는 그 너머에 있는 풍경을 보고자 이리저리 몸을 움직여보았습니다. 그 뒤에 있는 것이 나무인지 걷고 있는 여인인지는 잘 알 수 없었지요. 그러다 다시 'I'라는 글자로 되돌아오곤 했습니다. 나는 'I'에 싫증이 나기 시작했습니다. 이 'I'가 대단히 존경스럽지 않아서가 아니었습니다. 'I'는 정직하고 논리적이며, 견과처럼 단단하고, 수세기 동안 훌륭한 교육과 풍부한 영양으로 단련되어왔습니다. 나는 진심으로 'I'를 존중하고 그에게 감탄했습니다. 그러나 (여기서 나는 무언가를 찾으면서 한두 페이지를 뒤적거렸습니다) 'I'가 지닌 가장 큰 문제점은, 'I'라는 글자의 그림자 속에서 마치 안개처럼 모든 것이 흐릿하게 보인다는 것입니다. 저건 나무일까요? 아니, 여자군요. 그런데…… 그녀의 몸에는 뼈가 하나도 없는 것 같다고, 나는 해변을 가로질러 오는 피비(이것이 그녀의 이름이었지요)를 지켜보면서 생각했습니다. 그때 앨런이 일어났고, 그의 그림자는 즉시 피비를 지워버렸습니다. 앨런은 자신의 견해들을 가지고 있었고, 피비는 그의 견해의 홍수에 잠겨버리고 말았습니다. 그걸 보면서 나는 앨런이 열정적이라는 생각이 들었지요. 여기서 나는 위기가 다가오는 것을 느끼면서 책장을 빠르게 넘겼고, 실제로 위기가 다가왔습니다. 위기는 벌건 대낮에 해변에서 닥쳤습니다. 아주 공공연하고도 격렬하게 말이지요. 이보다 외설적일 수는 없었을 것입니다.

그러나…… 그러고 보니 내가 '그러나'를 너무 자주 사용한 것 같군요. 계속해서 '그러나'라고 할 수는 없는 노릇이지요. 나는 어떻게든 문장을 끝내야 한다고 스스로를 꾸짖었습니다. '그러나—나는 지루해졌다!'로 문장을 끝낼까요? 그런데 나는 왜 지루함을 느끼는 걸까요? 아마도 한편으로는 'I'라는 글자의 지배력과, 거대한 너도밤나무 같은 글자의 그늘이 야기하는 황폐함 때문이겠지요. 그런 곳에서는 아무것도 자랄 수 없을 것입니다. 다른 한편으로는 좀더 모호한 또 다른 이유가 있었습니다. A 씨의 마음속에는 창조적 에너지의 샘을 차단하고 그것을 좁은 테두리 안에 가둬놓는 어떤 장애물이나 방해물이 존재하는 듯 보였습니다. 옥스브리지에서의 오찬과 담뱃재, 맹크스 고양이 그리고 테니슨과 크리스티나 로세티를 한데 묶어 생각해 볼 때 장애물은 바로 거기, 그의 마음속에 있는 듯했습니다. 그는 피비가 해변을 가로질러 올 때 더 이상 "황홀한 눈물이 떨어져 내린다, 정문에 핀 시계꽃에서"[122]라고 나직하게 흥얼거리지 않습니다. 마찬가지로 피비도 "내 마음은 한 마리 노래하는 새, 물오른 어린 나뭇가지에 둥지를 지었다네"[123]라고 답하지 않지요. 그러니 앨런이 다가가 무엇을 할 수 있을까요? 대낮처럼 정직하고 태양처럼 논리적인 그가 유일하게 할 수 있는 것이 하나 있습니다. 그를 정당하게 평가하건대 (나는 책장을 넘기면서 말했습니다) 그는 계속해서 그 일을 하고 또 합니다. 그리고 내 고백이 끔찍하다는 것을 의식하면서 덧붙이건대, 나는 그 일이 왠지 따분하게 느껴졌습니다. 셰익스피어의 외설은 수많은 다양한 생각을 뿌리째 뒤흔드는 터라 지루할 틈을 주지 않습니다. 하지만 셰익스피어는 그 일을 재미 삼아 합니다. 반면 A 씨는, 유모들이 흔히 말하듯, 일부러 그 일을 합니다. 일종의 항의로 그 일을 하는 것이지요. 그는 자기 성의 우월함을

---

122   각주 16번 참조.

123   각주 17번 참조.

주장함으로써 다른 성과의 평등에 항의하는 것입니다. 따라서 그는 방해받고 억눌려 있으며 자의식이 강합니다. 어쩌면 셰익스피어도 클러프 양[124]과 데이비스 양[125]을 알았더라면 그와 같았을지도 모르지요. 여성운동이 19세기가 아닌 16세기에 시작되었더라면 엘리자베스 시대의 문학은 지금의 문학과는 분명 아주 달랐을 것입니다.

마음의 두 측면에 관한 이론이 유효하다면, 이 모든 것에서 우린 지금 시대의 남성성은 자의식적自意識的이 되었다고 결론 내릴 수 있습니다. 그 말은 즉, 지금의 남성은 자기 두뇌의 남성적인 면만을 사용해 글을 쓴다는 뜻입니다. 따라서 남성이 쓴 글을 여성이 읽는 것은 잘못입니다. 여성은 필연적으로 그 속에서 자신이 발견할 수 없을 어떤 것을 찾을 테니까요. 남성에게 가장 부족한 것은 암시력입니다. 나는 평론가 B 씨의 책을 손에 든 채 시의 기법에 관한 그의 논평을 매우 주의 깊고 충실하게 읽으며 생각했습니다. 그의 글은 아주 훌륭하고 예리하며 폭넓은 학식을 보여주었습니다. 그러나 문제는 더 이상 그의 감정이 전달되지

---

124 앤 제미마 클러프(1820~1892). 교육학자이자 여성 교육 운동가로 케임브리지 대학교 뉴넘 칼리지의 학장을 역임했다.

125 각주 93번 참조.

않는다는 것이었습니다. 그의 마음은 각기 다른 방들에 나뉘어 있었고, 어떤 소리도 한 방에서 다른 방으로 옮겨 가지 못하는 듯했습니다. 그래서 B 씨의 문장 하나를 마음속에 떠올리면 그것은 이내 쿵 하고 바닥에 떨어져 죽고 맙니다. 반면에 콜리지의 문장 하나를 마음속에 떠올리면 그것은 폭발하면서 온갖 종류의 아이디어를 탄생시킵니다. 그런 것이야말로 영원한 생명의 비밀을 간직하고 있다고 말할 수 있는 유일한 부류의 글일 것입니다.

그러나 그 이유가 무엇이든 현대의 남성이 남성적인 면만을 사용해 글을 쓴다는 것은 무척 안타까운 일입니다. 그것은 곧 (나는 이제 골즈워디 씨[126]와 키플링 씨[127]의 책들이 줄지어 꽂힌 곳에 이르렀습니다) 현존하는 위대한 작가들의 몇몇 훌륭한 작품이 전혀 주목을 받지 못하게 된다는 뜻이기 때문입니다. 여성은 아무리 애써도 그들의 작품에서 '영원한 생명의 샘'(평론가들이 그들의 작품 속에 있다고 단언하는)을 발견할 수 없을 것입니다. 그들의 작품이 남성적 미

---

126 존 골즈워디(1867~1933). 영국의 극작가이자 소설가. 1932년 노벨 문학상을 수상했다.

127 러디어드 키플링(1865~1936). 아동소설 『정글북』의 작가로 유명한 영국의 소설가, 시인. 인도 봄베이 태생으로 인도와 미얀마의 영국 군인들을 다룬 이야기, 시, 동화 등을 썼다. 1907년 노벨 문학상을 수상했다.

덕을 찬양하고, 남성적 가치를 강요하며 남성의 세계를 그릴 뿐만 아니라, 그들의 책에 스며든 감정이 여성에게는 이해할 수 없는 것이기 때문입니다. 사람들은 이야기가 끝나기도 전부터 '그것이 다가온다, 점점 부풀어 오른다, 머리 위에서 터지기 일보 직전이다'라고 말하기 시작합니다. 그 그림은 늙은 졸리온[128]의 머리 위로 떨어질 것이고, 그는 충격으로 죽을 것입니다. 늙은 목사는 그를 기리며 짧은 추모사를 낭독하겠지요. 그러면 템스강의 모든 백조가 동시에 노래를 터뜨릴 것입니다.[129] 그러나 그런 일이 일어나기도 전에 여성은 달아나 구스베리 덤불 속에 숨을 것입니다. 남성에게는 그토록 깊고 그토록 섬세하며 그토록 상징적인 감정이 여성을 당혹시키기 때문입니다. 등을 돌린 키플링 씨의 장교들도 마찬가지입니다. 그의 작품에 등장하는, 씨앗과 씨를 뿌리는 사람들, 홀로 자기 작업에 몰두하는 남자들 그리고 깃발—여성은 강조된 이 모든 단어를 보며 마치 순전히 남성만을 위한 질탕한 파티를 몰래 엿보다 들킨 듯 얼

---

128   골즈워디는 『포사이트 연대기』라는 장편 연작소설을 썼는데, 1부는 1922년, 2부는 1929년에 출간되었다. 졸리온은 소설의 주인공 포사이트의 아버지다.

129   『포사이트 연대기』의 1부와 2부에는 각각 여러 장편과 단편이 포함돼 있는데, 2부에는 「백조의 노래」라는 장편이 들어 있다.

굴을 붉히곤 합니다. 사실 골즈워디 씨나 키플링 씨는 내면에 여성성의 불꽃을 갖고 있지 않습니다. 따라서 일반화해서 이야기하자면, 여성이 보기에 그들의 모든 자질은 조잡하고 미성숙해 보입니다. 그들은 암시력이 부족합니다. 암시력이 결핍된 책은 마음의 표면을 아무리 세게 두드린다 하더라도 결코 그 속으로 뚫고 들어갈 수 없습니다.

나는 이처럼 불안한 마음으로 책들을 꺼냈다가 펼쳐보지도 않고 다시 꽂아놓으며 앞으로 다가올, 순전히 자기주장적인 남성다움이 지배하는 시대를 그려보았습니다. 교수들의 편지(일례로 월터 롤리 경[130]의 편지가 있지요)가 예견한 바 있는, 이탈리아의 통치자들이 이미 출현시킨 것과 같은 시대 말이지요. 사실 로마에서는 누구라도 순전한 남성성에 깊은 인상을 받지 않을 수가 없습니다. 그리고 순수한 남성성이 국가 차원에서 어떤 가치를 지니든, 그것이 시의 기법에 어떤 영향을 미칠지 의문을 가져볼 수 있을 것입니다. 어쨌든 신문 보도에 의하면 이탈리아에서는 소설에 대한 어떤 불안감이 퍼져 있는 듯합니다. '이탈리아 소설을 발전시키기 위한' 학술원 회원들의 회의가 열렸다고

---

130   (1861~1922) 영국의 평론가이자 에세이스트로 1904년부터 옥스퍼드 대학교에서 영국문학을 가르쳤다. 그의 편지들은 1926년에 출간되었다.

합니다. 요전 날에는 '명문가 사람들, 재정과 산업 분야 혹은 파시스트 기업의 대표들'이 한데 모여 그 문제를 논의했고, '파시즘 시대는 머지않아 그에 걸맞은 시인을 탄생시킬 것'이라는 희망을 담은 전문을 총통에게 보냈다고 합니다. 우리도 그 경건한 희망에 동참할 수는 있겠지만, 인큐베이터에서 시가 자랄 수 있을지는 의문입니다. 시는 아버지뿐만 아니라 어머니도 필요로 하니까요. 파시즘의 시는 어느 소도시 박물관의 유리병에서 볼 수 있음 직한 조그맣고 흉측한 발육 부전 상태의 괴물일 것입니다. 그런 괴물은 결코 오래 살지 못한다고 합니다. 아직까지 그런 괴물이 들판에서 풀을 뜯는 것을 봤다는 사람은 없습니다. 하나의 몸통에 머리가 둘인 괴물이 오래 살 수는 없을 테니까요.

그러나 이 모든 것에 대한 책임을 누군가에게 꼭 묻고자 한다면 어느 한쪽 성만을 탓해서는 안 될 것입니다. 선동가와 개혁가 모두가 그 책임이 있기 때문입니다. 그랜빌 경에게 거짓말을 한 레이디 베스버러와 그레그 씨에게 사실을 이야기한 데이비스 양 모두 말이죠. 성을 의식하게 만든 모든 이가 비난을 받아야 마땅합니다. 내가 어떤 책에 관한 나의 재능을 펼치고자 할 때, 데이비스 양과 클러프 양이 태어나기 전의 행복한 시대, 작가가 마음의 두 측면을 똑같이 사용했던 시대에서 그 책을 찾게 만든 것도 바로 그들입니다. 그렇다면 우리는 셰익스피어에게로 돌아가야 겠지요. 셰익스피어의 마음은 양성적이었으니까요. 키츠와 스턴, 쿠퍼와 램 그리고 콜리지도 그랬습니다. 셸리는 아마도 무성無性이었을 것입니다. 밀턴과 벤 존슨은 내면에 남성성이 지나치게 많았습니다. 워즈워스와 톨스토이도 마찬가지였지요. 우리 시대에는 프루스트가 전적으로 양성적 마음을 지니고 있는데, 어쩌면 그중 여성적 면이 좀더 우세할지도 모릅니다. 그러나 그 결합은 아주 드문 것이어서 우린 그것에 대해 불평할 수가 없습니다. 그런 유의 혼합이 없이는 지성이 우세해져서 마음의 또 다른 능력들이 굳어지고 메마를 테니까요. 그러나 나는 이 모든 것은 일시적 현상일 거라고 생각하며 스스로를 달랬습니다. 여러분에게 내 생각의 흐름을 들려주겠다는 약속에 따라 이야기해온 많은 것이 어쩌면 시대에 뒤처져 보일지도 모릅니다. 내가 보기에는 활활 타오르는 많은 것이 아직 성년이 되지 않은 여러분에게는 모호해 보일 수도 있습니다.

그렇다 하더라도 (나는 홀을 가로질러 책상으로 가서 여성과 픽션이라는 제목이 쓰인 종이를 들어 올리며 생각했습니다) 내가 여기에 쓰게 될 첫 번째 문장은, 글을 쓰는 사람이 자신의 성을 염두에 두는 것은 치명적이라는 것입니다. 글을 쓰는 사람이 단순하고 순수한 남성이거나 여성인 것은 치명적입니다. 글 쓰는 사람은 남성적인 여성 혹은 여성적인 남성이어야 합니다. 여성이 조금이라도 어떤 불만을 강조하거나, 아무리 정당하게라도 어떤 대의를 옹호하는 것, 어떤 식으로건 여성으로서의 의식을 가지고 이야기하는 것은 치명적입니다. 여기서 '치명적'이라는 말은 비유적 표현이 아닙니다. 의식적인 편향성과 함께 쓰인 글은 살아남을 수도, 비옥해질 수도 없습니다. 그런 글은 하루 이틀 정도는 빛나고 효과적이며 강력하고 능수능란해 보일지 모르지만 해 질 무렵이면 시들어버리고 맙니다. 다른 사람들의 마음속에서 자랄 수도 없지요. 창조의 예술이 완성되려면 먼저 마음속에서 여성성과 남성성이 서로 협력해야만 합니다. 서로 다른 두 성이 결혼해 첫날밤을 치러야 하는 것이지요. 작가가 완전하고 충만하게 자신의 경험을 전달한다는 느낌을 줄 수 있으려면 마음이 온전하게 활짝 열려 있어야 합니다. 자유가 있어야 하고, 평화가 있어야 합니다. 바퀴가 삐걱거려서도 안 되고, 불빛이 깜빡거려서도 안 됩니다. 커튼은 쳐 있어야 합니다. 작가는 일단 경험을 하고 난 뒤에는 편히 누워 자기 마음이 어둠 속에서 결혼식을 올리게 놔두어야 합니다. 그는 무슨 일이 일어나고 있는지 보거나 궁금해해서도 안 됩니다. 그보다는 장미 꽃잎을 따거나 백조가 조용히 강물을 따라 떠가는 것을 지켜보아야 합니다. 나는 보트와 학부생과 낙엽을 싣고 가던 흐름을 다시 보았습니다. 그리고 남자와 여자가 함께 거리를 가로질러 오는 것을 보면서 택시가 두 사람을 함께 실어 갔음을 떠올렸고, 멀리서 들려오는 런던의 요란한 자동차 소리를 들으며 예의 그 흐름이 그들을 휩쓸어 거대한 물결 속으로 실어 갔음을 떠올렸습니다.

자, 이제 여기서 메리 비턴은 이야기를 멈추었습니다. 그녀는 소설이나 시를 쓰고자 한다면 연 500파운드의 돈과 문에 자물쇠가 달린 방이 있어야 한다는 결론(평범한 결론이지요)에 어떻게 이르렀는지를 여러분에게 들려주었습니다. 자신으로 하여금 이런 결론에 이르게 한 생각과 인상들을 모두 털어놓으려고 했지요. 그녀는 자기 앞을 가로막는 대학의 관리인을 만나고, 여기서 점심을 먹고 저기서 저녁식사를 하고, 대영박물관에서 낙서를 끼적이고, 서가에서 책을 꺼내고, 창밖을 내다보면서, 여러분에게 그런 자신을 따라와줄 것을 요청했습니다. 그녀가 이 모든 것을 하는 동안 여러분은 분명 그녀의 결함과 단점을 지켜보았을 테고, 그런 것들이 그녀의 견해에 어떤 영향을 미쳤는지를 판단했을 것입니다. 여러분은 그녀의 의견을 반박하고, 자신이 원하는 대로 견해를 덧붙이거나 빼기도 했을 테지요. 그리고 그것은 당연한 일입니다. 이런 문제에 있어서 진실이란 다양한 수많은 오류를 서로 비교함으로써 얻어지는 것이기 때문입니다. 이제 나는 여러분이 제기하지 않을 수 없을 만큼 명백한 두 가지 비판을 스스로 제기하면서 이 이야기를 끝맺고자 합니다.

여러분은 두 성의 상대적인 장점, 더 나아가 작가로서의 각 성의 상대적인 장점에 대해 아무 견해도 피력되지 않았다고 말할지도 모릅니다. 그것은 의도적인 것이었습니다. 왜냐하면 설령 그런 가치를 평가할 수 있는 시간이 온다고 해도(지금으로서는 각 성의 능력에 관한 이론화보다는 여성이 돈을 얼마나 벌고 얼마나 많은 방을 가지고 있는지를 아는 게 훨씬 중요합니다), 정신적 재능이나 기질의 특징이 설탕이나 버터의 무게처럼 잴 수 있는 것이라고 생각지 않기 때문입니다. 사람들을 서열에 따라 나누어 그들의 머리에 제모制帽를 씌우고 각각의 이름에 칭호를 붙이는 데 능숙한 케임브리지 대학교에서도 마찬가지입니다. 『휘터커 연감』에서 찾아볼 수 있는 서열 순위표조차도 궁극적인 가치 서열을 대변한다고 생각지 않습니다. 또한 만찬 파티에서 궁극적으로 배스 훈장을 단 사령관이 정신병원 원장보다 늦게 입장할 것이라고 상정하는 데 어떤 타당한 이유가 있다고도 믿지 않습니다. 이처럼 한 성을 또 다른 성과, 하나의 자질을 또 다른 자질과 대립시키고, 어느 한 성의 우월함과 또 다른 성의 열등함을 주장하는 것은 모두가 인간 존재의 단계에서 사립학교 단계에 속한다고 볼 수 있습니다. 그 단계에서는 '편'이란 것이 있기 마련이라, 어느 한편이 다른 편을 이겨야 하고, 연단에 올라가 교장 선생님이 직접 수여하는 화려한 장식의 상배賞杯를 받는 것이 매우 중요하게 여겨지지요. 그러나 사람들이 점차 성장하면서 더 이상 양편이라든지 교장선생님 혹은 화려한 장식의 상배 따위를 믿지 않게 됩니다. 어쨌든 책에 관한 한 책의 장점을 적은 꼬리표를 영구적으로 붙이기가 힘들다는 것은 주지의 사실입니다. 현대문학의 평론들이 평가의 어려움을 끊임없이 예시하고 있지 않습니까? 똑같은 책이 '이토록 위대한 책'과 '이처럼 쓸모없는 책'이라는 두 가지 이름으로 불리고 있는 실정입니다. 하지만 찬사와 비난은 모두 아무 의미가 없습니다. 아니, 가치의 측정이 아무리 즐거운 소일거리라 할지라도 그것은 무익하기 그지없는 일이며, 그런 일을 하는 이들의 규정을 따르는 것은 더없이 굴욕적인 태도라 할 수 있습니다. 오로지 자신이 쓰고 싶은 글을 쓰는 것, 그것만이 중요합니다. 그 책이 몇 세대 혹은 몇 시간 동안 중요하게 여겨질는지는 아무도 모릅니다. 그러나 은 상배를 손에 든 교장 선생님이나 소매를 걷어붙인 채 자를 들고 있는 어떤 교수님에게 경의를 표하기 위해 여러분의 비전을 머리털 한 올만큼이라도, 그 빛깔의 색조를 조금이라도 희생시킨다면, 그것은 가장 비굴한 변절이 될 것입니다. 이에 비하면 인류의 가장 큰 재앙이라 일컬어지는 부와 정조의 희생은 아주 사소한 고통일 뿐이지요.

다음으로 나는 '이 모든 문제에서 물질적인 것들의 중요성을 지나치게 강조했다'는 이유로 여러분이 이의를 제기할 수도 있을 거라 생각합니다. 연 500파운드의 연금은 심사숙고할 수 있는 힘을, 문의 자물쇠는 스스로 생각할 수 있는 힘을 뜻한다는 상징적인 해석에 넉넉한 여지를 허용한다고 해도, 여러분은 여전히 우리의 마음은 그런 것들을 넘어서야 한다고, 위대한 시인들은 종종 가난한 사람들이었다고 말할지도 모릅니다. 그렇다면 여기서 시인이 되기 위해서는 무엇이 필요한지 나보다 잘 아는 여러분의 문학교수의 말을 인용해보겠습니다. 아서 퀼러쿠치 경은 다음과 같이 이야기하고 있습니다.[131]

"지난 100년간의 위대한 시인들로 누구를 꼽을 수 있

---

131   (원주) 아서 퀼러쿠치(1863~1944), 『글쓰기의 기술에 대하여』(1916),
38~39쪽.

을까? 콜리지, 워즈워스, 바이런, 셸리, 랜더,[132] 키츠, 테니슨, 브라우닝, 아널드,[133] 모리스,[134] 로세티, 스윈번—여기서 멈춰도 될 것이다. 이들 중에서 키츠와 브라우닝, 로세티를 제외하고는 모두가 대학 출신이었다. 이 셋 중 한창때에 세상을 떠난 키츠만이 유복하지 않았던 유일한 시인이었다. 이런 말을 하는 것이 가혹해 보일지도 모르고, 한편으로는 서글픈 일이기도 하다. 하지만 엄연히 말해, 바람이 불어오듯 시적 재능이 가난한 사람에게나 부자에게 똑같이 찾아온다는 주장에는 진실성이 없다. 이 열두 명의 시인 중 아홉 명이 대학 출신이라는 것은 엄연한 사실이다. 이 말은 즉, 어떤 방식으로든 그들이 영국이 제공할 수 있는 최고의 교육을 위한 수단을 확보했다는 뜻이다. 또 하나의 엄연한 사실은, 나머지 셋 중에서 브라우닝은 부유했다는 것이며, 단언하건대 그가 부유하지 않았더라면 결코 「사울」이나 「반지와 책」 같은 작품을 쓸 수 없었을 것이다. 마찬가지로

---

132   월터 새비지 랜더(1775~1864). 영국의 시인, 산문작가.

133   매슈 아널드(1822~1888). 영국의 시인, 비평가.

134   윌리엄 모리스(1834~1896). 영국의 화가, 공예가, 건축가, 시인.

러스킨[135]도 그의 아버지의 사업이 성공적이지 않았더라면 『현대의 화가들』을 쓸 수 없었을 터다. 로세티는 적지만 개인적인 소득이 있었으며, 게다가 그는 그림을 그렸다. 이제 셋 중에서 키츠만이 남는데, 아트로포스[136]는 그가 젊었을 때 그를 살해했다. 존 클레어[137]를 정신병원에서, 제임스 톰슨[138]을 그가 절망을 잠재우려고 상용한 아편으로 죽게 한 것처럼.

끔찍하긴 하지만 이런 사실들을 직시하도록 하자. 우리 영국의 어떤 결함으로 인해 200년 전과 마찬가지로 요

---

135 존 러스킨(1819~1900). 영국의 미술평론가, 저술가, 사회사상가. 부유한 포도주 상인 집안에서 태어나 옥스퍼드 대학교를 졸업했다. 『현대의 화가들』(5권, 1843~1860)을 펴내 터너를 옹호하고, 예술미의 순수 감상을 주장하면서 자신의 미술원리를 구축해나갔다. 『건축의 일곱 램프』(1849), 『참깨와 백합』(1865) 등의 대표작이 있으며, 1869년 옥스퍼드 대학교의 미술교수로 임명되었다.

136 그리스신화에 나오는 운명의 여신 모에라이 세 자매의 막내로 운명의 실을 자르는 역할을 담당한다. 폐결핵을 앓던 키츠는 1821년, 만 25세의 나이로 요절했다.

137 존 클레어(1793~1864). 농민의 일상생활 체험에서 우러나온 애환을 담은 작품들을 주로 쓴 영국 시인. 고독감과 생활고로 인한 우울증에 시달리다가 1837년에 발광發狂하여 죽을 때까지 28여 년을 정신병원에서 보냈다.

138 제임스 톰슨(1834~1882). 스코틀랜드 출생의 시인으로 B.V.Bysshe Vanolis라는 필명을 사용했다. 「공포의 밤의 도시」(1874)라는 장시를 남겼으며, 우울증과 아편 중독으로 고통받았다.

즘도 가난한 시인에게는 아주 작은 기회조차 없다는 것은 명백한 사실이다. 이는 한 나라의 국민으로서 불명예스러운 일이 아닐 수 없다. 족히 10년간을 320여 개의 초등학교를 관찰하면서 보낸 사람으로서 단언하건대, 사람들은 민주주의에 대해 떠들어대지만, 실제로는 영국의 가난한 집 아이들에겐 위대한 작품들을 탄생시키는 지적 자유의 해방감을 누릴 희망이 아테네 노예의 아들만큼도 없다."

　그 누구도 이 점에 대해 이보다 명료하게 표현할 수는 없을 것입니다. "200년 전과 마찬가지로 요즘도 가난한 시인에게는 아주 작은 기회조차 없다는 것은 명백한 사실이다 (…) 영국의 가난한 집 아이들에겐 위대한 작품들을 탄생시키는 지적 자유의 해방감을 누릴 희망이 아테네 노예의 아들만큼도 없다." 바로 그것입니다. 지적 자유는 물질적인 것에 달려 있습니다. 시는 지적 자유에 달려 있습니다. 그리고 여성은 언제나 가난했습니다. 단지 200년간이 아니라 태초부터 가난했습니다. 여성은 아테네 노예의 아들만큼도 지적 자유를 누리지 못했지요. 여성은 시를 쓸 일말의 기회조차 갖지 못했던 것입니다. 이것이 바로 내가 돈과 자기만의 방을 그토록 강조한 이유입니다. 하지만 우리가 좀더 잘 알았으면 하는 과거의 무명 여성들의 노고 덕분에, 그리고 신기하게도 두 번의 전쟁, 즉 플로렌스 나이팅게

일을 거실에서 뛰쳐나오게 한 크림전쟁과, 그로부터 30년쯤 후에 평범한 여성들에게도 문을 열어준 유럽전쟁[139] 덕분에 이러한 해악들이 점차 개선되고 있습니다. 그러지 않았다면 여러분은 오늘 밤 이 자리에 있지 못했을 것이며, 여러분이 연 500파운드를 벌 수 있는 기회(유감스럽게도 지금도 여전히 불확실하긴 하지만)는 극히 적었을 것입니다.

하지만 여러분은 여성이 책을 쓰는 것을 왜 그토록 중요하게 여기느냐며 의문을 제기할지도 모릅니다. 여러분이 보기에는 여성이 책을 쓰는 것은 엄청난 노력을 요할 뿐만 아니라, 어쩌면 자신의 고모를 살해하게 할지도 모르고,[140] 거의 틀림없이 오찬 모임에 늦게 만들 것이며, 아주 뛰어난 사람들과 매우 진지한 논쟁을 벌이게 할지도 모르는데 말이죠. 솔직히 말하면 나의 동기는 부분적으로는 이기적인 것입니다. 교육을 받지 못한 대다수의 영국 여성처럼[141] 나도 책 읽기를 좋아합니다. 책을 대량으로 읽기를 좋아하지요. 최근에 나의 식사는 다소 단조로워졌습니다. 역사는 전쟁에 관해 너무 많이 이야기하고 있고, 전기는 위인들을 지

---

139 제1차 세계대전을 가리킨다.

140 울프 자신이 자신의 고모로부터 유산을 물려받은 사실을 비틀어 이야기하고 있다. 각주 34번 참조.

나치게 많이 다루고 있습니다. 시는 점차 무미건조해지는 경향이 있고, 소설로 말하자면, 현대소설의 비평가로서의 나의 무능함을 이미 충분히 드러낸 바 있으므로 그에 대해서는 더 이상 이야기하지 않겠습니다. 그러므로 나는 여러분에게 아무리 하찮거나 광범위해 보이는 주제라 할지라도 망설이지 말고 다양한 종류의 책을 써볼 것을 권합니다. 무슨 수를 써서라도, 여행하거나 빈둥거리고, 세상의 미래나 과거에 대해 숙고하거나 책을 읽으며 몽상에 잠기고, 길모퉁이를 어슬렁거리거나 물속 깊이 생각의 낚싯줄을 드리우기에 충분한 돈을 여러분 스스로 소유할 수 있기를 바랍니다. 나는 결코 여러분을 픽션에 국한시키려는 게 아니니까요. 여러분이 나를 즐겁게 해주고 싶다면 (나 같은 사람이 수천 명쯤 있을 테지요) 여행과 모험에 관한 책, 연구서와 학술서, 역사와 전기, 비평과 철학 그리고 과학에 관한 책을 쓰면 됩니다. 그럼으로써 여러분은 분명 픽션의 기법을 더욱 풍요롭게 할 것입니다. 책이란 서로에게 영향을 미치는 법

---

141   울프는 종종 스스로를 어떤 정규 교육도 받지 못한 것으로 묘사하곤 했다. 하지만 실제로는 1897~1901년에 킹스 칼리지 런던에서 그리스어, 라틴어, 독일어, 역사 등을 공부했고, 높은 수준의 교육을 받은 초기 여성 개혁가들과 여성의 권리 운동가들을 만날 수 있었다. 또한 케임브리지 대학교를 다닌 남자형제들의 영향 아래 자랐으며, 아버지의 방대한 장서를 언제라도 마음껏 읽을 수 있었다.

이니까요. 픽션은 시와 철학과 가까이 있음으로써 한층 더 발전할 것입니다. 게다가 사포나 레이디 무라사키,[142] 에밀리 브론테 같은 과거의 훌륭한 인물들을 생각해보면, 그들은 창시자이자 계승자이며, 여성이 자연스레 글 쓰는 습관을 들였기 때문에 그들이 존재할 수 있었음을 알게 될 것입니다. 따라서 여러분의 그런 행위는 시의 전주곡으로서라도 무한한 가치를 지니게 될 것입니다.

이쯤에서 그동안 내가 쓴 기록들을 되돌아보고 나의 생각의 궤적들을 평가하다 보면 나의 동기가 전적으로 이기적인 것은 아니었음을 깨닫게 됩니다. 이러한 논평과 산만한 추론 들에는 어떤 확신(혹은 어떤 본능인 것일까요?)이 넘치고 있습니다. 좋은 책은 바람직한 것이며, 좋은 작가는, 비록 인간적인 갖가지 타락상을 보여준다 할지라도 여전히 좋은 사람이라는 사실이 그것입니다. 그러므로 내가 여러분에게 더 많은 책을 쓰기를 권하는 것은 여러분 자신과 세상 전반에 도움이 될 일을 하라고 촉구하는 것과 같습니다.

이러한 본능 혹은 믿음을 어떻게 정당화해야 할지는

---

142   무라사키 시키부(978?~1016?). 일본 헤이안 시대의 궁녀로 소설가와 시인으로 활동했다. 일본 문학사상 최고 걸작으로 평가되는 장편소설 『겐지 이야기』를 썼다.

잘 모르겠습니다. 대학 교육을 받지 못한 사람은 대체로 철학 용어들에 속기가 쉬우니까요. 일례로 '리얼리티'라는 말은 무엇을 의미할까요? 그것은 일정치 않고 믿기 힘든 어떤 것처럼 보일 겁니다. 리얼리티는 때로는 먼지투성이의 길에서, 또 때로는 거리에 떨어진 신문 한 조각 혹은 햇빛 속의 수선화에서도 발견될 수 있습니다. 그것은 방에 있는 한 무리의 사람들에게 빛을 비추거나, 우연한 어떤 말을 뇌리에 각인시키기도 합니다. 또한 별빛 아래 집으로 가는 누군가를 압도하고, 침묵의 세계를 말의 세계보다 더 실재하는 것으로 만듭니다. 리얼리티는 소란한 피커딜리가의 버스 안에도 존재합니다. 때로는 너무 멀리 떨어져 있어 그 본질이 무엇인지 구분하기 힘든 형태들 속에도 머무는 듯합니다. 하지만 리얼리티가 손대는 것은 그게 무엇이든 고정되고 영구한 것이 됩니다. 리얼리티란 하루의 껍질을 산울타리 너머로 던져버렸을 때 남는 것이며, 지나간 시간과 우리의 사랑과 증오 가운데서 여전히 남아 있는 것입니다. 이제 작가는 그 누구보다 이러한 리얼리티 가운데서 살아갈 기회를 더 많이 갖게 될 것입니다. 리얼리티를 발견하고 수집하여 다른 이들에게 전달하는 것이 작가가 할 일인 것이지요. 이것이 적어도 『리어왕』이나 『에마』 또는 『잃어버린 시간을 찾아서』를 읽고 내가 내린 결론입니다. 이런 책들을 읽노라면 신기하게도 마치 감각들이 개안 수술을 받는 느낌이 듭니다. 책들을 읽은 뒤에는 사물을 더 진지하게 보게 되고, 세상이 그 덮개를 벗고 한층 더 강렬한 삶을 드러내는 듯합니다. 리얼리티가 아닌 것과 반목하며 사는 이는 부러운 사람입니다. 하지만 자신도 모르게 행해졌거나 관심조차 없던 일에 뒤통수를 맞는 사람은 불쌍한 사람입니다. 그러므로 내가 여러분에게 돈을 벌고 자기만의 방을 가지기를 권하는 것은 리얼리티 가운데서 활기찬 삶을 살기를 권하는 것과 같습니다. 그런 삶을 다른 이에게 전해줄 수 있건 아니건 상관없이 말이죠.

　나는 여기서 멈추고 싶지만 관습의 명령이 모든 연설은 어떤 결론으로 끝맺어야 한다는 압박을 가하는군요. 여러분도 동의하겠지만, 여성을 대상으로 하는 결론은 무엇보다 여성의 정신을 고양하고 고귀하게 하는 무언가가 있어야 할 것입니다. 나는 여러분에게 여러분의 의무를 기억하고, 더욱 고귀해지고 정신적으로 더욱더 깊이 있는 사람이 되기를 간곡히 청해야 합니다. 또한 얼마나 많은 것이 여러분에게 달려 있으며, 여러분이 미래에 얼마나 많은 영향력을 발휘할 수 있는지를 상기시켜야 하겠지요. 하지만 이처럼 강력한 권고들은 또 다른 성의 몫으로 남겨두는 편이 더 안전할 것입니다. 그들이 나보다 훨씬 유려하게 그것들을 표현할 것이고, 실제로도 그렇게 해왔으니까요. 나 자신의 생각을 아무리 뒤져봐도 나는 남성의 동반자나 남성과 대등한 사람이 되어 보다 높은 목적을 위해 세상에 영향을 끼치고자 하는 고귀한 감정들을 발견할 수 없습니다. 다만 다른 무엇보다 나 자신이 되는 것이 훨씬 중요하다고 짧고 단조롭게 중얼거릴 뿐입니다. 다른 사람에게 영향을 끼치겠다는 생각은 꿈도 꾸지 말라고 나는 말할 것입니다. 그 말을 고상하게 들리게 할 수만 있다면 말이지요. 사물을 그 자체로 생각하시길 바랍니다.

이제 또다시 나는 신문과 소설과 전기 들을 뒤적거리면서 여성이 다른 여성들에게 말할 때는 몹시 불쾌한 것을 몰래 감추고 있다는 이야기를 떠올립니다. 여성은 여성에게 가혹합니다. 여성은 여성을 싫어합니다. 여성은─그런데 여러분은 이 말에 진저리가 나지 않나요? 분명히 말하지만 나는 그렇습니다. 그러니 여성이 다른 여성들에게 읽어주는 강연문은 특별히 불쾌한 이야기로 끝난다는 데 동의하도록 합시다.

그렇다면 어떻게 해야 할까요? 여성에 대해 나는 무슨 생각을 할 수 있을까요? 사실은, 나는 종종 여성을 좋아합니다. 나는 여성의 비관습성非慣習性을 좋아합니다. 여성의 완벽성과 익명성을 좋아합니다. 나는 또한─하지만 이런 식으로 계속 이야기해서는 안 되겠지요. 저기 보이는 벽장에 (여러분은 그 안에는 깨끗한 냅킨이 있을 뿐이라고 말하지만) 혹시라도 아치볼드 보드킨 경[143]이 숨어 있다면 어찌 될까요? 그러므로 이제 좀더 엄격한 논조로 말하겠습니다. 앞선 이야기에서 나는 여러분에게 사람들의 경고와 비난을 충분히 전달했나요? 오스카 브라우닝 씨가 여러분을 얼마나 낮게 평가하는지도 이야기했지요. 과거에 나폴레옹이 여러분을 어떻게 생각했는지, 무솔리니가 지금 여러분에 대해 어떻게 생각하는지도 알려주었습니다. 그리고 여러분이 소설 쓰기를 열망하는 경우에 도움이 되도록 자신의 성의 한계를 용감하게 인정하라는 비평가의 충고도 충분히 들려주었지요. X 교수를 언급했고, 여성은 지적, 정신적, 신체적으로 남성보다 열등하다는 그의 진술을 부각했습니다. 나는 애써 찾지 않아도 내게로 온 모든 것을 여러분에게 전달했지요. 그리고 이제 존 랭던데이비스 씨[144]로부터의 마지막 경고가 남아 있습니다. 존 랭던데이비스 씨는 "아이가 더 이상 전적으로 바람직한 존재가 아니게 되면, 여성도 더 이상

---

143   (1862~1957) 1920~1930년에 검찰국장을 지낸 인물로, '외설' 문학으로 판단한 제임스 조이스의 『율리시스』와 래드클리프 홀의 『고독의 우물』의 판매를 금지시킨 바 있다.

144   (원주) 존 랭던데이비스(1897~1971), 『여성사 개요』(1928).

전적으로 필요하지 않게 된다"라고 여성에게 경고한 바 있습니다. 이 말을 꼭 적어두시길 바랍니다.

자신이 하고 싶은 일에 매진하라고 어떻게 이보다 더 여러분을 격려할 수 있을까요? 나는 이렇게 말하고 싶습니다. 젊은 여성들이여, 이제 결론이 나오고 있으니 부디 내 말을 경청해주십시오. 내가 보기에 여러분은 부끄러울 정도로 무지합니다. 지금까지 여러분은 그게 무엇이든 중요한 것을 발견한 적이 없습니다. 제국을 뒤흔든 적도, 군대를 전투로 이끈 적도 없습니다. 셰익스피어의 희곡은 여러분이 쓴 것이 아니며, 여러분은 야만족에게 문명의 혜택을 맛보게 한 적도 없습니다. 여러분은 뭐라고 변명을 할 건가요? 아마도 여러분은 흑인과 백인과 커피색 피부의 사람들(교역과 사업과 사랑놀이로 분주한)이 우글거리는 지구의 거리와 광장과 숲을 가리키면서 우린 다른 할 일이 있었다고 할지도 모릅니다. 우리의 노동이 없었더라면 인류가 이 바다들을 항해하는 일도 없었을 테고, 저 비옥한 땅들은 황무지가 되었을 거라고 하면서 말이죠. 여러분은, 통계에 의하면 지금 존재하는 16억 2,300만 명의 인류를 우리가 낳았고, 예닐곱 살 정도까지 씻기고 가르쳤다고 말할 것입니다. 얼마간의 도움을 받았다고 해도 이 모든 것은 시간이 많이 걸리는 일임이 분명합니다.

여러분의 말에는 진실이 포함돼 있습니다. 나는 그것을 부정하려는 게 아닙니다. 하지만 동시에 나는 여러분에게 다음 사실들을 상기시키고자 합니다. 1866년 이래로 영국에는 적어도 여성을 위한 두 개의 칼리지가 존재했으며, 1880년 이후부터는[145] 기혼 여성이 법적으로 자기 재산을 소유할 수 있게 되었고, 1919년[146]에는(지금으로부터 꼭 9년 전이군요) 여성도 선거권을 가지게 되었습니다. 또한 대부분의 전문직이 여성에게 개방된 지 10년쯤 되었다는 사실도 상기시켜드릴 필요가 있을까요? 여러분이 이 엄청난 특권들과 그것들을 누려온 기간을 되돌아보고, 지금 이 순간에도 이런저런 방법으로 연 500파운드 이상을 벌 수 있는 여성이 2만 명쯤 있다는 사실을 곰곰 생각해보면, 기회나 훈련, 격려, 여가와 돈이 없어서라는 변명은 더 이상 유효하지 않다는 데 동의할 것입니다. 게다가 경제학자들은 우리에게 시턴 부인이 아이를 너무 많이 낳았다고 이야기합니다. 여러분도 물론 계속 아이를 낳겠지만, 그들 말로는 열 명이나 열둘이 아닌 둘이나 셋이어야 한다는군요.

그리하여 여러분에게 허용된 얼마간의 시간과 책에서

---

145   정확히는 1882년. 각주 22번 참조.

146   정확히는 1918년. 각주 121번 참조.

배운 지식으로(여러분은 또 다른 종류의 지식을 갖고 있으므로 한편으로는 여러분이 아는 것을 잊기 위해 대학에 보내지는지도 모릅니다) 여러분은 분명 또 다른 단계의, 아주 길고 몹시 고되며 무척 모호한 커리어를 향해 발을 내딛게 될 것입니다. 그리고 그를 위해 준비된 수천 개의 펜이 여러분이 무엇을 해야 할지, 여러분이 어떤 영향력을 가지게 될지를 넌지시 알려줄 것입니다. 나 자신의 암시가 다소 비현실적이라는 것은 나도 알고 있습니다. 그러므로 픽션의 형태로 그것을 이야기하는 편이 나을 것입니다.

오늘 강연 중에 셰익스피어에게 누이가 있었다는 이야기를 한 적이 있지요. 하지만 시드니 리 경이 말하는 시인의 삶[147] 속에서 그녀를 찾지는 마십시오. 그녀는 젊어서 죽었고, 안타깝게도 단 한 줄의 글도 쓰지 못했습니다. 그녀는 엘리펀트 앤드 캐슬 맞은편의 버스 정류장 부근에 묻혀 있습니다. 그러나 나는 그녀가 여러분과 내 안에, 설거지를 하고 아이들을 재우느라 오늘 밤 이곳에 오지 못한 수많은 여성들 안에 여전히 살아 있다고 믿습니다. 그렇습니다, 그녀는 살아 있습니다. 위대한 시인들은 죽지 않으니

147　영국의 전기 작가였던 시드니 리 경(1859~1926)은 『윌리엄 셰익스피어 전기』(1898)를 펴낸 바 있다.

까요. 그들은 영속적인 존재로, 우리 가운데로 걸어 들어와 되살아날 기회만을 기다리고 있습니다. 이제 여러분은 그 녀에게 그런 기회를 선사할 수 있는 힘을 갖추고 있습니다. 나는 믿고 있습니다. 우리가 앞으로 100년을 더 살고(나는 지금 하나의 개인으로 살아가는 짧은 개별적 삶이 아니라, 진정한 삶인 공동의 삶에 대해 이야기하는 것입니다), 연 500파운드와 자기만의 방을 갖게 된다면, 우리가 생각하는 것을 정확히 쓸 수 있는 자유와 용기의 습성을 획득하게 된다면, 공동의 거실에서 어느 정도 벗어나 인간을 언제나 서로의 관계에서 바라보는 게 아니라 리얼리티와 관련해서 볼 수 있다면, 하늘과 나무 혹은 그 무엇이든 그 자체로 바라볼 수 있다면, 밀턴의 유령[148]을 넘어서서 볼 수 있다면(어떤 인간도 시야를 가로막아서는 안 되므로), 우리는 매달릴 데가 없으므로 홀로 나아가야 하며, 남자와 여자의 세계뿐만 아니라 리얼리티의 세계와도 관계를 맺고 있다는 사실(이는 하나의 사실이 분명하므로)을 직시한다면, 그때에야 비로소 셰익스피어의 누이였던 죽은 시인이 종종 벗어던졌던 육체를 되찾을 수 있을 것입니다. 그녀의 오빠가 그랬듯이 그녀는 그

---

148 울프는 밀턴을 남성 우월주의자 중 하나로 간주하고 있다. 각주 36번 참조.

녀의 선구자들인 무명 시인들의 삶에서 자신의 생명을 끌어냄으로써 다시 태어날 것입니다. 이러한 준비 없이, 우리의 이런 노력 없이, 그녀가 다시 태어난다면 살아갈 수 있고 시를 쓸 수 있다고 느끼게끔 하려는 결단 없이 우리는 그녀의 출현을 기대할 수 없습니다. 그것은 불가능한 일이기 때문입니다. 그러나 우리가 그녀를 위해 노력한다면 그녀는 다시 나타날 수 있을 것이고, 그럴 수만 있다면 비록 가난과 어둠 속에서라도 그 일을 한다는 것은 가치 있는 일이라고 나는 분명히 말할 수 있습니다.

II

여성의 직업
Professions for Women

이 글은 1931년 1월 21일에 있었던 '전국여성고용
협회' 런던 지부 초청 강연에 근거한 것으로, 울프
사후에 출간된 에세이집 『나방의 죽음』(1942)에 수
록되었다. 울프는 이 강연을 『자기만의 방』의 후속편
으로 여겼다.

협회의 총무께서는 나를 이곳에 초대하면서, 여러분의 협회는 여성의 직업에 관심이 있다고 하셨습니다. 따라서 여러분에게 나 자신의 직업적 경험에 관해 이야기해줄 것을 제안하셨지요. 내가 여자인 것도, 직업이 있는 것도 모두 사실입니다. 하지만 내가 어떤 직업적인 경험을 했는지는 말하기 어렵습니다. 나의 직업은 문학입니다. 이 직업에서는 연극 분야를 제외하고는 다른 어떤 직업에서보다 여성에게 고유한 경험, 즉 여성이기 때문에 할 수 있는 특별한 경험이 적은 편입니다. 왜냐하면 오래전에 이미 많은 여성이 그 길을 개척해놓았기 때문이지요. 패니 버니, 애프러 벤, 해리엇 마티노,[149] 제인 오스틴, 조지 엘리엇과 같은 유명한 여성들, 그보다 많은 무명의 여성들 그리고 우리의 기억에서 잊힌 여성들이 나보다 앞서 평탄하게 길을 닦아놓았고 내 발걸음을 이끌어주었습니다. 그래서 내가 글을 쓸 때는 앞길을 가로막는 물질적인 장애물이 별로 없었지요. 글쓰기는 고상하고 무해한 직업이었습니다. 펜이 사각거리는 소리에 가정의 평화가 깨지지도 않았습니다. 가족의 지갑을 축내는 일도 없었지요. 마음만 먹는다면, 셰익스피어의 모든 극을 베껴 쓸 종이를 10실링 6펜스[150] 정도에 살 수 있습니다. 작가가 되기 위해서는 피아노를 소유하거나 화가의 모델이 되거나, 파리나 빈, 베를린을 여행하거나, 교사나 여자 가정교사를 둘 필요가 없습니다. 물론 글 쓰는 종이의 염가는 여성이 또 다른 직업에서보다 작가로 더 빨리 성공할 수 있었던 이유이기도 합니다.

이제 내 경우로 돌아오자면, 이야기는 간단합니다. 침실에서 손에 펜을 든 한 여성을 떠올리기만 하면 되니까요. 그녀는 오전 10시부터 오후 1시까지, 왼쪽에서 오른쪽으로 펜을 옮겨 가기만 하면 되었습니다. 이것저것 따져보았을

---

149 (1802~1876) 19세기의 영국 작가이자 평론가이며, 첫 여성 사회학자로 불린다. 여성인권 향상에도 힘썼는데, 자신이 페미니스트로 불리는 것을 거부했고, 자신의 성별과 연구물의 관계에 특정한 이념적 의미를 부여하기보다는 객관성을 유지하기 위해 노력했다.

150 실링은 영국에서 1971년까지 사용되던 주화이다. 1실링은 구화폐제도에서 12펜스에 해당했고, 20실링이 1파운드였다. 6펜스는 영국에서 1971년 2월에 폐지되기 전까지 사용된 은화로 현재의 2.5펜스에 해당한다.

때 간단하면서도 값이 싸게 먹히는 일을 해야겠다는 생각이 그녀의 머릿속을 스쳐 갔지요. 그녀는 자신이 쓴 글 중에서 몇 장을 봉투에 넣어 길모퉁이의 빨간 우체통에 넣었습니다. 그렇게 나는 저널리스트가 되었지요. 나의 노력은 그다음 달 1일에 한 편집장으로부터 1파운드 10실링 6펜스의 수표가 동봉된 편지를 받음으로써 그 보상을 받았습니다. 아주 영광스러운 날이었지요.

하지만 나는 직업적인 행위를 하는 여성으로 불릴 자격이 사실상 없으며, 그러한 삶의 투쟁과 어려움에 대해 얼마나 무지한지를 보여주기 위해 여러분에게 이 이야기를 해야 할 것 같습니다. 고백하건대 나는 빵과 버터, 집세, 구두와 스타킹 혹은 정육점 계산서에 그 돈을 쓰는 대신 밖으로 나가 고양이를 한 마리 샀습니다. 아주 어여쁜 페르시아 고양이였죠. 그리고 이내 그 때문에 내 이웃들과 종종 격렬한 말다툼을 해야 했습니다.

그렇다면 신문에 실릴 글을 쓰고, 그 보수로 페르시아 고양이를 사는 것만큼 쉬운 일이 세상에 또 있을까요? 여기서 한 가지 알아야 할 게 있습니다. 여러분이 쓰는 글은 '무언가'에 관한 것이어야 합니다. 내 기억으로 나는 한 유명한 남성의 소설에 관한 서평을 썼던 것 같습니다. 그 서평을 쓰는 동안 나는 책에 관한 서평을 쓰기 위해서는 어떤 유령과 싸워야 한다는 것을 알게 되었지요. 그 유령은 다름 아닌 '여성'이었습니다. 나는 그녀를 더 잘 알게 되면서 한 유명한 시의 여주인공을 따라 그녀를 '가정의 천사The Angel in the House'[151]라고 불렀습니다. 내가 서평을 쓸 때면 그녀는 나와 나의 원고지 사이에 끼어들곤 했습니다. 나를 성가시게 했고, 내 시간을 낭비하게 했으며, 나를 너무나 괴롭혀서 마침내 난 그녀를 죽이고 말았습니다. 나보다 젊고 행복한 시대를 사는 여러분은 그녀에 관해 듣지 못했을지도 모릅니다. 내가 '가정의 천사'라는 말로 무엇을 의미하는지를 알지 못할 수도 있습니다. 그래서 되도록 간단하게 그녀를 묘사해볼까 합니다.

그녀는 아주 호감이 가고 더할 수 없이 매력적인 여성이었습니다. 이기적인 면이라고는 찾아볼 수 없었지요. 그녀는 가정생활이라는 어려운 기술에 정통했고, 매일같이 자신을 희생했습니다. 닭고기가 있으면 다리를 선택했습니다. 방 안에 외풍이 있으면 그 가운데 앉아 있었지요. 한마디로 그녀는 그런 삶에 너무나 익숙해져서 자기만의 마

---

151   빅토리아 시대 영국의 시인이자 비평가였던 코벤트리 팻모어(1823~1896)가 이상적인 결혼생활과 부부애를 찬양한 설화시說話詩(1854~1862)의 제목.

음이나 바람을 가져본 적이 없습니다. 언제나 다른 이들의 마음과 바람을 헤아리는 것이 먼저였지요. 새삼 말할 필요도 없겠지만 무엇보다 그녀는 순수했습니다. 얼굴의 홍조와 고귀한 우아함으로 표현되는 순수함은 그녀의 가장 큰 아름다움으로 간주되었지요. 빅토리아 여왕 통치 말기였던 그 시대에는 각 가정마다 그들만의 '천사'가 있었습니다. 나는 글을 쓰기 시작할 때마다 첫 단어들에서부터 그녀와 맞닥뜨렸습니다. 천사 날개의 그림자가 내 원고지 위에 드리웠고, 방 안에서는 그녀의 치맛자락이 사각대는 소리가 들려왔지요. 한 유명한 남성의 소설에 관한 서평을 쓰려고 내가 펜을 들자마자 그녀는 슬그머니 내 뒤로 와서는 이렇게 속삭였습니다. "이봐요, 당신은 아주 젊은 여자예요. 그런데 남자가 쓴 소설에 관한 글을 쓰려고 하는군요. 관대해지세요. 다정하게 굴고, 듣기 좋은 말만 해요. 당신의 본심을 숨기라고요. 우리 여성의 기술과 책략을 모두 동원해서 말이죠. 결코 누구도 당신이 자기만의 마음을 가지고 있다는 걸 알게 해서는 안 돼요. 무엇보다, 순수해져야 해요." 그녀는 마치 나의 펜을 이끌기라도 할 것처럼 굴었습니다. 이제 내가 그녀에게 어떻게 했는지를 여러분에게 들려주려고 합니다. 이에 대해서는 나 스스로도 자랑스러움을 느끼지만, 사실 나에게 얼마간의 돈, 즉 연 500파운드가량 되는 돈을 남겨주신 나의 훌륭한 조상[152]께 그 공을 돌리는 게 마땅할 것입니다. 그분 덕분에 나는 나의 매력에만 의존하지 않고 다른 방식으로 생계를 꾸려갈 수 있었으니까요. 나는 천사에게 덤벼들어 목을 졸랐고, 있는 힘을 다해 그녀를 죽였습니다. 행여 그 일로 법정에 출두해야 한다면 나는 정당방위를 주장할 것입니다. 내가 그녀를 죽이지 않았다면 그녀가 나를 죽였을 테니까요. 그녀는 내 글에서 심장을 뽑아버렸을 것입니다. 글을 쓸 때마다 나는 스스로의 마음이 없이는, 인간관계와 도덕과 성에 관한 진실이라고 생각하는 것을 표현하지 않고서는, 한 편의 소설조차도 제대로 평가할 수 없음을 깨달았습니다. 그리고 가정의 천사의 말에 의하면, 여성은 이 모든 문제를 자유롭고 솔직하게 다룰 수 없습니다. 여성은 매혹하고 타협해야 하며, 좀더 직설적으로 말하면, 성공하기 위해서는 거짓말을 해야 합니다. 그래서 나는 천사의 날개가 내 원고 위에 그림자를 드리우거나 그녀의 오라가 어른거릴 때마다 잉크병을 집어 그녀의 얼굴에 던졌습니다.

그러나 그녀는 좀처럼 죽지 않았습니다. 허구적인 성격은 그녀의 커다란 무기였지요. 실재하는 것보다 유령을

---

152   각주 34번 참조.

죽이는 게 훨씬 힘든 법이니까요. 내가 그녀를 쫓아버렸다고 생각할 때마다 그녀는 언제나 슬그머니 되돌아오곤 했습니다. 나는 마침내 그녀를 죽였다며 자찬했지만 그것은 너무나도 힘겨운 투쟁이었습니다. 너무나 시간이 많이 걸려서 차라리 그 시간에 그리스어 문법을 배우는 편이 나았겠다는 생각이 들 정도였지요. 아니면 모험을 찾아 세상을 떠돌든지 말입니다. 그러나 그것은 하나의 진정한 경험이었습니다. 당시의 글 쓰는 여성이라면 누구나 할 수밖에 없는 경험이었지요. '가정의 천사 죽이기'는 여성작가라는 직업의 한 부분이었습니다.

내 이야기를 계속해볼까요? 이제 천사는 죽었습니다. 그렇다면 무엇이 남았을까요? 여러분은 어쩌면 이제 남은 것은 아주 단순하고 평범한 것이라고 말할지도 모릅니다. 젊은 여성이 자기 방에서 잉크병 앞에 앉아 있는 일 같은 것 말이지요. 달리 말하면, 거짓에서 벗어난 지금 그녀에게는 자기 자신이 되는 일만이 남아 있었습니다. 아, 하지만 '자기 자신'이란 무엇일까요? 다시 말하면 여성이란 무엇일까요? 분명히 말하건대, 나도 모릅니다. 여러분이 알 것이라고 생각하지도 않습니다. 인간의 기술로 가능한 모든 예술과 직업에서 여성이 자신을 표현할 수 있을 때까지는 누구도 그 의미를 안다고 할 수 없을 것입니다. 그게 바로 오늘 내가 이 자리에 나온 이유 중 하나입니다. 자신의 경험으로 여성이 무엇인지를 보여주고자 하는, 자신의 실패와 성공으로 그토록 엄청나게 중요한 정보를 우리에게 제공하고자 하는 여러분에 대한 존중심에서 나는 이 자리에 나왔습니다.

나의 직업적 경험에 관한 이야기를 좀더 해야 할 것 같군요. 나는 난생처음 쓴 서평으로 1파운드 10실링 6펜스를 벌었습니다. 그 돈으로 페르시아고양이를 한 마리 샀지요. 그러자 또 다른 야심이 생겼습니다. 페르시아고양이는 아주 마음에 들었지요. 그러나 나는 페르시아고양이로 만족할 수 없었고, 자동차를 갖고 싶다는 생각이 들었습니다. 그렇게 나는 소설가가 되었습니다. 사람들에게 이야기를 들려주면 자동차가 생긴다는 것은 정말 신기한 일입니다. 그보다 신기한 것은, 이야기를 지어내고 들려주는 것보다 재미난 게 세상에 없다는 사실입니다. 그것은 유명한 소설들의 서평을 쓰는 일보다 훨씬 즐겁습니다. 그럼에도 불구하고 협회 총무님의 요청에 따라 나의 직업적 경험에 대해 이야기하기 위해서는 소설가로서의 매우 기이한 경험을 여러분에게 들려줄 수밖에 없습니다. 그것을 이해하기 위해서 여러분은 먼저 소설가의 마음 상태를 상상할 수 있어야 합니다. 여러분에게 소설가의 가장 큰 바람은 '되도록 무의식적이 되는 것'이라고 말하는 게 행여 직업적 비밀을 누설하는 것이 아니기를 바랍니다. 소설가는 자신 안에 끝없는 무감각 상태를 유발해야 합니다. 그는 언제나 변함없이 지극히 고요한 상태에서 삶을 영위하기를 원합니다. 그는 글을 쓰는 동안 그 무엇도 자신이 살고 있는 환상의 세계를 깨뜨리는 일이 없도록, 매달 매일 똑같은 얼굴을 보고, 똑같은 책을 읽고, 똑같은 일을 하고 싶어 합니다. 신비한 방황과 모색, 힘차게 앞으로 돌진하기 그리고 은밀하게 환상을 자아내는 정신인 상상력의 갑작스러운 발견을 그 어떤 것도 방해하는 일이 없도록 말이죠. 이러한 마음 상태는 남성과 여성 모두에게 공통된 것이 아닐까 생각합니다.

어쨌거나 무아지경의 상태에서 소설을 쓰고 있는 나를 상상해보시길 바랍니다. 손에 펜을 든 채 잉크병에 펜을 담그지 않고 몇 분 아니 몇 시간이고 앉아 있는 한 여성을 말이죠. 이런 여성을 생각할 때 내 머릿속에 떠오르는 광경은 깊은 호수에 낚싯줄을 드리운 채 공상에 잠겨 있는 어부의 모습입니다. 그녀는 자신의 상상력으로 하여금 우리의 무의식적 존재 깊숙이 감춰져 있던 세상의 모든 구석구석을 자유롭게 탐색하게 했습니다. 그러자 그녀는 어떤 경험을 하게 되었는데, 이는 아마도 남성작가보다는 여성작가에게 훨씬 친숙한 경험일 것입니다. 낚싯줄이 여성의 손가락 사이로 미끄러져 내립니다. 그녀의 상상력은 어딘가로 맹렬하게 돌진합니다. 그리고 가장 커다란 물고기가 잠들어 있는 어두운 곳, 깊은 물속을 샅샅이 뒤집니다. 그러다 무언가와 충돌하면서 폭발했고, 거품과 엄청난 혼란이 일어났습니다. 그녀의 상상력이 단단한 무언가에 세게 부딪힌 것입니다. 여성은 꿈에서 화들짝 깨어났습니다. 그녀는 사실 견디기 어려운 극심한 고통을 겪고 있었던 것입니다. 비유를 하지 않고 말하자면, 그녀는 무언가를 떠올렸습니다. 자신의 신체에 관한 것과 여성이 입 밖에 내기에 적합하지 않는 어떤 열정들을 떠올렸지요. 그녀의 이성은 그녀에게 말했습니다. 남성들이 충격을 받을 것이라고. 자신의 열정을 솔직히 이야기하는 여성에 대해 남성이 어떤 말을 할지를 깨닫자 그녀는 예술가의 무의식 상태에서 깨어났습니다. 그리고 더 이상 글을 쓸 수 없었습니다. 무아지경은 끝났고, 그녀의 상상력은 더 이상 작동하지 못했습니다. 이는 여성작가에게 흔한 경험일 것입니다. 또 다른 성의 지극히 관습적인 성질이 그들을 얽맨 것입니다. 나는 이런 면에서 스스로에게 커다란 자유를 부여하는 남성이, 자신이 여성의 그런 자유를 얼마나 엄격하게 구속하는지를 깨닫거나 그런 자신을 통제할 수 있을 거라고 생각지 않습니다.

이것이 내가 실제로 했던 두 가지 경험입니다. 나의 직업적 삶에서 만난 두 가지 모험이라고 할 수 있지요. 그 첫 번째는 '가정의 천사 죽이기'였는데 그것은 이제 해결되었다고 생각합니다. 이제 천사는 죽고 없습니다. 그러나 두 번째로 하나의 신체로서의 경험에 관한 진실을 이야기하는 것은 아직 해결하지 못했고, 아직 어떤 여성도 이 문제를 해결하지 못한 듯 보입니다. 여성을 가로막는 장애물들은 여전히 거대하게 버티고 서 있으니까요. 그리고 그 장애물들이 어떤 것인지를 규정하는 일 또한 여전히 어려운 문제로 남아 있습니다. 겉보기에는 책을 쓰는 것보다 쉬워 보이는 일이 있을까요? 겉보기에는 남성보다 여성에게 특별히 장애가 되는 게 없는 듯 보입니다. 그러나 그 안을 들여다보면 남성과 여성의 경우는 아주 다릅니다. 여성에게는 아직 물리쳐야 할 유령과 극복해야 할 편견이 많습니다. 사실 여성이 죽여야 할 유령이나 깨부숴야 할 바위를 만나지 않고 책상에 앉아 책을 쓸 수 있으려면 아직도 많은 시간을 기다려야만 합니다. 여성의 직업 중에서 가장 자유로운 일인 문학이 이럴진대 지금 여러분이 처음으로 시작하는 새로운 직업은 어떨까요?

내게 시간이 더 있다면 여러분에게 묻고 싶은 것들이 바로 이런 것들입니다. 나 자신의 직업적 경험을 강조하긴 했지만, 여러분의 경험도 별반 다르지 않을 거라고 믿기 때문입니다. 비록 그 형태는 다를지라도 말이죠. 다양한 직업으로 향하는 길이 명목적으로 열려 있고, 여성이 의사, 변호사, 공무원이 되는 것을 가로막는 게 아무것도 없다 할지라도, 여러분의 앞길에는 여전히 많은 유령과 장애물이 어른거리고 있습니다. 그것들을 논의하고 규정하는 것은 대단히 가치 있고 중요한 일입니다. 그럼으로써 누구나 그 일을 할 수 있게 되고, 그에 따른 어려움을 이겨낼 수 있기 때문입니다. 더 나아가 우리가 왜, 무엇 때문에 싸우는지, 어째서 이 무시무시한 장애물들과 맞장을 뜨는지를 아는 것 또한 중요합니다. 그런 목적들을 당연하게 받아들여서는 안 됩니다. 우리는 끊임없이 그에 대해 질문하고 다시 살펴봐야 합니다. 지금 내 눈앞에는 역사상 처음으로 다양한 많은 직업을 행하는 여성들이 있습니다. 내가 보기에 이런 작금의 상황은 대단히 흥미롭고 매우 중요합니다. 여러분은 지금까지 오로지 남성에게만 허용되었던 자기만의 방을 소유하게 되었습니다. 힘겨운 일과 노력이 요구되긴 하지만 이제 여러분은 집세를 낼 수 있으니까요. 여러분은 이제 1년에 500파운드를 벌 수 있습니다. 하지만 이런 자유는 단지 시작일 뿐입니다. 이제 방은 여러분의 것이지만 여전히 텅 비어 있습니다. 방은 가구들로 채워져야 하고, 장식이 필요하며, 다른 이들과도 공유할 수 있어야 합니다. 여러분은 자신의 방을 어떤 가구로 채우고 무엇으로 장식할 건가요? 누구와 어떤 조건으로 방을 공유할 건가요? 이는 아주 중요하고도 흥미로운 문제입니다. 여러분은 역사상 처음으로 이런 질문들을 할 수 있게 된 것입니다. 처음으로 여러분은 그런 질문들에 어떤 답을 할지 스스로 결정할 수 있게 된 것입니다. 나는 기꺼이 여러분 곁에 머물면서 이러한 질문과 답에 대해 함께 토론하고 싶지만 오늘 밤은 그럴 수 없을 것 같군요. 내게 주어진 시간이 다된 관계로 오늘은 이만 이야기를 마칠까 합니다.

III

여성과 픽션
Women and Fiction

이 글은 1929년 3월 미국 잡지 〈포럼The Forum〉에 실린 것으로, 울프 사후에 출간된 에세이집 『화강암과 무지개』(1958)에 수록되었다. 울프는 이 글을 『자기만의 방』의 자매편으로 여겼다.

이 글의 제목인 '여성과 픽션'은 두 가지 방식으로 읽힐 수 있습니다. '여성'과 '여성이 쓰는 픽션' 혹은 '여성'과 '여성에 관해 쓰인 픽션'으로 말이지요. 이런 모호함은 의도적인 것입니다. 작가로서의 여성을 이야기할 때는 최대한의 탄력성을 발휘하는 것이 바람직하기 때문입니다. 그들의 작품이 아닌 다른 것들을 다룰 수 있는 여지를 남겨두어야 합니다. 그만큼 여성의 작품은 예술과는 아무 상관이 없는 여건들에 영향을 많이 받기 때문이지요.

여성의 글쓰기에 관한 가장 피상적인 연구조차도 그즉시 많은 질문을 불러일으킵니다. 우리는 즉각적으로 묻습니다. 어째서 18세기 이전에는 여성의 지속적인 글쓰기가 행해지지 못했을까? 어째서 그 후에는 여성도 남성처럼 거의 습관적으로 글을 쓰게 되었고, 그러한 글쓰기를 통해 중단 없이 영국의 고전 소설의 일부를 생산해냈을까? 그리고 어떻게 그들의 예술이 픽션의 형태를 띠게 되었으며, 지금도 어느 정도는 여전히 픽션의 형태를 유지하고 있는 것일까?

조금만 생각을 해보면 우리가 또 하나의 픽션과 다름없는 답을 얻게 될 질문들을 하고 있음을 알게 될 것입니다. 오늘날 그 답은 낡은 서랍 속에 방치된 오래된 일기들 속에 들어 있습니다. 나이 든 이들의 기억에서 반쯤은 잊힌 일기들 말이죠. 그 답은 대부분 무명의 삶들 속에서, 오래전의 수많은 여성이 아주 희미하게 언뜻언뜻 보이는, 역사의 캄캄한 복도에서 찾아야 합니다. 여성에 관해서는 알려진 게 거의 없기 때문입니다. 영국의 역사는 여성이 아닌 남성의 계보로 이루어진 역사입니다. 우리는 우리의 아버지들에 관해서는 언제나 어떤 사실과 어떤 특성을 알고 있습니다. 그들은 군인이거나 선원이었습니다. 그들은 어떤 지위를 차지하거나 어떤 법을 만들었습니다. 그러나 우리의 어머니, 할머니, 증조할머니 들에게서는 무엇이 남아 있을까요? 그들은 단지 하나의 전통으로 남아 있을 뿐입니다. 누구는 아름다웠고, 누구는 머리가 붉었으며, 또 누구는 여왕이 입맞춤을 해줬다더라. 우리가 그들에 관해 아는 것은 그들의 이름과 그들의 결혼 날짜와 자녀의 수뿐입니다.

따라서 어째서 어떤 특정 시기에 여성이 이런저런 것

을 했고, 왜 아무것도 쓰지 못했으며, 어째서 다른 한편으로는 걸작을 썼는지를 우리가 알고자 할 때 그 답을 알기란 지극히 어렵습니다. 누구라도 그 오래된 문서들을 뒤지고 역사의 이면을 뒤집어 셰익스피어 시대와 밀턴 시대 그리고 존슨[153] 시대의 보통 여성의 일상을 충실히 복원해낸다면, 그는 엄청나게 흥미로운 책을 쓸 수 있을 뿐만 아니라 작금의 평론가들에게 결여된 무기를 제공하게 될 것입니다. 비범한 여성은 보통 여성에게 달려 있습니다. 보통 여성의 삶의 여건이 어땠는지를(자녀의 수 및 그녀에게 자기만의 돈과 방이 있었는지, 자녀 양육에서 도움을 받을 수 있었는지, 하인이 있었는지, 가사에서 어떤 몫을 담당했는지 등등) 알 때라야, 보통 여성의 삶의 방식과 그녀가 할 수 있는 인생 경험이 어떤 것이었는지를 가늠할 수 있을 때라야 우리는 비로소 작가로서의 비범한 재능을 지닌 여성의 성공과 실패를 설명할 수 있을 것입니다.

그런데 기이한 침묵의 공간들이 어떤 시기의 행위와 또 다른 시기의 행위를 갈라놓은 듯 보입니다. 기원전 600년 무렵 그리스의 한 섬에는 시를 쓰는 사포와 한 무리의 여성들이 있었습니다. 그 후 여성은 긴 침묵 속으로 빠

---

153 새뮤얼 존슨. 각주 26번 참조.

져들었습니다. 그리고 서기 1,000년 경 일본에는 궁녀의 신분으로 아주 길고 아름다운 소설을 쓴 레이디 무라사키가 등장했습니다. 그러나 영국에서는 극작가와 시인이 매우 활발하게 글을 쓰던 16세기에 여성은 여전히 침묵을 지켰습니다. 엘리자베스 시대의 문학은 전적으로 남성에 의한 것이었습니다. 그리고 18세기 말과 19세기 초, 이번에는 영국에서 놀랍도록 많이, 성공적으로 글을 쓰는 여성들이 다시 등장하게 됩니다.

물론 이러한 침묵과 발화發話의 기이한 반복은 법과 풍습에 커다란 책임이 있습니다. 15세기에 그랬듯, 부모가 정해주는 남자와 결혼하지 않는다는 이유로 여성이 두들겨 맞고 방에 갇히던 시절에는 정신적 분위기가 예술작품의 창작에 유리하게 작용할 수 없었을 테니까요. 스튜어트 왕조[154] 시대처럼 여성이 스스로의 동의 없이 결혼해야 했고, 그럼으로써 '법과 풍습이 허용하는 한' 남성이 그녀의 지배자이자 주인이었던 시대에는 여성이 글 쓸 시간을 내기는커녕 격려조차 기대할 수 없었을 것입니다. 환경과 암시가 정신에 미치는 엄청난 영향을 우리는 정신분석학의 시대인 지금에 와서야 비로소 깨닫기 시작했습니다. 그와 더불

---

154   1603~1714년에 잉글랜드에 군림하던 영국의 왕조.

어 회고록과 편지의 도움으로 우리는 예술작품을 창작하는 데 얼마나 엄청난 노력이 요구되는지, 예술가의 정신이 어떤 피신처와 지지를 필요로 하는지를 이해하기 시작했습니다. 키츠와 칼라일 그리고 플로베르 같은 이들의 삶과 편지가 그런 사실들을 우리에게 확인시켜주었지요.

그 좋은 예로 19세기 초반의 영국에서 법과 풍습과 생활양식에서의 무수한 작은 변화가 소설의 엄청난 폭발을 이끌어낸 사실을 들 수 있습니다. 그리하여 19세기의 여성은 얼마간의 여유를 누렸고, 얼마간의 교육을 받을 수 있었습니다. 스스로 자신의 남편을 선택하는 일도 더 이상 중산층과 상류층의 여성에게만 허락된 일이 아니었지요. 제인 오스틴, 에밀리 브론테, 샬럿 브론테 그리고 조지 엘리엇과 같은 위대한 여성 소설가가 아무도 자녀가 없었고, 이 중 두 사람[155]은 결혼을 하지 않았다는 사실은 의미심장합니다.

그러나 여성의 글쓰기에 대한 금지가 사라진 것은 사실이지만, 여성은 소설을 써야 한다는 상당한 압박이 여전히 존재했던 듯합니다. 위의 네 여성만큼 재능이나 성격이 전혀 달랐던 경우도 드물 것입니다. 제인 오스틴과 조지 엘리엇은 서로 공통점이 하나도 없었습니다. 조지 엘리엇은

155　　제인 오스틴과 에밀리 브론테는 평생 독신으로 살았다.

에밀리 브론테와 정반대였습니다. 하지만 이들 모두는 똑같은 일을 위해 준비돼 있었습니다. 글을 썼을 때 그들은 모두 소설을 썼습니다.

지금도 그렇지만 소설은 여성이 쓰기에 가장 쉬운 것이었습니다. 그 이유를 찾는 것은 어렵지 않습니다. 소설은 압축이 가장 적게 요구되는 예술의 형태이며, 희극이나 시보다 쉽게 쓰기 시작하거나 중단할 수 있습니다. 조지 엘리엇은 자신의 아버지를 간호하기 위해 글쓰기를 중단했습니다. 샬럿 브론테는 감자의 싹을 도려내기 위해 펜을 내려놓아야 했지요. 다른 한편으로 여성은 주로 공동 거실에서 많은 이들에게 둘러싸여 지낸 터라 사람들의 관찰과 성격의 분석을 훈련할 수 있었습니다. 말하자면 여성은 시인이 아닌 소설가가 되도록 단련된 것입니다.

19세기에조차도 여성은 거의 대부분 집에서 홀로 감정에 사로잡혀 지내야 했습니다. 그렇게 탄생한 19세기의 소설은, 아무리 훌륭한 소설이라 할지라도, 그것을 쓴 사람이 여성이라는 이유로 어떤 경험에서 배제되어야 했던 사실에 깊은 영향을 받았습니다. 경험이 픽션에 커다란 영향을 미친다는 것은 부정할 수 없는 사실입니다. 일례로 콘래드[156]가 선원이 될 수 없었다면 그의 소설의 가장 뛰어난 부분은 존재하지 않을지도 모릅니다. 톨스토이의 작품에서, 부유하고 배운 청년으로 그가 접할 수 있었던 삶과 사회에 대한 경험과, 군인으로서 겪었던 전쟁의 경험을 빼버린다면 『전쟁과 평화』는 믿을 수 없을 만큼 빈약한 소설이 될 것입니다.

『오만과 편견』, 『폭풍의 언덕』, 『빌레트』 그리고 『미들마치』는 중산층의 거실에서 할 수 있는 것을 제외한 모든 경험에서 강제로 배제되어야 했던 여성들에 의해 쓰인 것입니다. 여성이 전쟁이나 항해 혹은 정치나 사업 등을 직접 경험하기란 불가능했습니다. 심지어 그들의 감정적 삶마저도 법과 풍습의 엄격한 지배를 받았지요. 조지 엘리엇이 결혼을 하지 않고 루이스 씨와 함께 살기로 했을 때[157] 대중은 그녀를 향해 분노를 쏟아냈습니다. 그 압박을 견디지 못한 그녀는 도시 외곽으로 옮겨 가 스스로를 격리했고, 이는 필연적으로 그녀의 작품에 최악의 영향을 미쳤습니다. 그녀는 사람들이 스스로 자신을 보러 찾아오지 않는 한 그 누구도 초대하지 않았다고 쓰고 있습니다. 그와 같은 때에 유럽의 또 다른 쪽에서는 톨스토이가 군인으로서의 자유로운

---

156 조지프 콘래드(1857~1924). 폴란드 출신의 영국 소설가로 독자적인 해양문학을 완성했다. 대표작으로 『나르시소스호號의 흑인』(1897)이 있다.

157 각주 95번 참조.

삶을 누리면서 다양한 부류의 사람들과 어울렸고, 아무도 그런 그를 비난하지 않았으며, 그런 삶으로 인해 그의 소설은 놀랍도록 폭넓고 활기찰 수 있었습니다.

여성의 소설에 영향을 미친 것은 필연적으로 빈약한 작가의 경험뿐만이 아니었습니다. 적어도 19세기의 여성 작가들은 작가의 성에 기인한 또 다른 특징을 보여주고 있습니다. 『미들마치』와 『제인 에어』에서 우리는 찰스 디킨스의 특성을 의식하듯 작가의 특성을 의식할 뿐만 아니라, '여성'의 존재(자신의 성에 대한 대우에 불만을 갖고 그 권리를 옹호하는)를 의식하게 됩니다. 이런 사실 때문에 여성의 글에는 남성의 글에서는 전혀 찾아볼 수 없는(남성이 노동자나 흑인이거나 또 다른 어떤 이유로 자신의 장애를 의식하는 경우를 제외하고는) 어떤 요소가 생겨났습니다. 이러한 요소는 여성의 글을 왜곡했고, 종종 하나의 약점으로 작용했습니다. 어떤 개인적 이유를 옹호하거나 소설의 인물을 개인적 불만과 원망의 대변자로 삼고자 하는 욕망은 정신을 흩트리는 결과를 낳게 마련입니다. 독자의 주의注意를 느닷없이 하나가 아닌 두 개의 지점으로 향하게 하는 것처럼 말이죠.

제인 오스틴과 에밀리 브론테의 천재성은, 그러한 요구와 요청을 무시하고, 경멸이나 비난에도 흔들림 없이 자신의 방식을 고수하는 힘이 누구보다 돋보인다는 데 있습니다. 분노하고픈 유혹에 저항하기 위해서는 매우 차분하고 강력한 정신력이 요구됩니다. 어떤 형태로든 예술을 행하는 여성에게 남발된 비웃음과 비난과 여성의 열등함에 대한 확신은 자연스레 다양한 반응을 유발했습니다. 우리는 샬럿 브론테의 분노와 조지 엘리엇의 체념에서 그것을 봅니다. 그들보다 역량이 부족한 여성작가들의 작품에서도 그것을 발견합니다. 그들의 주제의 선택 및 그들의 부자연스러운 자기주장과 부자연스러운 유순함에서 그것이 드러납니다. 게다가 그들의 가식적인 면은 거의 무의식적으로 밖으로 드러납니다. 그들은 권위를 존중하면서 자신의 관점을 선택합니다. 그들이 내세우는 비전은 지나치게 남성적이거나 지나치게 여성적입니다. 그들의 비전에는 온전한 진실성과 더불어 예술작품으로서의 가장 중요한 가치가 결여돼 있습니다.

여성의 글쓰기에 생기기 시작한 가장 큰 변화는 태도의 변화인 듯합니다. 여성작가는 더 이상 신랄하지도 분노하지도 않습니다. 글을 쓸 때 더 이상 스스로를 옹호하거나 항의를 표하지도 않습니다. 우리는 지금 여성의 글쓰기가 그것을 방해하는 외적인 영향을 거의 받지 않는 때(아직 그때에 완전히 도달했다고 할 수는 없지만)를 향해 가고 있습니다. 여성은 이제 외부로부터의 방해를 받지 않고 온전히 자신의 비전에 집중할 수 있을 것입니다. 과거에는 천재성과 독창성을 지닌 여성만이 보여줄 수 있었던 초연한 태도를 이제는 보통 여성도 견지할 수 있게 되었습니다. 요즘 여성이 쓴 평범한 소설이 100년 아니 심지어 50년 전의 소설보다도 훨씬 진실하고 흥미로운 것은 이 때문입니다.

하지만 정확히 자신이 원하는 대로 글을 쓰기에 앞서 여성은 많은 어려움과 마주해야 합니다. 무엇보다 문장의 형태가 여성에게 어울리지 않는다는 기술적인 어려움이 있습니다. 이는 언뜻 보기에는 단순해 보이지만 사실 무척 당혹스러운 문제입니다. 문장은 대부분 남성에 의해 쓰였기 때문이지요. 여성이 사용하기에는 너무 늘어지고, 너무 무겁고, 너무 과시적입니다. 게다가 폭넓게 이야기가 전개되는 소설에서는 책의 처음부터 끝까지 독자를 편안하고 자연스럽게 이끌어가는 평범하고 일상적인 유형의 문장을 찾아낼 필요가 있습니다. 여성은 스스로를 위해 그 일을 해야 합니다. 지금 통용되는 문장을 변화시키고 적응시켜, 그 내용을 망가뜨리거나 왜곡하지 않은 채 자신의 생각을 자연스럽게 표현하는 문장을 쓸 수 있을 때까지 말이죠.

그러나 이것은 결국 어떤 목적을 위한 수단일 뿐입니다. 그리고 여성이 반대를 극복할 용기와 스스로에게 진실하고자 하는 결단력을 갖출 때라야 그 목적을 이룰 수 있습니다. 왜냐하면 소설이란 결국 인간적이고 자연적이고 신적인 수많은 다양한 대상에 관한 이야기이며, 그것들을 우리 각자와 연관 짓고자 하는 시도이기 때문입니다. 모든 뛰어난 소설에는 작가의 비전이 지닌 힘에 의해 이런 다양한 요소가 자리를 잡고 있습니다. 그러나 그 요소들은 관습에 의해 강제된 또 다른 질서를 따르고 있습니다. 그 관습을 좌지우지하는 이들은 남성이며, 삶의 중요한 가치들의 질서를 확립한 것 또한 남성입니다. 게다가 픽션은 상당 부분 삶에 근거를 두고 있으므로, 소설 속에서 그러한 가치들이 우위를 점할 수밖에 없습니다.

하지만 삶과 예술에서 여성이 중요하게 여기는 가치들은 남성의 그것들과는 얼마든지 다를 수 있습니다. 따라서 여성이 소설을 쓸 때에는 끊임없이 기존에 확립된 가치들을 변화시키기를 바라게 되며, 남성에게는 하찮아 보이는 것을 진지하게 여기게 되고, 남성에게 중요한 것이 보잘것없을 수도 있음을 알게 됩니다. 물론 이 때문에 여성은 비난을 받게 됩니다. 반대 성의 비평가는 기존의 가치 체계를 바꾸려는 시도에 진정으로 당황하고 놀랄 것이기 때문입니다. 그러한 시도 속에서 그는 관점의 차이를 발견할 뿐만 아니라, 여성의 관점이 나약하거나 하찮거나 감상적이라고 여기게 됩니다. 단지 자신의 관점과 다르다는 이유만으로 말이지요.

그러나 여성은 차츰 여론의 압박에서 벗어나 보다 독립적인 행보를 보이면서 스스로의 가치에 대한 감각을 존중하기 시작합니다. 바로 이런 이유로 그들의 소설 주제에서 어떤 변화가 보이기 시작합니다. 이제 그들은 스스로에게 흥미를 덜 느끼면서 다른 여성들에게 더 흥미를 느끼는 듯 보입니다. 19세기 초반 여성의 소설은 자전적인 면이 강했습니다. 여성으로 하여금 글을 쓰게 만든 동기 중 하나는 스스로의 고통을 드러내고 자신의 대의명분을 옹호하고픈 바람이었지요. 이제 그러한 욕망이 더 이상 긴급한 것이 아니게 되자 여성은 자신의 성을 탐구하고, 지금껏 쓰인 적이 없는 방식으로 여성에 대해 쓰기 시작했습니다. 아주 최근까지도 문학에서의 여성은 당연히 남성의 창조물이었기 때문입니다.

글을 쓰고자 하는 여성은 여기서 또다시 극복해야 할 어려움과 마주하게 됩니다. 일반화해서 이야기하자면, 여성은 남성보다 관찰에 용이하지 않을 뿐 아니라, 그들의 삶은 그 일상적 과정으로 인해 시험이나 검토의 대상이 되기가 훨씬 힘들다고 할 수 있습니다. 여성의 하루에서는 눈에 보이는 무언가가 남는 경우가 극히 드물기 때문이지요. 요리한 음식은 먹어서 없어졌고, 정성으로 키운 아이들은 세상 밖으로 나갔지요. 그렇다면 삶의 어느 부분을 강조해야 할까요? 소설가가 포착해야 할 중요한 포인트는 무엇일까요? 한마디로 말하기는 어렵습니다. 여성의 삶은 엄청난 당혹감을 느끼게 하는 익명성을 띠고 있었습니다. 이제 처음으로 이 어두운 나라가 소설 속에서 개척되기 시작한 것입니다. 이와 동시에 여성 소설가는 직업의 개방이 여성에게 가져온 정신과 습관의 변화를 기록해야 했습니다. 여성의 삶이 어떻게 더 이상 어두운 곳에서 이루어지지 않게 되었는지, 그 삶이 외부세계에 노출됨에 따라 어떤 새로운 색깔과 그림자가 생겨나고 있는지를 파악해야 했지요.

그리하여 현시대에 여성이 쓴 소설의 성격을 요약하자면, 용감하고, 진실하며, 여성이 느끼는 것과 가깝다고 할 수 있을 것입니다. 여성의 소설은 더 이상 씁쓸하지도, 소설의 여성성을 강조하지도 않습니다. 무엇보다 여성이 쓴 책은 남성이 썼을 법하게 쓰이지 않았습니다. 이런 특징들은 예전보다 훨씬 흔해졌고, 두세 번째 등급의 소설에서까지도 진실의 가치 및 성실함이 불러일으키는 흥미를 느끼게 했지요.

이처럼 바람직한 특징들 외에도 좀더 많은 논의를 요하는 두 가지 특징이 더 있습니다. 과거에는 요동치고 모호하며 막연한 영향에 불과했던 영국 여성으로 하여금 선거권자[158]이자 임금 노동자, 책임 있는 시민이 되게 한 변화는 그들의 삶과 예술에 비개인성非個人性으로 향하는 전환점을 제공해주었습니다. 이제 여성이 맺는 관계는 감정적일 뿐만 아니라 지적이고 정치적인 것이 되었습니다. 그들로 하여금 비딱하게 사물을 바라보게 하거나 남편이나 남자형제의 이해관계를 통해 세상을 바라보게 만든 구체제는, 단지 다른 이들의 행위에 영향을 주기 위해서가 아니라 스스로를 위해 행동하는 사람의 직접적이고 현실적인 이해관계에 자리를 내주었습니다. 이제 여성의 관심은 과거에 그들을 온전히 사로잡았던 개인적인 것에서 비개인적인 것으로 옮겨 갔고, 자연스레 그들의 소설은 개인적 삶의 분석보다는 사회 비판에 더 중점을 두게 되었지요.

이제 우리는 지금까지 남성만의 특권이었던, 등에gadfly처럼 국가를 성가시게 하는 사람의 역할을 여성도 할 수 있기를 기대해봅니다. 여성의 소설 또한 사회악과 그 해결책을 다루게 될 것입니다. 소설 속의 남성과 여성은 서로의 감상적인 관계에서만 관찰되는 것이 아니라, 계층과 인종에 따라 서로 결합하거나 충돌하는 그룹의 일원으로서 연구될 것입니다. 이것은 상당히 중요한 하나의 변화입니다.

---

158   각주 121번 참조.

하지만 등에보다는 나비를, 즉 개혁가이기보다는 예술가이기를 더 바라는 사람들에게 더욱 흥미로운 또 다른 변화가 있습니다. 여성의 삶에서 더 많이 발견되는 비개인성은 그들의 시상을 북돋을 것인데, 시는 여성의 픽션에서 여전히 빈약한 부분이라고 할 수 있습니다. 여성의 비개인성은 그들로 하여금 사실에 덜 몰두하게 하고, 눈앞의 것들을 놀랍도록 예리하고 세심하게 기록하는 것으로 만족하지 않게 할 것입니다. 이제 여성은 개인적이고 정치적인 관계를 넘어서서 시인이 천착하는 보다 폭넓은 문제들, 즉 인간의 운명과 삶의 의미에 관한 문제들을 바라보게 될 것입니다.

물론 시적 태도는 대부분 물질적인 것들에 바탕을 두고 있습니다. 그것은 여가와 약간의 돈, 그리고 돈과 여가 덕분에 비개인적으로 초연하게 세상을 관찰할 수 있는 가능성에 달려 있습니다. 돈과 여가가 주어진다면 여성은 자연스레 지금까지보다 훨씬 더 문학이라는 업에 몰두할 수 있을 것입니다. 그들은 글쓰기의 도구를 보다 완전하고 섬세하게 사용할 수 있을 터이고, 그들의 기술은 더욱더 대담하고 풍부해질 것입니다.

과거에는 여성의 글쓰기의 미덕은 종종 찌르레기나 개똥지빠귀의 노래의 그것처럼 탁월한 자연스러움에 있었습니다. 여성에게 글쓰기란 누가 가르쳐준 게 아니라 마음에서 절로 우러나온 것이었지요. 그러나 그것은 또한, 훨씬 자주, 지나치게 말이 많았던 것이 사실입니다. 종이 위에 말을 흘리고 쏟아내어 여기저기 얼룩진 상태로 마르게 놔둔 것과 같았지요. 앞으로 올 시대에는, 여성에게 시간과 책 그리고 집에 자신만을 위한 약간의 공간이 주어진다면, 여성의 문학은 남성의 그것과 마찬가지로 연구되어야 할 예술이 될 것입니다. 여성의 재능은 단련되고 강화될 것입니다. 소설은 더 이상 개인적 감정을 위한 쓰레기 처리장이 아니라, 지금보다 더욱더, 다른 예술품과 같은 예술작품이 될 것이며, 그 자원과 한계가 개발될 것입니다.

여기서 한 걸음만 더 나아가면 여성은 지금까지 그들에게 대부분 문이 닫혀 있었던 지적인 예술들, 즉 에세이와 비평, 역사책과 전기 쓰기를 시도할 수도 있을 것입니다. 그리고 그것은 소설에도 좋은 일이 될 것입니다. 왜냐하면 그 일은 소설 자체의 질을 향상시킬 뿐 아니라, 지금까지 마음은 다른 데 있으면서 그 용이함 때문에 소설에 이끌렸던 이방인들[159]의 관심을 다른 데로 향하게 할 것이기 때문입니다. 그리하여 소설은 우리 시대에 소설의 형태를 훼손

---

159 여기서 울프는 '소설 쓰기에 진정한 소명을 느끼지 못하는 사람들'이라는 의미로 '이방인들aliens'이라는 말을 사용하고 있다.

했던 역사와 사실事實이라는 이상異常 성장물들을 떨쳐내게 될 것입니다.

따라서 앞날을 예고해보자면, 앞으로 올 여성은 지금보다 적지만 더 나은 소설을 쓰게 될 것이며, 소설과 더불어 시와 비평과 역사책을 쓰게 될 것입니다. 이런 점에서 앞으로 여성이, 오랫동안 그들에게 허락되지 않았던, 여가와 돈과 자기만의 방을 누리게 되는 근사한 시대, 황금시대가 도래할 것이 분명합니다.

IV

소설의 여성적 분위기

The Feminine note in Fiction

이 글은 영국의 작가이자 저널리스트였던 W. L. 코
트니(1850~1928)의 책 『소설의 여성적 분위기』
(1904)를 읽고 쓴 서평으로, 영국의 일간지 〈가디언〉
1905년 1월 25일 자에 실렸다.

코트니 씨는 소설에 '여성적 분위기'라는 것이 존재한다고 확신하고 있는 것 같군요. 그뿐만 아니라 우리 앞에 놓인 책[160]에서 그 성질을 규정하고자 합니다. 처음에 그는 여성적 관점과 남성적 관점은 서로 아주 달라서 한 성이 다른 성을 이해하기란 힘들다고 인정했습니다. 어쨌든 그가 힘겨운 시도를 한 것만은 분명합니다. 그의 글이 얼마간은 다시 원점으로 되돌아온 것을 보면 그러한 시도가 몹시 힘들었음을 알 수 있습니다. 그는 현존하는 여성작가들의 작품에 관한 매우 꼼꼼하고 치밀한 여덟 편의 연구를 우리에게 제공하고 있습니다. 그 속에서 그는 그들의 가장 성공적인 작품들의 구성을 세밀하게 분석합니다. 그러나 몇몇 확고한 의견을 제시함으로써 우린 기꺼이 그의 수고를 덜어

160　　『소설의 여성적 분위기』를 가리킨다.

줄 수 있었을 것입니다. 일례로 우린 누구나 험프리 워드 부인[161]의 책을 읽고 그 스토리를 기억할 수 있습니다. 하지만 우리가 바라는 것은, 비평가가 작가의 장점과 결함을 구분하고, 그녀에게 문학에서의 적절한 자리를 부여하며, 그녀의 어떤 특징들이 본질적으로 여성적인지를 규정하고, 그 특징들이 어째서 여성적이며 무엇을 의미하는지를 설명해주는 것입니다. 코트니 씨는 그의 책 제목에서 어떻게든 맨 마지막 과제를 완수할 것이라고 암시하고 있습니다. 하지만 실망스럽게도 우린 그가 그 일을 전혀 해내지 못했음을 알게 됩니다. 사실 별로 놀랄 일은 아니지만요. 따지고 보면 어떤 것에 존재하는 '여성적 분위기'를 비평의 대상으로 삼는다는 것은 너무 시기상조가 아닐까요? 게다가 '여성이라는 사실'이 여성에 대한 적절한 비평의 기준이 될 수 있을까요?

내가 보기에는 코트니 씨 자신도 이런 종류의 어려움을 느끼고 있는 듯합니다. 우리는 그의 서론에서 일종의 개요를 읽을 수 있기를 바랐지만, 그것은 약간의 머뭇거리

---

161 (1851~1920) 영국의 소설가로, 결혼 전 이름은 메리 오거스타 아널드이나 결혼 후의 이름인 험프리 워드로 활동했다. 스무 편이 넘는 소설을 남겼고, 대표작으로는 1888년에 출간되자마자 베스트셀러가 된 『로버트 엘스미어』가 있다.

는 비평과 결론을 포함하고 있을 뿐입니다. 그는 여성이 예술적인 글을 쓰는 경우는 아주 드물다고 이야기합니다. 여성은 작품의 적절한 예술적 균형과 상충하는, 디테일에 대한 열정을 지니고 있기 때문이라는군요. 하지만 우린 예술적 균형에 대한 뛰어난 감각과 정교한 디테일의 구사를 겸비한 위대한 여성작가의 예로 사포와 제인 오스틴을 들 수 있습니다. 그는 또한 여성은 '정밀하고 분석적인 세밀화 같은 작품'에 능하다고 주장합니다. 여성은 창조하기보다는 재생하는 데 더욱 뛰어나며, 그들의 재능은 심리학적 분석에서 빛을 발한다는 것이죠. 우리는 이 모든 것을 흥미롭게 주목할 필요가 있습니다. 비록 향후 100년간 우리의 판단을 유보하거나, 그 의무를 우리의 계승자들에게 물려준다고 할지라도 말이죠. 또한 코트니 씨가 스스로에게 부여한 과제의 어려움을 증명하듯 다음과 같은 사실을 발견했다는 데에 주목할 필요가 있습니다.

그의 연구에 따르면, 여덟 명의 여성작가 중 적어도 두 사람이 '예술가'로 불릴 만하며, 다른 두 사람은 이 시대에는 '남성적'으로 불리는 게 마땅한 힘을 지니고 있으며, 당연한 말이지만 그들 중 남성작가와 같은 부류에 포함될 수 있는 사람은 단 한 명도 없으므로, 그들은 대략적으로 여러 유파로 나뉠 수 있습니다. 코트니 씨는 또한 여성이 여성을 위해 쓰는 소설이 점점 많아지고 있고, 바로 그런 이유로 예술작품으로서의 소설이 점차 사라지고 있다고 이야기합니다. 그가 한 말의 앞부분은 사실일지도 모릅니다. 그 말은 즉, 자신의 목소리를 발견한 여성은 자연히 대단히 흥미로우면서 여성에게 의미가 있는 것을 이야기하게 된다는 뜻입니다. 그것이 어떤 가치를 지녔는지는 아직 단정할 수 없다 할지라도 말이죠. 하지만 여성 소설가가 예술작품으로서의 소설을 절멸시킨다는 단언에는 의문을 갖지 않을 수 없습니다. 교육 및 그리스어와 라틴어 고전학의 연구 덕분에 확장된 지식이 한층 더 엄격한 문학관을 심어줌으로써 여성 소설가는 예술가가 될 수 있을 것입니다. 그리하여 설령 자신의 메시지를 다소 뭉뚱그려 표현했다 할지라도 적절한 때가 되면 그것을 영구한 예술적 형태로 빚어낼 수 있을 것입니다. 코트니 씨는 우리에게 위와 같은 많은 의문을 갖게 하는 계기를 제공한 것이 사실입니다. 그러나 결론적으로 말해 그의 책은 이러한 의문들을 해결하는 데는 아무런 기여를 하지 못했다고 할 수 있습니다.

V

여성 소설가들

Women Novelists

이 글은 R. 브림리 존슨의 『여성 소설가들』(1918)을 읽고 1918년 10월 17일, 주간 문학평론지인 〈타임스 리터러리 서플리먼트The Times Literary Supplement〉에 발표한 서평이다. 울프의 사후에 출간된 에세이집 『동시대 작가들』(1965)에 실려 있다.

원칙적으로 혹은 좀더 겸손하게 말해 우리의 이론에 따르자면, 브림리 존슨 씨[162]는 독자의 성(性)에 따라 충분히 계산된 책을 썼어야 했습니다. 독자의 만족감이나 짜증을 유발하면서 비평적 관점에서는 아무런 가치가 없는 책 말이지요. 경험에 비추어 볼 때, 어느 성이 쓴 작품을 작가의 성에 근거해 비판하는 것은, 오래된 악감정과 함께 글쓴이가 남성 혹은 여성이라는 사실에서 유래된 편견을 진술하는 것에 지나지 않습니다. 다행히도 브림리 존슨 씨는 이런 치명적인 편견을 드러내지 않은 채 다양한 자질을 고루 보여주면서 여성 소설가에 대한 견해를 내놓았습니다. 그리하여 문학에 관해 매우 흥미로운 것들을 이야기했을 뿐만

---

162   R. 브림리 존슨(1867~1932). 19세기 영국문학과 문학가들을 전문으로 연구한 영국의 전기 작가, 비평가, 편집자.

아니라, 여성이 쓴 문학작품의 특성에 대해 더욱더 흥미로운 많은 것을 이야기하고 있습니다.

이처럼 이례적인 당파심의 부재를 고려해볼 때, 그가 다루는 주제의 흥미로움과 복잡함은 아무리 강조해도 지나치지 않습니다. 우리 대부분이 들어서 알고 있는 것보다 훨씬 많은 여성작가의 소설을 읽은 존슨 씨는 매우 신중한 편이고, 규정하기보다는 제안하는 데 더 능하며, 자신의 결론을 한정하는 경향이 다분히 있습니다. 따라서 그의 책이 여성 소설가에 대한 연구서인 동시에 여성 소설가가 어떤 발전 단계를 거쳐왔음을 입증하려는 시도임에도 불구하고 우리는 그의 이론이 말하고자 하는 것에 당혹감을 느끼지 않을 수 없습니다. 그가 언급한 문제는 단지 문학뿐만 아니라 대부분 사회사에 속하는 문제입니다. 예를 들어, 18세기에 여성이 쓰는 소설이 폭발적으로 증가한 이유가 무엇일까요? 어째서 그 일이 엘리자베스 시대의 르네상스[163]가 아닌 18세기에 시작된 것일까요? 여성에 대한 당대의 관점(남성 작가들에 의해 그토록 오랫동안 그토록 많은 책 속에서 표현되어온)을 정정하려는 욕구가 마침내 그들로 하여금 글을 쓰게

---

163 영국사의 황금기로 불리는 엘리자베스 1세(1558~1603) 치세의 시기를 뜻한다.

한 것일까요? 만약 그렇다면 그들의 예술은 즉각적으로 앞선 작가들의 작품에 부재하는 요소를 가지게 되는 셈입니다. 그렇다고 해서 영국 소설의 어머니인 버니 양[164]이 단지 불만을 제기하기 위해 소설을 쓴 것은 물론 아닙니다. 버니 박사의 딸은 인간의 삶의 풍부한 장면을 관찰할 수 있었고, 그 사실이 그녀에게 충분한 자극을 제공했던 것입니다. 하지만 소설을 쓰고자 하는 충동이 아무리 강렬했다고 하더라도 그것은 이내 상황뿐만 아니라 견해의 반대에 맞닥뜨려야 했습니다. 그녀가 처음 쓴 소설 원고는 새어머니의 지시로 불태워졌고, 그녀는 그 벌로 바느질을 해야만 했지요. 몇 년 뒤 제인 오스틴이 누군가가 방 안에 들어올 때마다 책 밑에 원고를 감추고, 샬럿 브론테가 글쓰기를 중단하고 감자껍질을 깎아야 했던 것처럼 말이죠. 하지만 여성 소설가가 가정적인 문제를 극복하거나 그것과 타협한다고 할지라도 도덕적인 문제는 여전히 남아 있었습니다. 버니 양은 '여성이 소설을 쓰고도 존중받는 일이 가능하다는 것'[165]을 보여주었지만, 그 사실을 입증해야 하는 부담은 여전히

---

164 영국의 소설가 프랜시스 버니(1752~1840). 각주 1번 참조.

165 연이어 나오는 두 구절과 더불어 모두 R. 브림리 존슨의 『여성 소설가들』에서 인용된 것이다.

여성 소설가 각자의 몫이었습니다. 한참 뒤인 빅토리아 시대 중반에조차도 조지 엘리엇은 "중산층과 상류층의 젊은 여성들의 마음으로 하여금 그들의 아버지와 남자형제 들도 결코 그들 앞에서 입 밖에 내지 못했던 문제들에 익숙해지게" 하려던 시도로 인해 '음탕하고 부도덕하다는' 비난을 받아야 했습니다.

여성의 작품 속에서는 여전히 그러한 억압의 흔적이 발견되며, 이는 전적으로 바람직하지 못한 결과를 초래합니다. 예술의 문제는, 젊은 여성들의 무지한 마음을 고려하지 않더라도, 여성의 작품 속에 드러난 도덕적 순수성의 기준이 대중이 여성에게서 마땅히 기대하는 것과 같은 것인지 아닌지를 고려하지 않고도 그 자체만으로도 충분히 어려운 문제입니다. 대중의 견해와 타협하거나, 그보다 더 자연스레 대중을 분노하게 하려는 시도는 똑같이 에너지의 낭비이자 예술에 죄를 짓는 것입니다. 조지 엘리엇과 브론테 양이 남성의 가명을 사용한 것[166]은 공정한 평가를 받기 위해서일 뿐만 아니라, 글을 쓸 때 자신들의 성에 대한 기대의 억압으로부터 스스로의 의식을 자유롭게 하기 위해서

---

166   『제인 에어』를 쓴 샬럿 브론테는 '커러 벨', 『폭풍의 언덕』을 쓴 에밀리 브론테는 '엘리스 벨'이라는 필명을 각각 사용했다.

였을지도 모릅니다. 그러나 그들은 남성과 마찬가지로 보다 근본적인 억압, 즉 성 자체의 억압으로부터 스스로를 자유롭게 하지는 못했습니다. 스스로를 자유롭게 하려는 노력, 좀더 정확히 말하면, 그런 억압 속에서 남성이 누리는 것처럼 보이는 상대적 자유(어쩌면 여성이 잘못 본 것일지도 모르는)를 자신도 즐기고자 하는 노력은 여성의 글쓰기에 재앙 같은 또 다른 영향을 미쳤습니다. 브림리 존슨 씨가 '다행스럽게도 모방은 여성 소설가들의 고질적인 죄악이 아니었다'라고 했을 때 그는 필시 다른 성이나 어느 한 성의 인물을 모방하지 않았던 예외적인 여성들의 작품을 떠올렸을 것입니다. 그러나 글을 쓸 때 자신의 눈 색깔만큼이나 자신의 성에 대해 생각하지 않는 것은 그들의 두드러진 특징 중 하나이며, 그 자체로 그들이 심오하고 절대적인 본능에 따라 글을 썼음을 입증하는 것입니다. 자신의 글이 남성이 쓴 것으로 여겨지기를 바라는 여성은 너무나 흔합니다. 그 반대로 자신의 글이 여성의 글로 여겨지기를 바라는 여성이 더 많아지는 것이 바람직하다고 할 수도 없습니다. 왜냐하면 자존심 때문이든 수치심 때문이든 글쓴이의 성을 의식적으로 강조하는 것은 짜증스러울 뿐만 아니라 불필요한 일이기 때문입니다. 브림리 존슨 씨가 거듭 이야기하듯 여성의 글쓰기는 언제나 여성적입니다. 여성의 글쓰기가 여성적이지 않을 수는 없습니다. 가장 훌륭하다고 평가받는 글조차도 대부분 여성적입니다. 이 문제에서 유일한 어려움은 '여성적'이라는 말이 무엇을 의미하는지를 규정하는 것입니다. 브림리 존슨 씨는 대단히 훌륭한 제안을 많이 했을 뿐만 아니라, 여성은 남성과는 다른 경향이 있다는 사실(그에겐 다소 당혹스러운 것이긴 하지만)을 받아들임으로써 지혜로운 일면을 보여주고 있습니다. 다음과 같은 말들은 그가 여성을 이해하려는 몇몇 시도를 했음을 보여줍니다. "여성은 타고난 설교자이며 언제나 이상을 위해 일한다." "여성은 도덕적인 현실주의자다. 여성의 현실주의는 예술의 한가로운 이상이 아닌 삶과의 공감에 영향을 받는다." 그녀의 많은 배움에도 불구하고 "조지 엘리엇의 관점은 철저히 감정적이고 여성적인 것에 머물러 있다." 그의 말에 의하면, 여성은 창의적이기보다는 유머러스하고 풍자적입니다. 여성은 남성보다 감정적인 순수함을 훨씬 중요하게 여기지만 명예에 대해서는 덜 예민하게 반응합니다.

하지만 스스로 무언가를 덧붙이거나 어떤 단서를 달지 않고서는 브림리 존슨 씨의 이런 시도에 선뜻 동의할 사람은 아마 없을 것입니다. 어쩌면 그가 남성이 쓴 소설을 여성이 쓴 소설로 착각할 수도 있다는 것을 인정할 사람도 없을 것입니다. 무엇보다 남성과 여성 사이에는 명백하고도 엄청난 경험의 차이가 있기 때문입니다. 그러나 근본적인 차이는, 남성은 전쟁을 묘사하고 여성은 아이의 탄생을 그린다는 것이 아니라 각 성은 스스로를 묘사한다는 데 있습니다. 우리는 남성이나 여성을 묘사하는 첫 번째 말들을 통해 충분히 작가의 성을 짐작할 수 있습니다. 게다가 여성작가의 남주인공이나 남성작가의 여주인공의 비합리적인 면이 대체로 인정됨에도 불구하고 각 성은 다른 성의 결함을 아주 재빠르게 찾아냅니다. 베키 샤프[167]나 우드하우스 씨[168] 같은 이들이 실재한다는 것을 부인할 사람은 아무도 없을 것입니다. 자신과 다른 성을 비판하고자 하는 욕망과 그 일에 필요한 재능이 여성이 소설을 쓰기로 결심하는 데 한몫을 한 것은 분명합니다. 왜냐하면 이처럼 극적인 요소는 그동안 미미하게 작용했을 뿐이라 앞으로 풍부한 전망을 예고하고 있기 때문입니다. 그리하여 또다시, 남성을 가장 잘 판단하는 사람은 남성이며 여성을 가장 잘 판단하는 사람은 여성이라 할지라도, 각 성에는 상대의 성만이 알수 있는 면이 있으며 이는 단지 연애관계에만 해당되는 게 아니라는 사실이 대두됩니다. 그리고 마지막으로 (적어도

---

167   19세기 영국 소설가 윌리엄 새커리의 『허영의 시장』의 주인공.

168   제인 오스틴의 소설 『에마』에 나오는 에마의 아버지.

이 서평과 관련해) 어떤 주제의 중요성을 결정하는 문제에서 남성과 여성의 관점 차이라는 매우 어려운 문제가 아직 남아 있습니다. 여기에서 플롯과 사건의 두드러진 차이뿐만 아니라, 선택과 방법론 그리고 표현법의 수많은 차이가 생겨나기 때문입니다.

VI

여성과 여가
Women and Leisure

영국의 진보적 주간지週刊紙 〈네이션 앤드 애서니엄
The Nation and Athenaeum〉은 1929년 11월 9일 자 신문에
울프의 『자기만의 방』에 관한 린 로이드 어빈의 서평
을 실었다. 다음에 나오는 울프의 답변은 일주일 뒤인
11월 16일 자 신문에 발표된 것이다.

담당자께 - 먼저 나의 『자기만의 방』에 대해 매우 지적이고 관대한 기사를 써주신 어빈 양에게 감사를 드려야 할 것 같군요. 하지만 그녀의 주장 한두 개에 대해 이의를 제기하는 것쯤은 괜찮겠지요. 어빈 양은 "아무리 가난한 남성들이라도 매주 그런 식사('커스터드 소스를 뿌린 프룬' 같은 음식을 먹는 것)를 하지는 않는다"고 이야기합니다. 그리고 이에 근거해 남성은 여성에게 부족한 바람직한 힘을 갖추고 있다고 추론합니다. 그러나 알고 보면 대부분의 영국 남성은 지금 이 순간에도 그런 식사를 하고 있습니다. 노동자 계층의 남성들 역시 연 500파운드의 돈이나 자기만의 방을 갖고 있지 않으니까요. 만약 출산의 부담이 없고 다양한 직업을 행하는 대부분의 남성이 여가와 예술작품의 창작을 허용하는 임금을 버는 게 스스로 불가능하다고 생각한다면, 여성과 마찬가지로 남성에게도 '커스터드 소스를 뿌린

프룬'이 그들이 먹을 수 있는 전부가 될 것입니다. 그들이
그것을 좋아하거나, 인내심이 많거나, 더 나은 다른 음식을
떠올리지 못해서 먹는 게 아니라는 말입니다. 우리가 즐기
는 예술작품을 만들어내는 것은 그들이 아닌 중산층 남성
입니다. 하지만 중산층 남성이 한창때에 출산의 의무를 져
야 했거나 남성이라는 이유로 모든 직업에의 문이 닫혀 있
었다면, 지금 그들이 누리는 만큼의 소중한 안락과 부유함
을 즐길 수 있었을지는 의문입니다.

　　어빈 양은 이런 주장도 합니다. 브론테 자매가 지금
시대에 살았더라면 그들은 학교 교사[169]가 되었거나 '토머
스 쿡 앤드 선'[170]의 안내로 해외여행을 할 수도 있었을 거
라고 말입니다. 하지만 그러느라 그들은 여가 시간이 부족
해져 『제인 에어』와 『폭풍의 언덕』 같은 작품을 쓸 수 없었

169　샬럿 브론테는 글을 쓰기 전 브뤼셀에서 수업료와 기숙사비를 대신해
　　　　영어 교사로 잠깐 일한 적이 있다. 그녀의 작품에는 교사인 인물들이
　　　　자주 등장한다.

170　여행사 브랜드인 '토머스 쿡'을 일컫는다. 1841년 영국인 토머스 쿡이
　　　　런던에 세계 최초의 여행사를 차렸고, 후에 그의 아들 존 메이슨 쿡이
　　　　사업에 합류하면서 여행사 이름이 '토머스 쿡 앤드 선Thomas Cook and
　　　　Son'이 되었다. 1865년에 미국 여행 패키지 상품을, 1872년에는 최초
　　　　의 세계일주 패키지 상품을 만들었다. 2007년에 '토머스 쿡 그룹'으로
　　　　개칭되었다.

을 거라고도 합니다. 그러나 「커샌드라」[171]를 쓴 플로렌스 나이팅게일은 19세기의 여성이 어떤 종류의 '여가'를 누릴 수 있었는지에 대해 단호하게 이야기합니다. "여성은 평생 동안 자기 것이라고 할 수 있는 시간을 단 30분도(집 안의 사람들이 잠에서 깨기 전이나 잠든 후를 제외하고는) 가져본 적이 없다. 그럴 경우 누군가에게 불편을 끼치거나 다른 이의 마음을 상하게 할 것이 두려웠기 때문이다." 나는 샬럿 브론테가 집에 머물면서 가족을 돌보기보다는[172](묘지 옆의 목사관에 살면서 그러기란 쉽지 않았을 테니까요) 지금 시대에 교사로 살면서 더 진정한 여가를 즐길 수 있었을 거라고 생각합니다. 또한 에밀리 브론테가 여름휴가에 미스터 쿡의 안내하에서라도 해외여행을 할 수 있었더라면 스물아홉 살의 나이에 폐결핵으로 죽지는 않았으리라는 생각을 떨쳐버릴 수가 없습니다. 물론 어떤 경우에라도 브론테 자매는 전형적인 교사나 세계 관광 여행자가 될 수는 없었을 것입니다.

---

171 미국의 페미니스트 작가이자 문학비평가인 일레인 쇼월터(1941~)는 이 글을 '메리 울스턴크래프트와 버지니아 울프 사이를 잇는 영국 페미니즘의 중요한 텍스트'라고 규정한 바 있다. 「커샌드라」에서 나이팅게일은 자신의 어머니와 자매에게서 보았던 무기력한 삶의 방식(교육을 받았음에도 불구하고)의 저변에 깔린 '과도한 여성화'에 항변하고 있다.

172 브론테 자매 중 사실상 맏이였던 샬럿 브론테는 어린 동생들의 어머니 같은 언니이자 보호자였다.

무엇을 하든 그들은 여전히 보기 드문 뛰어난 여성으로 남았을 테니까요. 여기서 내가 말하고 싶은 것은, 브론테 자매처럼 보기 드문 뛰어난 여성이 많아지려면 존스와 스미스 같은 보통 여성들이 자기만의 방과 연 500파운드를 가져야 한다는 것입니다. 척박한 땅에서 아름다운 꽃이 피어날 수는 없으니까요. 스미스 양과 존스 양을 존중하지 않는 것은 아니지만, 지금까지 그들이 사는 땅은 돌투성이에다 거칠기 그지없는 땅이었던 것입니다.

   – 이만 총총 줄입니다.

버지니아 울프

VII
여성의 지적 능력
The Intellectual Status of Women

지식인을 대상으로 하는 영국의 정치·학예 주간지週刊誌〈뉴 스테이츠먼The New Statesman〉은 1920년 10월 2일 자에 칼럼니스트 '상냥한 매Affable Hawk'(*데스몬드 매카시(1877~1952))가 아널드 베넷의 『우리의 여성들』과 오를로 윌리엄의 『뛰어난 영국인』에 대해 쓴 칼럼을 실었다. '상냥한 매'는 "여성은 남성보다 지적 능력이 떨어진다"는 베넷의 관점을 지지했다. 울프는 그의 주장에 반박하는 편지를 보냈고, 이는 〈뉴 스테이츠먼〉 10월 9일 자에 실렸다.

담당자께 - 두 사람의 책을 통째로 읽는다면 대부분의 여성처럼 나 역시 아널드 베넷 씨의 비난과 오를로 윌리엄 씨의 찬사(그 반대가 아니라면 말이죠)가 불러일으키는 우울함과 자기존중의 상실을 받아들이기가 힘들 것 같더군요. 그래서 나는 서평가들이 쓴 글을 한 모금씩 읽음으로써 그 책들을 맛보기로 했습니다. 하지만 지난주에 〈뉴 스테이츠먼〉에 실린 상냥한 매의 칼럼은 단 한 스푼도 삼킬 수가 없더군요. 그는 여성이 남성보다 지적 능력이 떨어진다는 주장이 "자신에게는 너무도 명백해 보이는 사실"이라고 말하고 있습니다. 그러면서 "어떤 교육이나 행동의 자유도 그 사실을 현저히 변화시킬 수는 없을 것"이라는 베넷 씨의 결론에 동의하고 있습니다. 그렇다면 상냥한 매는 내게는 너무도 명백해 보이는 다음 사실을 (다른 공정한 관찰자가 있을는지 생각해봅니다) 어떻게 설명할 수 있을까요? 17세기는 16세기보다, 18세기는 17세기보다 뛰어난 여성을 만들어냈으며, 19세기에는 앞선 세기들을 모두 합친 것보다 훨씬 뛰어난 여성이 많이 배출되었다는 사실 말입니다. 제인 오스틴과 뉴캐슬 공작부인, '독보적인 오린다'[173]와 에밀리 브론테, 헤이우드 부인[174]과 조지 엘리엇 그리고 애프러 벤과 샬럿 브론테를 비교해봤을 때, 여성의 지적 능력의 향상은 현저할 뿐만 아니라 엄청나다고 할 수 있습니다. 이에 있어서는 어떤 남성들과의 비교도 나를 우울하게 하지 못합니다. 이 문제에서 교육과 자유의 효과는 결코 과장된 게 아닙니다. 한마디로 말해, 자신과 다른 성에 관한 비관주의는 언제나 즐겁고 신이 나는 일이지만, 베넷 씨와 상냥한 매가 자기 앞에 놓인 증거를 근거로 그토록 확신에 차 이야기하는 것은 지나치게 자신만만하다고 아니할 수 없습니다. 마찬가지로 여성 역시 남성의 지적 능력이 지속적으로 감소한다고 믿을 만한 나름대로의 이유가 있다 할지라도, 커다란 전쟁과 평화가 보여주는 것보다 확실한 증거를

---

173 영국의 시인, 번역가, 문인이었던 캐서린 필립스(1631~1664). '독보적인 오린다'라는 별명으로 불렸다.

174 엘리자 헤이우드(1693~1756)는 영국의 작가, 배우 그리고 출판업자였다. 영국에 소설을 뿌리내리게 한 중요한 인물 중 하나로 여겨지며, 소설, 희곡, 번역물, 시 등을 포함해 70여 편의 작품을 남겼다.

확보하기 전까지는 그것을 사실인 양 공표하는 건 현명하지 못한 처사일 것입니다. 마지막으로, 상냥한 매는 진정으로 위대한 여류 시인을 발견하고자 한다면서 어째서 『오디세이아』의 작가가 여성일지도 모른다는 가설에 대해서는 은근슬쩍 넘어가려 하는지요? 물론 내가 베넷 씨와 상냥한 매만큼 그리스어를 잘 안다고 할 수는 없지만, 사포가 여성이었으며, 플라톤과 아리스토텔레스가 위대한 그리스 시인들 가운데서 그녀를 호메로스와 아킬로쿠스와 동급으로 여겼다는 사실은 종종 들어서 알고 있습니다. 따라서 베넷 씨가 사포보다 단연 뛰어난 남성 시인을 50명이나 예로 들 수 있다는 것은 내게는 놀랍고도 반길 만한 일입니다. 만약 그가 그들의 작품을 출간할 수 있다면, 나는 여성에게 그토록 중요하다고 여겨지는 순종의 미덕을 발휘해 내 능력이 허락하는 한 그들의 책을 구매할 뿐만 아니라 그 책들을 통째로 외울 것을 약속드리는 바입니다.

    - 이만 총총 줄입니다.

버지니아 울프

2부

버지니아 울프의
문장들

"나는 내 안에서 수많은 능력이 솟구치는 것을 느껴.
나는 때로는 영악하고, 때로는 명랑하며,
때로는 무기력하고, 때로는 우울해져.
나는 뿌리를 내리고 있지만 여전히 흐르고 있어."

———

"I feel a thousand capacities spring up in me.
I am arch, gay, languid, melancholy by turns.
I am rooted, but I flow."
_ Virginia Woolf, *The Waves*

버지니아 울프, 나는 누구인가?

1   그렇다면 나는 누구였을까? 나, 애덜린 버지니아 스티븐은 1882년 1월 25일 레슬리 스티븐과 줄리아 프린셉 스티븐의 둘째 딸로 태어났다. 대단히 많은 사람들의 후손이며, 그중에는 유명인도, 잘 알려지지 않은 사람도 있다. 소통이 활발하게 이루어지고, 문해력을 갖추고, 편지 쓰기와 방문하기를 즐기고, 의사 표현이 확실했던 19세기 말에, 커다란 가문에서, 대단한 부자는 아니지만 유복한 부모에게서 태어났다.

Who was I then? Adeline Virginia Stephen, the second daughter of Leslie and Julia Prinsep Stephen, born on 25th January 1882, descended from a great many people, some famous, others obscure; born into a large connection, born not of rich parents, but of well-to-do parents, born into a very communicative, literate, letter writing, visiting, articulate, late nineteenth century world. *A Sketch of the Past*

2 여성이 이런 요청(케임브리지 대학교의 클라크 강연Clark Lectures을 맡아줄 것)을 받은 것은 역사상 처음 있는 일일 것이다. 이는 대단히 명예로운 일이 아닐 수 없다. 나를 생각해보라. 교육도 제대로 못 받고 하이드 파크 게이트 22번지의 자기 방에서 책을 읽던 아이가 오늘날 이 같은 영광을 누리게 된 것이다. 그렇다, 그 많은 독서가 이처럼 놀라운 열매를 맺은 것이다. 나는 더없이 기쁘다.

This, I suppose, is the first time a woman has been asked: and so it is a great honor—think of me, the uneducated child reading books in my room at 22 Hyde Park Gate—now advanced to this glory—Yes; all that reading, I say, has borne this odd fruit. And I am pleased. *The Diary of Virginia Woolf, 1932. 2. 29.*(＊울프는 그들의 강연 요청을 거절했다. 그녀는 『자기만의 방』의 화자처럼 케임브리지 대학교 트리니티 칼리지의 잔디밭에서 쫓겨난 적이 있었다.)

3   작가라는 불쌍한 존재는 머릿속의 어두운 다락방에
자신의 모든 생각을 담아두고 있습니다. 그러다 인쇄되어
세상에 나온 생각들은 벌거벗은 채 떨고 있기 마련이지요.
따라서 다른 사람들이 그것들을 좋아해주는 것만큼 작가의
용기를 북돋우는 일은 없을 것입니다.

A poor wretch of an author keeps all his thoughts in
a dark attic in his own brain, and when they come
out in print they look so shivering and naked. So for
other people to like them is a great encouragement.
The Letters of Virginia Woolf, 1888-1912

4   따라서 나는 매번 모든 것을 스스로 새롭게 창조해
내야만 합니다. 어쩌면 모든 작가가 같은 운명을 타고났는
지도 모릅니다. 이는 전통과 결별함으로써 우리가 치러야
하는 대가인 셈이죠. 그런데 고독은 글쓰기를 더욱더 흥미
진진한 것이 되게 합니다. 그 때문에 글이 덜 읽히더라도
말이죠. 작가란 깊은 바다의 밑바닥까지 가라앉아 자신의
말들과 홀로 살아가야 하는 존재인지도 모릅니다. 하지만
이 또한 전적으로 옳은 말은 아닙니다. 자신의 글이 논의되
고, 칭찬이나 비난을 받는 것은 작가에겐 훌륭한 자극제가

되기 때문입니다.

And so I have to create the whole thing afresh for myself each time. Probably all writers now are in the same boat. It is the penalty we pay for breaking with tradition, and the solitude makes the writing more exciting though the being read less so. One ought to sink to the bottom of the sea, probably, and live alone with one's words. But this is not quite sincere, for it is a great stimulus to be discussed and praised and blamed. *Congenial Spirits: The Selected Letters Of Virginia Woolf*(1925.6.14, 제럴드 브레넌에게 보낸 편지)

5 나는 불가능한 구현에 흥미를 느낀다. 나는 글을 쓰고 싶다. 지속될 수 없는 것들에 관해 쓰고 싶다. 내가 원하는 것은, 유려한 정확성을 지닌 불분명한 형태와 모습의 물결로 이루어진, 자유롭게 흐르는 말들의 바다를 창조하는 것이다.

I am interested in impossible embodiments. I wish to write; I wish to write about certain things that cannot be held. I want to create a sea of freely-flowing words of no definite form and shape waves of fluent exactness. *The Early Journals, 1897-1909*

6　나는 강렬한 감정이 빠르게 스쳐 가는 사소한 순간들에 속한다. 그렇다, 나는 사람들이 아닌 순간들에 속한다. 나는 모든 면에서 지극히 평범한 삶을 살고 있다. 어쩔 수 없는 경우가 아니라면 평범한 것들에 관해 생각하고 이야기하는 것을 좋아하지 않는다는 점만 빼면.

I belong to quick, futile moments of intense feeling. Yes, I belong to moments. Not to people. In all other ways I lead a perfectly ordinary life—except that I do not like thinking and talking about anything ordinary unless one makes me. *The Early Journals, 1897-1909*

7　내적인 삶은 그만의 유연하고 부드러운 아름다움을 지니고 있다. 미묘한 매력과 더불어 추상적인 무정형의 아름다움을. 나는 종종 스스로를 안개가 낀 듯한 그림 속의 인물처럼 생각한다. 흔들리는 선, 불안전한 거리距離 그리고 회색과 검은색의 통합으로 이루어진 그림. 단순한 채색에

불과한 감정이나 기분은 점차 옅어지고 널리 퍼져나가 그
것을 둘러싼 모든 것들과 하나가 된다.

The inner life has its soft and gentle beauty; an ab-
stract formlessness as well as a subtle charm. I often
consider myself as a figure in a foggy painting: falter-
ing lines, insecure distances, and a merging of greys
and blacks. An emotion or a mood—a mere wisp
of color—is shaded off and made to spread until it
becomes one with all that surrounds it. *The Early Jour-
nals, 1897-1909*

8　아아, 결코 홀로 있을 수 없는 괴로움이여! 나는 다른
사람들을 의식하게 된 처음 순간부터 나를 얽매는 본능, 애
정, 열정, 애착에서 나 자신을 분리할 수 없다는 사실을 깨
달았다. 내게 필요한 것은 고독이다. 나는 나 자신에게 속한
다는 것을 느낄 필요가 있다. 이제 독서가 나의 은밀한 삶
이자 개인적인 은신처가 되었다는 생각이 들기 시작한다.

Oh the torture of never being left alone! I find it im-
possible to disentangle myself from those instincts,

affections, passions, attachments—which bound me—
from the first moment of consciousness to other peo-
ple. I need solitude; I need to feel I belong to myself.
I now begin to think that reading has become my se-
cret life and personal refuge. *The Early Journals, 1897-
1909*

9   작가는 당시에 유행하던 소설의 형식에 만족하지 못
하여 구걸하고 빌리고 훔치거나, 심지어는 자신만의 새로
운 형식을 창조하기로 마음먹었다고 합니다.

The author, it was said, dissatisfied with the form of
fiction then in vogue, was determined to beg, borrow,
steal or even create another of her own. (1928년 6월에
출간된 『댈러웨이 부인』의 미국판 Modern Library Edition 서문에서.)

10   "글로 표현되기 전까지는 어떤 것도 실제로 일어난
게 아니야. 그러니까 가족들하고 친구들에게 편지를 자주
쓰고, 일기를 써야 해."

"Nothing has really happened until it has been described. So you must write many letters to your family and friends, and keep a diary." *Virginia Woolf, Nigel Nicholson*(∗버지니아가 비타 색빌웨스트의 아들인 어린 나이젤 니콜슨에게 한 말)

11   궁극적으로 인간은 서로를 잘 안다면 함께 살아가기가 매우 힘들다는 것을 깨닫게 되지 않을까.

I believe after all that human beings would find it very difficult to exist together if they knew each other. 1895(13세). *The Hyde Park Gate News*(∗대부분 버지니아가 글을 썼던 일종의 가족 신문으로, 열 살이던 1892년부터 언니 버네사와 함께 만들었다.)

12   내 입장은 아주 단순합니다. 집에 불이 붙으면 누구 탓에 불이 났는지를 따지기 전에 일단 불부터 꺼야 합니다. 내 마음도 지금 그렇게 불타고 있습니다.

My position is quite simple. If the house is on fire one does not ask first who is to be blamed for the conflagration; one puts it out. My heart is afire. *The*

13 나는 사람들이 불행했으면 좋겠습니다. 그들에게서 영혼이 느껴질 수 있도록.

I like people to be unhappy because I like them to have souls. *The Letters of Virginia Woolf, 1923-1928*

14 나는 동시에 여섯 권의 책을 읽습니다. 책을 읽는 한 가지 방식인 셈이지요. 당신도 동의하겠지만, 한 권의 책은 하나의 무반주 음악에 불과합니다. 충만한 소리를 얻기 위해서는 동시에 또 다른 열 권의 책이 필요합니다.

I am reading six books at once, the only way of reading; since, as you will agree, one book is only a single unaccompanied note, and to get the full sound, one needs ten others at the same time. *The Letters of Virginia Woolf, 1923-1928*

15 3, 4년마다 모든 것을 뒤엎는 것이 내가 생각하는 행복한 삶이다.

To upset everything every 3 or 4 years is my notion of a happy life. *The Diary of Virginia Woolf, 1925-1930*

16   다행히 마흔여섯 살에도 나는 여전히 실험적이면서 그 어느 때보다 진실에 다가가려 하고 있다.

Happily, at forty-six I still feel as experimental and on the verge of getting at the truth as ever. *A Moment's Liberty: The Shorter Diary, 1929. 4. 21.*

17   나는 친구들을 헤드라이트처럼 사용한다. 그들의 빛으로 또 다른 들판을 본다. 저기 언덕도 보인다. 이렇게 나는 나의 풍경을 넓혀간다.

I use my friends rather as giglamps: There's another field I see; by your light. Over there's a hill. I widen my landscape. *The Diary of Virginia Woolf, 1930. 9.2.*

18   이미 증명했다고 생각하는 사실이지만, 나는 결코 사람들을 '즐겁게 하거나' 변화시키기 위해 글을 쓰지는 않을 것이다. 나는 이제 전적으로 영원히 나 자신의 주인이다.

One thing I think proved, I shall never write to 'please', to convert; now am entirely and for ever my own mistress. *A Writer's Diary, 1937. 8. 6.*

19   문득 이런 생각이 들었다. 군대는 몸통이고, 나는 머리다. 나는 생각으로 싸운다.

This idea struck me: the army is the body: I am the brain. Thinking is my fighting. *The Diary of Virginia Woolf, 1940. 5. 15.*

20   나는 어떤 일이 마치 내가 거기 있는 가운데서 일어나고 있는 듯한 상태에 이를 수 있다. 말하자면, 나의 기억이 내가 잊었던 것을 제공하게 되면, 실제로 그 일을 일어나게 하는 것은 나 자신인데도 마치 그 일이 독립적으로 일어나고 있는 것처럼 보이게 되는 것이다.

I can reach a state where I seem to be watching things happen as if I were there. That is, I suppose, that my memory supplies what I had forgotten, so that it seems as if it were happening independently, though I am really making it happen. *A Sketch of the Past*

21   나는 나 자신을 거의 의식하지 않으며 단지 감각만을 의식할 뿐이다. 나는 무아경과 황홀경의 느낌을 담는 그릇에 지나지 않는다.

I am hardly aware of myself, but only of the sensation. I am only the container of the feeling of ecstasy, of the feeling of rapture. *A Sketch of the Past*

22   이것들은 나의 첫 번째 기억들의 일부이다. 그러나 물론 이것들은 그 기억들이 내 삶에 대한 설명인 양 오도(誤導)하는 경향이 있다. 우리가 기억하지 않는 것들도 기억하는 것들만큼 중요하고, 어쩌면 더 중요할지도 모르기 때문이다. 내가 만약 어느 하루를 온전히 기억해낼 수 있다면, 적어도 피상적으로라도 아이로서의 내 삶이 어땠는지를 묘사할 수 있을 것이다. 그러나 불행히도 우리는 예외적인 것만을 기억할 뿐이다. 그리고 어떤 것은 예외적이고 또 다른 것은 그렇지 않다는 이유 같은 것은 없는 듯하다. 내가 지금 기억하는 것보다 더 오래 기억했을 만한 수많은 것을 잊

어버린 이유는 무엇일까라는 생각이 들 수도 있을 것이다. 해변으로 내려가는 정원에서 벌들이 윙윙거리던 소리는 기억하면서 아버지가 발가벗은 나를 바다로 던진 일은 까맣게 잊어버린 이유는 무엇일까? (스완윅 부인이 그 일을 목격했다고 했다.)

These then are some of my first memories. But of course as an account of my life they are misleading, because the things one does not remember are as important; perhaps they are more important. If I could remember one whole day I should be able to describe, superficially at least, what life was like as a child. Unfortunately, one only remembers what is exceptional. And there seems to be no reason why one thing is exceptional and another not. Why have I forgotten so many things that must have been, one would have thought, more memorable than what I do remember? Why remember the hum of bees in the garden going down to the beach, and forget completely being thrown naked by father into the sea? (Mrs Swanwick says she saw that happen.) *A Sketch of the Past*

23 이야기가 옆길로 새는 것 같지만, 이것은 어쩌면 나 자신의 심리와 다른 사람들의 심리까지도 얼마간 설명해줄지도 모른다. 이른바 소설이라는 것을 쓸 때마다 나는 이와 똑같은 문제로 인해 당혹감을 느끼곤 했다. 나 자신이 줄여서 '비존재非存在'라고 부르는 것을 묘사하는 방법 때문이었다. 나의 하루하루는 존재보다 비존재를 훨씬 더 많이 포함하고 있다. 어제를 예로 들어보자. 4월 18일 화요일은 좋은 하루였다고 할 수 있다. '존재'로 보자면 평균 이상이었기 때문이다. 날씨는 좋았고, 나는 즐겁게 이 글의 첫 페이지들을 썼고, 나의 머리는 로저에 관한 글을 쓰는 중압감에서 벗어났으며, 미저리산 너머로 강을 따라 걸었다. 조수潮水가 빠져나간 것을 제외하고는, 내가 언제나 아주 세심하게 살피는 시골은 내가 좋아하는 대로의 빛깔과 색조를 띠고 있었다. 푸른빛을 배경으로 온통 솜털이 보송보송하고 연녹색과 자줏빛을 띤 버드나무들이 있었던 것으로 기억한다. 나는 또한 초서를 재미나게 읽었고, 나의 흥미를 끌었던 또 다른 책, 라파예트 부인의 회고록을 읽기 시작했다. 그러나 이런 개별적인 존재의 순간들은 그보다 많은 비존재의 순간들에 파묻혀버렸다. 레너드와 함께 점심을 먹고 차를 마시면서 했던 이야기들은 벌써 잊혔다. 어제는 좋은 날이었음에도 그것의 좋았던 점은 형용할 수 없는 솜 같은 것에

파묻혀버렸다. 언제나 이런 식이다. 우리는 매일의 상당 부분을 의식적으로 살지 않는다. 나는 산책하고, 먹고, 보고, 해야 할 일을 한다. 고장 난 진공청소기를 고치고, 저녁식사를 주문하고, 메이블에게 할 일을 적어주고, 씻고, 식사 준비를 하고, 책을 제본하기 등등. 일진이 좋지 않은 날에는 비존재의 비중이 훨씬 커진다. 지난주에 나는 미열이 있었고, 거의 온종일이 비존재였다. 진정한 소설가라면 두 종류의 존재를 어떻게든 전달할 수 있다. 제인 오스틴과 트롤로프가 그렇고, 아마도 새커리와 디킨스와 톨스토이도 그럴 수 있을 것이다. 아직까지 나는 그 두 가지를 동시에 전달해본 적이 없다. 『밤과 낮』과 『세월』에서 시도해보긴 했다. 하지만 이런 문학적인 문제는 잠시 제쳐두기로 하자.

This leads to a digression, which perhaps may explain a little of my own psychology; even of other people's. Often when I have been writing one of my so-called novels I have been baffled by this same problem; that is, how to describe what I call in my private shorthand "non-being". Every day includes much more non-being than being. Yesterday for example, Tuesday the 18th of April, was [as] it happened a good day; above the average in "being". It was fine; I enjoyed writing these first pages; my head was relieved of the pressure of writing about Roger; I walked over Mount Misery and along the river; and save that the tide was out, the country, which I notice very closely always, was coloured and shaded as I like—there were the willows, I remember, all plumy and soft green and purple against the blue. I also read Chaucer with pleasure; and began a book—the memoirs of Madame de la Fayette—which interested me. These separate moments of being were however embedded in many more moments of non-being. I have already forgotten what Leonard and I talked about at lunch; and at tea; although it was a good day the goodness was embedded in a kind of nondescript cotton wool. This is always so. A great part of every day is not lived consciously. One walks, eats, sees things, deals with what has to be done; the broken vacuum cleaner; ordering dinner; writing orders to Mabel; washing; cooking dinner; bookbinding. When it is a bad day the proportion of non-being is much larger. I had a slight temperature last week; almost the whole day was non-being. The real novelist can somehow convey both sorts of being. I think Jane Austen can; and Trollope; perhaps Thackeray and Dickens and Tolstoy. I have never been able to do both. I tried—in Night and Day, and in The Years. But I will leave the literary side alone for the moment. *A Sketch of the Past*

24 그리하여 나는 충격을 받아들이는 능력이 나를 작가로 만드는 것이라는 추측을 이어간다. 내 경우에는 어떤 충격을 받게 되면 그 즉시 그것을 설명하고 싶은 욕구가 생기는 것 같다. 가끔씩 세게 한 대 얻어맞는 느낌이 들 때가 있다. 하지만 그것은 어릴 때 생각했던 것처럼 솜 같은 일상적 삶 뒤에 숨은 어떤 적이 가하는 타격이 아니다. 그것은 어떤 질서를 드러내거나 앞으로 드러나게 할 터다. 말하자면 그것은 겉모습 뒤에 어떤 실재적인 것이 존재함을 가리키는 징표인 셈이다. 나는 그것을 말로 표현함으로써 하나의 실재가 되게 한다. 내가 그것을 온전한 것으로 만들 수 있는 길은 그것을 말로 표현하는 것뿐이다. 그것의 온전함이란 그것이 나에게 해를 끼칠 힘을 상실했음을 의미한다.

아마도 그렇게 함으로써 나의 고통을 떨쳐낼 수 있기 때문일 테지만, 쪼개진 부분들을 하나가 되게 하는 것은 내게 커다란 기쁨을 안겨준다. 아마도 이것이 내가 아는 가장 큰 기쁨일 것이다. 그것은 글을 쓰다가 어떤 것이 무엇에 속하는지를 발견하고, 어떤 장면과 인물을 제대로 표현한 것 같을 때 느껴지는 황홀감이다. 이런 것을 통해 나는 하나의 철학이라고 부를 수 있는 것에 이르게 된다. 어쨌든 철학이라는 것은 내가 가지고 있는 어떤 불변의 생각으로, 솜 뒤에 하나의 원형原型이 숨겨져 있다는 것이 그것이다. 우리, 즉 모든 인간은 이 원형과 연결돼 있고, 세상 전체가 하나의 예술작품이며, 우리는 그 예술작품의 일부라는 것이다. 『햄릿』이나 베토벤 사중주곡은 우리가 세상이라고 부르는 거대한 덩어리에 관한 진실이다. 그러나 그곳에는 셰익스피어도 없고 베토벤도 없으며, 단연코 신도 없다. 우리가 말이고, 음악이며, 물物 그 자체이다. 그리고 나는 어떤 충격을 받을 때 이 사실을 알게 된다.

And so I go on to suppose that the shock-receiving capacity is what makes me a writer. I hazard the explanation that a shock is at once in my case followed by the desire to explain it. I feel that I have had a blow; but it is not, as I thought as a child, simply a blow from an enemy hidden behind the cotton wool of daily life; it is or will become a revelation of some order; it is a token of some real thing behind appearances; and I make it real by putting it into words. It is only by putting it into words that I make it whole; this wholeness means that it has lost its power to hurt me; it gives me, perhaps because by doing so I take away the pain, a great delight to put the severed parts together. Perhaps this is the strongest pleasure known to me. It is the rapture I get when in writing I seem to be discovering what belongs to what; making a scene come right; making a character come together. From this I reach what I might call a philosophy; at any rate it is a constant idea of mine; that behind the cotton wool is hidden a pattern; that we—I mean all human beings—are connected with this; that the whole world is a work of art; that we are parts of the work of art. Hamlet or a Beethoven quartet is the truth about this vast mass that we call the world. But there is no Shakespeare, there is no Beethoven; certainly and emphatically there is no God; we are the words; we are the music; we are the thing itself. And I see this when I have a shock. *A Sketch of the Past*

25   만약 나 자신을 그림으로 그린다면 나는 그러한 관념을 나타낼 무언가(이를테면 일종의 지침)를 찾아내야 할 터다. 이는 한 사람의 삶은 그의 육체나 그의 말이나 행동에만 국한되지 않으며, 그는 언제나 삶의 배경을 이루는 어떤 지침 혹은 어떤 관념과 관련지어 살아가고 있음을 입증하는 것이다. 나의 관념이란 솜 뒤에 어떤 원형이 숨겨져 있다는 것이다. 그리고 이런 관념은 매일 내게 어떤 영향을 미친다. 나는 산책을 하거나 가게를 운영하거나 혹은 전쟁이 발발할 경우 유용할지도 모르는 무언가를 배울 수도 있었을 오늘 아침에 글을 씀으로써 이를 증명하고 있다. 나는 글을 씀으로써 다른 어떤 것보다 절실히 필요한 일을 하고 있음을 느낀다.

If I were painting myself I should have to find some—rod, shall I say—something that would stand for the conception. It proves that one's life is not confined to one's body and what one says or does; one is living all the time in relation to certain background rods or conceptions. Mine is that there is a pattern hid behind the cotton wool. And this conception affects me every day. I prove this, now, by spending the morning writing, when I might be walking, running a shop, or learning to do something that will be useful if war comes. I feel that by writing I am doing what is far more necessary than anything else. *A Sketch of the Past*

26   내가 40대가 될 때까지 (…) 나의 어머니의 존재는 나를 따라다니며 괴롭혔다. 나는 그녀의 목소리를 듣고, 그녀를 보고, 내가 일상적인 일을 할 때 그녀가 어떤 행동이나 말을 했을 것인지를 상상할 수 있었다. 그녀는 눈에 보이지 않으면서도 모든 삶에서 매우 중요한 역할을 하는 존재들 중 하나였다. 우리에게 영향을 미치는 다른 집단의 의식, 여론, 다른 사람들이 말하고 생각하는 것, 우리를 이쪽으로 끌어당겨 이런 사람이 되게 하거나 또 다른 쪽으로 밀어내 또 다른 사람이 되게 하는 자석 같은 것들을 의미하는 '영향'은 내가 매우 재미있게 읽었거나 피상적으로라도 읽었던 일대기들의 어디에서도 분석된 적이 없었다. 그럼

에도 '이 회고록의 주체'를 삶의 일상에서 이리저리로 이끄는 것은 이런 보이지 않는 존재들이다. 그를 어딘가에 자리 잡게 하는 것은 그런 존재들인 것이다. 사회가 우리 각자에게 얼마나 엄청난 영향력을 행사하는지, 그 사회가 10년마다, 계층마다 어떻게 달라지는지를 생각해보라. 이렇게 눈에 보이지 않는 존재들을 분석할 수 없다면 우리는 회고록의 주체에 대해서도 아무것도 알 수가 없다. 그럴 경우, 다시 말하지만 회고록을 쓰는 일은 아무 쓸모 없는 짓이 되고 만다. 내가 보는 나 자신은 개울 속의 물고기와도 같다. 편향돼 있고, 한곳에 머물러 있지만, 개울을 묘사하지는 못하는 물고기인 셈이다.

Until I was in the forties (⋯) the presence of my mother obsessed me. I could hear her voice, see her, imagine what she would do or say as I went about my day's doings. She was one of the invisible presences who after all play so important a part in every life. This influence, by which I mean the consciousness of other groups impinging upon ourselves; public opinion; what other people say and think; all those magnets which attract us this way to be like that, or repel us the other and make us different from that; has never been analysed in any of those Lives which I so much enjoy reading, or very superficially. Yet it is by such invisible presences that the "subject of this memoir" is tugged this way and that every day of his life; it is they that keep him in position. Consider what immense forces society brings to play upon each of us, how that society changes from decade to decade; and also from class to class; well, if we cannot analyse these invisible presences, we know very little of the subject of the memoir; and again how futile life-writing becomes. I see myself as a fish in a stream; deflected; held in place; but cannot describe the stream. *A Sketch of the Past*

27 어머니는 내가 열세 살 때 돌아가셨음에도 내 나이 마흔넷이 될 때까지 나를 따라다니며 괴롭혔다는 것은 틀림없는 사실이다. 그러던 어느 날 나는 태비스톡 스퀘어를 걷다가 『등대로』를 구상하게 되었다. 이런 식으로 책을 구상하는 일이 간혹 있는데, 내 의지와는 상관없이 이야기가 마구 쏟아져 나오는 것 같았다. 이야기가 잇달아 터져 나왔

다. 파이프에서 거품이 뿜어져 나오는 것처럼 내 마음속으로부터 다양한 아이디어와 장면 들이 빠르게 쏟아져 나왔다. 마치 내가 걸음을 옮길 때마다 내 입술이 저절로 말들을 뱉어내는 것 같았다. 무엇이 이런 거품들을 뿜어내게 했을까? 왜 하필 그때였을까? 나는 알 길이 없다. 그러나 나는 그 책을 아주 빨리 썼다. 그리고 책을 끝마치자 비로소 어머니에 대한 강박에서 벗어날 수 있었다. 이젠 더 이상 그녀의 목소리가 들리지 않고, 그녀가 보이지도 않는다.

어쩌면 나는 정신분석학자들이 환자들을 위해 하는 것을 나 자신을 위해 한 것이 아닐까. 나는 아주 오랫동안 깊이 느껴왔던 감정들을 글로 써냈다. 그것들을 글로 표현함으로써 나는 그것들을 설명했고, 영영 잠재울 수 있었다.

It is perfectly true that she obsessed me, in spite of the fact that she died when I was thirteen, until I was forty-four. Then one day walking round Tavistock Square I made up, as I sometimes make up my books, To the Lighthouse; in a great, apparently involuntary, rush. One thing burst into another. Blowing bubbles out of a pipe gives the feeling of the rapid crowd of ideas and scenes which blew out of my mind, so that my lips seemed syllabling of their own accord as I walked. What blew the bubbles? Why then? I have no notion. But I wrote the book very quickly; and when it was written, I ceased to be obsessed by my mother. I no longer hear her voice; I do not see her.

I suppose that I did for myself what psycho-analysts do for their patients. I expressed some very long felt and deeply felt emotion. And in expressing it I explained it and then laid it to rest. *A Sketch of the Past*

버지니아 울프의 장편소설

28 사물을 포장하고 있는 아름다움을 벗겨내면 그 이면의 해골 같은 진실이 드러난다.

When one gave up seeing the beauty that clothed things, this was the skeleton beneath. *The Voyage Out(Chapter 1)*

29 무언가를 강렬하게 느낀다는 것은, 아마도 똑같이 강렬하지만 또 다른 방식으로 느끼는 다른 사람들과 자신 사이에 심연을 창조하는 게 아닐까.

To feel anything strongly was to create an abyss between oneself and others who feel strongly perhaps but differently. *The Voyage Out(Chapter 2)*

30 "사람들이 자신들을 지치게 하는 건 일이라고 하는 것은 틀린 말이에요. 사람들을 힘들게 하는 것은 책임감이에요."

"I'm convinced people are wrong when they say it's work that wears one; it's responsibility." *The Voyage Out(Chapter 3)*

31 그녀는 댈러웨이 부인에게 지금까지 아무에게도 말하지 않은 것을(이 순간까지 그녀 자신도 깨닫지 못했던 것들을) 말하고 싶다는 강렬한 욕구에 사로잡혔다. "저는 외로워요." 그녀는 이야기를 시작했다. "저는 원해요—" 그녀는 자신이 무엇을 원하는지 몰라 문장을 끝맺지 못하고 입술을 떨었다. 그러나 댈레웨이 부인은 말하지 않아도 이해할 수 있는 듯했다. "알아요." 그녀는 한 팔로 레이철의 어깨를 감싸며 말했다. "내가 아가씨 나이였을 때는 나도 원했거든요. 리처드를 만나기 전까지는 아무도 이해하지 못했지요. 그는 내가 원하는 것을 모두 주었어요. 나에게 그는 남자이면서 여자이기도 해요." 그녀의 눈길은 난간에 기댄 채 여전히 이야기를 나누고 있는 댈러웨이 씨에게 머물렀다. "내가 그의 아내라서 이런 말을 한다고 생각하진 마세요. 나는

다른 어떤 사람의 단점보다 그의 단점을 분명히 알고 있어
요. 우리가 함께 사는 사람에게 바라는 것은 그들이 우리를
최상의 상태로 유지시켜주는 것이에요. 나는 내가 무엇을
했길래 이렇게 행복할 수 있는지 종종 궁금해져요!"

She was overcome by an intense desire to tell Mrs.
Dalloway things she had never told any one—things
she had not realised herself until this moment. "I am
lonely," she began. "I want—" She did not know what
she wanted, so that she could not finish the sen-
tence; but her lip quivered. But it seemed that Mrs.
Dalloway was able to understand without words. "I
know," she said, actually putting one arm round Ra-
chel's shoulder. "When I was your age I wanted too.
No one understood until I met Richard. He gave me
all I wanted. He's man and woman as well." Her eyes
rested upon Mr. Dalloway, leaning upon the rail, still
talking. "Don't think I say that because I'm his wife—
I see his faults more clearly than I see any one else's.
What one wants in the person one lives with is that
they should keep one at one's best. I often wonder

what I've done to be so happy!" *The Voyage Out(Chapter 4)*

32 "인간은 애초에 투쟁을 하면서 동시에 이상을 가지는 게 불가능하게끔 만들어졌지요."

"It is impossible for human beings, constituted as they are, both to fight and to have ideals." *The Voyage Out(Chapter 4)*

33 "따지고 보면 우리가 누군가에게 자신의 삶에 대해 들려줄 수 있는 것은 아주 적은 일부에 지나지 않아요! 나는 여기 앉아 있고, 당신은 거기 앉아 있지요. 우리 둘 다 분명 더없이 흥미로운 경험과 생각, 감정 들로 가득할 테고요. 하지만 그런 것들을 어떻게 전달하지요? 나는 당신이 만나는 누구라도 당신에게 말해줄 수 있는 것을 말했을 뿐입니다."

"How little, after all, one can tell anybody about one's life! Here I sit; there you sit; both, I doubt not, chock-full of the most interesting experiences, ideas, emotions; yet how communicate? I've told you what every second person you meet might tell you." *The Voyage Out(Chapter 4)*

34   "하지만 모든 사람이 너한테 똑같이 흥미로워 보이는 것은 아니지, 안 그래?"앰브로즈 부인이 물었다. 레이철은 지금까지는 대부분의 사람이 상징이었지만, 그들이 누군가에게 말을 했을 때 그들은 상징이기를 그만두고 무언가가 되었다고 설명했다. "나는 언제까지나 그들의 말을 귀담아들을 수 있었어요!" 그녀는 큰 소리로 말했다.

"But all people don't seem to you equally interesting, do they?" asked Mrs. Ambrose. Rachel explained that most people had hitherto been symbols; but that when they talked to one they ceased to be symbols, and became—"I could listen to them for ever!" she exclaimed. *The Voyage Out(Chapter 6)*

35   "아니, 그게 우리가 다른 점이야." 휴잇이 말했다. "분명히 말하지만 모든 게 달라. 두 사람이 완전히 똑같은 경우란 없어. 당장 너와 나를 보라고.""나도 그렇게 생각

했던 적이 있었지." 허스트가 말했다. "하지만 사람들은 모두가 하나의 타입에 속해. 우리 말고 이 호텔의 투숙객들을 예로 들어보자고. 우린 그들 주위로 여러 개의 원을 그릴 수 있어. 그리고 그들은 결코 그 원을 벗어나지 않아." (…)

"각자의 원 안에서 우린 혼자가 아닌가?" 휴잇이 물었다. "철저하게 혼자이지." 허스트가 말했다. "우리는 그 원을 벗어나려고 하지만 그럴 수 없어. 그러다가는 일을 망칠 뿐이라고." "나는 원 안에 갇힌 암탉이 아니야." 휴잇이 말했다. "나는 나무 꼭대기 위의 비둘기야."

"No; that's where we differ," said Hewet. "I say everything's different. No two people are in the least the same. Take you and me now." "So I used to think once," said Hirst. "But now they're all types. Don't take us,—take this hotel. You could draw circles round the whole lot of them, and they'd never stray outside." (…)

"Are we all alone in our circle?" asked Hewet. "Quite alone," said Hirst. "You try to get out, but you can't. You only make a mess of things by trying." "I'm not a hen in a circle," said Hewet. "I'm a dove on a tree-

36 무엇보다 앰브로즈 부인은 함께 지내는 대가로 자신의 조카에게 집 안의 다른 곳들과 차단된 방을 주기로 약속했다. 널찍한 혼자만의 공간으로, 성소이자 요새인 그 방에서 레이철은 피아노를 치고, 책을 읽고, 생각하고, 세상을 무시하며 지낼 수 있었다. 앰브로즈 부인은 스물넷의 나이에는 방은 단지 방이 아니라 하나의 세상과 같다는 것을 알고 있었다. 그녀의 판단은 옳았다. 그녀가 방문을 닫자 레이철은 마법의 세계로 빠져들었다. 그곳에서는 시인들이 노래를 불렀고, 사물들은 적절한 균형을 이루었다.

Among the promises which Mrs. Ambrose had made her niece should she stay was a room cut off from the rest of the house, large, private—a room in which she could play, read, think, defy the world, a fortress as well as a sanctuary. Rooms, she knew, became more like worlds than rooms at the age of twenty-four. Her judgment was correct, and when she shut the door Rachel entered an enchanted place, where the poets sang and things fell into their right proportions. *The*

37 "책, 책, 책." 헬렌은 무심한 듯 말했다. "책이 또 늘어났네. 대체 책들 속에서 뭘 찾는 건지 모르겠구나……"

"Books—books—books," said Helen, in her absent-minded way. "More new books—I wonder what you find in them…" *The Voyage Out(Chapter 10)*

38 그들은 매우 자유롭게 대화를 나누고 있었지만 사실은 서로에 관해 아무것도 모른다는 것을 서로가 불편하게 의식하고 있었다. "사람들은 중요한 질문들," 휴잇은 곰곰 생각한 뒤 말했다, "정말로 흥미로운 질문들은 잘 하지 않는 것 같아요." 서로를 잘 아는 사람들조차도 아주 적은 것들만 이야기할 수 있다는 사실을 받아들이기 힘든 레이첼은 그 말의 의미를 알고자 했다.

Although they had talked so freely they were all uncomfortably conscious that they really knew nothing about each other. "The important questions," Hewet pondered, "the really interesting ones. I doubt that one ever does ask them." Rachel, who was slow to accept the fact that only a very few things can be said even by people who know each other well, insisted on knowing what he meant. *The Voyage Out(Chapter 11)*

39 "나는 종종 사람들이 일렬로 나란히 살고, 집들이 똑같이 생긴 거리들을 따라 걸을 때마다, 대체 저 안에서 여자들은 뭘 하고 있을까 궁금해집니다." 그가 말했다. "생각해보세요. 지금은 20세기 초인데, 몇 년 전까지만 해도 어떤 여자도 혼자 밖에 나오거나 무언가를 말한 적이 없어요. 지금까지 수천 년간 이 이상하게 침묵하고 표현되지 못한 삶은 삶의 이면에서만 이어져왔지요. 물론 우리는 언제나 여성에 관한 글을 쓰고 있어요. 여성을 학대하거나 조롱하거나 숭배하면서 말입니다. 그러나 그런 말들이 여성 자신에게서 나온 적은 없었어요. 우리는 여전히 여자들이 어떻게 사는지, 무엇을 느끼는지 혹은 정확히 무엇을 하는지 조금도 알지 못합니다. 남성의 경우에는, 그가 젊은 여성들로부터 듣게 되는 유일한 비밀은 그들의 연애담이 고작일 것입니다. 그러나 40대 여성, 미혼 여성, 일하는 여성, 가게를 지키면서 아이들을 키우는 여성, 당신의 고모들이나 손버리 부인 또는 앨런 양 같은 여성의 삶에 대해서는 누구도

아무것도 아는 것이 없습니다. 그들은 당신에게 말해주지 않을 테니까요. 그들이 남자들을 두려워하는지, 혹은 남자들을 다루는 법을 알고 있는지를 말입니다. 언제나 모든 것이 남성의 관점에서 표현되기 마련이니까요. 기차를 생각해보세요. 열다섯 개의 차량이 모두 담배 피우기를 원하는 남자들을 위한 것입니다. 이런 사실이 당신의 피를 끓어오르게 하지 않나요? 내가 여자라면 누군가의 머리를 총으로 쏘아버리고 싶을 것 같아요. 당신은 우리를 엄청나게 비웃지 않나요? 이 모든 것이 마치 거대한 사기극처럼 느껴지지 않나요? 당신에게는, 그러니까 내 말은, 이 모든 게 충격적이지 않나요?"

"I've often walked along the streets where people live all in a row, and one house is exactly like another house, and wondered what on earth the women were doing inside," he said. "Just consider: it's the beginning of the twentieth century, and until a few years ago no woman had ever come out by herself and said things at all. There it was going on in the background, for all those thousands of years, this curious silent unrepresented life. Of course we're always writ-

322
여성과 글쓰기

ing about women—abusing them, or jeering at them, or worshipping them; but it's never come from women themselves. I believe we still don't know in the least how they live, or what they feel, or what they do precisely. If one's a man, the only confidences one gets are from young women about their love affairs. But the lives of women of forty, of unmarried women, of working women, of women who keep shops and bring up children, of women like your aunts or Mrs. Thornbury or Miss Allan—one knows nothing whatever about them. They won't tell you. Either they're afraid, or they've got a way of treating men. It's the man's view that's represented, you see. Think of a railway train: fifteen carriages for men who want to smoke. Doesn't it make your blood boil? If I were a woman I'd blow some one's brains out. Don't you laugh at us a great deal? Don't you think it all a great humbug? You, I mean—how does it all strike you?"

The Voyage Out(Chapter 16)

40 "나는 침묵에 관한 소설을 쓰고 싶어요." 그가 말했

다. "사람들이 말하지 않는 것들에 대한 이야기를."

"I want to write a novel about Silence," he said; "the things people don't say. *The Voyage Out(Chapter 16)*

41 "나는 허스트하고는 달라요." 잠시 후 휴잇이 말했다. 그는 생각에 잠겨 이야기했다. "나는 사람들 발 사이에 백묵으로 그려진 원들을 보지 않아요. 가끔은 볼 수 있으면 좋겠는데. 내겐 그런 것들이 너무나 복잡하고 혼란스럽게 느껴져요. 그 때문에 아무런 결정을 내릴 수도 없고, 점점 더 어떤 판단을 내릴 수가 없게 되죠. 내 말이 이해가 되세요? 그러고 나면 우리는 누가 무엇을 느끼는지 전혀 알지 못하게 돼요. 우린 모두 암흑 속에 있기 때문이죠. 우리 각자는 무언가를 알아내려고 하지만, 누군가가 다른 사람에 대해 자기 식대로 생각하고 판단하는 것보다 우스꽝스러운 게 있을까요? 우리는 줄곧 자신이 알고 있다고 생각하지만 실상은 아무것도 알지 못해요."

"I'm not like Hirst," said Hewet, after a pause; he spoke meditatively; "I don't see circles of chalk between people's feet. I sometimes wish I did. It seems to me so tremendously complicated and confused. One can't come to any decision at all; one's less and less capable of making judgments. D'you find that? And then one never knows what any one feels. We're all in the dark. We try to find out, but can you imagine anything more ludicrous than one person's opinion of another person? One goes along thinking one knows; but one really doesn't know." *The Voyage Out(Chapter 16)*

42 생각해보면 그들이 무슨 말을 할 수 있었을까? 그는 자신들이 한 말을 다시 생각해보았다. 아무렇게나 내뱉은 불필요한 말들이 내내 둥글게 소용돌이를 치다가는 사라져버렸고, 그들을 서로 아주 가까이 끌어당겼다가는 아주 멀리 따로따로 내동댕이쳤다. 그리하여 종국에 그는 불만족스러운 상태로, 그녀가 무엇을 느꼈으며 그녀가 어떤 사람인지를 여전히 모르는 채로 남겨졌다. 그런데도 이야기하고, 이야기하고, 단지 이야기만 하는 것이 무슨 소용이 있단 말인가?

After all, what had they been able to say? He ran his

mind over the things they had said, the random, un-
necessary things which had eddied round and round
and used up all the time, and drawn them so close
together and flung them so far apart, and left him in
the end unsatisfied, ignorant still of what she felt and
of what she was like. What was the use of talking,
talking, merely talking? *The Voyage Out(Chapter 16)*

43 말하는 것이나 침묵하는 것은 똑같은 노력을 필요로
했다. 침묵을 지킬 때면 그들은 서로의 존재를 예리하게 의
식해야 했고, 말들은 너무 시시하거나 지나치게 과장되었
기 때문이다.

To speak or to be silent was equally an effort, for
when they were silent they were keenly conscious of
each other's presence, and yet words were either too
trivial or too large. *The Voyage Out(Chapter 21)*

44 "오래 살아남는 책들이 있지요," 그녀는 혼잣말을 했

다. "우리처럼 어렸다가 함께 늙어가는 책들 말이에요."

"There are some books that LIVE," she mused. "They are young with us, and they grow old with us." *Night and Day(Chapter 1)*

45 "남자들은 왜 항상 정치 이야기를 하는 걸까요?" 메리는 곰곰 생각해보았다. "어쩌면 우리에게 선거권이 있으면 우리도 그럴지도 모르겠네요."

"I wonder why men always talk about politics?" Mary speculated. "I suppose, if we had votes, we should, too." *Night and Day(Chapter 4)*

46 "하지만 누군가가 어떤 것을 가질 수 있다는 것을 안다고 해서 그가 지금 그것을 가지지 않았다는 사실이 달라지진 않아요." 그녀는 약간 혼란스러워하며 말했다.

"But to know that one might have things doesn't alter the fact that one hasn't got them," she said, in some confusion. *Night and Day(Chapter 6)*

47 "슬프거나 힘든 일이 있을 때 모두가 의지하는 여성이 되는 것보다 고귀한 게 있을까?" 그녀는 사진들을 넘겨보며 혼잣말을 했다.

"What is nobler," she mused, turning over the photographs, "than to be a woman to whom every one turns, in sorrow or difficulty?" *Night and Day(Chapter 9)*

48 대부분의 사람들에게 삶은 열등한 자질들만을 사용하고 귀한 자질들은 허비하게 만든다. 그리하여 우리로 하여금 한때 우리가 물려받은 가장 고귀한 부분으로 여겨졌던 것에는 아무런 미덕도 이득도 없다는 데 어쩔 수 없이 동의하게 만든다.

Life for most people compels the exercise of the lower gifts and wastes the precious ones, until it forces us to agree that there is little virtue, as well as little profit, in what once seemed to us the noblest part of our inheritance. *Night and Day(Chapter 10)*

49 그녀는 호주머니에 셰익스피어를 넣고 다녔고, 시인

의 말들로 더욱 단단해진 삶과 마주했다.

She carried her pocket Shakespeare about with her, and met life fortified by the words of the poets. *Night and Day(Chapter 12)*

50 "분별력을 잃는 것은 커다란 잘못이죠. 하지만 내 마음은 제자리에 있답니다."

"It's a great mistake, to lose one's head. But my heart's in the right place." *Night and Day(Chapter 14)*

51 "별 같은 것들을 생각하다 보면 우리 문제들은 별로 중요해 보이지 않지 않아?" 그녀가 느닷없이 말했다.

"When you consider things like the stars, our affairs don't seem to matter very much, do they?" she said suddenly. *Night and Day(Chapter 16)*

52 "글쎄, 난 사실 자기 방식대로 살아가길 원하는 여성에게는 결혼하라고 조언하진 않아요."

"Well, I really don't advise a woman who wants to have things her own way to get married." *Night and Day(Chapter 17)*

53 "나는 한 인간이 다른 인간을 이해한다는 것을 믿지 않아요." (…) "우린 모두 빌어먹을 거짓말쟁이들이에요, 어떻게 그럴 수 있어요? 하지만 우린 노력할 수 있어요."

"I doubt that one human being ever understands another," (…) "Such damned liars as we all are, how can we? But we can try." *Night and Day(Chapter 19)*

54 "대체 낭만적 감정이란 게 무엇일까?" 그녀는 혼잣 말을 했다. "아, 바로 그게 문제예요. 나는 지금까지 만족스러운 정의를 발견하지 못했어요. 아주 그럴듯한 것들이 몇 가지 있기는 하지만 말입니다." 그는 자기 책들이 있는 쪽을 흘끗 보았다. "어쩌면 그것은 상대에 대해 잘 알지 못하는 것인지도 몰라요. 일종의 무지라고 볼 수 있죠." 그녀는 과감하게 말했다. "어떤 전문가들은 그것은 거리의 문제라고 하죠. 적어도 문학에서의 낭만은 말이죠, 말하자면……" "예술의 경우에는 그런지도 모르겠어요. 하지만 사람의 경

우에는, 어쩌면……" 그녀는 머뭇거렸다. "당신은 개인적으로 그런 감정을 느껴본 적이 없나요?" 그는 재빨리 그녀를 흘긋 쳐다보고는 물었다. "그것은 나에게 엄청난 영향을 미쳤다고 생각해요." 그녀는 자신에게 제시된 어떤 관점의 가능성들에 몰두하는 사람 같은 어조로 말했다. "하지만 내 삶에서 그것을 위한 여지는 거의 없어요." 그녀가 덧붙였다. 그녀는 자신의 일상적 업무, 자신을 향한 뛰어난 분별력에의 끊임없는 요구, 자제력, 낭만적 어머니가 있는 집에서의 정확성 등을 돌이켜보았다. 아, 하지만 그녀의 낭만은 그런 낭만이 아니었다. 그것은 욕망, 반향, 소리였다. 그녀는 그것을 색으로 치장할 수 있었고, 형태로 볼 수 있었으며, 음악으로 들을 수 있었다. 그러나 말로는 표현할 수 없었다. 그랬다, 말로는 결코 표현할 수 없었다. 그녀는 그토록 일관성 없고, 그토록 말로 전하기 힘든 욕망에 시달리며 한숨을 쉬었다.

"What is this romance?" she mused. "Ah, that's the question. I've never come across a definition that satisfied me, though there are some very good ones"— he glanced in the direction of his books. "It's not altogether knowing the other person, perhaps—it's ignorance," she hazarded. "Some authorities say it's a question of distance—romance in literature, that is—" "Possibly, in the case of art. But in the case of people it may be—" she hesitated. "Have you no personal experience of it?" he asked, letting his eyes rest upon her swiftly for a moment. "I believe it's influenced me enormously," she said, in the tone of one absorbed by the possibilities of some view just presented to them; "but in my life there's so little scope for it," she added. She reviewed her daily task, the perpetual demands upon her for good sense, self-control, and accuracy in a house containing a romantic mother. Ah, but her romance wasn't THAT romance. It was a desire, an echo, a sound; she could drape it in color, see it in form, hear it in music, but not in words; no, never in words. She sighed, teased by desires so incoherent, so incommunicable. *Night and Day(Chapter 22)*

55 "당신은 낭만적 감정이 사랑하는 사람에 대한 더 깊은 이해보다 오래간다고 보나요?"

"You assume that romance survives a closer knowledge of the person one loves?" *Night and Day(Chapter 22)*

56 "아, 우린 지금 말도 안 되는 소리만 하고 있어요," 캐서린이 말했다. (…) "아마 10년 후에는 그렇게 터무니없다고 생각되지 않을 거다." 힐버리 부인이 말했다. "내가 장담하는데 캐서린, 넌 훗날 지금을 돌아보게 될 거야. 네가 말한 바보 같은 것들을 떠올리게 될 거라고. 그리고 네 인생이 그런 것들 위에 쌓아 올려졌다는 것을 깨닫게 될 거야. 우리 인생에서 최고의 것은 우리가 사랑할 때에 하는 말들 위에 만들어진 거야. 그건 터무니없는 게 아니야, 캐서린." 그녀는 힘주어 말했다. "그것이 진실이고, 유일한 진실이란다."

"Oh, we talk a lot of nonsense," said Katharine, (…) "It won't seem to you nonsense in ten years' time," said Mrs. Hilbery. "Believe me, Katharine, you'll look back on these days afterwards; you'll remember all the silly things you've said; and you'll find that your life has been built on them. The best of life is built on what we say when we're in love. It isn't nonsense, Kath-

arine," she urged, "it's the truth, it's the only truth."
Night and Day(Chapter 24)

57   그녀가 발견할 수 있었던 유일한 진실은 그녀 자신
이 느꼈던 것의 진실뿐이었다.

The only truth which she could discover was the
truth of what she herself felt. *Night and Day(Chapter 24)*

58   더 나아가 그녀는 양산을 흔들며 너도밤나무 아래를
걸으면서 깊은 생각에 잠겼다. 그녀는 그녀의 생각 속에서
는 완전한 자유에 익숙해 있는데 어째서 실제 행동에는 끊
임없이 전혀 다른 기준을 적용해야 하는 걸까? 그녀는 어
째서 생각과 행동 사이에, 고독한 삶과 사교적인 삶 사이에
이처럼 부단한 불일치가 있어야 하는지, 이런 놀라운 절벽
이 있어야 하는지를 곰곰 생각했다. 우리 영혼은 절벽의 한
쪽 편에서는 능동적이면서 환한 대낮 속에 있고, 또 다른
편에서는 밤처럼 사색적이고 어두운 것인가? 근본적인 변
화 없이 한쪽에서 다른 쪽으로 건너가 똑바로 서는 것은 불
가능한 것일까?

And, further, she meditated, walking on beneath the beech-trees and swinging her umbrella, as in her thought she was accustomed to complete freedom, why should she perpetually apply so different a standard to her behavior in practice? Why, she reflected, should there be this perpetual disparity between the thought and the action, between the life of solitude and the life of society, this astonishing precipice on one side of which the soul was active and in broad daylight, on the other side of which it was contemplative and dark as night? Was it not possible to step from one to the other, erect, and without essential change? *Night and Day(Chapter 25)*

59 "당신이 나를 싫어하는 줄 알았어요." 그녀가 말했다. "맹세코 나도 그러려고 노력했습니다." 그가 대답했다. "이런 터무니없는 낭만적 감정에 빠지지 않고 당신을 있는 그대로 보려고 애썼지요. 그것이 당신을 여기로 초대한 이유입니다. 그런데 그게 나의 어리석음을 키웠어요. 당신이 가고 나면 나는 창밖을 내다보면서 당신 생각을 할 겁니다. 저녁 내내 당신 생각을 하느라 시간을 허비할 겁니다. 아마도

당신 생각을 하느라 내 인생 모두를 허비하게 될 겁니다."

"I thought you disliked me," she said. "God knows I tried," he replied. "I've done my best to see you as you are, without any of this damned romantic nonsense. That was why I asked you here, and it's increased my folly. When you're gone I shall look out of that window and think of you. I shall waste the whole evening thinking of you. I shall waste my whole life, I believe." *Night and Day(Chapter 27)*

60 그녀는 이제 누군가가 자신의 고독을 함께 나눈다는 사실에 익숙해져야 했다. 그녀가 느끼는 당혹감은 절반은 수치심이었고, 나머지 반은 더욱 충만한 기쁨으로 향하는 서곡이었다.

She had now to get used to the fact that some one shared her loneliness. The bewilderment was half shame and half the prelude to profound rejoicing. *Night and Day(Chapter 33)*

61 어쨌거나 학부생이든 가게 점원이든, 남자든 여자든, 스무 살의 나이에는 연장자들의 세계는 분명 충격으로 다가올 것이다. 우리의 존재에, 현실에, 황무지와 바이런에, 바다와 등대에, 노란 이빨이 있는 양의 턱에, '나는 나이고, 내가 되고자 하는 바로 그거야'라며 젊음으로 하여금 못 견디게 불화하게 만드는 억누를 길 없는 끈질긴 확신(제이콥이 스스로 만들지 않으면 세상에서 아무런 형체도 갖추지 못할)에 연장자들의 세계는 검은 윤곽을 둘러치기 때문이다.

Anyhow, whether undergraduate or shop boy, man or woman, it must come as a shock about the age of twenty—the world of the elderly—thrown up in such black outline upon what we are; upon the reality; the moors and Byron; the sea and the lighthouse; the sheep's jaw with the yellow teeth in it; upon the obstinate irrepressible conviction which makes youth so intolerably disagreeable—"I am what I am, and intend to be it," for which there will be no form in the world unless Jacob makes one for himself. *Jacob's*

Room(Chapter 3)

62 그러나 그의 입술에서는 말들이 포도주처럼 흘러나온다.

But language is wine upon his lips. *Jacob's Room(Chapter 3)*

63 옥스퍼드가의 무디 순회 서점 모퉁이에는 붉고 푸른 구슬들이 뒤섞여 실에 꿰어진 것처럼 이어져 있었다. 이 층 버스들이 움직이지 않고 서 있었던 것이다. 도심으로 가려는 스폴딩 씨가 셰퍼즈 부시로 가는 찰스 버전 씨를 쳐다보았다. 버스들이 가까이 붙어 있어 바깥 좌석의 승객들은 서로의 얼굴을 응시할 수 있는 기회가 있었다. 그러나 그 기회를 활용하는 사람은 거의 없었다. 각자는 생각해야 할 용무가 있었다. 그들 각자는 자신이 외우는 책장들처럼 자기 안에 과거를 가둬두고 있었으며, 그의 친구들은 제임스 스폴딩이나 찰스 버전 같은 책의 제목만을 읽을 수 있었다. 반대편으로 향하는 승객들은 '붉은 콧수염이 있는 남자'와 '파이프 담배를 피우는 회색 옷의 젊은이'라는 것을 제외하고는 아무것도 읽을 수가 없었다.

At Mudie's corner in Oxford Street all the red and blue beads had run together on the string. The motor omnibuses were locked. Mr. Spalding going to the city looked at Mr. Charles Budgeon bound for Shepherd's Bush. The proximity of the omnibuses gave the outside passengers an opportunity to stare into each other's faces. Yet few took advantage of it. Each had his own business to think of. Each had his past shut in him like the leaves of a book known to him by heart; and his friends could only read the title, James Spalding, or Charles Budgeon, and the passengers going the opposite way could read nothing at all— save "a man with a red moustache," "a young man in grey smoking a pipe." *Jacob's Room(Chapter 5)*

64 우리를 나이 들게 하고 죽이는 것은 재앙이나 살인, 죽음, 질병이 아니다. 사람들이 쳐다보거나 웃는 방식 그리고 버스 계단을 뛰어오르는 모습이 우리를 나이 들게 하고 죽이는 것이다.

It's not catastrophes, murders, deaths, diseases, that

age and kill us; it's the way people look and laugh, and run up the steps of omnibuses. *Jacob's Room(Chapter 6)*

65 "삶은 사악한 거야, 삶은 가증스러워," 로즈 쇼가 소리쳤다.

삶에서 이상한 점은, 수백 년에 걸쳐 삶이 어떤 것인지 명백하게 드러났음에도 아무도 그에 대한 적절한 설명을 남겨놓지 않았다는 것이다. 런던의 거리들에는 모두 지도가 있다. 그러나 우리의 열정에는 지도가 없다. 지금 이 모퉁이를 돌아서면 당신은 무엇을 만날 것인가?

"Life is wicked—life is detestable," cried Rose Shaw. The strange thing about life is that though the nature of it must have been apparent to every one for hundreds of years, no one has left any adequate account of it. The streets of London have their map; but our passions are uncharted. What are you going to meet if you turn this corner? *Jacob's Room(Chapter 8)*

66 우리는 마침내 자신이 찾는 것을 찾고야 말 것처럼

책장을 넘기고 또 넘긴다. 그 책 속에 이 거친 삽화들, 이 그림들이 있다. 모든 얼굴, 모든 가게, 침실의 창문, 술집, 어두운 광장이 우리가 그토록 열에 들떠 넘긴 그림들이다. 무엇을 찾기 위해? 책도 마찬가지다. 무수한 책장을 넘기면서 우린 무엇을 찾으려는 것일까? 여전히 희망을 가지고 책장을 넘긴다. 오, 여기 제이콥의 방이 있군.

—rude illustrations, pictures in a book whose pages we turn over and over as if we should at last find what we look for. Every face, every shop, bedroom window, public-house, and dark square is a picture feverishly turned—in search of what? It is the same with books. What do we seek through millions of pages? Still hopefully turning the pages—oh, here is Jacob's room. *Jacob's Room(Chapter 8)*

67 비난을 받든 찬사를 받든 우리 안에 야생마가 살고 있음을 부인할 수는 없다. 무절제하게 질주하고, 기진맥진해서 모래 위에 쓰러지고, 땅이 빙빙 도는 것을 느끼고, 마치 인간성과는 결별한 듯 돌과 풀에 (긍정적으로) 갑작스러운 친밀감을 느끼고, 남자와 여자가 서로를 간섭하지 않게

하고 등등의 욕구가 아주 자주 우리를 사로잡는다는 사실
에서 벗어날 수가 없는 것이다.

> Blame it or praise it, there is no denying the wild
> horse in us. To gallop intemperately; fall on the sand
> tired out; to feel the earth spin; to have—positively—a
> rush of friendship for stones and grasses, as if human-
> ity were over, and as for men and women, let them go
> hang—there is no getting over the fact that this desire
> seizes us pretty often. *Jacob's Room(Chapter 12)*

68 사람들을 한마디로 요약하려고 애쓰는 것은 부질없
는 짓이다. 우리는 정확히 누군가가 한 말이나 전적으로 그
가 한 행동이 아닌 어떤 암시들을 따라갈 수 있을 뿐이다.
어떤 암시는 그 즉시 인물에 대한 지울 수 없는 인상을 심
어주기도 한다. 또 어떤 암시는 꾸물거리고 어정거리다가
이쪽저쪽으로 날아가버린다. 어떤 상냥한 노부인들은 고양
이가 종종 사람의 가장 훌륭한 심판관 역할을 한다고 힘주
어 말한다. 고양이는 언제나 좋은 사람에게로 간다는 것이
다. 하지만 제이콥의 하숙집 주인인 화이트혼 부인은 고양
이를 몹시 싫어했다.

It is no use trying to sum people up. One must follow hints, not exactly what is said, nor yet entirely what is done. Some, it is true, take ineffaceable impressions of character at once. Others dally, loiter, and get blown this way and that. Kind old ladies assure us that cats are often the best judges of character. A cat will always go to a good man, they say; but then, Mrs. Whitehorn, Jacob's landlady, loathed cats. *Jacob's Room(Chapter 12)*

69 이렇게 우리는 붙잡을 수 없는 힘에 휘둘리며 살고 있다고들 한다. 그리고 소설가들은 절대 그 힘을 붙들 수 없다고들 한다. 그 힘은 그들이 친 그물들을 통과해 날아가면서 그것들을 갈기갈기 찢어놓는다. 이렇게 우리는 붙잡을 수 없는 힘에 휘둘리며 살고 있다고들 한다.

It is thus that we live, they say, driven by an unseizable force. They say that the novelists never catch it; that it goes hurtling through their nets and leaves them torn to ribbons. This, they say, is what we live by—this unseizable force. *Jacob's Room(Chapter 12)*

70 댈러웨이 부인은 꽃은 직접 사 오겠다고 말했다.

Mrs. Dalloway said she would buy the flowers herself.
Mrs. Dalloway

71 "나는 콜리플라워보다 사람들을 더 좋아해요."

"I prefer men to cauliflowers." *Mrs. Dalloway*

72 우린 정말 바보들이야, 그녀는 빅토리아 거리를 건너며 생각했다. 우리가 왜 그렇게 삶을 사랑하는지, 어째서 삶을 그렇게 보는지, 어떻게 그것을 계획하고, 어떻게 하나를 중심으로 삶을 쌓아 올리고, 왜 삶을 무너뜨렸다가 매 순간 다시 새롭게 창조하는지 하늘만이 아시기 때문이지. 그러나 문간에 앉아 있는 더없이 초라한 여인네들도, 가장 비참하고 절망적인 이들도 (자신들의 몰락을 축하하는 술을 마시며) 똑같이 했다. 바로 그런 이유 때문에 의회법으로도 삶을 다룰 수 없는 것이라고 그녀는 확신했다. 그들도 삶을 사랑했다. 사람들의 눈 속에, 그네에, 터벅터벅 걷는 무거운 발

걸음 속에, 고함소리와 소란스러움 속에, 마차, 자동차, 버스, 화물차, 발을 질질 끌면서 흔들흔들 지나가는 샌드위치맨들, 취주 악단들, 손풍금들, 승리의 기쁨과 짤랑거리는 소리, 머리 위에서 어떤 비행기가 내는 높은 소리 가운데 그녀가 사랑하는 것이 있었다. 삶과, 런던과, 6월의 이 순간이.

Such fools we are, she thought, crossing Victoria Street. For Heaven only knows why one loves it so, how one sees it so, making it up, building it round one, tumbling it, creating it every moment afresh; but the veriest frumps, the most dejected of miseries sitting on doorsteps (drink their downfall) do the same; can't be dealt with, she felt positive, by Acts of Parliament for that very reason: they love life. In people's eyes, in the swing, tramp, and trudge; in the bellow and the uproar; the carriages, motor cars, omnibuses, vans, sandwich men shuffling and swinging; brass bands; barrel organs; in the triumph and the jingle and the strange high singing of some aeroplane overhead was what she loved; life; London; this moment of June. *Mrs. Dalloway*

73   이런 식으로 그녀는 여전히 세인트 제임스 파크에서 언쟁을 벌이고 있는 자신을 발견하곤 했다. 그녀는 여전히 자신이 그와 결혼하지 않은 것(그녀는 또한 그래야만 했다)이 옳았다는 것을 스스로에게 입증하고자 했다. 결혼생활에서는 매일 한집에 사는 사람들 사이에 얼마간의 자유와 독립된 삶이 허용되어야 했다. 그것을 리처드는 그녀에게 주었고, 그녀 또한 그에게 주었다. (예를 들면, 오늘 아침에 그가 어디에 있었더라? 아마도 어떤 위원회겠지. 하지만 그녀는 절대로 아무것도 묻지 않았다.) 그러나 피터와는 모든 것을 공유해야만 했다. 모든 것을 자세히 이야기해야 했다. 그녀는 그것을 참을 수 없었다. 그리고 조그만 정원의 분수 가에서 그 일이 일어났을 때 그녀는 그와 헤어져야 했다. 그렇지 않았다면 그들은 망가졌을 테고, 서로를 망치고 말았을 것이라고 그녀는 확신했다. 비록 가슴에 박힌 화살처럼 수년간 그 슬픔과 고통을 그녀가 짊어지고 살아야 했지만.

So she would still find herself arguing in St. James's Park, still making out that she had been right—and she had too—not to marry him. For in marriage a little licence, a little independence there must be between people living together day in day out in the same house; which Richard gave her, and she him. (Where was he this morning for instance? Some committee, she never asked what.) But with Peter everything had to be shared; everything gone into. And it was intolerable, and when it came to that scene in the little garden by the fountain, she had to break with him or they would have been destroyed, both of them ruined, she was convinced; though she had borne about with her for years like an arrow sticking in her heart the grief, the anguish. *Mrs. Dalloway*

74   그녀는 이제 세상 누구에 대해서도 이렇다 저렇다 말하지 않을 것이었다. 그녀는 자신이 아주 젊게 느껴졌다. 동시에 이루 말할 수 없이 늙은 것 같았다. 그녀는 칼처럼 모든 것을 베었다. 동시에 바깥에서 그것들을 구경했다. 택시들을 지켜보는 동안 그녀는 밖으로 밖으로, 저 멀리 바다로 홀로 나아가는 느낌이 지속적으로 들었다. 산다는 것은, 단 하루일지라도, 아주, 아주 위험한 일이라는 느낌에 언제나 사로잡혀 있었다.

She would not say of any one in the world now that

they were this or were that. She felt very young; at the same time unspeakably aged. She sliced like a knife through everything; at the same time was outside, looking on. She had the perpetual sense, as she watched the taxi cabs, of being out, out, far out to sea and alone; she always had the feeling that it was very, very, dangerous to live even one day. *Mrs. Dalloway*

75 그녀는 언젠가 서펀타인 호수에 1실링을 던졌던 것이 기억났다. 하지만 누구나 기억은 했다. 그녀가 사랑한 것은 그녀 앞에 있는 이것, 여기, 지금이었다. 택시에 타고 있는 저 뚱뚱한 숙녀 말이다.

She remembered once throwing a shilling into the Serpentine. But every one remembered; what she loved was this, here, now, in front of her; the fat lady in the cab. *Mrs. Dalloway*

76 무언가를 하는 데 다른 이유를 필요로 하는 것은 어리석었다. 차라리 그 자체를 위해 무언가를 하는 리처드 같은 사람이 되는 게 훨씬 나을 터였다. 반면에 그녀는 (그녀

는 길을 건너기를 기다리며 생각했다) 반쯤은 단순히 그 자체를 위해 무언가를 하지 않았다. 그녀는 사람들로 하여금 이런저런 것을 생각하게 하기 위해 무언가를 했다. 이보다 멍청한 짓도 없다는 것을 그녀는 알고 있었다. (이제 경찰관이 손을 들어올렸다.) 잠시라도 속을 사람은 아무도 없기 때문이었다.

> It was silly to have other reasons for doing things. Much rather would she have been one of those people like Richard who did things for themselves, whereas, she thought, waiting to cross, half the time she did things not simply, not for themselves; but to make people think this or that; perfect idiocy she knew (and now the policeman held up his hand) for no one was ever for a second taken in. *Mrs. Dalloway*

77 그녀가 자신을 잘 유지해온 것은 사실이었다. 그녀는 손과 발이 아름다웠고, 돈을 별로 안 쓰는 것에 비하면 옷도 잘 입었다. 그러나 이제는 종종 그녀가 걸치고 있는 이 육체가 (그녀는 네덜란드 그림을 보려고 멈춰 섰다) 모든 기능을 갖추었음에도 불구하고 아무것도 아닌 것처럼 무가치해

보였다. 그녀는 자신이 눈에 보이지 않는 존재가 된 듯한 기이한 느낌이 들었다. 보이지 않고, 알려지지도 않은 존재. 더 이상 결혼할 일도, 아이를 낳을 일도 없이, 다른 사람들과 함께 이처럼 놀랍고도 다소 엄숙하게 본드 거리를 걸어갈 일이 남았을 뿐이었다. 댈러웨이 부인이라는 이 존재가 말이다. 그녀는 더 이상 클러리사가 아니었다. 그녀는 이제 리처드 댈러웨이 부인일 뿐이었다.

That she held herself well was true; and had nice hands and feet; and dressed well, considering that she spent little. But often now this body she wore (she stopped to look at a Dutch picture), this body, with all its capacities, seemed nothing—nothing at all. She had the oddest sense of being herself invisible; unseen; unknown; there being no more marrying, no more having of children now, but only this astonishing and rather solemn progress with the rest of them, up Bond Street, this being Mrs. Dalloway; not even Clarissa any more; this being Mrs. Richard Dalloway. *Mrs. Dalloway*

78   사랑을 하는 것은 사람을 외롭게 만든다고 그녀는 생각했다. 그녀는 아무에게도 말할 수 없었다, 셉티무스에게조차도.

To love makes one solitary, she thought. She could tell nobody, not even Septimus now. *Mrs. Dalloway*

79   장미라고, 그녀는 속으로 냉소했다. 모두 쓰레기야, 사랑스러운 아가씨. 왜냐하면 인생이란, 먹고, 마시고, 짝짓기하고, 나쁜 날도 좋은 날도 있어서, 단지 장미만의 문제가 아니거든. 게다가 분명히 말하지만, 이 캐리 뎀프스터는 켄티시 마을의 어떤 여자하고도 운명을 바꿀 생각이 없단 말이지! 하지만 부디 동정해달라고 그녀는 애원했다. 장미를 잃어버린 것을 불쌍히 여겨주구려. 그녀는 히아신스 화단 옆에 서 있는 메이지 존슨이 자신을 동정해주기를 바랐다.

Roses, she thought sardonically. All trash, m'dear. For really, what with eating, drinking, and mating, the bad days and good, life had been no mere matter of roses, and what was more, let me tell you, Carrie Dempster had no wish to change her lot with any woman's in

Kentish Town! But, she implored, pity. Pity, for the
loss of roses. Pity she asked of Maisie Johnson, stand-
ing by the hyacinth beds. *Mrs. Dalloway*

80 삶의 한가운데가 텅 비어 있었다, 빈방처럼. 여자들
은 그들의 화려한 의상을 벗어 던져야 한다. 정오에는 옷을
벗어야만 한다. (…) 그녀의 침대는 점점 더 좁아질 것이다.
(…) 그리하여 다락방이 그녀의 방이 되었고, 침대는 좁아
졌다.

There was an emptiness about the heart of life; an
attic room. Women must put off their rich apparel. At
midday they must disrobe. (…) Narrower and narrow-
er would her bed be. (…) So the room was an attic;
the bed narrow. *Mrs. Dalloway*

81 사람이 사랑에 빠지면 (이런 게 사랑에 빠진 것이 아니
면 무엇이겠는가?) 다른 사람에게 완전히 무관심해지는 것
만큼 이상한 게 또 있을까.

But nothing is so strange when one is in love (and

what was this except being in love?) as the complete in-difference of other people. *Mrs. Dalloway*

82 내 파티를 기억하세요, 내 파티를 기억하세요, 계단을 내려가 거리로 향하면서 피터 월시가 말했다. 빅 벤이 30분을 알리는 분명한 소리, 그 소리의 흐름에 장단을 맞추어 리드미컬하게 혼잣말을 했다. (묵직한 원들이 공기 중에 녹아내렸다.) 아, 이런 파티들, 그는 생각했다. 클러리사의 파티들. 그는 생각했다, 그녀는 왜 이런 파티들을 여는 걸까.

Remember my party, remember my party, said Peter Walsh as he stepped down the street, speaking to himself rhythmically, in time with the flow of the sound, the direct downright sound of Big Ben striking the half-hour. (The leaden circles dissolved in the air.) Oh these parties, he thought; Clarissa's parties. Why does she give these parties, he thought. *Mrs. Dalloway*

83 구름 한 조각이 태양을 가로지르자 런던에 침묵이 흘렀다. 마음에도 침묵이 흘렀다. 모든 노력이 멈추었다. 시간은 돛대 위에서 펄럭였다. 거기서 우리는 멈추었고, 거기

에 우리는 서 있었다. 경직된, 습관의 해골만이 인간의 형상을 떠받치고 있었다. 아무것도 없는 곳에서, 피터 월시는 혼잣말을 했다. 속을 다 파낸 것처럼, 마음속이 텅 빈 것처럼 느껴졌다. 클러리사가 나를 거부했어, 그는 생각했다. 그는 거기 서서 생각했다, 클러리사가 나를 거부했어.

As a cloud crosses the sun, silence falls on London; and falls on the mind. Effort ceases. Time flaps on the mast. There we stop; there we stand. Rigid, the skeleton of habit alone upholds the human frame. Where there is nothing, Peter Walsh said to himself; feeling hollowed out, utterly empty within. Clarissa refused me, he thought. He stood there thinking, Clarissa refused me. *Mrs. Dalloway*

84 그는 옥스퍼드에서 퇴학을 당했다. 사실이었다. 그는 사회주의자였고, 어떤 면에서는 낙오자였다. 그 또한 사실이었다. 그러나 문명 세계의 미래는 자신과 같은 젊은이들의 손에 달려 있다고 그는 생각했다. 30년 전의 자신과 같은 젊은이들, 추상적인 원리들을 사랑하는 젊은이들 말이다. 런던에서 히말라야의 정상까지의 먼 길에 책들을 보내

달라고 하여, 과학을 읽고 철학을 읽는 젊은이들. 미래는 그런 젊은이들의 손에 달려 있다고 그는 생각했다.

He had been sent down from Oxford—true. He had been a Socialist, in some sense a failure—true. Still the future of civilisation lies, he thought, in the hands of young men like that; of young men such as he was, thirty years ago; with their love of abstract principles; getting books sent out to them all the way from London to a peak in the Himalayas; reading science; reading philosophy. The future lies in the hands of young men like that, he thought. *Mrs. Dalloway*

85 여전히, 태양은 뜨거웠다. 여전히, 사람들은 어려움들을 극복해냈다. 여전히, 삶은 자기만의 방식으로 하루에 또 하루를 더해갔다.

Still, the sun was hot. Still, one got over things. Still, life had a way of adding day to day. *Mrs. Dalloway*

86 그는 차분하고 좋은 사람 같아 보였다. 셉티무스의

절친한 친구였던 그는 전쟁터에서 죽었다. 그러나 그런 일은 누구에게나 일어난다. 누구에게나 전쟁터에서 죽은 친구가 있다. 누구나 결혼할 때는 무언가를 포기한다. 그녀는 자신의 고향을 포기했다.

He had seemed a nice quiet man; a great friend of Septimus's, and he had been killed in the War. But such things happen to every one. Every one has friends who were killed in the War. Every one gives up something when they marry. She had given up her home. *Mrs. Dalloway*

87 여자들의 권리, 태곳적부터 있어왔던 주제.

Women's rights, that antediluvian topic. *Mrs. Dalloway*

88 아냐, 아냐, 아냐! 그는 더 이상 그녀를 사랑하지 않았다! 그날 아침, 가위와 실크 천에 파묻혀 파티 준비를 하고 있는 그녀를 본 뒤로 그녀 생각을 떨쳐버릴 수 없었던 것뿐이었다. 마치 기차에서 잠든 사람이 심하게 흔들리며 자꾸만 그에게 부딪치는 것처럼 그녀는 자꾸만 그에게

로 돌아왔다. 이것은 물론 사랑하는 것은 아니었다. 이것은 그녀를 생각하는 것이었고, 그녀를 비난하는 것이었으며, 30년이 지난 뒤에 다시 시작하여 그녀를 설명해보려고 하는 것이었다. 그녀에 대해 말할 수 있는 분명한 것은 그녀가 세속적이라는 사실이었다. 그녀는 지위와 사교 그리고 세상에서의 성공에 지나치게 신경을 썼다. 이것은 어떤 의미에서는 사실이었다. 그녀도 그에게 그 사실을 인정했다. (조금만 수고하면 언제라도 그녀를 고백하게 만들 수 있었다. 그녀는 정직했다.)

No, no, no! He was not in love with her any more! He only felt, after seeing her that morning, among her scissors and silks, making ready for the party, unable to get away from the thought of her; she kept coming back and back like a sleeper jolting against him in a railway carriage; which was not being in love, of course; it was thinking of her, criticising her, starting again, after thirty years, trying to explain her. The obvious thing to say of her was that she was worldly; cared too much for rank and society and getting on in the world—which was true in a sense; she had admitted it to him. (You could always get her to own up if you took the trouble; she was honest.) *Mrs. Dalloway*

89 그녀는 남편보다 두 배나 높은 지력智力을 지녔음에도 그의 눈을 통해 사물을 봐야 했다―이는 결혼생활이 포함한 비극 중 하나였다. 또한 스스로의 생각을 가졌음에도 언제나 리처드의 말을 인용해야만 했다. (…) 일례로 이 파티들은 모두가 그를 위한 것이었거나, 그녀가 생각하는 그를 위한 것이었다(리처드를 공정하게 평가하자면, 그는 노포크에서 농사를 짓는 편이 훨씬 행복했을 터였다).

With twice his wits, she had to see things through his eyes―one of the tragedies of married life. With a mind of her own, she must always be quoting Richard. (…) These parties for example were all for him, or for her idea of him(to do Richard justice he would have been happier farming in Norfolk). *Mrs. Dalloway*

90 그녀는 참으로 절묘한 희극적 감각이 있었다. 그러나 그녀는 사람들을 필요로 했다. 그것을 발휘하기 위해서는 언제나 사람들을 필요로 했다. 그 불가피한 결과로 그녀

는 점심 먹고, 저녁 먹고, 이처럼 끊임없이 파티를 열고, 무의미한 말을 하고, 마음에도 없는 말을 하고, 예리한 정신을 무디게 하고 분별력을 잃어가면서 자신의 시간을 허비했다. 때로는 테이블 상석에 앉아 댈러웨이에게 유용할지도 모르는 어떤 늙은이(그들은 유럽에서 가장 소름 끼치게 지루한 사람들을 알았다)에게 엄청난 공을 들이기도 했다. 그러다 엘리자베스가 들어오면 모든 것을 딸에게 양보해야만 했다.

She had a sense of comedy that was really exquisite, but she needed people, always people, to bring it out, with the inevitable result that she frittered her time away, lunching, dining, giving these incessant parties of hers, talking nonsense, sayings things she didn't mean, blunting the edge of her mind, losing her discrimination. There she would sit at the head of the table taking infinite pains with some old buffer who might be useful to Dalloway—they knew the most appalling bores in Europe—or in came Elizabeth and everything must give way to her. *Mrs. Dalloway*

91 끔찍한 고백이지만(그는 모자를 다시 썼다), 쉰세 살이
된 지금 그는 더 이상 다른 사람이 필요하지 않았다. 삶 그
자체, 삶의 매 순간, 삶의 모든 방울들, 여기, 햇빛 아래, 리
젠트 파크에서의 이 순간과 지금만으로 충분했다. 사실 이
것만으로도 너무 많았다. 이제 그럴 힘을 갖추었음에도 삶
의 충분한 향내를 끌어내기에는 온 생애가 너무 짧았다. 즐
거움의 모든 편린과 의미의 모든 미묘함을 추출해내기에는
인생이 너무 짧았다. 즐거움과 의미는 예전보다 훨씬 견고
하고, 훨씬 덜 개인적인 것이 되었다. 이제 그는 클러리사
로 인해 고통받았던 것처럼 고통받는 일은 결코 없을 것이
었다. 그는 한 번에 여러 시간 동안(원컨대 이런 말은 아무도
엿듣지 못하게 해주소서!), 여러 시간 여러 날 동안 데이지를
생각한 적이 한 번도 없었다.

그렇다면 지나간 날들의 고통과 고뇌와 특별했던 열
정을 기억하면서 그녀를 사랑하는 게 가능한 일일까? 데이
지가 그를 사랑하는 것이 사실인 지금 이 모든 것은 전혀
다른 일(훨씬 기분 좋은 일)이 되었다. 어쩌면 그래서 배가
항해를 시작했을 때 그는 기이한 안도감을 느끼면서 혼자
있는 것 말고는 아무것도 원하는 게 없었는지도 몰랐다. 그
의 선실에서 그녀의 자잘한 배려들(시가, 노트, 여행용 무릎
덮개)을 발견했을 때는 짜증이 났다. 솔직한 사람들은 모두

가 같은 말을 할 터였다. 50이 지나면 다른 사람이 필요하지 않다. 여자들한테 예쁘다고 자꾸만 말하고 싶은 생각도 없다. 50줄에 접어든 대부분의 남자들(그들이 솔직하다면)은 다 그럴 거라고 피터 월시는 생각했다.

A terrible confession it was (he put his hat on again), but now, at the age of fifty-three one scarcely needed people any more. Life itself, every moment of it, every drop of it, here, this instant, now, in the sun, in Regent's Park, was enough. Too much indeed. A whole lifetime was too short to bring out, now that one had acquired the power, the full flavour; to extract every ounce of pleasure, every shade of meaning; which both were so much more solid than they used to be, so much less personal. It was impossible that he should ever suffer again as Clarissa had made him suffer. For hours at a time (pray God that one might say these things without being overheard!), for hours and days he never thought of Daisy.

Could it be that he was in love with her then, remembering the misery, the torture, the extraordinary passion of those days? It was a different thing alto-gether—a much pleasanter thing—the truth being, of course, that now she was in love with him. And that perhaps was the reason why, when the ship actually sailed, he felt an extraordinary relief, wanted nothing so much as to be alone; was annoyed to find all her little attentions—cigars, notes, a rug for the voyage—in his cabin. Every one if they were honest would say the same; one doesn't want people after fifty; one doesn't want to go on telling women they are pretty; that's what most men of fifty would say, Peter Walsh thought, if they were honest. *Mrs. Dalloway*

92 불행해하는 것은 어리석고도 어리석은 하나의 몽상에 지나지 않았다.

It was a silly, silly dream, being unhappy. *Mrs. Dalloway*

93 어쩌면 세상 자체가 아무 의미가 없을는지도 모른다.

It might be possible that the world itself is without meaning. *Mrs. Dalloway*

94 자신이 느끼는 것을 결코 말하지 않는 것은 대단히 유감스러운 일이라고 그는 생각했다.

It is a thousand pities never to say what one feels, he thought. *Mrs. Dalloway*

95 사람에게는 어떤 존엄함이 있다, 고독이라는 존엄함이. 심지어 남편과 아내 사이에도 커다란 간극이 존재한다. 우리는 그것을 존중해야 한다고, 클러리사는 그가 문을 여는 것을 지켜보면서 생각했다. 그녀는 스스로는 그것과 갈라설 수 없으며, 자신의 독립성과 스스로에 대한 존중심(그게 무엇이든 값을 매길 수 없는 어떤 것)을 잃지 않고는 남편의 의지에 반해 그것을 빼앗을 수도 없기 때문이다.

And there is a dignity in people; a solitude; even between husband and wife a gulf; and that one must respect, thought Clarissa, watching him open the door; for one would not part with it oneself, or take it, against his will, from one's husband, without losing one's independence, one's self-respect—something, after all, priceless. *Mrs. Dalloway*

96 그녀의 파티! 바로 그거였어! 그녀의 파티! 그들 둘 다 아주 불공평하게 그녀를 비난했다. 아주 부당하게도 그녀를 비웃었다, 그녀의 파티 때문에. 바로 그거였어! 바로 그거였다고!

하지만 그녀는 어떻게 스스로를 옹호할 수 있을까? 이제 무엇 때문인지를 알고 나니 그녀는 완벽하게 행복해졌다. 그들은, 혹은 적어도 피터는 그녀가 스스로를 과시하기를 즐긴다고 생각했다. 유명 인사들과 높은 지위의 사람들을 주변에 두기를 좋아한다는 것이다. 한마디로 그녀는 단지 속물일 뿐이라고 생각했다. 그래, 피터는 그렇게 생각할 수도 있었다. 리처드는 그녀의 심장에 나쁜 걸 알면서도 자극을 좋아하는 것은 어리석다고 생각하는 게 고작이었다. 그는 그것이 어린애 같은 짓이라고 생각했다. 하지만 둘 다 전적으로 틀렸다. 그녀가 사랑한 것은 단지 삶이었다. "그것이 내가 파티를 여는 이유야." 그녀는 삶을 향해 큰 소리로 말했다.

Her parties! That was it! Her parties! Both of them criticised her very unfairly, laughed at her very unjustly, for her parties. That was it! That was it!

Well, how was she going to defend herself? Now that she knew what it was, she felt perfectly happy. They thought, or Peter at any rate thought, that she enjoyed imposing herself; liked to have famous people about her; great names; was simply a snob in short. Well, Peter might think so. Richard merely thought it foolish of her to like excitement when she knew it was bad for her heart. It was childish, he thought. And both were quite wrong. What she liked was simply life. "That's what I do it for," she said, speaking aloud, to life. *Mrs. Dalloway*

97 사람들은 행복할 때 훗날 끌어다 쓸 수 있도록 비축을 해두는 것이라고, 그녀는 엘리자베스에게 말했었다. 반면에 그녀는 타이어가 없는 바퀴처럼(그녀는 이런 비유들을 좋아했다) 어떤 돌멩이에도 덜컹거리며 흔들렸다.

When people are happy, they have a reserve, she had

told Elizabeth, upon which to draw, whereas she was like a wheel without a tyre (she was fond of such metaphors), jolted by every pebble. *Mrs. Dalloway*

98 그것은 고독이 부여하는 특권 같은 것이다. 혼자 있을 때면 우린 자기가 하고 싶은 대로 뭐든지 할 수 있다. 아무도 보지 않으면 우리는 울 수도 있다.

It is the privilege of loneliness; in privacy one may do as one chooses. One might weep if no one saw. *Mrs. Dalloway*

99 몹시 무더운 밤이었고, 신문 배달원 소년들이 붉은 글씨로 커다랗게 '폭염 주의보'라고 쓰인 플래카드를 들고 지나간 터라, 호텔 계단에는 고리버들 의자가 놓였고, 거기서 서로 떨어져 앉은 신사들이 음료를 홀짝거리고 담배를 피웠다. 피터 월시도 그곳에 앉아 있었다. 하루가, 런던의 하루가 이제 막 시작되었다고 생각할 수도 있었다. 날염 드레스와 하얀 앞치마를 벗고 푸른색 드레스와 진주로 치장한 여인처럼, 런던의 낮은 모직 옷을 벗고 얇은 망사 옷을 걸친 저녁으로 모습을 바꾸었다. 바닥에 페티코트를 내던

지며 여인이 내쉬는 것과 같은 들뜬 한숨을 내쉬며 런던의 낮은 먼지와 열기와 색을 벗어던졌다. 교통량이 뜸해졌고, 차들이 부릉부릉 소리를 내며 목재가 실린 화물차를 재빨리 뒤쫓아 갔다. 그리고 여기저기서 광장의 울창한 나뭇잎들 사이로 환한 전등불이 내걸렸다. 나는 사임한다,라고 저녁이 말하는 것 같았다. 곰팡이가 피었거나 돌출된 호텔의 홍벽胸壁과 아파트 그리고 상점들이 모인 건물 위로 흐릿하게 빛이 바래가면서. 나는 물러나오, 나는 사라지오,라고 저녁이 말하기 시작했다. 그러나 런던은 그것을 용납하지 않고, 서둘러 하늘에 총검을 들이대며 저녁을 묶어두고는 자신의 향연에 참여하라고 강요했다.

Since it was a very hot night and the paper boys went by with placards proclaiming in huge red letters that there was a heat-wave, wicker chairs were placed on the hotel steps and there, sipping, smoking, detached gentlemen sat. Peter Walsh sat there. One might fancy that day, the London day, was just beginning. Like a woman who had slipped off her print dress and white apron to array herself in blue and pearls, the day changed, put off stuff, took gauze, changed to evening, and with the same sigh of exhilaration that a woman breathes, tumbling petticoats on the floor, it too shed dust, heat, colour; the traffic thinned; motor cars, tinkling, darting, succeeded the lumber of vans; and here and there among the thick foliage of the squares an intense light hung. I resign, the evening seemed to say, as it paled and faded above the battlements and prominences, moulded, pointed, of hotel, flat, and block of shops, I fade, she was beginning, I disappear, but London would have none of it, and rushed her bayonets into the sky, pinioned her, constrained her to partnership in her revelry. *Mrs. Dalloway*

100 아! 클러리사는 생각했다. 내 파티가 한창인데 죽음이라니, 그런 생각이 들었다.

Oh! thought Clarissa, in the middle of my party, here's death, she thought. *Mrs. Dalloway*

101 그녀는 언젠가 서펀타인 호수에 1실링짜리 동전을 던진 적이 있었다. 그것 말고는 아무것도 던진 적이 없었다.

그러나 그는 자신의 삶을 내던져버렸다. 그들은 계속 살아 갔다. (그녀는 돌아가야만 하리라. 방들은 여전히 붐볐다. 사람들 이 계속 오고 있었다.) 그들은(그녀는 온종일 버턴과 피터와 샐리 를 생각했다), 그들은 점점 늙어갈 것이다. 인생에는 중요한 무언가가 있었다. 그런데 그녀의 삶 속에서 그것은 시시한 이야기에 둘러싸이고, 모습이 훼손되고 모호해져서는 날마 다 타락과 거짓말과 잡담 속으로 녹아 사라졌다. 이것을, 그 는 보존했던 것이다. 죽음은 도전이었다. 죽음은 소통하고 자 하는 시도였다. 사람들은 신비롭게도 자신들을 비켜가는 삶의 중심에 도달하는 것이 불가능하다는 것을 느꼈다. 친 밀했던 사이는 멀어지고, 황홀함은 시들고, 사람은 혼자 남 았다. 그러나 죽음은 이 모든 것을 포용할 줄 알았다.

She had once thrown a shilling into the Serpentine, never anything more. But he had flung it away. They went on living (she would have to go back; the rooms were still crowded; people kept on coming). They (all day she had been thinking of Bourton, of Peter, of Sally), they would grow old. A thing there was that mattered; a thing, wreathed about with chatter, defaced, obscured in her own life, let drop every day in corruption, lies, chatter. This he had preserved. Death was defiance. Death was an attempt to communicate; people feeling the impossibility of reaching the centre which, mystically, evaded them; closeness drew apart; rapture faded, one was alone. There was an embrace in death. *Mrs. Dalloway*

102 피터는 그녀가 감상적이라고 생각할 터였다. 그녀는 정말 그랬다. 그녀는 자신이 느끼는 것만이 유일하게 말할 가치가 있는 것이라고 느끼게 되었기 때문이다. 영리하다는 것은 어리석은 것이었다. 사람은 오직 자신이 느끼는 것만을 말해야 한다.

Peter would think her sentimental. So she was. For she had come to feel that it was the only thing worth saying—what one felt. Cleverness was silly. One must simply say what one felt. *Mrs. Dalloway*

103 피터는 인생이 단순하지 않다는 것을 알았다고 했다. 그와 클러리사의 관계도 단순했던 적이 없었다. 그는 그것이 자신의 인생을 망쳤다고 말했다. (그와 샐리 시턴은 너무

가까운 사이여서 그 말을 하지 않는 것은 어리석었다.) 우리는 사랑에 두 번 빠질 수 없어요, 그가 말했다. 그런데 그녀는 무슨 말을 할 수 있을까? 그래도 사랑을 해보는 게 낫다고 해야 하나(하지만 그는 그녀가 감상적이라고 생각할 터였다. 그는 매우 신랄한 편이었다).

He had not found life simple, Peter said. His relations with Clarissa had not been simple. It had spoilt his life, he said. (They had been so intimate—he and Sally Seton, it was absurd not to say it.) One could not be in love twice, he said. And what could she say? Still, it is better to have loved (but he would think her sentimental—he used to be so sharp). *Mrs. Dalloway*

104 그리고 그들은 함께 행복했을까요? 샐리가 물었다 (그녀 자신은 지극히 행복했다). 그녀도 인정했듯이, 그녀는 그들에 대해 아는 게 아무것도 없었기 때문에 사람들이 그러듯 속단을 할 뿐이었다. 매일 같이 사는 사람들에 대해서조차도 우린 무엇을 알 수 있을까요? 그녀가 물었다. 우린 모두 갇혀 있는 사람들이 아닌가요? 그녀는 언젠가 자기 감방의 벽을 손톱으로 긁은 남자에 관한 멋진 희곡을 읽은

적이 있었다. 그녀는 그것이 인생의 진실이라고 느꼈다─
벽을 손톱으로 긁는 것. 그녀는 인간관계에 절망하면서(사
람들은 대하기가 너무 힘들었다) 종종 자신의 정원으로 가 꽃
들로부터 남자와 여자 들이 결코 주지 않는 평화를 얻곤 했
다. 하지만 피터는 아니었다. 그는 양배추를 좋아하지 않았
다. 그는 인간을 더 좋아한다고 말했다.

And were they happy together? Sally asked (she her-
self was extremely happy); for, she admitted, she knew
nothing about them, only jumped to conclusions, as
one does, for what can one know even of the people
one lives with every day? she asked. Are we not all
prisoners? She had read a wonderful play about a
man who scratched on the wall of his cell, and she
had felt that was true of life—one scratched on the
wall. Despairing of human relationships (people were
so difficult), she often went into her garden and got
from her flowers a peace which men and women
never gave her. But no; he did not like cabbages; he
preferred human beings, Peter said. *Mrs. Dalloway*

105 "머리가 뭐가 중요하겠어요?" 로세터 부인이 일어서며 말했다. "마음에 비하면 말이에요."

"What does the brain matter," said Lady Rosseter, getting up, "compared with the heart?" *Mrs. Dalloway*

106 "나도 갈게요." 피터가 말했다. 그러나 그는 잠시 그대로 앉아 있었다. 이 두려움은 뭐지? 이 황홀감은 또 뭐란 말인가? 그는 속으로 생각했다. 엄청난 흥분으로 나를 가득 채우는 이것은 무엇일까? 클러리사로군, 그가 말했다. 거기에, 그녀가 있었다.

"I will come," said Peter, but he sat on for a moment. What is this terror? what is this ecstasy? he thought to himself. What is it that fills me with extraordinary excitement? It is Clarissa, he said. For there she was. *Mrs. Dalloway*

107 불화, 분열, 이견, 편견 들이 다름 아닌 인간 존재의

섬유 속으로 뒤틀려 들어갔다. 아아, 이런 것들이 이렇게나 일찍 시작되다니, 램지 부인은 탄식했다. 그녀의 자녀들은 유난히 불평불만이 많았다. 그러면서 말도 안 되는 소리들을 하곤 했다. 그녀는 제임스의 손을 잡고 식당에서 나왔다. 그가 다른 사람들과 가지 않으려 했기 때문이다. 이런 게 아니더라도 사람들은 이미 충분히 다른데 또 다른 차이들을 만들어간다는 것은 말도 안 되는 것 같았다. 그녀는 거실 창가에 서서 생각했다. 실재하는 차이만으로도 이미 차고 넘친다고.

Strife, divisions, difference of opinion, prejudices twisted into the very fibre of being, oh, that they should begin so early, Mrs. Ramsay deplored. They were so critical, her children. They talked such nonsense. She went from the dining-room, holding James by the hand, since he would not go with the others. It seemed to her such nonsense—inventing differences, when people, heaven knows, were different enough without that. The real differences, she thought, standing by the drawing-room window, are enough, quite enough. *To the Lighthouse(The Window)*

108 책은 스스로 자라나는 것이라고 그녀는 생각했다. 그녀는 책을 읽을 시간이 전혀 없었다. 아아! 심지어는 시인이 직접 서명하여 그녀에게 헌정한 책들조차도. '그녀의 소망이 이루어지기를 바라면서……' '우리 시대의 좀더 행복한 헬렌을 위하여……' 말하기 부끄럽지만, 그녀는 그 책들을 읽은 적이 없었다.

Books, she thought, grew of themselves. She never had time to read them. Alas! even the books that had been given her and inscribed by the hand of the poet himself: "For her whose wishes must be obeyed…" "The happier Helen of our days…" disgraceful to say, she had never read them. *To the Lighthouse(The Window)*

109 그러나 그녀를 짜증나게 하는 것은 문이었다. 문이란 문은 죄다 열려 있었다. 그녀는 귀를 기울였다. 거실 문도 열려 있었고, 현관문도 열려 있었다. 침실 문들도 열려 있는 것 같은 소리가 났다. 층계참의 창문도 열려 있음이 분명했다. 그녀가 손수 열어놓았기 때문이다. 창문은 열어놓고 문은 닫아야 한다는 지극히 간단한 사실을 아무도 기억하지 못한단 말인가?

But it was the doors that annoyed her; every door was left open. She listened. The drawing-room door was open; the hall door was open; it sounded as if the bedroom doors were open; and certainly the window on the landing was open, for that she had opened herself. That windows should be open, and doors shut—simple as it was, could none of them remember it? *To the Lighthouse(The Window)*

110 그녀가 고개를 들어 그들을 보는 순간, 그녀가 '사랑에 빠진 상태'라고 부르는 것이 그들을 온통 뒤덮었다. 그들은 비현실적이면서도 통찰력을 갖춘 흥미진진한 세계, 사랑의 눈을 통해 볼 수 있는 세상의 일부가 되었다. 하늘이 그들에게 달라붙었고, 새들은 그들을 통해 노래 불렀다. 그리고 더욱 흥미로운 것은 그녀 역시, 램지 씨가 돌진했다가 물러나는 것을 보면서, 램지 부인이 제임스와 함께 창가에 앉아 있는 모습을 보면서, 구름이 떠가고 나무가 휘어지는 것을 보면서, 우리가 차례로 겪는 별개의 작은 일들로 이루어진 삶이 어떻게 파도(우리를 실어 가 단숨에 해변에 내동댕이치곤 하는)처럼 둥글게 물결치면서 하나의 온전한 전체가 되는지를 느꼈다는 사실이었다.

Directly one looked up and saw them, what she called "being in love" flooded them. They became part of that unreal but penetrating and exciting universe which is the world seen through the eyes of love. The sky stuck to them; the birds sang through them. And, what was even more exciting, she felt, too, as she saw Mr. Ramsay bearing down and retreating, and Mrs. Ramsay sitting with James in the window and the cloud moving and the tree bending, how life, from being made up of little separate incidents which one lived one by one, became curled and whole like a wave which bore one up and threw one down with it, there, with a dash on the beach. *To the Lighthouse(The Window)*

111 뱅크스 씨는 릴리가 대답해주기를 기대했다. 그리고 릴리도 램지 부인 역시 그녀 나름대로 사람을 놀라게 하고 강압적인 면이 있다는 말을, 혹은 그런 요지로 그녀를 깎아내리는 말을 하려던 참이었다. 그러나 뱅크스 씨의 환희에 찬 모습이 그녀로 하여금 전혀 말할 필요가 없게 했다. 60이 넘은 그의 나이, 그의 청결함, 그의 비非개인성 그리

고 그를 감싼 듯한 새하얀 실험복을 고려해볼 때 그가 느끼는 것은 분명 희열이었다. 릴리가 램지 부인을 응시하는 그를 바라보듯 그가 램지 부인을 응시하는 것은 수십 명의 젊은이들의 사랑과 맞먹는 희열을 느끼게 한다고 릴리는 생각했다. (램지 부인이 수십 명의 젊은이들의 사랑을 불러일으킨 적은 아마도 없을 테지만.) 그녀는 캔버스를 옮기는 척하면서 이것은 증류되고 걸러진 사랑이라고 생각했다. 결코 사랑의 대상을 움켜쥐려는 시도를 한 적이 없는 사랑, 수학자가 자신의 기호에 대해 품는 사랑이나 시인이 자신의 문장에 대해 느끼는 사랑처럼 온 세상으로 널리 퍼져나가 인간의 성취의 일부가 되도록 예정된 사랑이었다.

Mr. Bankes expected her to answer. And she was about to say something criticizing Mrs. Ramsay, how she was alarming, too, in her way, high-handed, or words to that effect, when Mr. Bankes made it entirely unnecessary for her to speak by his rapture. For such it was considering his age, turned sixty, and his cleanliness and his impersonality, and the white scientific coat which seemed to clothe him. For him to gaze as Lily saw him gazing at Mrs. Ramsay was a rapture,

여성과 글쓰기

equivalent, Lily felt, to the loves of dozens of young men (and perhaps Mrs. Ramsay had never excited the loves of dozens of young men). It was love, she thought, pretending to move her canvas, distilled and filtered; love that never attempted to clutch its object; but, like the love which mathematicians bear their symbols, or poets their phrases, was meant to be spread over the world and become part of the human gain. *To the Lighthouse(The Window)*

112 그러한 환희(다른 어떤 이름으로 그것을 부를 수 있을까?)는 릴리 브리스코로 하여금 하려던 말을 완전히 잊어버리게 했다. 램지 부인에 관한 어떤 말이었는데, 사실 그런 것은 조금도 중요하지 않았다. 그것은 이러한 '환희', 이 말없는 응시 옆에서 빛이 바랬고, 이에 그녀는 깊은 감사를 느꼈다. 이 지고한 힘, 이러한 천상의 선물만큼 그녀를 위로하고, 인생의 당혹감을 덜어주고, 기적적으로 인생의 짐을 들어 올려주는 것은 없기 때문이었다. 그리고 그녀는 그것이 지속되는 동안, 마룻바닥 위에 가로누워 햇살을 흩트리지 않을 것처럼 결코 그것을 방해하지 않을 터였다.

Such a rapture—for by what other name could one call it?—made Lily Briscoe forget entirely what she had been about to say. It was nothing of importance; something about Mrs. Ramsay. It paled beside this "rapture," this silent stare, for which she felt intense gratitude; for nothing so solaced her, eased her of the perplexity of life, and miraculously raised its burdens, as this sublime power, this heavenly gift, and one would no more disturb it, while it lasted, than break up the shaft of sunlight, lying level across the floor. *To the Lighthouse(The Window)*

113 이곳의 빛은 저곳의 어둠을 필요로 했다.

A light here required a shadow there. *To the Lighthouse(The Window)*

114 말들이 우물 속으로 떨어지는 것 같았다. 아무리 물이 맑다 해도 심한 굴절 현상을 일으키는 터라 말들이 떨어지는 중에도 일그러지는 게 보이는 듯했다. 그리하여 그 말들이 아이의 마음 바닥에 어떤 무늬를 만들어내게 될지는

아무도 알 수 없었다.

The words seemed to be dropped into a well, where, if the waters were clear, they were also so extraor-dinarily distorting that, even as they descended, one saw them twisting about to make Heaven knows what pattern on the floor of the child's mind. *To the Lighthouse(The Window)*

115 지배하려고 하고, 간섭하려고 하고, 사람들로 하여금 자신이 원하는 것을 하게 하는 것. 그것이 사람들이 그녀에게 퍼붓는 비난이었고, 그녀는 그런 비난이 더없이 부당하다고 생각했다. 남들이 보기에 어떻게 그녀가 '그렇지' 않을 수 있었겠는가? 아무도 그녀가 사람들에게 깊은 인상을 심어주려고 애쓰는 것을 비난할 수 없었다. 그녀는 지배적이지도 폭군적이지도 않았다. 병원과 배수구와 낙농업에 관한 이야기는 좀더 진실에 가까웠다. 이런 것들에 대해 그녀는 열정을 느끼고 있었고, 기회만 있다면 사람들의 목덜미를 잡아끌어서라도 그런 문제들을 똑바로 보게 하고 싶었을 것이다. 섬 전체에 병원이 하나도 없었다. 이는 참으로 수치스러운 일이었다. 런던에서는 먼지로 갈색이 된 우

유가 문 앞에 배달되고 있었다. 이런 일은 불법이 되게 해야 했다. 모범적인 낙농업과 이곳에 병원을 짓는 일. 이 두 가지가 그녀가 정말로 하고 싶었던 일이었다. 하지만 어떻게? 이 많은 아이들을 데리고? 아이들이 좀더 크면, 어쩌면 그럴 시간이 생길지도 몰랐다. 아이들이 모두 학교에 가게 되면.

Wishing to dominate, wishing to interfere, making people do what she wished—that was the charge against her, and she thought it most unjust. How could she help being "like that" to look at? No one could accuse her of taking pains to impress. She was often ashamed of her own shabbiness. Nor was she domineering, nor was she tyrannical. It was more true about hospitals and drains and the dairy. About things like that she did feel passionately, and would, if she had the chance, have liked to take people by the scruff of their necks and make them see. No hospital on the whole island. It was a disgrace. Milk delivered at your door in London positively brown with dirt. It should be made illegal. A model dairy and a hospital up here—those two things she would have liked to do, herself. But how? With all these children? When they were older, then perhaps she would have time; when they were all at school. *To the Lighthouse(The Window)*

116 그들 모두는 나름대로의 작은 보물들을 가지고 있었다…… 그래서 그녀는 내려가서 남편에게 말했다. 어째서 아이들이 자라서 이 모든 것을 잃어야 하나요? 아이들은 다시는 저렇게 행복할 수 없을 거예요. 그러자 그는 화를 냈다. 왜 인생을 그렇게 비관적으로 생각하느냐고 하면서. 그리고 그렇게 생각하는 것은 현명하지 못하다고 했다. 참 이상하게도 그녀는 그의 말이 사실이라는 생각이 들었다. 평소 그가 보여주던 우울하고 비관적인 성향에도 불구하고 그는 대체로 그녀보다 행복하고 더 희망적인 것 같았다. 어쩌면 잡다한 걱정거리에 덜 노출되어서 그런지도 몰랐다. 게다가 그는 언제나 기댈 수 있는 자기만의 일이 있었다. 그가 그녀를 비난하는 것처럼 그녀가 '비관적'이어서가 아니었다. 그녀는 단지 인생을 생각해보았을 뿐이다. 그리고 그녀의 눈앞에 펼쳐진 시간의 작은 단편, 그녀의 50년 인생을. 그녀 앞에 인생이 놓여 있었다. 인생이라, 그녀는

생각했다. 그러나 생각을 끝내지는 못했다. 그녀는 인생을 한 번 바라보았다. 그곳에 존재하는 인생을 분명히 느꼈기 때문이다. 자식들이나 남편하고도 나누지 못한 실재적이고 은밀한 무언가가 거기 있었다. 인생과 그녀 사이에 일종의 교섭이 진행되고 있었다. 그녀는 한쪽 편에 있었고, 인생은 또 다른 편에 있었다. 인생이 그녀를 이기려고 안간힘을 쓰듯 그녀는 언제나 인생을 이기려고 애썼다. 때로 그들은 대화를 나누기도 했다(주로 그녀가 혼자 앉아 있을 때). 그녀는 자신들 사이에 굉장한 화해의 장면도 있었음을 기억해냈다. 그러나 대부분은 매우 기이하게도, 그녀가 인생이라고 부르는 것이 끔찍하고, 적대적이며, 그녀에게 허점이 생기면 잽싸게 달려들 것임을 인정해야만 했다. 인생에는 영원한 문제들이 있었다. 고통, 죽음, 가난과 같은. 심지어 이곳에도 암으로 죽어가는 여인이 늘 있었다. 그럼에도 그녀는 자녀 모두에게 말해두었다, 언젠가는 그들도 이런 문제들을 겪어야 할 것이라고.

They all had their little treasures⋯ And so she went down and said to her husband, Why must they grow up and lose it all? Never will they be so happy again. And he was angry. Why take such a gloomy view of life? he said. It is not sensible. For it was odd; and she believed it to be true; that with all his gloom and desperation he was happier, more hopeful on the whole, than she was. Less exposed to human worries—perhaps that was it. He had always his work to fall back on. Not that she herself was "pessimistic," as he accused her of being. Only she thought life— and a little strip of time presented itself to her eyes— her fifty years. There it was before her—life. Life, she thought—but she did not finish her thought. She took a look at life, for she had a clear sense of it there, something real, something private, which she shared neither with her children nor with her husband. A sort of transaction went on between them, in which she was on one side, and life was on another, and she was always trying to get the better of it, as it was of her; and sometimes they parleyed (when she sat alone); there were, she remembered, great reconciliation scenes; but for the most part, oddly enough, she must admit that she felt this thing that she called life terrible, hostile, and quick to pounce on you if you gave it a chance. There were the eternal problems: suffering; death; the poor. There was always a woman dying of cancer even here. And yet she had said to all these children, You shall go through with it. *To the Lighthouse(The Window)*

117 그들이 잠자리에 들자 비로소 안도의 한숨을 쉴 수 있었다. 이제 그녀는 누구에 관해서도 생각할 필요가 없었기 때문이다. 그녀는 혼자 있을 때 진정한 자신이 될 수 있었다. 바로 이것이 그녀가 종종 필요하다고 느낀 것이었다—생각하기. 아니, 심지어는 아무 생각도 하지 않기. 말없이, 혼자 있기. 모든 존재와 행위가 팽창하고 반짝이다가 소리를 내면서 증발하고 나면 우리는 엄숙하게 오그라들어, 다른 이들에게는 보이지 않는 어떤 것, 쐐기 모양의 어둠의 웅어리 같은 진정한 자신이 된다.

And it was a relief when they went to bed. For now she need not think about anybody. She could be herself, by herself. And that was what now she often felt the need of—to think; well, not even to think. To be silent; to be alone. All the being and the doing, expansive, glittering, vocal, evaporated; and one shrunk, with a sense of solemnity, to being oneself, a wedge-shaped core of darkness, something invisible to others. *To the Lighthouse(The Window)*

118 그녀는 똑바로 앉아서 뜨개질을 계속했지만 그녀의 느낌은 이러했던 것이다. 그리고 애착을 모두 떨구어버린 이러한 자아는 자유로운 존재가 되어 어떤 기이한 모험이라도 할 수 있었다. 삶이 잠시 가라앉아 있을 때면 경험의 범위는 무한해 보였다. 그리고 누구에게나 늘 이처럼 무한한 자원에 대한 느낌이 있는 법이라고 그녀는 생각했다. 그녀, 릴리, 어거스터스 카마이클 각자는 사람들이 우리를 평가하는 기준이 되는 우리의 외양은 유치하기 짝이 없다고 느낄 것임이 틀림없다. 그 외양 아래에는 모든 것이 어둡고, 모든 것이 널리 퍼져나가고, 헤아릴 수 없을 만큼 깊다. 그러나 때때로 우리는 표면 위로 올라오는데, 그것이 바로 사람들에게 보이는 우리의 모습인 것이다. 그녀에게는 자신의 지평이 끝이 없어 보였다. 인도의 평원들처럼 세상에는 아직 보지 못한 곳이 너무 많았다. 그녀는 자신이 마치 로마의 한 교회의 두꺼운 가죽 커튼을 밀어젖히는 것처럼 느꼈다. 이런 어둠의 응어리는 아무도 그것을 보지 않기 때

문에 어디든지 갈 수 있었다. 누구도 그것을 멈출 수 없다고 그녀는 기뻐하며 생각했다. 그곳에는 자유가 있었고, 평화가 있었으며, 무엇보다 환영할 만한 것은 모든 것을 불러 모으는 것, 즉 안정성이라는 승강장에서의 휴식이었다. 그녀의 경험상 지금의 자신으로서는 결코 휴식을 찾을 수 없었지만 (그녀는 여기서 뜨개바늘로 어떤 묘기를 연출했다) 어둠의 쐐기로서는 가능했다. 그녀는 개성을 잃었고, 초조함, 서두름, 소란스러움을 던져버렸다. 그리고 이러한 평화, 이러한 휴식, 이러한 영원성 속에 사물들이 한데 모아질 때면 그녀의 입술에는 언제나 삶에 대한 승리의 외침이 떠올랐다. 거기 멈춰 서서 그녀는 멀리 시선을 던져 등대의 빛줄기를 맞이했다. 셋 중의 마지막 것인 길고도 변함없는 빛줄기, 그것은 그녀의 빛줄기였다. 언제나 이 시간에 이런 분위기에서 사물들을 바라보노라면 그중 하나에 특별한 애착을 느끼지 않을 수 없기 때문이었다. 그 하나는 길고도 변함없는 빛줄기였고, 그것은 그녀의 빛줄기였다. 그녀는 종종 일감을 손에 쥔 채 그녀가 바라보는 사물 그 자체(예컨대 그 빛줄기)가 될 때까지 앉아서 바라보고, 또 앉아서 바라보곤 했다.

Although she continued to knit, and sat upright, it

was thus that she felt herself; and this self having shed its attachments was free for the strangest adventures. When life sank down for a moment, the range of experience seemed limitless. And to everybody there was always this sense of unlimited resources, she supposed; one after another, she, Lily, Augustus Carmichael, must feel, our apparitions, the things you know us by, are simply childish. Beneath it is all dark, it is all spreading, it is unfathomably deep; but now and again we rise to the surface and that is what you see us by. Her horizon seemed to her limitless. There were all the places she had not seen; the Indian plains; she felt herself pushing aside the thick leather curtain of a church in Rome. This core of darkness could go anywhere, for no one saw it. They could not stop it, she thought, exulting. There was freedom, there was peace, there was, most welcome of all, a summoning together, a resting on a platform of stability. Not as oneself did one find rest ever, in her experience (she accomplished here something dexterous with her needles) but as a wedge of darkness. Losing personality, one lost the fret, the hurry, the stir; and there rose to her lips always some exclamation of triumph over life when things came together in this peace, this rest, this eternity; and pausing there she looked out to meet that stroke of the Lighthouse, the long steady stroke, the last of the three, which was her stroke, for watching them in this mood always at this hour one could not help attaching oneself to one thing especially of the things one saw; and this thing, the long steady stroke, was her stroke. Often she found herself sitting and looking, sitting and looking, with her work in her hands until she became the thing she looked at—that light, for example. *To the Lighthouse(The Window)*

119 그녀는 정원사 케네디 이야기를 하기 시작하면서, 그의 미모가 출중해서, 그가 너무 잘생겨서 해고할 수 없었다고 말했다.

His beauty was so great, she said, beginning to speak of Kennedy the gardener, at once he was so awfully handsome, that she couldn't dismiss him. *To the Light-*

120 저 너머에 있는 시골이 그가 가장 좋아하는 곳이었다. 어둠 속으로 점차 잦아드는 저 모래언덕들. 그곳에서는 하루 종일 한 사람도 만나지 않고 걸을 수 있었다. 몇 마일을 계속 걸어가도 집 한 채, 마을 하나 보이지 않았다. 거기서는 모든 것을 홀로 고민할 수 있었다. 그곳에는 태초부터 인적이 없었던 작은 모래사장들이 있었다. 바다표범들이 몸을 곧추세우고 앉아 그를 바라보던 곳. 때때로 그는 저기, 작은 집에서 홀로—그는 한숨을 쉬며 생각을 중단했다. 그에게는 그럴 권리가 없었다. 그는 자신이 여덟 아이의 아버지라는 사실을 떠올렸다. 여기서 단 하나라도 달라지기를 바란다면 그는 금수만도 못한 인간이 되고 말 터였다.

That was the country he liked best, over there; those sandhills dwindling away into darkness. One could walk all day without meeting a soul. There was not a house scarcely, not a single village for miles on end. One could worry things out alone. There were little sandy beaches where no one had been since the beginning of time. The seals sat up and looked at you.

It sometimes seemed to him that in a little house out there, alone—he broke off, sighing. He had no right. The father of eight children—he reminded himself. And he would have been a beast and a cur to wish a single thing altered. *To the Lighthouse(The Window)*

121 그래, 저런 게 결혼생활이구나, 릴리는 생각했다, 남자와 여자가 공놀이하는 딸을 바라보는 것.

So that is marriage, Lily thought, a man and a woman looking at a girl throwing a ball. *To the Lighthouse(The Window)*

122 또다시 그녀는 인생이라는 숙적宿敵 앞에서 혼자임을 느꼈다.

And again she felt alone in the presence of her old antagonist, life. *To the Lighthouse(The Window)*

123 램지 부인은 식탁의 상석에 자리를 잡고 앉아 식탁 위에 하얀 원들을 그리는 접시들을 바라보면서 생각했다.

대체 나는 내 인생을 가지고 무엇을 했나?

But what have I done with my life? thought Mrs.
Ramsay, taking her place at the head of the table, and
looking at all the plates making white circles on it. *To
the Lighthouse(The Window)*

124 램지 부인은 자신이 생각하는 것과 자신이 하고 있
는 것(수프를 퍼 담는 일) 사이의 괴리에 눈썹을 치켜올렸고,
자신이 그러한 소용돌이 밖에 있음을 점점 더 강하게 느꼈
다. 혹은 마치 그늘이 지면서 색깔을 퇴색시켜, 사물을 더
또렷이 볼 수 있게 된 것 같았다. 방은 (그녀는 방 안을 둘러
보았다) 몹시 누추했다. 어디에도 아름다움은 존재하지 않
았다. 그녀는 애써 탠슬리 씨를 쳐다보지 않았다. 아무것도
융합되지 못한 듯 보였다. 그들은 모두 따로 앉아 있었다.
그리고 융합시키고 흐르게 하고 창조하려는 모든 노력이
그녀에게 달려 있었다.

Raising her eyebrows at the discrepancy—that was
what she was thinking, this was what she was do-
ing—ladling out soup—she felt, more and more

strongly, outside that eddy; or as if a shade had fallen, and, robbed of colour, she saw things truly. The room (she looked round it) was very shabby. There was no beauty anywhere. She forebore to look at Mr. Tansley. Nothing seemed to have merged. They all sat separate. And the whole of the effort of merging and flowing and creating rested on her. *To the Lighthouse(The Window)*

125 그녀는 늘 쓰던 속임수(그에게 잘해주기)를 썼다. 그녀는 결코 그를 잘 알지 못할 것이었다. 그도 결코 그녀를 잘 알지 못할 터였다. 인간관계란 모두 그런 거라고 그녀는 생각했다. 그중에서도 최악은 (뱅크스 씨는 예외였지만) 남녀관계였다. 필연적으로 남녀관계는 진실하지 못할 수밖에 없었다.

She had done the usual trick–been nice. She would never know him. He would never know her. Human relations were all like that, she thought, and the worst (if it had not been for Mr Bankes) were between men and women. Inevitably these were extremely insincere. *To the Lighthouse(The Window)*

126 그들은 무슨 이야기를 하고 있었을까? 어획고가 좋지 않았고, 사람들이 이민을 떠나고 있다는 것. 그들은 임금과 실업에 관해 이야기하고 있었다. 그 젊은이는 정부를 욕하고 있었다. 윌리엄 뱅크스는 사적인 삶이 유쾌하지 않을 때 이런 종류의 화제로 관심을 돌릴 수 있다는 게 얼마나 다행인가 생각하면서 그가 '현 정부의 가장 수치스러운 행위 중 하나'에 관해 이야기하는 것을 들었다. 릴리도 듣고 있었고, 램지 부인도 듣고 있었고, 그들 모두가 듣고 있었다. 그러나 벌써 싫증이 난 릴리는 무언가가 빠져 있다고 느꼈다. 뱅크스 씨도 무언가가 빠져 있다고 느꼈다. 램지 부인도 숄을 두르면서 무언가가 빠져 있다고 느꼈다. 그들은 모두 몸을 기울여 그의 말을 들으면서 '내 속마음이 드러나지 말아야 할 텐데'라고 생각했다. 그들 각자는 '다른 사람들은 이런 걸 느끼고 있구나. 다들 어부에 관한 정부의 처사에 격분하고 분노하고 있구나. 그런데 왜 나는 아무것도 느끼지 못하는 걸까'라고 생각했기 때문이었다.

What were they saying? That the fishing season was bad; that the men were emigrating. They were talking about wages and unemployment. The young man was abusing the government. William Bankes, thinking what a relief it was to catch on to something of this sort when private life was disagreeable, heard him say something about "one of the most scandalous acts of the present government." Lily was listening; Mrs. Ramsay was listening; they were all listening. But already bored, Lily felt that something was lacking; Mr. Bankes felt that something was lacking. Pulling her shawl round her Mrs. Ramsay felt that something was lacking. All of them bending themselves to listen thought, "Pray heaven that the inside of my mind may not be exposed," for each thought, "The others are feeling this. They are outraged and indignant with the government about the fishermen. Whereas, I feel nothing at all." *To the Lighthouse(The Window)*

127 그녀는 그것들이 무엇을 의미하는지 알지 못했다. 그러나 그 말들은 마치 음악처럼, 그녀의 자아 밖에서, 그녀 자신의 목소리로 말해지는 듯했다. 그것들은 저녁 내내 그녀가 다른 것들을 이야기하는 동안 그녀의 마음속에 있던

것을 아주 쉽고 자연스럽게 말하고 있었다.

> She did not know what they meant, but, like music,
> the words seemed to be spoken by her own voice,
> outside her self, saying quite easily and naturally
> what had been in her mind the whole evening while
> she said different things. *To the Lighthouse(The Window)*

128 저 남자는, 릴리는 마음속에 분노가 치밀어 오르는 가운데 생각했다, 결코 주는 법이 없었어. 오로지 취하기만 했지. 하지만 그녀는 계속 주어야만 했어. 램지 부인은 모든 것을 주었어. 주고, 주고, 또 주다가 죽었고, 이 모든 것을 남겨놓은 거야.

> That man, she thought, her anger rising in her, never
> gave; that man took. She, on the other hand, would
> be forced to give. Mrs. Ramsay had given. Giving, giv-
> ing, giving, she had died—and had left all this. *To the
> Lighthouse(The Lighthouse)*

129 릴리가 자신과 찰스가 물수제비뜨기를 하던 것과 해

변에서의 장면 전체를 떠올렸을 때 그것은 왠지 바위 밑에 앉아서 무릎 위에 편지지 묶음을 올려놓고 편지를 쓰던 램지 부인의 모습에 달려 있는 듯했다. (부인은 아주 많은 편지를 썼고, 때로는 바람이 그것들을 날려 보내서 릴리와 찰스가 바닷물에서 겨우 한 장을 건져내기도 했다.) 그러나 인간의 영혼은 얼마나 놀라운 힘을 가지고 있는가! 릴리는 생각했다. 그곳, 바위 밑에 앉아서 편지를 쓰던 그 여인은 모든 것을 단순하게 변화시켜놓았다. 그녀는 이러한 분노와 짜증을 낡은 누더기처럼 떨어져나가게 했다. 그녀는 또한 이것과 저것 그리고 이것을 한데 모아서 이 한심한 어리석음과 악의를 (티격태격 말다툼하던 릴리와 찰스는 어리석고 악의에 차 있었다) 이렇듯 오랜 세월이 흐른 뒤에도 온전히 남아 있는 무언가(이를테면 해변에서의 이런 장면, 우정과 애정의 이런 순간)가 되게 했다. 그리하여 릴리는 찰스에 대한 기억을 그 속에 담가서 다시 만들어냈고, 이렇게 재창조된 기억은 마치 하나의 예술품처럼 그녀에게 영향을 미치면서 그녀의 마음속에 오래도록 머물렀다.

When she thought of herself and Charles throwing ducks and drakes and of the whole scene on the beach, it seemed to depend somehow upon Mrs.

Ramsay sitting under the rock, with a pad on her knee, writing letters. (She wrote innumerable letters, and sometimes the wind took them and she and Charles just saved a page from the sea.) But what a power was in the human soul! she thought. That woman sitting there writing under the rock resolved everything into simplicity; made these angers, irritations fall off like old rags; she brought together this and that and then this, and so made out of that miserable silliness and spite (she and Charles squabbling, sparring, had been silly and spiteful) something—this scene on the beach for example, this moment of friendship and liking— which survived, after all these years complete, so that she dipped into it to re-fashion her memory of him, and there it stayed in the mind affecting one almost like a work of art. *To the Lighthouse(The Lighthouse)*

130 산다는 건 무엇일까? 그게 다였다. 단순한 질문, 세월이 흐름에 따라 우리를 죄어오는 질문이었다. 위대한 계시는 한 번도 찾아온 적이 없었다. 아마도 위대한 계시 같은 것은 결코 찾아온 적이 없었을 것이다. 그 대신 일상의 작

은 기적들, 깨달음, 어둠 속에서 예기치 않게 켜진 성냥불 같은 순간이 있었는데, 지금이 바로 그런 순간이었다.

What is the meaning of life? That was all—a simple question; one that tended to close in on one with years. The great revelation had never come. The great revelation perhaps never did come. Instead, there were little daily miracles, illuminations, matches struck unexpectedly in the dark; here was one. *To the Lighthouse(The Lighthouse)*

131 그들은 그렇게 행복하고, 나는 이렇게 행복하다. 인생은 완전히 바뀌어버렸다. 게다가 그녀의 온 존재가, 심지어 그녀의 아름다움조차도 한순간 먼지투성이에 시대에 뒤떨어져 보였다.

They're happy like that; I'm happy like this. Life has changed completely. At that all her being, even her beauty, became for a moment, dusty and out of date. *To the Lighthouse(The Lighthouse)*

132 릴리는 곧장 그에게로 가서 "카마이클 씨!"라고 부르고 싶었다. 그러면 그는 늘 그러듯 연기처럼 흐릿한 초록빛 눈으로 인자하게 올려다볼 것이었다. 그러나 우리는 자신이 무슨 말을 하고 싶은지를 알 때에만 사람들을 깨우는 법이다. 그런데 그녀는 한 가지가 아니라 모든 것을 말하고 싶었다. 생각을 깨뜨리고 해체하는 작은 말들은 아무것도 이야기하지 못한다. "인생에 관해, 죽음에 관해 그리고 램지 부인에 관해." 아니, 우리는 누구에게도 아무것도 말할 수 없다고 그녀는 생각했다. 순간의 긴박함은 언제나 과녁을 빗맞히게 한다. 말들은 옆으로 펄럭이다가는, 목표에서 너무 낮게 몇 인치 떨어진 곳을 맞힌다. 그러면 우린 포기를 하고, 생각은 또다시 가라앉고 만다. 우리는 대부분의 중년들처럼 조심스럽고 은밀해지며, 양미간을 찌푸리면서 끊임없이 근심 어린 표정을 짓는다. 우리의 육체가 느끼는 이런 감정들을 어떻게 말로 표현할 수 있을까? 저기서 느껴지는 공허감을 어떻게 표현할 수 있단 말인가? (릴리는 거실 계단을 바라보고 있었는데, 그것은 유난히 공허해 보였다.) 이것은 정신의 느낌이 아닌 육체의 느낌이었다. 계단의 헐벗은 모습과 어울리는 육체적 감각들이 갑자기 극도로 불쾌하게 느껴졌다. 원하면서 가지지 못한다는 사실이 그녀의 몸으로 하여금 온통 뻣뻣함, 공허감, 긴장감을 느끼게 했다.

그런 다음에는, 원하면서 가지지 못하는 것(원하고 또 원하는 것)이 얼마나 그녀의 가슴을 쥐어짜고, 또 쥐어짰던지! 아아, 램지 부인! 릴리는 배 옆에 앉아 있던 진수眞髓, 램지 부인으로 이루어진 추상적인 것, 회색 옷을 입은 부인을 말 없이 큰 소리로 불렀다. 마치 부인이 떠나버린 것을, 떠났다가 다시 돌아온 것을 원망하듯. 예전에는 램지 부인을 생각하는 것이 너무나 안전해 보였다. 그녀는 마치 유령, 공기, 무無처럼 낮이나 밤 어느 때라도 손쉽고 안전하게 가지고 놀 수 있는 존재였다. 그런데 느닷없이 부인이 팔을 내밀어 이렇게 릴리의 가슴을 쥐어짰다. 그러자 텅 빈 거실의 계단, 실내 의자의 주름 장식, 테라스에서 구르는 강아지, 파도 전체와 정원의 속삭임이 갑자기 완전한 공허를 중심으로 무성하게 자라난 곡선과 아라베스크 무늬로 변했다.

She wanted to go straight up to him and say, "Mr. Carmichael!" Then he would look up benevolently as always, from his smoky vague green eyes. But one only woke people if one knew what one wanted to say to them. And she wanted to say not one thing, but everything. Little words that broke up the thought and dismembered it said nothing. "About life, about death;

about Mrs. Ramsay"—no, she thought, one could say nothing to nobody. The urgency of the moment always missed its mark. Words fluttered sideways and struck the object inches too low. Then one gave it up; then the idea sunk back again; then one became like most middle-aged people, cautious, furtive, with wrinkles between the eyes and a look of perpetual apprehension. For how could one express in words these emotions of the body? express that emptiness there? (She was looking at the drawing-room steps; they looked extraordinarily empty.) It was one's body feeling, not one's mind. The physical sensations that went with the bare look of the steps had become suddenly extremely unpleasant. To want and not to have, sent all up her body a hardness, a hollowness, a strain. And then to want and not to have—to want and want—how that wrung the heart, and wrung it again and again! Oh, Mrs. Ramsay! she called out silently, to that essence which sat by the boat, that abstract one made of her, that woman in grey, as if to abuse her for having gone, and then having gone, come back again. It

had seemed so safe, thinking of her. Ghost, air, noth-
ingness, a thing you could play with easily and safely
at any time of day or night, she had been that, and
then suddenly she put her hand out and wrung the
heart thus. Suddenly, the empty drawing-room steps,
the frill of the chair inside, the puppy tumbling on the
terrace, the whole wave and whisper of the garden
became like curves and arabesques flourishing round
a centre of complete emptiness. *To the Lighthouse(The
Lighthouse)*

133 제임스는 등대를 바라보았다. 그는 하얗게 씻긴 바위
들을 볼 수 있었다. 탑은 삭막하게 똑바로 솟아 있었다. 그
는 탑에 검정과 하양의 가로줄 무늬가 그려진 것을 볼 수
있었다. 그는 탑 안의 유리창들을 볼 수 있었고, 말리기 위
해 바위 위에 펼쳐놓은 빨래도 볼 수 있었다. 그러니까 저
게 그 등대란 말이지? 그런가? 아니, 또 다른 것도 등대였
다. 어떤 것도 단순히 한 가지만 있는 것은 아니니까. 또 다
른 등대도 진짜였다.

James looked at the Lighthouse. He could see the

white-washed rocks; the tower, stark and straight; he could see that it was barred with black and white; he could see windows in it; he could even see washing spread on the rocks to dry. So that was the Lighthouse, was it? No, the other was also the Lighthouse. For nothing was simply one thing. The other Lighthouse was true too. *To the Lighthouse(The Lighthouse)*

134 티끌 하나 없이 맑고 너무나 매끄러워서 마치 돛과 구름이 그 푸른색 안에 박혀 있는 듯한 바다를 바라보면서 릴리 브리스코는 대단히 많은 것이 거리에 달려 있다고 생각했다. 사람들이 우리 가까이 혹은 멀리 있느냐에 따라 많은 것이 달라지는 것이다. 일례로 램지 씨에 대한 그녀의 감정은 그가 만을 가로질러 점점 더 멀리 항해하는 것과 비례해 달라졌다. 그는 점점 더 길어지고 더 멀리 뻗어나가면서 점점 더 멀어지는 듯했다. 그 푸른색과 그 거리가 그와 그의 자녀들을 삼켜버린 듯 보였다. 그러나 여기, 잔디밭에, 그녀 가까이에 있는 카마이클 씨는 갑자기 투덜거렸다. 그녀는 웃음을 터뜨렸다. 그는 잔디밭에 놓인 책을 잡아챘다. 그리고 마치 바다 괴물처럼 씩씩거리고 숨을 몰아쉬면서 다시 의자에 앉았다. 이 모든 게 다른 것은 그가 이토록 가

까이 있기 때문이었다.

So much depends then, thought Lily Briscoe, looking at the sea which had scarcely a stain on it, which was so soft that the sails and the clouds seemed set in its blue, so much depends, she thought, upon distance: whether people are near us or far from us; for her feeling for Mr. Ramsay changed as he sailed further and further across the bay. It seemed to be elongated, stretched out; he seemed to become more and more remote. He and his children seemed to be swallowed up in that blue, that distance; but here, on the lawn, close at hand, Mr. Carmichael suddenly grunted. She laughed. He clawed his book up from the grass. He settled into his chair again puffing and blowing like some sea monster. That was different altogether, because he was so near. *To the Lighthouse(The Lighthouse)*

135 그녀를 보려면 50쌍의 눈이 필요하다고 릴리는 생각했다. 심지어 저 한 여인을 제대로 보기 위해서는 50쌍의 눈도 충분하지 않다고 릴리는 생각했다. 그들 가운데는 그

녀의 아름다움을 전혀 알아보지 못하는 사람도 있을 터였다. 그녀를 제대로 보기 위해서는 어떤 숨겨진 감각이 필요했다. 열쇠 구멍으로 몰래 들어가, 자리에 앉아 뜨개질하고 이야기하거나 창가에 말없이 홀로 앉아 있는 그녀를 감싸는 미세한 공기 같은 감각. 그런 장면을 자기 것으로 만들고, 증기선의 연기를 품는 공기처럼 그녀의 생각과 상상과 욕망을 보물처럼 간직하는 그런 감각이 필요했다.

One wanted fifty pairs of eyes to see with, she re-flected. Fifty pairs of eyes were not enough to get round that one woman with, she thought. Among them, must be one that was stone blind to her beauty. One wanted most some secret sense, fine as air, with which to steal through keyholes and surround her where she sat knitting, talking, sitting silent in the window alone; which took to itself and treasured up like the air which held the smoke of the steamer, her thoughts, her imaginations, her desires. *To the Light-house(The Lighthouse)*

136 모든 젊은 시인의 영원한 테마인 자연을 묘사하던 그는 초록의 색조를 똑같이 표현하기 위해 사물 자체를 관찰했는데(이 점에서 그는 누구보다도 대담했다), 그것은 마침 창문 밑에서 자라던 월계수 덤불이었다. 그것을 보고 난 그는 물론 더 이상 글을 쓸 수 없었다. 자연의 초록과 문학의 초록은 별개의 것이다. 자연과 문학은 선천적으로 상극인 듯하다. 그 둘을 함께 있게 하면 그들은 서로를 갈가리 찢어놓는다. 올랜도가 본 초록의 색조는 그의 시의 운韻을 망치고 음보音步를 찢어놓았다. 게다가 자연은 나름대로의 책략을 지니고 있다. 창밖으로 꽃들 사이에서 윙윙거리는 벌들과 하품하는 개, 지는 해를 한번 보게 되면, '앞으로 해가 지는 것을 얼마나 더 볼 수 있을까'(이런 생각은 너무나 잘 알려진 것이라 여기에 적을 가치도 없지만) 등등의 생각이 한번 들기 시작하면, 그는 펜을 내려놓고, 외투를 집어 들고 방에서 성큼성큼 걸어 나가다가, 으레 그러듯 채색된 궤에 발이 걸려 넘어지게 될 것이다. 올랜도는 약간 굼뜬 편이었기 때문이다.

He was describing, as all young poets are for ever

describing, nature, and in order to match the shade of green precisely he looked (and here he showed more audacity than most) at the thing itself, which happened to be a laurel bush growing beneath the window. After that, of course, he could write no more. Green in nature is one thing, green in literature another. Nature and letters seem to have a natural antipathy; bring them together and they tear each other to pieces. The shade of green Orlando now saw spoilt his rhyme and split his metre. Moreover, nature has tricks of her own. Once look out of a window at bees among flowers, at a yawning dog, at the sun setting, once think 'how many more suns shall I see set', etc. etc. (the thought is too well known to be worth writing out) and one drops the pen, takes one's cloak, strides out of the room, and catches one's foot on a painted chest as one does so. For Orlando was a trifle clumsy.

Orlando(Chapter 1)

137 인간의 기질 가운데는 서로 닮은 것들이 있는 모양이어서 하나의 기질이 또 다른 기질을 끌어당기곤 한다. 여

기서 전기 작가는 올랜도의 굼뜬 성격이 종종 고독을 사랑하는 성향과 짝을 이룬다는 사실에 주목해야 한다. 궤에 발이 걸려 넘어지곤 하는 올랜도는 자연스레 고독한 장소와 광활한 전망 그리고 자신이 영원히, 영원히, 영원히 혼자라고 느끼기를 좋아했다.

There is perhaps a kinship among qualities; one draws another along with it; and the biographer should here call attention to the fact that this clumsiness is often mated with a love of solitude. Having stumbled over a chest, Orlando naturally loved solitary places, vast views, and to feel himself for ever and ever and ever alone. *Orlando(Chapter 1)*

138 꽃은 피고 시들었으며, 해는 뜨고 졌다. 연인들은 사랑하고 떠났다. 그리고 시인들이 시로 노래한 것을 젊은이들은 실행에 옮겼다.

The flower bloomed and faded. The sun rose and sank. The lover loved and went. And what the poets said in rhyme, the young translated into practice. *Or-*

139 행복과 우울은 종이 한 장 차이다.

Nothing thicker than a knife's blade separates happiness from melancholy. *Orlando(Chapter 1)*

140 한마디로 (…) 그는 문학에 대한 사랑으로 고통받는 귀족이었다. 그가 살던 시대의 많은 사람들, 특히 그와 같은 지위의 더 많은 사람들은 이 병에 감염되지 않았고, 마음대로 달리거나 말을 타거나 사랑에 빠질 수 있었다. 그러나 그중 몇몇은 아스포델의 꽃가루에서 생겨나 그리스와 이탈리아에서 날아왔다는 이 균에 일찌감치 감염되었다. 이 균은 매우 치명적인 성질의 것이어서, 때리려고 치켜든 손을 떨리게 하고, 사냥감을 찾는 눈을 흐리게 하고, 사랑을 고백하는 혀를 더듬거리게 했다. 환상이 현실을 대신하게 하는 것이 이 병의 치명적인 특징이어서, 올랜도가 책을 펼치기만 하면 운명의 여신이 그에게 선사한 모든 선물(넘쳐나는 접시, 리넨, 집들, 남자 하인들, 카펫들, 침대들)이 몽땅 안개처럼 사라지곤 했다. (…) 그리하여 올랜도는 가진 것 하나 없이 홀로 앉아서 책을 읽고 있는 것이었다.

To put it in a nutshell, (···) he was a nobleman afflict-
ed with a love of literature. Many people of his time,
still more of his rank, escaped the infection and were
thus free to run or ride or make love at their own
sweet will. But some were early infected by a germ
said to be bred of the pollen of the asphodel and to
be blown out of Greece and Italy, which was of so
deadly a nature that it would shake the hand as it
was raised to strike, and cloud the eye as it sought its
prey, and make the tongue stammer as it declared its
love. It was the fatal nature of this disease to substi-
tute a phantom for reality, so that Orlando, to whom
fortune had given every gift—plate, linen, houses,
men-servants, carpets, beds in profusion—had only to
open a book for the whole vast accumulation to turn
to mist. (···) So it was, and Orlando would sit by him-
self, reading, a naked man. *Orlando(Chapter 2)*

141 그는 작은 책 하나를 써서 유명해질 수만 있다면 자
신의 전 재산을 내놓을 수도 있었다(그만큼 이 균은 지독하
다). 그러나 페루의 금을 모두 준다고 해도 잘 표현된 한 문

장이라는 보물을 살 수는 없을 터다.

> He would give every penny he has (such is the malignity of the germ) to write one little book and become famous; yet all the gold in Peru will not buy him the treasure of a well-turned line. *Orlando(Chapter 2)*

142 그러나 불행하게도 시간은 동물과 식물은 놀랍도록 정확하게 꽃피우고 시들게 하지만, 인간의 정신에는 그처럼 단순하게 작용하지 않는다. 게다가 인간의 정신도 마찬가지로 시간이라는 실체에 묘하게 작용을 한다. 한 시간은, 일단 인간 정신의 기묘한 영역에 머물게 되면 시계상 길이의 50배나 100배로 늘어날 수 있다. 그 반대로 정신의 시계에서는 한 시간이 정확히 1초로 나타내질 수도 있다.

> But Time, unfortunately, though it makes animals and vegetables bloom and fade with amazing punctuality, has no such simple effect upon the mind of man. The mind of man, moreover, works with equal strangeness upon the body of time. An hour, once it lodges in the queer element of the human spirit, may be

stretched to fifty or a hundred times its clock length;
on the other hand, an hour may be accurately repre-
sented on the timepiece of the mind by one second.
Orlando(Chapter 2)

143 전체적으로 보아 인간의 일생의 길이(동물의 것에 대
해서는 이야기하지 않기로 하자)를 가늠하는 것은 우리의 능
력 밖의 일이다. 긴 세월이라고 말하는 순간 우리는 그것
이 장미 꽃잎 하나가 땅에 떨어지는 시간보다 짧다는 것을
떠올리게 된다. 그보다 더욱 혼란스러운 것은, 동시에 번갈
아 불행한 우리 멍청이들을 지배하는 짧고 긴 두 개의 힘
중에서 올랜도는 때로는 코끼리 걸음을 하는 신의 영향을,
또 때로는 각다귀 날개가 달린 파리의 영향을 받았다는 사
실이다. 그에게 인생은 엄청나게 길어 보였다. 그러나 그럴
때조차도 인생은 번개처럼 빠르게 지나갔다.

Altogether, the task of estimating the length of human
life (of the animals' we presume not to speak) is beyond
our capacity, for directly we say that it is ages long, we
are reminded that it is briefer than the fall of a rose
leaf to the ground. Of the two forces which alternate-

ly, and what is more confusing still, at the same mo-
ment, dominate our unfortunate numbskulls—brevity
and diuturnity—Orlando was sometimes under the in-
fluence of the elephant-footed deity, then of the gnat-
winged fly. Life seemed to him of prodigious length.
Yet even so, it went like a flash. *Orlando*(Chapter 2)

144 그의 문장들의 요점은, 명성은 우리를 방해하고 구속
하는 반면 무명은 우리를 안개처럼 감싼다는 것이다. 무명
은 어둡고 넉넉하고 자유로우며, 우리 마음이 거침없이 갈
길을 가게 해준다. 무명인의 머리 위에는 자비롭고 충만한
어둠이 쏟아져 내린다. 아무도 그가 어디로 가고 어디에서
오는지 모른다. 그는 진리를 추구하고 그것을 이야기할 수
있다. 그만이 자유롭고, 그만이 진실하고, 그만이 평화롭다.
그리하여 그는 참나무 아래에서 고요한 분위기 속으로 빠
져들었고, 땅 위로 노출된 참나무의 단단한 뿌리가 오히려
편안하게 느껴졌다.

　　그는 무명의 가치와, 깊은 바다로 되돌아가는 파도처
럼 무명으로 살아가는 기쁨에 관해 오랫동안 깊이 생각했
다. 무명이 어떻게 우리 마음에서 시샘과 앙심의 불쾌함을
없애주고, 어떻게 우리 혈관 속에 관대함과 아량이 물처럼

흘러넘치게 해주는지, 고맙다는 말이나 찬사가 없이도 주고받는 것을 어떻게 가능하게 해주는지를 생각했다. 그는 모든 위대한 시인은 틀림없이 그렇게 살아왔을 거라고 생각했다(비록 그의 그리스어 지식이 그 사실을 뒷받침해줄 정도는 아니었지만). 셰익스피어도 분명 그렇게 글을 썼으며, 교회를 짓는 사람들도 그렇게 했을 거라고 생각했다. 익명으로, 고맙다는 말을 듣거나 이름을 알릴 필요도 없이, 오로지 낮에는 그들의 일을 하고 아마도 밤에는 약간의 맥주를 마시면서. '이 얼마나 멋진 인생인가', 그는 참나무 아래에서 팔다리를 죽 뻗으면서 생각했다.

The pith of his phrases was that while fame impedes and constricts, obscurity wraps about a man like a mist; obscurity is dark, ample, and free; obscurity lets the mind take its way unimpeded. Over the obscure man is poured the merciful suffusion of darkness. None knows where he goes or comes. He may seek the truth and speak it; he alone is free; he alone is truthful; he alone is at peace. And so he sank into a quiet mood, under the oak tree, the hardness of whose roots, exposed above the ground, seemed to him rather comfortable than otherwise.

Sunk for a long time in profound thoughts as to the value of obscurity, and the delight of having no name, but being like a wave which returns to the deep body of the sea; thinking how obscurity rids the mind of the irk of envy and spite; how it sets running in the veins the free waters of generosity and magnanimity; and allows giving and taking without thanks offered or praise given; which must have been the way of all great poets, he supposed (though his knowledge of Greek was not enough to bear him out), for, he thought, Shakespeare must have written like that, and the church builders built like that, anonymously, needing no thanking or naming, but only their work in the daytime and a little ale perhaps at night—'What an admirable life this is,' he thought, stretching his limbs out under the oak tree. *Orlando(Chapter 2)*

145 그녀는 '여성의 어두운 의복인 가난과 무지의 옷을 입는 편이 낫다'고 생각했다. '세상의 규칙과 규율 따위는 남자들에게 맡기고, 군사적 야심, 권력욕 그리고 또 다른

모든 남성적 욕망에서 벗어나는 게 나아. 그리하여 인간의 정신이 알고 있는 지극히 고양된 희열인 '사색과 고독과 사랑'을 만끽할 수만 있다면. 그녀는 깊은 감동을 받았을 때 늘 그러듯 큰 소리로 외쳤다.

그녀는 "내가 여자인 게 얼마나 다행인가!"라고 소리치고는, 하마터면 자신의 성을 자랑스러워하는(남녀 간에 이보다 한탄스러운 것은 없다) 엄청나게 바보 같은 짓을 할 뻔했다가 특별한 단어 하나 때문에 주춤했다. 그것을 제자리로 되돌려놓으려는 우리의 노력에도 불구하고 그 단어는 앞선 문장의 맨 끝으로 슬며시 끼어들었다. 사랑. "사랑이라." 올랜도가 말했다. 그 즉시(사랑은 이처럼 성급하다) 사랑은 인간의 형상을 띠었다(사랑은 이렇게 자존심이 강하다). 다른 관념들은 아무 불만 없이 추상적인 것에 머물러 있는 반면, 사랑은 인간의 육체와 케이프와 페티코트, 스타킹과 가죽조끼를 걸쳐야만 하기 때문이다.

'Better is it', she thought, 'to be clothed with poverty and ignorance, which are the dark garments of the female sex; better to leave the rule and discipline of the world to others; better be quit of martial ambition, the love of power, and all the other manly desires if so one can more fully enjoy the most exalted raptures known to the humane spirit, which are', she said aloud, as her habit was when deeply moved, 'contemplation, solitude, love.'

'Praise God that I'm a woman!' she cried, and was about to run into extreme folly—than which none is more distressing in woman or man either—of being proud of her sex, when she paused over the singular word, which, for all we can do to put it in its place, has crept in at the end of the last sentence: Love. 'Love,' said Orlando. Instantly—such is its impetuosity—love took a human shape—such is its pride. For where other thoughts are content to remain abstract, nothing will satisfy this one but to put on flesh and blood, mantilla and petticoats, hose and jerkin. *Orlando(Chapter 4)*

146 그런데 올랜도의 애인들이 모두 여성이었고, 인간의 몸은 관습에 적응하는 것이 얄미울 정도로 느리기 때문에, 비록 그녀 자신도 여성이긴 했지만 그녀가 사랑한 것은 여전히 여성이었다. 그리고 동성이라는 의식이 조금이라도 어떤 영향을 미친다고 본다면, 그런 의식은 그녀가 남자로

서 느꼈던 감정들을 더욱 활발해지고 깊어지게 했다. 남자였을 때는 모호했던 수많은 암시와 수수께끼 들이 이제는 분명해졌다. 남녀를 가르고 무수한 불순물들을 어둠 속에 머물게 하던 모호함이 이젠 사라진 것이다. 또한 시인이 진실과 아름다움에 관해 한 말에 어떤 의미가 있는 것이라면, 올랜도가 여성에 대해 느끼는 이러한 애정은 거짓 속에서 잃었던 것을 아름다움 가운데서 얻게 했다.

And as all Orlando's loves had been women, now, through the culpable laggardry of the human frame to adapt itself to convention, though she herself was a woman, it was still a woman she loved; and if the consciousness of being of the same sex had any effect at all, it was to quicken and deepen those feelings which she had had as a man. For now a thousand hints and mysteries became plain to her that were then dark. Now, the obscurity, which divides the sexes and lets linger innumerable impurities in its gloom, was removed, and if there is anything in what the poet says about truth and beauty, this affection gained in beauty what it lost in falsity. *Orlando(Chapter 4)*

147 "내가 성숙해지고 있는 거야. 어쩌면 또 다른 환상들을 품기 위해 어떤 환상들에서 벗어나는 중인지도 몰라."

"I am growing up. I am losing some illusions, perhaps to acquire others." *Orlando(Chapter 4)*

148 두 성은 서로 다르지만 한데 뒤섞여 있다. 사람은 누구나 한 성에서 다른 성을 오가고, 우리를 남자답거나 여자답게 보이게 하는 것은 옷의 효과일 뿐이며, 그 이면의 성은 겉으로 보이는 것과는 정반대인 경우가 종종 있다. 이런 사실에서 비롯되는 분규와 혼란은 누구나 경험한 바 있을 터다. 여기서 우리는 일반적인 문제는 제쳐두고, 여성인 올랜도 자신의 특별한 경우에 이 사실이 끼친 기이한 영향에 대해서만 알아보고자 한다.

그녀의 행동에서 종종 뜻밖의 성향이 나타나는 것은, 그녀 안에 남성과 여성이 혼재해 있어, 그중 하나가 우세할 때도, 또 다른 하나가 우위를 점할 때도 있기 때문이었다.

Different though the sexes are, they intermix. In every human being a vacillation from one sex to the other takes place, and often it is only the clothes that keep the male or female likeness, while underneath the sex is the very opposite of what it is above. Of the complications and confusions which thus result everyone has had experience; but here we leave the general question and note only the odd effect it had in the particular case of Orlando herself.

For it was this mixture in her of man and woman, one being uppermost and then the other, that often gave her conduct an unexpected turn. *Orlando(Chapter 4)*

149 환상은 현실과 부딪히면 산산조각 난다는 것은 주지의 사실이다. 따라서 환상이 우세한 곳에서는 진정한 행복도, 진정한 기지도, 진정한 심오함도 허용되지 않는다.

It is notorious that illusions are shattered by conflict with reality, so no real happiness, no real wit, no real profundity are tolerated where the illusion prevails. *Orlando(Chapter 4)*

150 무장하지 않은 채 사자 굴 속으로 걸어 들어가는 것이 무모한 짓이라면, 노 젓는 배로 대서양을 항해하는 것

이 무모한 짓이라면, 세인트 폴 대성당 꼭대기에서 한 발로 서는 게 무모한 짓이라면, 시인과 단둘이 집으로 가는 것은 더욱더 무모한 짓이다. 시인은 대서양과 사자를 하나로 합쳐놓은 존재다. 대서양이 우리를 삼켜버린다면, 사자는 우리를 물어뜯는다. 사자의 이빨에서 살아남는다고 해도 우리는 파도에 휩쓸리고 만다. 환상을 깨뜨릴 수 있는 사람은 야수이자 홍수이다. 환상은 지구를 둘러싼 대기처럼 우리의 영혼을 감싼다. 그 부드러운 공기를 걷어내면 식물은 죽고 색이 바랜다. 우리가 걷고 있는 지구는 타고 남은 재로 변한다. 우리는 이회토泥灰土 위를 걷고, 뜨거운 자갈은 우리 발바닥을 태운다. 진실은 우리를 파멸시킨다. 인생은 꿈이다. 깨어나는 것은 죽음을 의미한다. 우리에게서 꿈을 빼앗는 것은 우리의 목숨을 빼앗는 것과 같다. (마음만 먹으면 이런 식으로 여섯 쪽은 계속할 수 있지만, 글이 지루하니 여기서 그만두는 게 좋겠다.)

For if it is rash to walk into a lion's den unarmed, rash to navigate the Atlantic in a rowing boat, rash to stand on one foot on the top of St. Paul's, it is still more rash to go home alone with a poet. A poet is Atlantic and lion in one. While one drowns us the other gnaws us. If we survive the teeth, we succumb to the waves. A man who can destroy illusions is both beast and flood. Illusions are to the soul what atmosphere is to the earth. Roll up that tender air and the plant dies, the colour fades. The earth we walk on is a parched cinder. It is marl we tread and fiery cobbles scorch our feet. By the truth we are undone. Life is a dream.' Tis waking that kills us. He who robs us of our dreams robs us of our life—(and so on for six pages if you will, but the style is tedious and may well be dropped). *Orlando(Chapter 4)*

151 인간은 눈에 보이지 않는 것일수록 더 믿는 경향이 있다.

The less we see the more we believe. *Orlando(Chapter 4)*

152 한마디로 한 작가의 영혼의 모든 비밀이, 그의 인생의 모든 경험이, 그의 정신의 모든 자질이 그의 작품들 속에 커다랗게 쓰여 있다. 그런데도 우리는 비평가들에게 어떤 것을 설명해줄 것을, 전기 작가들에게 또 다른 것을 자

세히 설명해줄 것을 요구한다.

> In short, every secret of a writer's soul, every expe-
> rience of his life; every quality of his mind is written
> large in his works; yet we require critics to explain
> the one and biographers to expound the other. *Orlan-*
> *do(Chapter 4)*

153 지성은 아주 멋지고 대단히 존경스러운 것이긴 하나,
흉측한 송장 같은 몸뚱이 속에 들어앉아 안타깝게도 종종
또 다른 능력들을 먹어치우는 버릇이 있다. 그리하여 지성이
비대해진 곳에서는 마음, 감각, 관대함, 자비, 관용, 친절 그리
고 그 밖의 것들이 숨 쉴 공간이 거의 남아 있지 않게 된다.

> The intellect, divine as it is, and all worshipful, has
> a habit of lodging in the most seedy of carcasses,
> and often, alas, acts the cannibal among the other
> faculties so that often, where the Mind is biggest, the
> Heart, the Senses, Magnanimity, Charity, Tolerance,
> Kindliness, and the rest of them scarcely have room
> to breathe. *Orlando(Chapter 4)*

154 어떤 재사才士가 여인에게 자신이 쓴 시를 보내고, 그녀의 평가를 칭송하고, 그녀의 비평을 간청하고, 그녀가 따라주는 차를 마시더라도, 이는 결코 그가 그녀의 견해를 존중하거나 그녀의 이해력을 찬양한다는 의미가 아니며, 칼로는 안 되더라도 펜으로라도 그녀를 찌르기를 마다하지 않으리라는 것을 여인은 잘 알고 있다.

A woman knows very well that, though a wit sends her his poems, praises her judgment, solicits her criticism, and drinks her tea, this by no means signifies that he respects her opinions, admires her understanding, or will refuse, though the rapier is denied him, to run her through the body with his pen. *Orlando*(Chapter 4)

155 올랜도는 로켓(*사진이나 기념품, 머리카락 따위를 넣어 목걸이에 다는 작은 갑)이나 사랑의 유물 같은 것을 찾으려는 듯 자기 셔츠의 가슴 부분을 더듬더니 그런 것들 대신 두루마리 종이 하나를 꺼냈다. 바닷물과 피와 여행의 흔적으로 얼룩진, 그녀의 시 '참나무'의 원고였다. 그녀는 지금까지 이것을, 그토록 오랫동안, 몹시 위험한 상황에서도 늘 몸에

지니고 다녔다. 그러느라 많은 페이지에 얼룩이 졌고, 찢어진 페이지들도 있었다. 또한 집시와 함께 지낼 때는 글 쓸 종이가 없어 여백에 써넣거나 쓴 것 위에 줄을 긋기도 해서 원고가 마치 꼼꼼히 짜깁기를 한 천 조각처럼 보였다. 그녀는 원고의 맨 앞 장으로 돌아가 그녀의 소년다운 필체로 적어 넣은 1586년이라는 날짜를 읽었다. 그러니까 그녀는 지금까지 300년 가까이 이 글을 써오고 있었던 것이다. 이제는 끝맺음을 할 때가 되었다. 원고를 넘기며 띄엄띄엄 건너뛰기도 하면서 읽는 동안 그녀는 그 오랜 세월 동안 자신이 변한 것이 거의 없다는 생각을 했다. 그녀는 소년들이 대개 그렇듯 죽음을 동경하는 우울한 소년이었다. 그다음에 그녀는 사랑에 빠졌고, 화려한 삶을 살았다. 그 뒤에는 쾌활하고 풍자적이 되었다. 그녀는 때로는 산문을 시도했고, 때로는 드라마를 써보기도 했다. 그러나 이 모든 변화에도 불구하고 그녀는 근본적으로는 자신이 똑같은 사람이라고 생각했다. 그녀는 여전히 명상을 즐겨 했고, 여전히 동물과 자연을 사랑했으며, 여전히 전원과 사계절을 열렬히 사랑했다.

'결국,' 그녀는 일어나 창가로 가면서 생각했다, '변한 것은 아무것도 없어. 집도 정원도 예전과 똑같아. 의자 하나도 옮겨지지 않았고, 장신구 하나 팔려 나가지 않았어. 여전히 똑같은 산책로, 똑같은 잔디밭, 똑같은 나무들 그리고 똑같은 연못. 아마도 저 속에는 예전과 똑같은 잉어가 살고 있겠지. 왕좌에는 엘리자베스 여왕이 아닌 빅토리아 여왕이 앉아 있지만 달라진 게 뭐란 말인가……'

Then Orlando felt in the bosom of her shirt as if for some locket or relic of lost affection, and drew out no such thing, but a roll of paper, sea-stained, blood-stained, travel-stained—the manuscript of her poem, 'The Oak Tree'. She had carried this about with her for so many years now, and in such hazardous cir-cumstances, that many of the pages were stained, some were torn, while the straits she had been in for writing paper when with the gipsies, had forced her to overscore the margins and cross the lines till the manuscript looked like a piece of darning most conscientiously carried out. She turned back to the first page and read the date, 1586, written in her own boyish hand. She had been working at it for close three hundred years now. It was time to make an end. Meanwhile she began turning and dipping and read-ing and skipping and thinking as she read, how very little she had changed all these years. She had been a gloomy boy, in love with death, as boys are; and then she had been amorous and florid; and then she had been sprightly and satirical; and sometimes she had tried prose and sometimes she had tried drama. Yet through all these changes she had remained, she reflected, fundamentally the same. She had the same brooding meditative temper, the same love of animals and nature, the same passion for the country and the seasons.

'After all,' she thought, getting up and going to the window, 'nothing has changed. The house, the garden are precisely as they were. Not a chair has been moved, not a trinket sold. There are the same walks, the same lawns, the same trees, and the same pool, which, I dare say, has the same carp in it. True, Queen Victoria is on the throne and not Queen Elizabeth, but what difference···' *Orlando(Chapter 5)*

156 여자가 남자 생각을 하는 한 아무도 여자가 생각한 다는 사실에 이의를 제기하지 않는다.

As long as she thinks of a man, nobody objects to a woman thinking. *Orlando(Chapter 6)*

157 찬사와 명성이 시와 무슨 관계가 있을까? 7판을 찍었다는 사실이(이 책은 이미 그만큼 나갔다) 이 책의 가치와 무슨 상관이 있을까? 시를 쓴다는 것은 하나의 은밀한 교류, 하나의 목소리에 또 다른 목소리가 화답하는 일이 아니던가? 따라서 이 모든 잡소리와 찬사와 비난 그리고 자신을 찬양하거나 그러지 않는 사람을 만나는 것은 시를 쓰는 일 자체(하나의 목소리에 또 다른 목소리가 화답하는 일)와는 어울리지 않는 것이었다.

What has praise and fame to do with poetry? What has seven editions (the book had already gone into no less) got to do with the value of it? Was not writing poetry a secret transaction, a voice answering a voice? So that all this chatter and praise and blame and meeting people who admired one and meeting people who did not admire one was as ill suited as could be to the thing itself—a voice answering a voice. *Orlando(Chapter 6)*

158 "나는 지니가 원하는 것처럼 찬탄의 대상이 되기를 원하지 않아. 나는 방에 들어설 때 사람들이 찬탄의 눈빛으로 나를 올려다보는 것을 원하지 않아. 나는 베풀고 받고 싶어. 그리고 나의 소유물들을 펼쳐놓을 수 있는 고독을 원해."

"I do not want, as Jinny wants, to be admired. I do not want people, when I come in, to look up with admiration. I want to give, to be given, and solitude in which to unfold my possessions." *The Waves*

159 "사실 나는 성찰에 대한 자질이 없어. 나는 모든 것에서 구체성을 요구하지. 나는 그런 식으로만 세상을 파악하거든. 하지만 좋은 문장은 독립적으로 존재하는 것 같아. 게다가 내가 보기엔 최고의 문장들은 고독한 가운데서 탄생할 가능성이 높아. 그리고 그런 문장들에는 마지막 냉각 과정이 필수적인데, 나는 녹아드는 따뜻한 단어들 속에서 첨벙거리느라 그 일을 해낼 수가 없어."

"The fact is that I have little aptitude for reflection. I

require the concrete in everything. It is so only that I lay hands upon the world. A good phrase, however, seems to me to have an independent existence. Yet I think it is likely that the best are made in solitude. They require some final refrigeration which I cannot give them, dabbling always in warm soluble words."
The Waves

160 "나는 단순한 하나가 아니라 복잡다단한 여럿이야."

"I am not one and simple, but complex and many."
The Waves

161 "내게 필요한 것은 속도와 뜨겁게 용해하는 효과, 그리고 문장에서 문장으로의 용암식 흐름이야."

"It is the speed, the hot, molten effect, the laval flow of sentence into sentence that I need." *The Waves*

162 "현재의 순간을 포함하는 세상에서," 네빌이 말했다. "어째서 구분을 하지? 어떤 것에도 이름을 붙여서는 안 돼.

이름을 붙임으로써 어떤 것을 변화시키면 안 되니까. 있는 그대로 존재하게 해야 해, 이 강둑을, 이 아름다움을, 한순간 기쁨에 취해 있는 나를. 햇살은 따갑고, 나는 강을 바라봐. 가을 햇빛에 점점이 불타고 있는 나무들이 보여. 빨강들 사이를, 초록들 사이를 보트들이 떠가고 있어. 멀리서 종이 울리지만 조종은 아니야. 삶을 위해 울리는 종은 언제나 있는 법이니까. 나뭇잎 하나가 기쁨에 겨워 떨어져. 아아, 나는 삶과 사랑에 빠진 거야!"

"In a world which contains the present moment," said Neville, "why discriminate? Nothing should be named lest by so doing we change it. Let it exist, this bank, this beauty, and I, for one instant, steeped in pleasure. The sun is hot. I see the river. I see trees specked and burnt in the autumn sunlight. Boats float past, through the red, through the green. Far away a bell tolls, but not for death. There are bells that ring for life. A leaf falls, from joy. Oh, I am in love with life!"
The Waves

163 "이제 내 안에서 낯익은 리듬이 솟아오르기 시작해.

지금껏 잠들어 있던 단어들이 이제 그들의 투구를 들어 올렸다가 내던지고, 넘어졌다가 일어나고, 넘어졌다가 다시 일어나. 그래, 나는 시인이야. 나는 분명 위대한 시인이야."

"Now begins to rise in me the familiar rhythm; words that have lain dormant now lift, now toss their crests, and fall and rise, and fall and rise again. I am a poet, yes. Surely I am a great poet." *The Waves*

164 "나의 매력적인 언어는 뜻밖에도 자연스럽게 흘러나오면서 나에게도 기쁨을 안겨줘. 말들로 사물들의 베일을 벗겨나갈 때면 나는 내가 말할 수 있는 것보다 훨씬 많이, 엄청나게 많이 관찰해왔음을 알고 놀라곤 해."

"My charm and flow of language, unexpected and spontaneous as it is, delights me too. I am astonished, as I draw the veil off things with words, how much, how infinitely more than I can say, I have observed." *The Waves*

165 "나에게는 네빌이 생각하는 것보다 많은 자아가 있

어. 친구들은 자신들의 필요에 따라 우리가 어떠어떠한 사람이기를 바라지만, 우리는 그렇게 단순하지 않아. 하지만 사랑은 단순하지."

"For I am more selves than Neville thinks. We are not simple as our friends would have us to meet their needs. Yet love is simple." *The Waves*

166 "그런데 나는 대체 누구일까, 이 문에 기댄 채 나의 세터가 빙빙 돌며 냄새 맡는 것을 지켜보는 나는? 나는 때때로 생각해. (나는 아직 스무 살도 안 되었어.) 나는 여자가 아니라 이 문 위에, 이 땅 위에 내리쬐는 빛이라고. 나는 다양한 계절이며, 때로는 1월, 5월, 11월 혹은 진흙, 안개, 여명이기도 해. 나는 이리저리 내던져지거나 부드럽게 떠다니지도 못하고, 다른 사람들과 잘 섞이지도 못해."

"'But who am I, who lean on this gate and watch my setter nose in a circle? I think sometimes (I am not twenty yet) I am not a woman, but the light that falls on this gate, on this ground. I am the seasons, I think sometimes, January, May, November; the mud, the mist, the dawn. I cannot be tossed about, or float gently, or mix with other people." *The Waves*

167 "나는 내 안에서 수많은 능력이 솟구치는 것을 느껴. 나는 때로는 영악하고, 때로는 명랑하며, 때로는 무기력하고, 때로는 우울해져. 나는 뿌리를 내리고 있지만 여전히 흐르고 있어."

"I feel a thousand capacities spring up in me. I am arch, gay, languid, melancholy by turns. I am rooted, but I flow." *The Waves*

168 "엄청난 압력이 나를 짓누르고 있어. 수세기의 무게를 떨쳐내지 않고는 꼼짝할 수가 없어."

"An immense pressure is on me. I cannot move without dislodging the weight of centuries." *The Waves*

169 "지식을 이야기하는 것은 아무 쓸모 없는 짓이야. 모든 것은 실험이고 모험이기 때문이지. 우린 미지의 것들과 끊임없이 섞이고 있어. 앞으로 무슨 일이 일어날까? 그건

나도 몰라."

"To speak of knowledge is futile. All is experiment and adventure. We are forever mixing ourselves with unknown quantities. What is to come? I know not."
The Waves

170 "나는 결코 한자리에 머물러 있는 법이 없어. 최악의 재앙에서도 몸을 일으켜 방향을 바꾸고 변화하지."

"I am never stagnant; I rise from my worst disasters, I turn, I change." *The Waves*

171 "만약 말들이 서로 연결된다는 것을 모른 채 태어났더라면 나는 무엇이 되었을까." 버나드가 말했다. "이젠 도처에서 연속성을 발견하게 되는 고로 난 고독의 압박감을 참을 수가 없어. 말들이 내 주위로 담배 연기 고리처럼 둥글게 말려 올라가는 것을 볼 수 없을 때면 나는 어둠 속에 있게 되고, 무無가 되어버려."

"'Had I been born,' said Bernard, 'not knowing that

one word follows another I might have been, who
knows, perhaps anything. As it is, finding sequences
everywhere, I cannot bear the pressure of solitude.
When I cannot see words curling like rings of smoke
round me I am in darkness—I am nothing." *The Waves*

172 "나는 끊임없이 만들어지고 다시 만들어져. 각기 다
른 사람들이 내게서 각기 다른 말들을 끌어내지."

"I am made and remade continually. Different people
draw different words from me." *The Waves*

173 "많은 것이 내게서 떨어져나갔어. 어떤 소망들은 나
보다 먼저 죽어버렸지. 나는 친구들도 잃었어. 퍼서벌처럼
죽음이 앗아 간 친구도 있고, 단지 길을 건너지 못해서 잃
은 친구들도 있어."

"Things have dropped from me. I have outlived cer-
tain desires; I have lost friends, some by death—
Percival—others through sheer inability to cross the
street." *The Waves*

174 "나는 무수한 이야기를 만들어냈어. 진정한 이야기를 발견했을 때 써먹을 문장들로 수많은 노트를 채워나갔지. 그 모든 문장이 그리게 될 단 하나의 이야기를 기다리면서. 그러나 아직까지 그 이야기를 발견하지 못했어. 그래서 의문이 들기 시작해. 대체 이야기라는 게 있긴 한 걸까?"

"I have made up thousands of stories; I have filled innumerable notebooks with phrases to be used when I have found the true story, the one story to which all these phrases refer. But I have never yet found the story. And I begin to ask, Are there stories?" *The Waves*

175 "이런 도피의 순간을 경시해서는 안 돼. 그런 순간은 너무나 드물게 찾아오거든."

"These moments of escape are not to be despised. They come too seldom." *The Waves*

176 "산다는 건 내게는 끔찍한 일이었어. 나는 거대한 빨판 같아. 결코 만족할 줄 모르고 끈적거리면서 들러붙는 입말이야. 나는 살아 있는 육체의 한가운데 있는 핵을 끄집어

내려고 애썼지. 나는 자연스러운 행복은 알지 못해."

"Life has been a terrible affair for me. I am like some vast sucker, some glutinous, some adhesive, some insatiable mouth. I have tried to draw from the living flesh the stone lodged at the centre. I have known little natural happiness." *The Waves*

177 "나는 단일하고 일시적인 존재가 아니야. 내 삶은 다이아몬드 표면의 빛처럼 일순간 반짝이는 빛이 아니야. 나는 램프로 이 감방 저 감방을 비춰 보는 간수처럼 땅 밑을 구불구불 돌아다녀."

"I am not a single and passing being. My life is not a moment's bright spark like that on the surface of a diamond. I go beneath ground tortuously, as if a warder carried a lamp from cell to cell." *The Waves*

178 "나는 언제나 밤을 늘려서 꿈으로 그 시간을 더 많이 채우고 또 채우기를 원했어."

"I desired always to stretch the night and fill it fuller and fuller with dreams." *The Waves*

179 "나는 누군가가 입어주기를 기다리는 벽장 안의 옷처럼 내 문장들을 매달아두고 있어."

"I keep my phrases hung like clothes in a cupboard, waiting for someone to wear them." *The Waves*

180 "우리는 우리의 존재로 무언가를 파괴해버렸어." 버나드가 말했다. "어쩌면 하나의 세계를 파괴한 것인지도 몰라."

"We have destroyed something by our presence," said Bernard, "a world perhaps." *The Waves*

181 "나는 연인들이 말하는 것과 같은 소소한 언어를 갈망하기 시작해. 보도 위에서 발을 질질 끄는 소리처럼 부서진 말들, 불분명한 말들을."

"I begin to long for some little language such as lovers use, broken words, inarticulate words, like the shuffling of feet on pavement." *The Waves*

182 "스스로를 수동적으로 이끌리게 놔둔다는 것은 상상조차 할 수 없어. 나는 이렇게 외치고 싶어. '세상이여, 그것은 너의 길이다, 나의 길은 이것이다.'"

"To let oneself be carried on passively is unthinkable. 'That's your course, world,' one says, 'mine is this." *The Waves*

183 "모든 극심한 고통의 가장자리에는 손가락으로 가리키는 어떤 관찰자가 앉아 있기 마련이야. 어느 여름날 아침 옥수수가 창문까지 자라난 집에서 내게 속삭이듯, '강가 잔디 위에서 버드나무가 자라고 있어요. 정원사는 커다란 빗자루로 마당을 쓸고 여인은 앉아서 글을 쓰고 있어요'라고 속삭이는 누군가가 있는 거야. 그렇게 그는 우리의 역경을 넘어서는, 그것의 밖에 있는 어떤 것으로 나의 시선을 향하게 했어. 상징적인 것, 따라서 어쩌면 영원할지도 모르는 어떤 것으로 나의 눈을 돌리게 한 거야. 우리의 잠자기, 먹기, 숨쉬기처럼 그토록 동물적이고, 그토록 정신적이고 소란스러운 삶 가운데도 어떤 영속성이 존재한다고 하면 말이지."

"On the outskirts of every agony sits some observant fellow who points; who whispers as he whispered to me that summer morning in the house where the corn comes up to the window, "The willow grows on the turf by the river. The gardeners sweep with great brooms and the lady sits writing." Thus he directed me to that which is beyond and outside our own predicament; to that which is symbolic, and thus perhaps permanent, if there is any permanence in our sleeping, eating, breathing, so animal, so spiritual and tumultuous lives." *The Waves*

184 "오직 그 나무만이 우리의 끊임없는 변화에 저항했어. 나는 변하고 또 변했기 때문이야. 나는 햄릿이었고, 셸리였으며, 지금은 이름을 잊어버린, 도스토옙스키 소설의 주인공이었지. 믿기지 않겠지만 한 학기 내내 나폴레옹이었던 적도 있었어. 하지만 대부분은 바이런이었지."

"The tree alone resisted our eternal flux. For I changed and changed; was Hamlet, was Shelley, was the hero, whose name I now forget, of a novel by

Dostoevsky; was for a whole term, incredibly, Napoleon; but was Byron chiefly." *The Waves*

185 "우리 모두는 자신만의 환희와, 죽음에 대한 공통된 감정, 자신에게 쓸모 있는 무언가를 가지고 있어. 그래서 나는 내 친구들을 하나씩 차례로 찾아가 닫혀 있는 그들의 작은 상자를 서툰 손가락으로 억지로 열고자 했어. 나는 나의 슬픔(아니, 나의 슬픔이 아니라 우리의 인생이 지닌 불가해한 성질)을 견디며 이 친구에게서 저 친구에게로 옮겨 갔지. 그들에게 점검을 받기 위해서. 어떤 이들은 성직자에게로 가고, 또 어떤 이들은 시로 향하지. 나는 내 친구들과 나 자신의 마음으로 향해. 문장들과 파편들 가운데서 부서지지 않은 무언가를 찾기 위해."

"All had their rapture; their common feeling with death; something that stood them in stead. Thus I visited each of my friends in turn, trying, with fumbling fingers, to prise open their locked caskets. I went from one to the other holding my sorrow—no, not my sorrow but the incomprehensible nature of this our life—for their inspection. Some people go to priests; others to poetry; I to my friends, I to my own heart, I to seek among phrases and fragments something unbroken." *The Waves*

186 "컴퍼스로 사물을 측정할 수 있다면 나는 그렇게 할 것이다. 그러나 나의 유일한 측량기는 문장이므로 나는 문장을 만든다."

"If I could measure things with compasses I would, but since my only measure is a phrase, I make phrases." *The Waves*

187 "침묵이 얼마나 더 좋은가, 커피 잔과 식탁이. 말뚝 위에서 날개를 펼치는 고독한 바닷새처럼 혼자 앉아 있는 게 얼마나 더 좋은가. 이 커피 잔, 이 나이프, 이 포크 같은 단순한 사물들, 물物 자체의 사물들, 나 자신인 나와 함께 언제까지나 여기 앉아 있게 해달라."

"How much better is silence; the coffee-cup, the table. How much better to sit by myself like the solitary seabird that opens its wings on the stake. Let me sit here

for ever with bare things, this coffee-cup, this knife,
this fork, things in themselves, myself being myself."
The Waves

188 "죽음은 적이다. (…) 오, 죽음이여! 나는 정복되지 않
고 굴하지 않은 채 너에게 맞서 나 자신을 던지리라. *파도
가 해변에 부서졌다.*"

"Death is the enemy. (…) Against you I will fling
myself, unvanquished and unyielding, O Death! *The
waves broke on the shore.*" *The Waves*(＊이 구절은 훗날 버지니
아 울프의 묘비명이 되었다.)

189 자란다는 것의 가장 나쁜 점은 예전에 그랬던 것처
럼 무언가를 함께 나눌 수 없다는 것이라고 그녀는 생각했
다. 그들은 이제 만나더라도 예전처럼 이런저런 것들에 관
해 이야기를 나눌 시간이 없었다. 그들은 언제나 사실들,
사소한 사실들에 대해 이야기했다.

That was the worst of growing up, she thought; they couldn't share things as they used to share them. When they met they never had time to talk as they used to talk—about things in general—they always talked about facts—little facts. *The Years(1880)*

190 "사랑은 양쪽에서 동시에 멈춰야 한다고 생각하지 않아?" 그는 잠든 이들을 깨우지 않기 위해 담담한 어조로 말했다. "하지만 그렇게 되질 않지. 그게 고약한 거야." 그는 여전히 나직한 소리로 덧붙였다.

"Love ought to stop on both sides, don't you think, simultaneously?" He spoke without any stress on the words, so as not to wake the sleepers. "But it won't— that's the devil," he added in the same undertone. *The Years(1914)*

191 그녀는 그에게 묻고 싶었다. 언제, 언제나 이 새로운 세상이 올까요? 언제나 우린 자유로워질까요? 언제나 우린 동굴 속의 불구자들처럼이 아니라, 모험을 즐기며, 온전히 살 수 있을까요? 그가 그녀 안에 있는 무언가를 풀어놓아준

듯했다. 그녀는 시간의 새로운 영역뿐만 아니라 새로운 힘들, 자기 안에 있는 미지의 어떤 것까지도 느끼고 있었다.

When, she wanted to ask him, when will this new world come? When shall we be free? When shall we live adventurously, wholly, not like cripples in a cave? He seemed to have released something in her; she felt not only a new space of time, but new powers, something unknown within her. *The Years(1917)*

192 "나는 아무 의미 없이 하루에 두 번씩 밀려오는 조수 위에서 이리저리 부유하는 해초인가?"

"Am I a weed, carried this way, that way, on a tide that comes twice a day without a meaning?" *The Years(Present Day)*

193 내 인생이라, 그녀는 혼잣말을 했다. 이상한 일이었다. 그날 저녁 누군가가 그녀의 인생에 관해 이야기한 것이 벌써 두 번째였다. 그런데 나는 하나도 갖지 못했어, 그녀는 생각했다. 인생이라는 건 자신이 다룰 수 있고 만들어낼

수 있는 어떤 것이어야 하지 않나? 70여 년의 인생이었다. 하지만 내게는 오직 현재의 순간이 있을 뿐이야, 그녀는 생각했다. (…) 수백만 가지의 일들이 그녀의 머릿속에 떠올랐다. 원자들이 따로따로 춤을 추다가 다시 하나로 뭉쳤다. 그런데 그런 것들이 어떻게 사람들이 인생이라고 부르는 것을 이루는 걸까?

> My life, she said to herself. That was odd, it was the second time that evening that somebody had talked about her life. And I haven't got one, she thought. Oughtn't a life to be something you could handle and produce?—a life of seventy odd years. But I've only the present moment, she thought. (…) Millions of things came back to her. Atoms danced apart and massed themselves. But how did they compose what people called a life? *The Years(Present Day)*

194 어쨌든 그들은 서로를 의식하고 있고 서로의 안에서 살고 있어, 그녀는 생각했다. 이런 게 사랑이 아니고 뭐겠는가? 그들의 웃음소리에 귀 기울이면서 그녀가 물었다.

Anyhow, she thought, they are aware of each other; they live in each other; what else is love, she asked, listening to their laughter. *The Years(Present Day)*

195 그런데 어째서 나는 모든 것에 신경을 쓰는 걸까? 그녀는 생각했다. 그녀는 자세를 바꾸었다. 왜 나는 생각을 해야 하는 걸까? 그녀는 생각을 하고 싶지 않았다. (…) 생각하는 것은 고문과도 같았다. 어째서 생각하기를 포기하고 표류하며 꿈꾸지 않는 걸까? 하지만 세상의 고통이 내게 생각하기를 강요하잖아, 그녀는 생각했다. 어쩌면 이것은 일종의 허세가 아닐까? 그녀는 피 흘리는 자신의 심장을 가리키는 사람(세상의 고통이 곧 자신의 고통인)의 그럴듯한 태도 속에서 그녀 자신을 보고 있는 것은 아닐까? 사실 나는 나 같은 부류의 사람을 좋아하지 않는데, 그녀는 생각했다. (…) 하지만 나는 생각하지 않을 거야, 그녀는 거듭 생각했다. 그녀는 억지로라도 마음을 텅 비우고 벽에 등을 기댄 채 무슨 일이 일어나든 조용히, 너그러이 받아들일 것이었다.

But why do I notice everything? she thought. She shifted her position. Why must I think? She did not want to think. (⋯) Thinking was torment; why not give up thinking, and drift and dream? But the misery of the world, she thought, forces me to think. Or was that a pose? Was she not seeing herself in the becoming attitude of one who points to his bleeding heart? to whom the miseries of the world are misery, when in fact, she thought, I do not love my kind. (⋯) But I will not think, she repeated; she would force her mind to become a blank and lie back, and accept quietly, tolerantly, whatever came. *The Years(Present Day)*

196 분명 또 다른 삶이 있을 거야, 그녀는 화가 나서 의자에 깊숙이 몸을 파묻으며 생각했다, 꿈속이 아니라 지금 이곳에, 살아 있는 사람들과 함께 있는 이 방 안에. 마치 머리카락을 뒤로 휘날리며 벼랑 끝에 서 있는 기분이었다. 그녀는 막 자신에게서 벗어난 무언가를 붙잡으려 하고 있었다. 분명 또 다른 삶이 있을 거야, 지금 여기에, 그녀는 거듭 생각했다. 이 삶은 너무 짧고, 엉망으로 망가져버렸어. 우리는 아무것도 알지 못해, 우리 자신에 대해서조차도.

There must be another life, she thought, sinking back

into her chair, exasperated. Not in dreams; but here and now, in this room, with living people. She felt as if she were standing on the edge of a precipice with her hair blown back; she was about to grasp something that just evaded her. There must be another life, here and now, she repeated. This is too short, too broken. We know nothing, even about ourselves. *The Years(Present Day)*

197 "책은 영혼을 비추는 거울이에요."

"Books are the mirrors of the soul." *Between the Acts*

『자기만의 방』과 그 밖의 에세이

198 하지만 다시 생각해보니 '여성'과 '픽션'의 조합이 그리 단순해 보이지 않더군요. '여성과 픽션'이라는 제목은 어쩌면 '여성'과 '여성이 어떤 존재인가'를 의미하거나, '여성'과 '여성이 쓴 픽션'을 뜻하는지도 모릅니다. 여러분도 그런 의미를 떠올렸을지도 모르지요. 다른 한편으로는 '여성'과 '여성에 관해 쓰인 픽션'을 의미할 수도 있을 것입니다. 어쩌면 이 세 가지가 서로 뗄 수 없을 만큼 뒤섞여 있다 보니 여러분은 내가 그 모두를 함께 살펴봐주기를 바랄지도 모르겠습니다.

But at second sight the words seemed not so simple. The title women and fiction might mean, and you may have meant it to mean, women and what they are like, or it might mean women and the fiction that they write; or it might mean women and the fiction that is written about them, or it might mean that somehow all three are inextricably mixed together and you want me to consider them in that light. *A Room of One's Own(Chapter 1)*

199 그런데 내가 할 수 있는 것이라고는 기껏해야 여러분에게 한 가지 사소한 사항에 관한 의견을 제시하는 것, 즉 여성이 픽션을 쓰고 싶다면 돈과 자기만의 방을 가져야 한다고 말하는 것뿐이었지요.

All I could do was to offer you an opinion upon one minor point—a woman must have money and a room of her own if she is to write fiction. *A Room of One's Own(Chapter 1)*

200 여기서 말하는 허구는 사실보다 더 많은 진실을 포함하고 있을 수도 있습니다.

Fiction here is likely to contain more truth than fact. *A Room of One's Own(Chapter 1)*

201 서두를 필요가 없습니다. 반짝일 필요도 없습니다. 자기 자신이 아닌 다른 누군가가 될 필요도 없습니다.

No need to hurry. No need to sparkle. No need to be anybody but oneself. *A Room of One's Own(Chapter 1)*

202 그렇게 곧 사라지고 말 세상의 아름다움은 두 개의 날을 지니고 있기 마련입니다. 우리 마음을 둘로 쪼개버리는, 웃음과 고뇌의 날 말입니다.

The beauty of the world which is so soon to perish, has two edges, one of laughter, one of anguish, cutting the heart asunder. *A Room of One's Own(Chapter 1)*

203 저녁을 잘 먹지 못하면 생각을 잘할 수도, 사랑을 잘할 수도, 잠을 잘 잘 수도 없습니다. 우리 척추에 있는 등불은 소고기와 프룬만으로는 불이 켜지지 않습니다.

One cannot think well, love well, sleep well, if one has not dined well. The lamp in the spine does not light on beef and prunes. *A Room of One's Own(Chapter 1)*

204 나는 내가 받은 이 모든 인상에서 개인적이고 우연적인 것을 모두 걸러내고, 순수한 액체, 즉 진실의 본질적인 기름을 찾아내야 합니다.

One must strain off what was personal and accidental in all these impressions and so reach the pure fluid, the essential oil of truth. *A Room of One's Own(Chapter 2)*

205 책들의 제목조차도 내게 생각할 거리를 제공했지요.

Even the names of the books gave me food for thought. *A Room of One's Own(Chapter 2)*

206 그 책들은 진실의 흰빛이 아닌 감정의 붉은빛으로 쓰인 것이었습니다.

They had been written in the red light of emotion and not in the white light of truth. *A Room of One's Own(Chapter 2)*

207 남성과 여성 모두에게 (나는 보도에서 서로의 어깨를 밀

치며 지나가는 사람들을 바라보았습니다) 삶은 고되고 어렵고 끊임없는 투쟁입니다. 산다는 것은 엄청난 용기와 힘을 요구합니다. 어쩌면 그 무엇보다 자기확신을 요하는 일인지도 모릅니다. 우리는 환상으로 이루어진 존재들이기 때문이지요. 자신감이 없이는 우린 요람 속 아기와 다를 바 없습니다.

> Life for both sexes—and I looked at them, shouldering their way along the pavement—is arduous, difficult, a perpetual struggle. It calls for gigantic courage and strength. More than anything, perhaps, creatures of illusion as we are, it calls for confidence in oneself. Without self–confidence we are as babes in the cradle. *A Room of One's Own(Chapter 2)*

208 여성은 수세기 동안 남성의 모습을 두 배로 커 보이게 하는 기분 좋은 마력을 지닌 거울 역할을 해왔습니다.

> Women have served all these centuries as looking–glasses possessing the magic and delicious power of reflecting the figure of man at twice its natural size. *A*

209 여성이 진실을 말하기 시작하면 거울 속에 비친 남성의 모습이 쪼그라들고, 삶에 대한 그들의 적응력 또한 약화되기 때문입니다.

For if she begins to tell the truth, the figure in the looking–glass shrinks; his fitness for life is diminished. *A Room of One's Own(Chapter 2)*

210 어떤 계층이나 성에 속한 사람들 전부를 싸잡아 비난하는 것은 불합리한 일이었습니다. 대다수의 사람들은 자신이 하는 것에 대해 아무런 책임이 없기 때문입니다. 그들은 스스로 통제할 수 없는 본능에 이끌리는 것뿐입니다. 그들, 가장과 교수 들 역시 맞서 싸워야 할 끝없는 어려움과 극복해야 할 커다란 결함을 지니고 있습니다. 그들이 받은 교육도 어떤 면에서는 내가 받은 교육만큼이나 잘못된 것이었지요. 그로 인해 그들에게 아주 중대한 결함이 생겨난 것입니다.

It was absurd to blame any class or any sex, as a

whole. Great bodies of people are never responsible for what they do. They are driven by instincts which are not within their control. They too, the patriarchs, the professors, had endless difficulties, terrible drawbacks to contend with. Their education had been in some ways as faulty as my own. It had bred in them defects as great. *A Room of One's Own(Chapter 2)*

211 나는 문을 열면서 생각했습니다. 여성이라는 사실이 더 이상 보호받을 이유가 되지 않는다면 무슨 일이든 일어날 수 있을 거라고요.

Anything may happen when womanhood has ceased to be a protected occupation, I thought, opening the door. *A Room of One's Own(Chapter 2)*

212 픽션은 마치 거미줄처럼, 아마도 아주 미세하게, 네 귀퉁이 모두가 삶과 연결돼 있습니다. 종종 그 연결 부분이 거의 눈에 띄지 않기도 합니다. 일례로 셰익스피어의 극 작품들은 그 자체로 완벽하게 공중에 떠 있는 듯 보입니다. 하지만 거미줄을 비스듬히 잡아당겨 가장자리에 걸고 가운

데를 찢어보면, 이 거미줄이 무형의 존재가 공중에 짜놓은 것이 아니라 고통받는 인간의 작품이며, 건강과 돈 그리고 우리가 사는 집 같은 뼛속 깊이 물질적인 것들과 연결돼 있다는 사실을 떠올리게 됩니다.

> Fiction, imaginative work that is, is not dropped like a pebble upon the ground, as science may be; fiction is like a spider's web, attached ever so lightly perhaps, but still attached to life at all four corners. Often the attachment is scarcely perceptible; Shakespeare's plays, for instance, seem to hang there complete by themselves. But when the web is pulled askew, hooked up at the edge, torn in the middle, one re-members that these webs are not spun in mid–air by incorporeal creatures, but are the work of suffering human beings, and are attached to grossly material things, like health and money and the houses we live in. *A Room of One's Own(Chapter 3)*

213 그리고 이름을 밝히지 않은 채 수많은 시를 썼던 무명의 작가들이 종종 여성이었으리라 조심스레 추측해봅니다.

Indeed, I would venture to guess that Anon, who wrote so many poems without signing them, was often a woman. *A Room of One's Own(Chapter 3)*

214 어쩌면 여성 해방에 저항하는 남성의 역사는 여성 해방 자체의 이야기보다 훨씬 흥미로울지도 모릅니다.

The history of men's opposition to women's emancipation is more interesting perhaps than the story of that emancipation itself. *A Room of One's Own(Chapter 3)*

215 문학은 다른 사람들의 견해에 과도하게 신경을 쓴 이들의 잔해로 뒤덮여 있습니다.

Literature is strewn with the wreckage of men who have minded beyond reason the opinions of others. *A Room of One's Own(Chapter 3)*

216 창조적 작업에 가장 유리한 마음 상태는 어떤 것인가 하는 애초의 내 물음으로 되돌아가 생각해볼 때 예술가들 의 이처럼 민감한 마음은 이중으로 불행한 것이라고 할 수

있습니다. 왜냐하면 지금 내 앞에 펼쳐져 있는 『안토니우스와 클레오파트라』를 보면서 추측건대, 자기 안에 있는 작품을 온전히 세상에 내놓고자 하는 예술가의 마음이 엄청난 노력으로 결실을 맺으려면 셰익스피어의 마음처럼 뜨겁게 타올라야 하기 때문입니다. 거기에는 어떤 장애물이나 불타지 못한 어떤 이물질이 남아 있어서도 안 됩니다.

And this susceptibility of theirs is doubly unfortunate, I thought, returning again to my original enquiry into what state of mind is most propitious for creative work, because the mind of an artist, in order to achieve the prodigious effort of freeing whole and entire the work that is in him, must be incandescent, like Shakespeare's mind, I conjectured, looking at the book which lay open at ANTONY AND CLEOPATRA. There must be no obstacle in it, no foreign matter unconsumed. *A Room of One's Own(Chapter 3)*

217 돈은 대가가 지불되지 않을 때는 하찮게 여겨지는 것에 권위를 부여합니다.

Money dignifies what is frivolous if unpaid for. *A Room of One's Own(Chapter 4)*

218 걸작이란 외따로 홀로 태어나는 것이 아니니까요. 걸작이란 오랜 세월에 걸쳐 축적된 공동의 생각, 일단의 사람들의 생각에서 비롯된 결과물이며, 따라서 하나의 목소리 이면에 다수의 경험이 존재합니다.

For masterpieces are not single and solitary births; they are the outcome of many years of thinking in common, of thinking by the body of the people, so that the experience of the mass is behind the single voice. *A Room of One's Own(Chapter 4)*

219 눈을 감고 전체로서의 소설에 대해 생각해보면, 소설은 삶과 유사한, 일종의 거울을 포함한 창작물이라고 할 수 있을 것입니다. 물론 그 유사성이란 단순화되거나 숱하게 왜곡된 것이긴 하지만요.

If one shuts one's eyes and thinks of the novel as a whole, it would seem to be a creation owning a certain looking-glass likeness to life, though of course with simplifications and distortions innumerable. *A Room of One's Own(Chapter 4)*

220 삶은 삶이 아닌 어떤 것과 충돌을 일으킵니다. 그 때문에 우린 소설에 관한 어떤 합의에 이르기가 어려워지고, 우리의 개인적 편견들이 우리에게 엄청난 영향력을 행사하게 됩니다.

Life conflicts with something that is not life. Hence the difficulty of coming to any agreement about novels, and the immense sway that our private prejudices have upon us. *A Room of One's Own(Chapter 4)*

221 소설가에게 성실성이란, 이것은 진실이라고 작가가 독자에게 심어주는 확신을 의미합니다. '그래, 난 이게 이럴 수 있을 거라고 절대 생각지 못했을 거야. 이렇게 행동하는 사람을 본 적이 없으니까. 하지만 당신은 이건 이렇고, 이런 일이 생길 수 있다는 확신을 심어주었지'라고 독자는 느낍니다.

What one means by integrity, in the case of the novelist, is the conviction that he gives one that this is the truth. Yes, one feels, I should never have thought that this could be so; I have never known people behaving like that. But you have convinced me that so it is, so it happens. *A Room of One's Own(Chapter 4)*

222 그녀는 다른 이들의 의견을 존중하느라 자신의 가치를 변질시켰던 것입니다.

She had altered her values in deference to the opinion of others. *A Room of One's Own(Chapter 4)*

223 1828년의 젊은 여성이 이 모든 타박과 힐난과 상賞에 대한 약속을 무시할 수 있으려면 매우 강건한 심성을 타고났어야만 할 겁니다. 스스로에게 이렇게 말할 수 있는 일종의 선동가적인 기질 말입니다. 좋아, 하지만 그들이 문학마저 매수할 수는 없어. 문학은 모두에게 열려 있으니까. 당신이 아무리 대학의 관리인이라 할지라도 나를 잔디밭에서 내쫓는 것을 허용하지 않을 거야. 어디 얼마든지 도서관을 걸어 잠가보라고. 그런다고 문이나 자물쇠나 빗장으로

내 자유로운 정신을 가둬두지는 못할 테니까.

It would have needed a very stalwart young woman in 1828 to disregard all those snubs and chidings and promises of prizes. One must have been something of a firebrand to say to oneself, Oh, but they can't buy literature too. Literature is open to everybody. I refuse to allow you, Beadle though you are, to turn me off the grass. Lock up your libraries if you like; but there is no gate, no lock, no bolt, that you can set upon the freedom of my mind. *A Room of One's Own(Chapter 4)*

224 여성이 종이 위에 펜을 올려놓자마자 알게 될 첫 번째 사실은 아마도 그녀가 차용할 수 있는 공동의 문장이 없다는 사실일 것입니다

Perhaps the first thing she would find, setting pen to paper, was that there was no common sentence ready for her use. *A Room of One's Own(Chapter 4)*

225 게다가 이미지를 빌려 설명하자면, 책이란 죽 이어

놓은 문장들로 이루어지는 게 아니라 아치나 돔 같은 형태로 구축되는 것입니다. 그리고 이러한 형태 역시 남성들에 의해, 그들 자신의 필요에 따라 그들 자신이 사용하기 위해 만들어진 것입니다.

Moreover, a book is not made of sentences laid end to end, but of sentences built, if an image helps, into arcades or domes. And this shape too has been made by men out of their own needs for their own uses. *A Room of One's Own(Chapter 4)*

226 우린 책들을 개별적으로 판단하는 습성이 있지만 사실 책들은 서로 연관돼 있기 때문입니다.

For books continue each other, in spite of our habit of judging them separately. *A Room of One's Own(Chapter 5)*

227 "클로이는 올리비아를 좋아했다……" 놀라지 마십시오. 얼굴을 붉히지도 마십시오. 때로 이런 일들이 일어나기도 한다는 것을 우리들끼리 모인 곳에서는 인정하도록 합

시다. 때로는 여성이 여성을 좋아하기도 하니까요.

'Chloe liked Olivia…' Do not start. Do not blush. Let us admit in the privacy of our own society that these things sometimes happen. Sometimes women do like women. *A Room of One's Own(Chapter 5)*

228 그러나 거의 예외 없이 여성은 남성과의 관계 내에서만 그려지고 있습니다. 제인 오스틴의 시대 전까지는 문학작품 속의 모든 위대한 여성이 남성의 눈을 통해서만 보였을 뿐만 아니라 남성과의 관계 내에서만 보였다는 것은 참으로 이상한 일입니다. 사실 남성과의 관계는 여성의 삶에서 아주 작은 부분밖에 차지하지 못하는데 말이죠.

But almost without exception they are shown in their relation to men. It was strange to think that all the great women of fiction were, until Jane Austen's day, not only seen by the other sex, but seen only in relation to the other sex. And how small a part of a woman's life is that. *A Room of One's Own(Chapter 5)*

229 그리고 소설은, 그럴 의도는 없다고 할지라도, 불가피하게 거짓말을 합니다.

And the novels, without meaning to, inevitably lie. *A Room of One's Own(Chapter 5)*

230 그녀는 여성으로서, 그러나 자신이 여성이라는 사실을 잊어버린 여성으로서 글을 썼습니다. 그리하여 그녀가 쓴 페이지들은 성이 자신의 성을 의식하지 않을 때라야 생겨날 수 있는 흥미로운 성적 요소들로 가득했습니다.

She wrote as a woman, but as a woman who has forgotten that she is a woman, so that her pages were full of that curious sexual quality which comes only when sex is unconscious of itself. *A Room of One's Own(Chapter 5)*

231 어쩌면 요 이틀간 내가 그랬던 것처럼, 한 성을 다른 성과 구분해 생각하는 것은 고역일지도 모릅니다. 그것은 마음의 단일성을 방해합니다. 이제 두 사람이 한데 만나 함께 택시를 타는 것을 봄으로써 그런 고역이 끝났고 마음의

단일성이 회복되었습니다.

> Perhaps to think, as I had been thinking these two
> days, of one sex as distinct from the other is an effort.
> It interferes with the unity of the mind. Now that ef-
> fort had ceased and that unity had been restored by
> seeing two people come together and get into a taxi-
> cab. *A Room of One's Own(Chapter 6)*

232 콜리지가 위대한 마음은 양성적이라고 했을 때는, 여
성에게 특별한 공감을 느끼는 마음, 여성의 대의를 채택하
거나 그들을 대변하는 데 헌신하는 마음을 의미한 것은 분
명 아니었습니다. 어쩌면 양성적 마음은 한 가지 성의 마음
보다 성적인 차이를 잘 알지 못할지도 모릅니다. 콜리지가
말하는 양성적 마음이란 아마도, 다른 이들에게 공명하면
서 열려 있는 마음, 아무런 방해 없이 감정을 전달하는 마
음, 타고난 창의성으로 뜨겁게 타오르는, 온전한 마음을 의
미했을 것입니다.

> Coleridge certainly did not mean, when he said that a
> great mind is androgynous, that it is a mind that has

any special sympathy with women; a mind that takes
up their cause or devotes itself to their interpretation.
Perhaps the androgynous mind is less apt to make
these distinctions than the single-sexed mind. He
meant, perhaps, that the androgynous mind is reso-
nant and porous; that it transmits emotion without
impediment; that it is naturally creative, incandescent
and undivided. *A Room of One's Own(Chapter 6)*

233 글을 쓰는 사람이 자신의 성을 염두에 두는 것은 치
명적입니다. 글을 쓰는 사람이 단순하고 순수한 남성이거
나 여성인 것은 치명적입니다. 글 쓰는 사람은 남성적인 여
성 혹은 여성적인 남성이어야 합니다.

It is fatal for anyone who writes to think of their sex.
It is fatal to be a man or woman pure and simple; one
must be woman-manly or man-womanly. *A Room of
One's Own(Chapter 6)*

234 어쨌든 책에 관한 한 책의 장점을 적은 꼬리표를 영
구적으로 붙이기가 힘들다는 것은 주지의 사실입니다. 현

대문학의 평론들이 평가의 어려움을 끊임없이 예시하고 있지 않습니까? 똑같은 책이 '이토록 위대한 책'과 '이처럼 쓸모없는 책'이라는 두 가지 이름으로 불리고 있는 실정입니다. 하지만 찬사와 비난은 모두 아무 의미가 없습니다. 아니, 가치의 측정이 아무리 즐거운 소일거리라 할지라도 그것은 무익하기 그지없는 일이며, 그런 일을 하는 이들의 규정을 따르는 것은 더없이 굴욕적인 태도라 할 수 있습니다. 오로지 자신이 쓰고 싶은 글을 쓰는 것, 그것만이 중요합니다. 그 책이 몇 세대 혹은 몇 시간 동안 중요하게 여겨질지는 아무도 모릅니다. 그러나 은 상배를 손에 든 교장 선생님이나 소매를 걷어붙인 채 자를 들고 있는 어떤 교수님에게 경의를 표하기 위해 여러분의 비전을 머리털 한 올만큼이라도, 그 빛깔의 색조를 조금이라도 희생시킨다면, 그것은 가장 비굴한 변절이 될 것입니다. 이에 비하면 인류의 가장 큰 재앙이라 일컬어지는 부와 정조의 희생은 아주 사소한 고통일 뿐이지요.

> At any rate, where books are concerned, it is notoriously difficult to fix labels of merit in such a way that they do not come off. Are not reviews of current literature a perpetual illustration of the difficulty of judge-

ment? 'This great book', 'this worthless book', the same book is called by both names. Praise and blame alike mean nothing. No, delightful as the pastime of measuring may be, it is the most futile of all occupations, and to submit to the decrees of the measurers the most servile of attitudes. So long as you write what you wish to write, that is all that matters; and whether it matters for ages or only for hours, nobody can say. But to sacrifice a hair of the head of your vision, a shade of its colour, in deference to some Headmaster with a silver pot in his hand or to some professor with a measuring–rod up his sleeve, is the most abject treachery, and the sacrifice of wealth and chastity which used to be said to be the greatest of human disasters, a mere flea–bite in comparison. *A Room of One's Own(Chapter 6)*

235 그러므로 나는 여러분에게 아무리 하찮거나 광범위해 보이는 주제라 할지라도 망설이지 말고 다양한 종류의 책을 써볼 것을 권합니다. 무슨 수를 써서라도, 여행하거나 빈둥거리고, 세상의 미래나 과거에 대해 숙고하거나 책

을 읽으며 몽상에 잠기고, 길모퉁이를 어슬렁거리거나 물
속 깊이 생각의 낚싯줄을 드리우기에 충분한 돈을 여러분
스스로 소유할 수 있기를 바랍니다. 나는 결코 여러분을 픽
션에 국한시키려는 게 아니니까요. 여러분이 나를 즐겁게
해주고 싶다면 (나 같은 사람이 수천 명쯤 있을 테지요) 여행
과 모험에 관한 책, 연구서와 학술서, 역사와 전기, 비평과
철학 그리고 과학에 관한 책을 쓰면 됩니다. 그럼으로써 여
러분은 분명 픽션의 기법을 더욱 풍요롭게 할 것입니다. 책
이란 서로에게 영향을 미치는 법이니까요. 픽션은 시와 철
학과 가까이 있음으로써 한층 더 발전할 것입니다. 게다가
사포나 레이디 무라사키, 에밀리 브론테 같은 과거의 훌륭
한 인물들을 생각해보면, 그들은 창시자이자 계승자이며,
여성이 자연스레 글 쓰는 습관을 들였기 때문에 그들이 존
재할 수 있었음을 알게 될 것입니다. 따라서 여러분의 그런
행위는 시의 전주곡으로서라도 무한한 가치를 지니게 될
것입니다.

Therefore I would ask you to write all kinds of
books, hesitating at no subject however trivial or
however vast. By hook or by crook, I hope that you
will possess yourselves of money enough to travel

and to idle, to contemplate the future or the past of the world, to dream over books and loiter at street corners and let the line of thought dip deep into the stream. For I am by no means confining you to fiction. If you would please me—and there are thousands like me—you would write books of travel and adventure, and research and scholarship, and history and biography, and criticism and philosophy and science. By so doing you will certainly profit the art of fiction. For books have a way of influencing each other. Fiction will be much the better for standing cheek by jowl with poetry and philosophy. Moreover, if you consider any great figure of the past, like Sappho, like the Lady Murasaki, like Emily Brontë, you will find that she is an inheritor as well as an originator, and has come into existence because women have come to have the habit of writing naturally; so that even as a prelude to poetry such activity on your part would be invaluable. *A Room of One's Own(Chapter 6)*

236 나 자신의 생각을 아무리 뒤져봐도 나는 남성의 동

반자나 남성과 대등한 사람이 되어 보다 높은 목적을 위해 세상에 영향을 끼치고자 하는 고귀한 감정들을 발견할 수 없습니다. 다만 다른 무엇보다 나 자신이 되는 것이 훨씬 중요하다고 짧고 단조롭게 중얼거릴 뿐입니다. 다른 사람에게 영향을 끼치겠다는 생각은 꿈도 꾸지 말라고 나는 말할 것입니다. 그 말을 고상하게 들리게 할 수만 있다면 말이지요. 사물을 그 자체로 생각하시길 바랍니다.

> When I rummage in my own mind I find no noble sentiments about being companions and equals and influencing the world to higher ends. I find myself saying briefly and prosaically that it is much more important to be oneself than anything else. Do not dream of influencing other people, I would say, if I knew how to make it sound exalted. Think of things in themselves. *A Room of One's Own(Chapter 6)*

237 사실은, 나는 종종 여성을 좋아합니다. 나는 여성의 비관습성을 좋아합니다. 여성의 완벽성과 익명성을 좋아합니다.

The truth is, I often like women. I like their uncon-ventionality. I like their completeness. I like their ano-nymity. *A Room of One's Own(Chapter 6)*

238 '가정의 천사 죽이기'는 여성작가라는 직업의 한 부분이었습니다.

Killing the Angel in the House was part of the occu-pation of a woman writer. *Professions for Women*

239 비범한 여성은 보통 여성에게 달려 있습니다. 보통 여성의 삶의 여건이 어땠는지를(자녀의 수 및 그녀에게 자기만의 돈과 방이 있었는지, 자녀 양육에서 도움을 받을 수 있었는지, 하인이 있었는지, 가사에서 어떤 몫을 담당했는지 등등) 알 때라야, 보통 여성의 삶의 방식과 그녀가 할 수 있는 인생 경험이 어떤 것이었는지를 가늠할 수 있을 때라야 우리는 비로소 작가로서의 비범한 재능을 지닌 여성의 성공과 실패를 설명할 수 있을 것입니다.

The extraordinary woman depends on the ordinary woman. It is only when we know what were the conditions of the average woman's life—the number of her children, whether she had money of her own, if she had a room to herself, whether she had help in bringing up her family, if she had servants, whether part of the housework was her task—it is only when we can measure the way of life and the experience of life made possible to the ordinary woman that we can account for the success or failure of the extraordinary woman as a writer. *Women and Fiction*

240 이 새로운 순간에 어울리는 새로운 의식을 만들어봅시다. 한창때에 많은 해를 끼쳤고 이제는 한물간 낡고 사악하고 타락한 단어를 파괴하는 것보다 이에 더 적합한 의식이 있을까요? 우리가 지적한 단어는 '페미니스트'라는 단어입니다. 사전에 따르면 이 말은 '여성의 권리를 옹호하는 사람'이라는 뜻입니다. 그 유일한 권리, 생계비를 벌 수 있는 권리가 획득된 지금 페미니스트라는 단어는 더 이상 의미가 없어졌습니다. 의미가 없는 단어는 죽은 단어이자 타락한 단어입니다. (…) '페미니스트'라는 단어는 소멸

되었고, 공기는 맑아졌습니다. 더 맑아진 공기 속에서 우리는 무엇을 보게 될까요? 똑같은 대의를 위해 함께 일하는 남성과 여성입니다. 과거를 뒤덮었던 구름도 걷혔습니다. 19세기의 여성들(챙이 넓은 모자를 쓰고 숄을 두른, 기묘한 죽은 여인들)은 무엇을 위해 일했을까요? 그들은 지금 우리가 추구하는 것과 똑같은 대의를 위해 일했습니다. "우리의 주장은 여성의 권리만을 위한 것이 아니다." 이 말을 한 사람은 조세핀 버틀러입니다. "우리의 주장은 더 광범위하고 더 심오하다. 그것은 모든 사람(모든 남성과 여성)이 각자 정의와 평등과 자유라는 위대한 원칙을 누릴 수 있는 권리에 대한 주장이다."

Let us invent a new ceremony for this new occasion. What more fitting than to destroy an old word, a vicious and corrupt word that has done much harm in its day and is now obsolete? The word 'feminist' is the word indicated. That word, according to the dictionary, means 'one who champions the rights of women'. Since the only right, the right to earn a living, has been won, the word no longer has a meaning. And a word without a meaning is a dead word, a corrupt word. (…) The word 'feminist' is destroyed; the air is cleared; and in that clearer air what do we see? Men and women working together for the same cause. The cloud has lifted from the past too. What were they working for in the nineteenth century—those queer dead women in their poke bonnets and shawls? The very same cause for which we are working now. 'Our claim was no claim of women's rights only;'—it is Josephine Butler who speaks— 'it was larger and deeper; it was a claim for the rights of all—all men and women—to the respect in their persons of the great principles of Justice and Equality and Liberty.' *Three Guineas*

241 "사실 여성으로서의 나는 나라가 없다. 여성으로서의 나는 어떤 나라도 원하지 않는다. 여성으로서의 나의 나라는 전 세계이다."

"In fact, as a woman, I have no country. As a woman I want no country. As a woman, my country is the whole world." *Three Guineas*

242 흔히 사소하게 여겨지는 것보다 흔히 대단하게 여겨지는 것 속에 더 충만한 삶이 존재한다는 생각을 당연시하지 말자.

Let us not take it for granted that life exists more fully in what is commonly thought big than in what is commonly thought small. *Modern Fiction*

243 자신에 대해 진실을 말하지 않으면 다른 사람에 대해서도 진실을 말할 수 없다.

If you do not tell the truth about yourself you cannot tell it about other people. *The Leaning Tower*

244 책은 어디에나 있고, 언제나 한결같은 모험심이 우리를 가득 채운다. 중고 책은 길들여지지 않은 책, 집 없는 책이다. 각양각색의 책들이 모여 거대한 무리를 이루는 중고 책은 도서관의 길들여진 책에서는 느낄 수 없는 매력을 지니고 있다. 게다가 아무렇게나 놓인 잡다한 책들 가운데서

우린 전혀 몰랐던 책을 만날 수도 있고, 운이 좋으면 그 책과 세상에서 가장 좋은 친구가 될 수도 있다. (…) 이렇게 서점을 둘러보면서 우린 무명의 존재들, 사라져버린 존재들과 갑작스럽고 변덕스러운 우정을 쌓게 되는 것이다. 세상에 남긴 것이라고는, 저자의 초상화가 실려 있고, 훌륭한 인쇄와 섬세한 판화 삽화가 돋보이는 이 작은 시집 한 권밖에 없는 누군가를 알게 되는 것처럼.

Books are everywhere; and always the same sense of adventure fills us. Second-hand books are wild books, homeless books; they have come together in vast flocks of variegated feather, and have a charm which the domesticated volumes of the library lack. Besides, in this random miscellaneous company we may rub against some complete stranger who will, with luck, turn into the best friend we have in the world. (…) Thus, glancing round the bookshop, we make other such sudden capricious friendships with the unknown and the vanished whose only record is, for example, this little book of poems, so fairly printed, so finely engraved, too, with a portrait of the author. *Street Haunting: A London Adventure*

245 때때로 나는 계속 이어지면서 아직 끝내지 못한 독서가 바로 천국이 아닐까 생각합니다.

Sometimes I think heaven must be one continuous unexhausted reading. *Selected Letters*(1934. 7. 29, 에설 스마이스에게 보낸 편지)

246 타인의 눈은 우리의 감옥이고, 타인의 생각은 우리의 새장이다.

The eyes of others our prisons; their thoughts our cages. *An Unwritten Novel*(* 단편소설)

247 방아쇠를 당길 수 없어서 펜이나 붓을 사용한 적이 얼마나 많았던가?

How many times have people used a pen or paint-brush because they couldn't pull the trigger? *Selected Essays*

248 왜곡된 현실들은 언제나 내가 가장 좋아하는 것이
었다.

Distorted realities have always been my cup of tea.
Selected Diaries

249 문학은 우리의 불만을 기록한 것이다.

Literature is the record of our discontent. *The Evening
Party*(＊단편소설)

버지니아 울프의 일기

250 산다는 건 힘든 일이다. 코뿔소 가죽 같은 피부가 필요한데 아직 얻지 못했다.

Life is a hard business. One needs a rhinoceros' skin—and that one has not got. *The Early Journals, 1897-1909*(1897. 10월, 일기)

251 글로 써야 하는데 아직 적절한 말들을 찾지 못한 것들이 나를 압도하고 있다.

I am overwhelmed with things I ought to have written about and never found the proper words. *The Diary of Virginia Woolf, 1915-1919*

252 가끔은 압박감 때문에 내가 구상하고 있는 책들을 결코 쓰지 못할 것만 같다. 글쓰기의 가장 사악한 점은 온 몸의 신경으로 하여금 팽팽히 긴장하게 만든다는 것이다. 내가 하지 못하는 게 바로 이런 것이다.

> Sometimes it seems to me that I shall never write out all the books I have in my head, because of the strain. The devilish thing about writing is that it calls upon every nerve to hold itself taut. This is exactly what I cannot do. *The Diary of Virginia Woolf, 1920-1924*

253 앞으로 몇 주 동안은 하루에 한 시간씩 글을 쓰기로 한다. 오늘 아침에는 그 시간을 비축해두었으므로 지금 그 일부를 쓸 수 있다. 레너드는 외출 중이고 1월 일기가 많이 밀려 있다. 하지만 이 일기 쓰기는 글쓰기로 칠 수 없음에 주목하게 된다. 지난 1년간의 일기를 다시 읽어보니 글이 써지는 대로 정신없이 달려 나간 것을 보고 놀라지 않을 수 없다. 그러다가 하마터면 돌부리에 걸려 넘어질 뻔하기도 했다. 하지만 가장 빠른 타자기보다 더 빨리 쓰지 않았다면, 중도에 멈춰 서서 생각에 잠겼더라면 이 글은 결코 쓰지 못했을 것이다. 이런 방법의 장점은, 내가 머뭇거렸더

라면 빼버리고 말았을 흩어진 것들을 우연히 건져 올릴 수 있다는 데 있다. 그런 것들이 바로 쓰레기 더미 속의 다이아몬드인 것이다.

One hour's writing daily is my allowance for the next few weeks; and having hoarded it this morning I may spend part of it now, since L. is out and I am much behindhand with the month of January. I note however that this diary writing does not count as writing, since I have just re-read my year's diary and am much struck by the rapid haphazard gallop at which it swings along, sometimes indeed jerking almost intolerably over the cobbles. Still if it were not written rather faster than the fastest typewriting, if I stopped and took thought, it would never be written at all; and the advantage of the method is that it sweeps up accidentally several stray matters which I should exclude if I hesitated but which are the diamonds of the dustheap. *A Writer's Diary, 1919. 1. 20.*

254 지금의 해답들이 도움이 되지 않는다면 새로운 해답

을 찾아야 한다. 무엇으로 기존의 해답들을 대체할지를 알
지 못한 채 그것들을 버리는 것은 슬픈 일이다.

> And as the current answers don't do, one has to grope
> for a new one, and the process of discarding the old,
> when one is by no means certain what to put in their
> place, is a sad one. *A Writer's Diary, 1919. 3. 27.*

255 지금까지 『밤과 낮』의 후반부를 쓸 때만큼 즐겁게 글
을 쓴 적이 없는 것 같다. 사실 이 책의 어떤 부분도 『출항』
만큼 부담스럽지는 않았다. 나 자신의 편안한 마음과 흥미
가 어떤 좋은 일을 말해주는 것이라면, 적어도 누군가는 즐
겁게 이 책을 읽어줄 거라는 기대를 가져도 좋을 것 같다.
하지만 과연 내가 이 책을 다시 읽을 수 있을까? 얼굴을 붉
히거나, 몸을 떨거나, 어딘가로 숨고 싶어 하지 않으면서
출간된 내 글을 읽을 수 있는 날이 오기는 할까?

> I don't suppose I've ever enjoyed any writing so
> much as I did the last half of Night and Day. Indeed,
> no part of it taxed me as The Voyage Out did; and if
> one's own ease and interest promise anything good,

I should have hopes that some people, at least, will find it a pleasure. I wonder if I shall ever be able to read it again? Is the time coming when I can endure to read my own writing in print without blushing - shivering and wishing to take cover? *A Writer's Diary*, *1919. 3. 27.*

256 그러나 더 중요한 것은, 이처럼 오직 나만을 위해 글을 쓰는 습관이 좋은 훈련이 될 거라는 믿음이다. 글 쓰는 습관은 인대를 느슨하게 해준다. 누락이나 실수 따위는 신경 쓸 필요가 없다. 내가 하는 것처럼 빠른 속도로 쓰다 보면 목표를 향해 곧장 돌진하게 된다. 단어들을 찾아내고 골라서는, 펜에 잉크를 묻히는 시간 외에는 쉼 없이 그것들을 쏟아 보내야 한다. 지난 1년간 나의 직업적 글쓰기가 좀더 편해진 것을 알 수 있는데, 이는 차를 마신 뒤 30분 정도를 아무런 부담감 없이 보낸 덕분이 아닐까 싶다.

But what is more to the point is my belief that the habit of writing thus for my own eye only is good practice. It loosens the ligaments. Never mind the misses and the stumbles. Going at such a pace as I do

I must make the most direct and instant shots at my object, and thus have to lay hands on words, choose them and shoot them with no more pause than is needed to put my pen in the ink. I believe that during the past year I can trace some increase of ease in my professional writing which I attribute to my casual half hours after tea. *A Writer's Diary, 1919. 4. 20.*

257 오래된 일기들을 다시 읽으면서 이런 생각이 들었다. 일기를 쓸 때 가장 중요한 것은 검열자처럼 구는 게 아니라, 기분 내키는 대로 쓰거나 아무거나 쓰는 것이다. 아무렇게나 썼던 것들 가운데서 당시에는 주목하지 않았던 곳에 숨겨진 의미를 발견하고는 묘한 기분이 든 적이 있기 때문이다. 그러나 산만함은 이내 지저분함이 된다. 기록해둘 필요가 있는 인물이나 사건을 마주하는 데는 얼마간의 노력이 필요하다. 펜이 아무런 길잡이 없이 제멋대로 써나가게 놔두어서는 안 된다.

The main requisite, I think on re-reading my old volumes, is not to play the part of censor, but to write as the mood comes or of anything whatever; since I was

curious to find how I went for things put in haphaz-
ard, and found the significance to lie where I never
saw it at the time. But looseness quickly becomes
slovenly. A little effort is needed to face a character or
an incident which needs to be recorded. Nor can one
let the pen write without guidance. *A Writer's Diary,*
1919. 4. 20.

258 언젠가 시드니 워터로가 말한 것처럼, 글쓰기의 가장
나쁜 점은 칭찬에 크게 의존하게 된다는 것이다. 하지만 이
단편에 대해서는 찬사를 들을 일이 없을 거라고 확신하고
있는 터라 별로 신경을 쓰지 않을 것이다. 칭찬을 받지 못
하면 아침에 글쓰기를 시작하기가 힘들어진다. 하지만 실
망감은 고작 30분밖에 지속되지 않기 때문에 일단 글을 쓰
기 시작하면 모든 것을 잊을 수 있다. 우린 인생의 부침을
무시하는 법을 진지하게 배워야 한다. 여기서는 찬사를 듣
고, 저기서는 침묵에 직면하는 것 따위 말이다.

As Sydney Waterlow once said, the worst of writing
is that one depends so much upon praise. I feel rath-
er sure that I shall get none for this story; and I shall

mind a little. Unpraised, I find it hard to start writing in the morning; but the dejection lasts only 30 minutes, and once I start I forget all about it. One should aim, seriously, at disregarding ups and downs; a compliment here, silence there. *A Writer's Diary, 1919. 5. 12.*

259 요 며칠은 성공이 소나기처럼 쏟아져 내렸다! 게다가 뜻하지 않게 뉴욕의 맥밀런 출판사에서 편지가 왔는데, 『출항』에 깊은 감명을 받아서 『밤과 낮』도 읽어보고 싶다는 것이다. 기쁨을 관장하는 신경은 쉽게 무뎌지는 것 같다. 명성을 조금씩 마시는 것도 좋지만, 명성의 심리학에 대해서는 여유를 가지고 고찰해볼 필요가 있는 듯하다.

But how success showered during those days! Gratuitously, too, I had a letter from Macmillan in New York, so much impressed by The Voyage Out that they want to read Night and Day. I think the nerve of pleasure easily becomes numb. I like little sips, but the psychology of fame is worth considering at leisure. *A Writer's Diary, 1919. 6. 10.*

260 텅 빈 종이를 들여다보노라면 내 마음은 불안해서인지 또 다른 이유 때문인지 길 잃은 어린아이가 되고 만다. 집 안을 헤매다가 계단 맨 아래에 앉아 우는 어린아이가 된다.

My mind turned by anxiety, or other cause, from its scrutiny of blank paper, is like a lost child—wandering the house, sitting on the bottom step to cry. *A Writer's Diary, 1919. 12. 5.*

261 칭찬과 비난에 관한 어떤 규칙을 정했으면 좋겠다는 생각이 든다. 아무래도 나는 무수한 비난에 시달릴 운명인 것 같다. 사람들의 이목을 끄는 데다, 특히 나이 든 신사들을 짜증 나게 하는 모양이다. 그들은 「쓰이지 않은 소설」에 대해 분명 악평을 할 것이다. 이번에는 그들이 어떤 것을 트집 잡을지 잘 모르겠다. 한편으로는, '글을 잘 쓴다'는 사실이 사람들을 화나게 하는 것 같다. 늘 그래왔다. 사람들은 나보고 '거들먹거린다'고 한다. 여자가 글을 잘 쓰다니, 게다가 〈타임스〉에 글을 쓰다니. 이것이 그들이 화를 내는 이유이다.

I wish one could make out some rule about praise

and blame. I predict that I'm destined to have blame in any quantity. I strike the eye; and elderly gentlemen in particular get annoyed. An Unwritten Novel will certainly be abused; I can't foretell what line they'll take this time. Partly, it's the 'writing well' that sets people off—and always has done, I suppose, 'Pretentious' they say; and then a woman writing well, and writing in The Times—that's the line of it. *A Writer's Diary, 1920. 4. 15.*

262 나중을 위해 적어둘 필요가 있겠지만, 새 책을 쓰기 시작할 때 그토록 기분 좋게 끓어오르던 창조력은 시간이 가면서 잦아들고 좀더 차분하게 글을 쓰게 된다. 그리고 슬금슬금 의심이 생겨나면서 포기하게 된다. 무엇보다 포기하지 않겠다는 결심과 머지않아 어떤 형태가 갖춰질 것 같다는 느낌이 계속 글을 쓰게 한다. 약간 불안하다. 이 구상을 어떻게 실행에 옮길 수 있을까? 글을 쓰기 시작하자마자 나는 예전에 눈앞에 펼쳐졌던 풍경 속을 거니는 사람이 된다. 이 책에서는 즐겁게 쓸 수 있는 것 말고는 아무것도 쓰지 않을 것이다. 그렇더라도 글을 쓴다는 것은 언제나 어려운 일이다.

It is worth mentioning, for future reference, that the creative power which bubbles so pleasantly in beginning a new book quiets down after a time, and one goes on more steadily. Doubts creep in. Then one becomes resigned. Determination not to give in, and the sense of an impending shape keep one at it more than anything. I'm a little anxious. How am I to bring off this conception? Directly one gets to work one is like a person walking, who has seen the country stretching out before. I want to write nothing in this book that I don't enjoy writing. Yet writing is always difficult. *A Writer's Diary, 1920. 5. 11.*

263 맙소사! 내가 지금 뭘 쓰고 있는 건가! 항상 이런 식이다. 요즘 나는 매일 아침 『제이콥의 방』을 쓰고 있다. 날마다 하는 글쓰기가 하나의 장애물처럼 느껴진다. 경기가 완전히 끝날 때까지, 내가 치워버리거나 그 막대를 떨어뜨릴 때까지 마음을 졸이면서 뛰어넘어야 하는 장애물. (또 다른 문제는, 자꾸만 딴생각을 한다는 것이다. 어떻게든 흄의 에세이집을 구해 나 자신을 정화해야겠다.)

By God! What stuff I'm writing! Always these images.
I write Jacob every morning now, feeling each day's
work like a fence which I have to ride at, my heart in
my mouth till it's over, and I've cleared, or knocked
the bar out. (Another image, unthinking it was one. I must
somehow get Hume's Essays and purge myself.) *A Writer's
Diary, 1920. 8. 5.*

264 인생은 왜 이토록 비극적인 것일까? 마치 심연 위에
걸쳐놓은 한 조각 포석 같다. 아래를 내려다보면 현기증이
난다. 저 끝까지 걸어갈 수 있을지 모르겠다. 그런데 왜 이
런 걸 느끼는 것일까? 이 말을 하고 나니 더 이상 그런 느
낌이 들지 않는다.

Why is life so tragic; so like a little strip of pavement
over an abyss. I look down; I feel giddy; I wonder
how I am ever to walk to the end. But why do I feel
this: Now that I say it I don't feel it. *A Writer's Diary,
1920. 10. 25.*

265 눈을 감고 있을 수가 없다. 무기력하고, 아무 소용 없

는 짓을 하는 느낌이다. 나는 여기 리치먼드에 앉아 있고, 나의 빛은 들판 한가운데 놓인 랜턴처럼 어둠 속에서 타오른다. 글을 쓰면 우울증이 좀 가신다. 그렇다면 나는 왜 좀 더 자주 글을 쓰지 않는 것일까? 아마도 허영심 때문일 것이다. 나는 나 자신에게조차도 성공한 작가로 보이고 싶다. 하지만 나는 문제의 진짜 이유를 깨닫지 못하고 있다. 아이가 없고, 친구들과 멀리 떨어져 살고, 글을 잘 쓰지 못하고, 먹는 데 돈을 너무 많이 쓰고, 나이가 들었다는 것 등등 말이다.

I can't keep my eyes shut. It's a feeling of impotence; of cutting no ice. Here I sit at Richmond, and like a lantern stood in the middle of a field my light goes up in darkness. Melancholy diminishes as I write. Why then don't I write it down oftener? Well, one's vanity forbids. I want to appear a success even to myself. Yet I don't get to the bottom of it. It's having no children, living away from friends, failing to write well, spending too much on food, growing old. *A Writer's Diary, 1920. 10. 25.*

266 나는 '왜'와 '무엇 때문에'에 대해 너무 많이 생각한다. 나 자신에 대해 너무 많이 생각한다. 나는 시간이 내 주위를 펄럭거리며 지나가는 게 싫다. 그렇다면 일을 해야 한다. 그렇다, 하지만 금세 피곤해진다. 읽는 것도 얼마 못 하고 쓰는 것도 한 시간이 고작이다. 여기는 찾아와 시간을 즐겁게 보내게 해주는 사람도 아무도 없다. 그러나 막상 누가 오면 짜증이 난다. 런던에 가는 것은 너무 힘들다. 네사의 아이들은 너무 커서 데려와 차를 마시거나 동물원에 데려갈 수도 없다. 게다가 용돈도 넉넉지 않아 해줄 수 있는 게 별로 없다. 하지만 이런 것들은 사소한 문제라는 것도 잘 안다. 가끔 생각하지만, 우리 세대에게 너무나 비극적인 것은 인생 그 자체다. (…) 이 모든 것에도 불구하고 나는 참 행복한 사람이다. 심연 위에 걸쳐놓은 한 조각 포석 같은 느낌만 아니라면.

I think too much of whys and wherefores; too much of myself. I don't like time to flap round me. Well then, work. Yes, but I so soon tire of work—can't read more than a little, an hour's writing is enough for me. Out here no one comes in to waste time pleasantly. If they do, I'm cross. The labour of going to London

is too great. Nessa's children grow up, and I can't
have them in to tea, or go to the Zoo. Pocket money
doesn't allow of much. Yet I'm persuaded that these
are trivial things; it's life itself, I think sometimes, for
us in our generation so tragic (⋯) And with it all how
happy I am—if it weren't for my feeling that it's a
strip of pavement over an abyss. *A Writer's Diary, 1920.
10. 25.*

267 『제이콥의 방』을 쓰고 있어야 하는데 그럴 수가 없
다. 그 대신 내가 글을 쓸 수 없는 이유를 적어놓으려 한다.
이 일기는 다정하고 무표정하며 믿을 수 있는 오랜 친구
니까. 요점은 나는 작가로서 실패했다는 것이다. 유행에도
뒤처졌고, 나이가 들었고, 뭔가를 더 잘할 수도 없고, 머리
도 나쁘다. 봄은 도처에 와 있는데, 너무 일찍 세상에 나온
내 책(『월요일 혹은 화요일』)은 싹이 잘려버렸고, 젖은 폭죽
과 같다. (⋯) 혹여 〈타임스 리터러리 서플리먼트〉에서 나
를 신비스럽다거나 수수께끼 같은 작가라고 칭송한다고 해
도 나는 신경 쓰지 않을 것이다. 리턴은 그런 것을 좋아하
지 않으니까. 하지만 내가 평범하고 무시해도 될 만한 존재
라면?

어쨌든 찬사와 명성이라는 문제를 피해 갈 수는 없다. (미국의 도란 출판사가 이 책을 거절했다는 말을 하는 것을 잊었다.) 대체 인기라는 게 얼마나 중요한 것일까? (…) 어제 로저가 아주 솔직히 이야기해주었는데, 누구나 자신이 어떤 수준에 도달해 있기를 원하고, 사람들이 자기 작품에 흥미를 느끼고 지켜보기를 원한다는 것이다. 나를 우울하게 하는 것은, 내가 더 이상 사람들의 흥미를 끌지 못한다는 생각이다. 그것도 언론의 도움으로 좀더 나다운 내가 되어가고 있다고 생각하는 바로 이때에. 내가 원하는 것은 요즘처럼 영국의 선도적 여성 소설가 중 하나라는 식으로 정평이 나는 게 아니다. 나는 물론 여전히 모든 개인적 비평을 받아들여야 할 테고, 이것이 진정한 시험인 것이다. 이를 따져본 뒤에야 내가 '흥미로운' 작가인지 한물간 작가인지를 말할 수 있을 터다. 어쨌든 내가 만약 한물간 작가라면 재빨리 그만둘 용의가 있다. 나는 글 쓰는 기계가 되지는 않을 것이다. 고된 평론들을 뱉어내는 기계라면 모를까.

And I ought to be writing Jacob's Room; and I can't, and instead I shall write down the reason why I can't—this diary being a kindly blankfaced old confidante. Well, you see, I'm a failure as a writer. I'm out

of fashion: old: shan't do any better: have no head-
piece: the spring is everywhere: my book out (prema-
turely) and nipped, a damp firework. (⋯) Now if I'd
been saluted by the Lit. Sup. as a mystery—a riddle,
I shouldn't mind; for Lytton wouldn't like that sort of
thing, but if I'm as plain as day, and negligible?

Well, this question of praise and fame must be faced. (I
forgot to say that Doran has refused the book in America.)
How much difference does popularity make? (⋯) One
wants, as Roger said very truly yesterday, to be kept
up to the mark; that people should be interested and
watch one's work. What depresses me is the thought
that I have ceased to interest people—at the very mo-
ment when, by the help of the press, I thought I was
becoming more myself. One does not want an estab-
lished reputation, such as I think I was getting, as one
of our leading female novelists. I have still, of course,
to gather in all the private criticism, which is the real
test. When I have weighed this I shall be able to say
whether I am 'interesting' or obsolete. Anyhow, I feel
quite alert enough to stop, if I'm obsolete. I shan't

become a machine, unless a machine for grinding articles. *A Writer's Diary, 1921. 4. 8.*

268 나의 글 쓰는 능력이 정말로 다시 돌아온 것 같다. 하루 종일 썼다가 쉬다가 하면서 글 하나를 써냈다. 어쩌면 〈스콰이어〉에 실릴지도 모르겠다. 그쪽에서 이야기 한 편을 원했고, 혹스퍼드 부인이 톰셋 부인에게 내가 영국에서 가장 똑똑한 여자는 아닐지라도 그중 하나라고 말했기 때문이다. 아마도 내게 부족했던 것은 정신력이 아니라 칭찬인 것 같다.

Really I think my scribbling is coming back. Here I have spent the whole day, off and on, making up an article—for Squire perhaps, because he wants a story, and because Mrs Hawkesford has told Mrs Thomsett that I am one of the, if not the, cleverest women in England. It's not nerve power so much as praise that has lacked, perhaps. *A Writer's Diary, 1921. 8. 17.*

269 쓸 게 아무것도 없다. 이 견디기 힘든 초조함을 글로 써 떨쳐낼 수만 있다면. 나는 사슬로 바위에 묶여 있다. 아

무엇도 하지 못하도록 강제되고, 모든 걱정, 악의, 짜증, 강박관념이 반복해서 나를 긁고 할퀴게 놔두도록 운명 지어졌다. 이런 날은 산책을 할 수도 없고 일을 해서도 안 된다. 무슨 책을 읽어도 내가 쓰고 싶은 글의 일부로 마음속에서 부글부글 끓어오른다. 서섹스를 통틀어 나만큼 불행한 사람도 없을 것이다. 혹은 그것을 사용할 수만 있다면, 즐거움을 누릴 수 있는 무한한 능력이 내 안에 비축돼 있음을 나만큼 의식하고 있는 사람도 없을 것이다.

Nothing to record; only an intolerable fit of the fidgets to write away. Here I am chained to my rock; forced to do nothing; doomed to let every worry, spite, irritation and obsession scratch and claw and come again. This is a day that I may not walk and must not work. Whatever book I read bubbles up in my mind as part of an article I want to write. No one in the whole of Sussex is so miserable as I am; or so conscious of an infinite capacity of enjoyment hoarded in me, could I use it. *A Writer's Diary, 1921. 8. 18.*

270 나는 죽음에 관해 쓰려고 했는데 으레 그렇듯 삶이

불쑥 끼어들었다.

I meant to write about death, only life came breaking
in as usual. *The Diary of Virginia Woolf*, 1922. 2. 17.

271 방금 페나세틴 한 봉지를 먹었다. 〈다이얼〉에 『월요
일 혹은 화요일』에 대한 약간 비호의적인 서평이 실렸다고
레너드가 전해주었기 때문이다. 〈다이얼〉은 이 위엄 있는
분야에서 내가 어느 정도 인정받기를 기대했던 잡지였기
때문에 실망감이 더 컸다. 나는 어디에서도 성공하지 못할
거라는 생각이 든다. 그래도 다행인 것은 덕분에 약간의 철
학을 발견하고 터득했다는 것이다. 그만큼 내가 자유로워
진 것이다. 나는 내가 쓰고 싶은 것을 쓰면 그뿐이다. 게다
가 나는 이미 충분한 존경도 받고 있다.

I've just had my dose of phenacetin—that is to say
a mildly unfavourable review of Monday or Tuesday
reported by Leonard from the Dial, the more de-
pressing as I had vaguely hoped for approval in that
august quarter. It seems as if I succeed nowhere. Yet,
I'm glad to find, I have acquired a little philosophy.

여성과 글쓰기

It amounts to a sense of freedom. I write what I like writing and there's an end on it. Moreover, heaven knows I get consideration enough. *A Writer's Diary, 1922. 2. 17.*

272 다시 한 번 죽음에 대한 생각을 떨쳐 버릴 수 있었다. 어제 명성에 관해 말하고 싶었던 것이 있다. 나는 인기 작가가 되지는 않겠다는 결심이 그것이다. 진정으로 그렇게 마음먹었으니 무시나 모욕 같은 건 내가 감수해야 할 몫으로 여길 것이다. 나는 내가 쓰고 싶은 것을 쓰고, 사람들은 자신들이 말하고 싶은 것을 말하면 되는 것이다. 작가로서의 나의 유일한 관심은 힘이나 열정 혹은 깜짝 놀랄 만한 무엇이 아닌, 어떤 묘한 개성에 있음을 이제야 알 것 같다. 내가 존중하는 자질이 바로 그 '어떤 묘한 개성'이 아닐까 하는 생각이 드는 것이다.

Once more my mind is distracted from the thought of death. There was something about fame I had it in mind to say yesterday. Oh, I think it was that I have made up my mind that I'm not going to be popular, and so genuinely that I look upon disregard or abuse as part of my bargain. I'm to write what I like; and they're to say what they like. My only interest as a writer lies, I begin to see, in some queer individuality; not in strength, or passion, or anything startling, but then I say to myself, is not 'some queer individuality' precisely the quality I respect? *A Writer's Diary, 1922. 2. 18.*

273 우리는 언제나 말들을 통해 누군가의 영혼을 본다.

One always sees the soul through words. *The Diary of Virginia Woolf, 1922. 7. 22.*

274 나이 마흔에 나 자신의 목소리로 무언가를 말하기 시작하는 법을 터득했음은 의심할 여지가 없다. 이 사실이 내겐 무엇보다 중요하므로 나는 사람들의 찬사가 없이도 앞으로 나아갈 수 있을 것 같다.

There's no doubt in my mind that I have found out how to begin (at 40) to say something in my own voice; and that interests me so that I feel I can go ahead without praise. *A Writer's Diary, 1922. 7. 26.*

275 스스로를 달래서 다시 글을 쓰는 방법은 다음과 같다. 먼저 밖에서 가벼운 운동을 한다. 그다음으로는 좋은 문학작품을 읽는 것이다. 문학이 날것으로 만들어진다는 생각은 잘못이다. 문학은 인생에서 나와야 한다. 그렇다, 그래서 나는 시드니에게 방해받는 것을 그토록 싫어하는 것이다. 내면의 것을 구체적으로 표현하고, 머릿속에 존재하는, 자기 성격의 흩어진 부분들에 의존하기보다는 어느 한 점에 극도로 집중할 필요가 있다. 시드니가 오면 나는 버지니아가 된다. 그러나 글을 쓸 때의 나는 단지 하나의 감수성일 뿐이다. 때로는 버지니아인 것도 좋다. 단, 산만하고 다양하고 사교적이 될 때에만. 지금 여기 있는 동안은 나는 오직 하나의 감수성이고 싶다.

The way to rock oneself back into writing is this. First gentle exercise in the air. Second the reading of good literature. It is a mistake to think that literature can be produced from the raw. One must get out of life—yes, that's why I disliked so much the irruption of Sydney—one must become externalized; very, very concentrated, all at one point, not having to draw upon the scattered parts of one's character, living in the brain. Sydney comes and I'm Virginia; when I write I'm merely a sensibility. Sometimes I like being Virginia, but only when I'm scattered and various and gregarious. Now, so long as we are here, I'd like to be only a sensibility. *A Writer's Diary, 1922. 8. 22.*

276 나는 킁킁거리며 자유의 냄새를 맡는다. 사람들이 뭐라 하건 신경 쓰지 말고, 대중을 위한 기교를 부리지 않고 진지하게 해나가는 것이 옳다고 생각한다. 마침내 나는 내가 쓴 글을 읽는 게 좋아졌다. 이전보다 글이 나에게 더 잘 어울리는 느낌이 든다.

I snuff my freedom. It is I think true, soberly and not artificially for the public, that I shall go on unconcernedly whatever people say. At last, I like reading my own writing. It seems to me to fit me closer than it did before. *A Writer's Diary, 1922. 10. 4.*

277 나이 마흔이 되어서야 비로소 내 뇌의 메커니즘에

대해 알기 시작했다, 어떻게 하면 거기서 최대한의 즐거움
과 일을 뽑아낼 수 있는지를. 그 비결은, 일이 즐거울 수 있
도록 늘 일이 즐겁다고 생각하는 것이다.

At forty I am beginning to learn the mechanism of
my own brain—how to get the greatest amount of
pleasure and work out of it. The secret is I think al-
ways so to contrive that work is pleasant. *A Writer's
Diary, 1922. 10. 4.*

278 『제이콥의 방』의 성공에 대한 내 생각은 어떤 것일
까? 나는 일단 500부는 팔릴 거라고 생각한다. 그리고 서
서히 판매가 늘어나 6월까지는 800부쯤 팔리지 않을까. 어
딘가에서는 '아름다움'으로 인해 높은 평가를 받겠지만, 인
물의 성격을 원하는 사람들에게는 혹평을 받을지도 모른
다. 유일하게 신경이 쓰이는 것은 〈타임스 리터러리 서플리
먼트〉의 서평이다. 그들의 서평이 가장 지적이어서가 아니
라 가장 많이 읽히기 때문이다. 또한 대중 앞에서 내가 광
대 취급 받는 것을 참을 수 없기 때문이다. 〈웨스트민스터
가제트〉는 적대적일 것이다. 아마도 〈네이션〉도 그럴 것이
다. 그러나 분명히 말하지만, 그 무엇도 글을 계속 쓰리라

는 내 결심을 꺾거나 나의 글 쓰는 즐거움을 훼손시키지는 못할 터다. 따라서 무슨 일이 일어나든, 표면은 요동치는 듯 보여도 그 속은 흔들림이 없다.

As for my views about the success of Jacob, what are they? I think we shall sell 500; it will then go slowly and reach 800 by June. It will be highly praised in some places for 'beauty'; will be crabbed by people who want human character. The only review I am anxious about is the one in the Supt.: not that it will be the most intelligent, but it will be the most read and I can't bear people to see me clowned in public. The W.G. will be hostile; so, very likely, the Nation. But I am perfectly serious in saying that nothing budges me from my determination to go on, or alters my pleasure; so whatever happens, though the surface may be agitated, the centre is secure. *A Writer's Diary, 1922. 10. 14.*

279 메리 버츠 양이 가고 나자 머리가 멍해져서 책은 읽지 못하겠고, 혹시 나중에 보면 재미있을지도 몰라 여기 적

어두기로 한다. 『제이콥의 방』을 좋아하는 사람들과 좋아하지 않는 사람들의 이런저런 말과 으레 하는 걱정에 시달리다 보니 도무지 집중을 할 수가 없다. 목요일에는 〈타임스〉에 서평이 실렸다. 장황하고 조금 미지근한 것 같았다. 인물들을 이런 식으로 만들어낼 수는 없다고 하면서도 충분히 칭찬을 하고 있다. 물론 모건에게서는 그 반대 내용의 편지를 받았다. 가장 마음에 든 편지였다. 책은 650부쯤 팔린 것 같고, 2쇄를 주문했다. 내 느낌? 늘 그렇듯이 복합적이다.

Miss Mary Butts being gone, and my head too stupid for reading, I may as well write here, for my amusement later perhaps. I mean I'm too riddled with talk and harassed with the usual worry of people who like and people who don't like J.R. to concentrate. There was The Times review on Thursday—long, a little tepid, I think—saying that one can't make characters in this way; flattering enough. Of course, I had a letter from Morgan in the opposite sense—the letter I've liked best of all. We have sold 650, I think; and have ordered a second edition. My sensations? as usual—mixed. *A Writer's Diary, 1922. 10. 29.*

280 나는 완전한 성공을 거둘 책은 결코 쓰지 못할 것이다. 이번에는 서평들은 내게 적대적이고 개인적인 평가들은 열광적이다. 나는 위대한 작가이거나 멍청이인 것이 분명하다. 〈데일리 뉴스〉는 나를 '중년의 관능주의자'로 치부하고, 〈펠맬〉은 나를 보잘것없는 존재로 무시해버린다. 나는 무시당하고 조롱당할 것을 각오하고 있다. 이제 2쇄 1,000부의 운명은 어찌될 것인가? 지금까지는 물론 우리가 기대했던 것 이상의 성공을 거두었다. 나는 그 어느 때보다 기뻤다. 모건, 리턴, 버니, 바이올렛, 로건, 필립도 모두 열렬한 편지를 보내왔다. 하지만 난 이 모든 것에서 벗어나고 싶다. 이것들은 메리 버츠의 향수처럼 내 주위를 맴돈다. 나는 찬사들의 수를 더하고 서평들을 비교하는 일은 하고 싶지 않다. 오직 『댈러웨이 부인』에만 전념하고 싶다. 다른 어떤 책보다 이 책을 잘 준비해서 최고의 성과를 끌어내고 싶다. 『제이콥의 방』도 좀더 잘 예견했더라면 더 세게 조일 수도 있었을 터였다. 그러나 나는 앞으로 나아가면서 내 길을 닦아야 했다.

I shall never write a book that is an entire success.

This time the reviews are against me and the private people enthusiastic. Either I am a great writer or a nincompoop. 'An elderly sensualist,' the Daily News calls me. Pall Mall passes me over as negligible. I expect to be neglected and sneered at. And what will be the fate of our second thousand then? So far of course the success is much more than we expected. I think I am better pleased so far than I have ever been. Morgan, Lytton, Bunny, Violet, Logan, Philip, have all written enthusiastically. But I want to be quit of all this. It hangs about me like Mary Butts' scent. I don't want to be totting up compliments, and comparing reviews. I want to think out Mrs Dalloway. I want to foresee this book better than the others and get the utmost out of it. I expect I could have screwed Jacob up tighter, if I had foreseen; but I had to make my path as I went. *A Writer's Diary, 1922. 10. 29.*

281 그러나 건강해서 인생에서 더 많은 것을 얻어내기 위해 힘을 사용하는 것은 분명 세상에서 가장 유쾌한 일일 터다. 내가 싫어하는 것은, 내가 항상 신경을 쓰거나 사람

들이 나한테 신경을 쓰고 있다고 느끼는 것이다. 하지만 아무려면 어떤가. 일, 일이나 하자.

> But to be well and use strength to get more out of life is, surely, the greatest fun in the world. What I dislike is feeling that I'm always taking care, or being taken care of. Never mind—work, work. *A Writer's Diary, 1923. 6. 4.*

282 오늘 아침 카에게서 나의 「과수원에서」가 마음에 들지 않는다는 이야기를 들었다. 그 즉시 내가 새로워지는 느낌이 들었다. 나는 무명작가, 오로지 글쓰기에 대한 사랑만으로 글을 쓰는 사람이 된 것이다. 그녀는 찬사에 대한 동기를 앗아 가면서, 찬사가 없이도 나는 계속 즐겁게 글을 쓸 것임을 깨닫게 해주었다. 요전 날 밤 덩컨이 자신의 그림에 대해 한 말이 바로 이것이었다. 나는 걸치고 있던 무도회용 의상을 모두 벗어 던지고 벌거벗고 서 있는 느낌이었다. 내가 기억하기로 그것은 매우 기분 좋은 일이었다.

> I heard from Ka this morning that she doesn't like In the Orchard. At once I feel refreshed. I become anon-

ymous, a person who writes for the love of it. She takes away the motive of praise, and lets me feel that without any praise I should be content to go on. This is what Duncan said of his painting the other night. I feel as if I slipped off all my ball dresses and stood naked—which as I remember was a very pleasant thing to do. *A Writer's Diary, 1923. 6. 19.*

283 그러나 확실히 나한테는 '리얼리티'(현실성)를 묘사하는 재능이 없는 것 같다. 나는 어느 정도 고의로 비현실화한다. 리얼리티라는 것과 그 천박함을 믿지 않기 때문이다. 하지만 좀더 이야기를 해보자. 나에게 진정한 리얼리티를 전달할 힘이 있는가? 어쩌면 나는 나 자신에 관한 에세이를 쓰고 있는 것은 아닐까? 이런 질문들에 아무리 무례하게 답을 하더라도 이 흥분은 여전히 남아 있다.

I daresay it's true, however, that I haven't that 'reality' gift. I insubstantize, wilfully to some extent, distrusting reality—its cheapness. But to get further. Have I the power of conveying the true reality? Or do I write essays about myself? Answer these questions as I may, in the uncomplimentary sense, and still there remains this excitement. *A Writer's Diary, 1923. 6. 19.*

284 요점을 말하자면, 소설을 다시 쓰는 지금 나는 내 안에서 눈부시게 솟구쳐 오르는 힘을 느낀다. 한차례 평론을 쓰고 나면 내 머리의 한쪽 면만을 사용해 비딱하게 글을 쓰는 느낌이 든다. 이것은 맞는 말이다. 자신의 능력을 마음껏 사용하는 것은 행복한 일이다. 그리하면 나는 사람들과 더 잘 지낼 수 있고, 더 인간다워질 수 있다.

To get to the bones, now I'm writing fiction again I feel my force glow straight from me at its fullest. After a dose of criticism I feel that I'm writing sideways, using only an angle of my mind. This is justification; for free use of the faculties means happiness. I'm better company, more of a human being. *A Writer's Diary, 1923. 6. 19.*

285 『시간들』(『댈러웨이 부인』)과 나의 발견에 대해 할 말이 많다. 어떻게 내가 나의 등장인물들 뒤에 아름다운 동굴들을 파고 있는지에 대해. 이런 작업은 정확히 내가 원하는

것, 즉 인간성, 유머, 깊이를 부여해줄 수 있다. 나의 아이디어는, 동굴들을 서로 연결해서 현재의 순간에 하나씩 세상에 드러나게 하는 것이다.

I should say a good deal about The Hours and my discovery: how I dig out beautiful caves behind my characters: I think that gives exactly what I want; humanity, humour, depth. The idea is that the caves shall connect and each comes to daylight at the present moment. *A Writer's Diary, 1923. 8. 30.*

286 이 책(『댈러웨이 부인』)의 구상은 나의 다른 어떤 책의 그것보다 주목할 만하다고 생각한다. 어쩌면 구상을 실행에 옮기지 못할지도 모른다. 나는 그에 대한 아이디어로 가득 차 있다. 지금까지 생각해온 모든 것을 다 써버릴 수 있을 것도 같다. 확실히 그 어느 때보다 덜 강제되는 느낌이다. (…) 내가 '굴 파기 과정'이라고 부르는 것을 발견하기까지 1년간의 모색이 필요했다. 이 과정을 통해 나는 필요에 따라 지난 일을 조금씩 나누어 이야기할 수 있게 되었다. 이것이 지금까지의 나의 주된 발견이다. (…) 나는 아직 나의 위대한 발견을 다시 읽지 못했다. 어쩌면 이것은 전혀

중요한 게 아닐지도 모른다. 하지만 아무려면 어떤가. 나는 이 책에 대한 희망을 가지고 있다. 진실로 말하건대 나는 더 이상 한 줄도 쓰지 못할 때까지 계속 글을 써나갈 것이다. 저널리즘이고 뭐고 간에 다른 모든 것은 이것에 길을 양보해야 한다.

> I think the design is more remarkable than in any of my books. I daresay I shan't be able to carry it out. I am stuffed with ideas for it. I feel I can use up everything I've ever thought. Certainly, I'm less coerced than I've yet been. (⋯) It took me a year's groping to discover what I call my tunnelling process, by which I tell the past by instalments, as I have need of it. This is my prime discovery so far; (⋯) I've not re-read my great discovery, and it may be nothing important whatsoever. Never mind. I own I have my hopes for this book. I am going on writing it now till, honestly, I can't write another line. Journalism, everything, is to give way to it. *A Writer's Diary, 1923. 10. 15.*

287 장담하건대, 모험적으로 살지 않거나, 야생 염소의 수

염을 뽑거나 절벽 위에서 두려움에 떨어보지 않는다면 우울해할 일도 결코 없을 것이다. 그러나 그렇게 되면 우린 이미 빛이 바랜 것이고, 운명주의자가 되었거나 늙은 것이다.

And if we didn't live venturously, plucking the wild goat by the beard, and trembling over precipices, we should never be depressed, I've no doubt; but already should be faded, fatalistic and aged. *A Writer's Diary, 1924. 8. 2.*

288 내가 불 켜진 방들을 오가는 것을 좋아하는 이유는 내 뇌가 그렇게 생겼기 때문이다. 나의 뇌는 불 켜진 방과 같다.

I like going from one lighted room to another, such is my brain to me; lighted rooms. *A Writer's Diary, 1924. 8. 15.*

289 이 일기에서 나는 글 쓰는 연습을 하고 있다는 생각이 든다. 나의 능력을 가늠해보는 것이다. 그렇다, 나는 어떤 효과를 시험해보고 있다. 아마도 나는 여기서 『제이콥

의 방』을 연습했을 것이다. 『댈러웨이 부인』도 그랬고, 아마 다음 책도 여기서 구상하게 될 것이다. 여기서는 순수하게 정신적으로만 글을 쓰기 때문이다. 그것은 아주 재미있는 일이기도 하다. 1940년의 늙은 버지니아는 여기서 무언가를 알아볼지도 모른다. 늙은 버지니아는 뭐든지 볼 수 있는 여자가 되어 있을 테니까. 지금 내가 할 수 있는 것 이상으로 말이다. 그러나 지금은 피곤하다.

> It strikes me that in this book I practise writing; do my scales; yes and work at certain effects. I daresay I practised Jacob here; and Mrs D. and shall invent my next book here; for here I write merely in the spirit— great fun it is too, and Old V. of 1940 will see something in it too. She will be a woman who can see, old V., everything—more than I can, I think. But I'm tired now. *A Writer's Diary, 1924. 10. 17.*

290 레너드가 가지치기를 했는데 그것은 영웅적 용기가 필요한 일이었다. 나의 영웅주의는 순전히 문학적인 것이었다. 『댈러웨이 부인』의 교정을 보았는데, 교정은 글을 쓰는 일에서 가장 오싹하고, 가장 우울하며, 가장 까다로운

작업이다.

> L. pruned, which needed heroic courage. My heroism
> was purely literary. I revised Mrs D., the chillest part
> of the whole business of writing, the most depress-
> ing—exacting. *A Writer's Diary, 1925. 1. 6.*

291 시간이 점차 우리의 얼굴 모습을 변화시키는 것처럼
습관은 점차 우리의 삶의 모습을 변화시킨다. 그리고 우린
그 사실을 깨닫지 못한다.

> Habits gradually change the face of one's life as time
> changes one's physical face; and one does not know
> it. *The Diary of Virginia Woolf, 1925-1930*

292 이제 나는 다음 사실을 말할 수 있다. 우리의 과거가
아름다운 것은, 우린 그 당시에는 어떤 감정을 제대로 인식
하지 못하기 때문이다. 그 감정은 그 후까지 확장되기 마련
이어서, 우리는 현재가 아닌 과거에 대해서만 완전한 감정
을 느낄 수 있다.

At the moment I can only note that the past is beautiful because one never realises an emotion at the time. It expands later, and thus we don't have complete emotions about the present, only about the past. *The Diary of Virginia Woolf, 1925. 3. 18.*

293 실제로 글을 쓴다는 것은 붓으로 쓱쓱 그리는 것과 같다. 채워 넣는 것은 그 후에 하면 된다.

The actual writing being now like the sweep of a brush; I fill it up afterwards. *A Writer's Diary, 1925. 4. 20.*

294 사실을 말하자면, 글을 쓰는 것은 심오한 기쁨을 선사하고, 읽히는 것은 피상적인 즐거움을 줄 뿐이다.

The truth is that writing is the profound pleasure and being read the superficial. *A Writer's Diary, 1925. 5. 14.*

295 나는 내가 성공했다고는 생각지 않는다. 나는 노력하는 느낌을 더 좋아한다. 사흘간 책 판매가 완전히 주저앉았

다가 이제 다시 조금씩 움직이기 시작한다. 1,500부만 팔리면 정말 기쁠 텐데. 지금까지 1,250부가 팔렸다.

I don't. Have see myself a success. I like the sense of effort better. The sales collapsed completely for three days; now a little dribble begins again. I shall be more than pleased if we sell 1500. It's now 1250. *A Writer's Diary, 1925. 6. 18.*

296 내가 이 글을 쓰는 이유는, 한편으로는 내 뒷덜미에 있는 가엾은 신경 다발을 시험하기 위해서다. 그것들이 버텨줄지, 아니면 종종 그랬듯이 다시 무너져 내릴지 궁금해서다. 나는 여전히 양서류처럼 침대에 누웠다가 일어나기를 반복하고 있기 때문이다. 이 글을 쓰는 또 다른 이유는, 글을 쓰고 싶은 참기 힘든 나의 욕구를 충족시키기('욕구'를 '충족시킨다'라니!) 위해서다. 글을 쓴다는 것은 내게는 가장 큰 위안이자 형벌이다.

I am writing this partly to test my poor bunch of nerves at the back of my neck—will they hold or give again, as they have done so often?—for I'm amphibious still, in bed and out of it; partly to glut my itch ('glut' an 'itch'!) for writing. It is the great solace and scourge.

A Writer's Diary, 1925. 9. 13.

297 내 소설이 나를 낡은 깃발처럼 흔들리게 한다. 『등대로』가 그 소설이다. 나 자신을 위해서 말해둘 필요가 있다고 생각하는데, 마침내, 마침내, 『제이콥의 방』에서의 투쟁 끝에, 『댈러웨이 부인』에서의 극심한 고통 끝에(마지막을 제외한 모든 부분에서), 이제야 나의 온 생애를 통틀어 가장 빠르고 가장 자유롭게 글을 쓸 수 있게 되었다. 지금까지의 어떤 소설보다 훨씬 빨리, 스무 배는 빨리 말이다. 이는 내가 올바른 길로 들어섰다는 증거이다. 이제 나는 그 길에서 내 영혼 속에 열린 과일을 따 먹기만 하면 된다. 나는 줄곧 면밀하고 간결한 노력을 주창해왔는데, 이제 와서 다작과 유창함이 중요하다는 이론을 발명하게 되었다는 것은 흥미로운 일이 아닐 수 없다.

I am blown like an old flag by my novel. This one is To the Lighthouse. I think it is worth saying for my own interest that at last, at last, after that battle Jacob's Room, that agony—all agony but the end—

Mrs Dalloway, I am now writing as fast and freely as I have written in the whole of my life; more so—20 times more so—than any novel yet. I think this is the proof that I was on the right path; and that what fruit hangs in my soul is to be reached there. Amusingly, I now invent theories that fertility and fluency are the things: I used to plead for a kind of close, terse effort. *A Writer's Diary, 1926. 2. 23.*

298 내 안에는 초조한 탐구자가 있다. 어째서 우리 인생에는 획기적인 발견이란 게 없는 것일까? 우리 손에 넣고는 '이거다'라고 말할 수 있는 무언가가 왜 없는 것일까?

Yet I have some restless searcher in me. Why is there not a discovery in life? Something one can lay hands on and say 'This is it'? *A Writer's Diary, 1926. 2. 27.*

299 어제는 이 많은 일기가 앞으로 어떻게 될지를 자문해보았다. 내가 죽는다면 레오는 이것들을 어떻게 할까? 불태워버리기는 싫을 테고 출판할 수도 없을 것이다. 아마도 일기로 책 한 권 정도는 엮을 수 있을 테니 나머지는 태워

버리면 될 터다. 단편적인 글과 갈겨 쓴 것 들을 조금 쳐내
면 작은 책 한 권 분량은 되지 않을까. 하지만 어찌될지 누
가 알겠는가. 나는 지금 약간의 우울증이 시키는 대로 적고
있다. 요즘 이따금씩 나를 찾아오는 우울증 때문인지 내가
늙었고 추하다는 생각이 들고, 내가 했던 말을 자꾸만 반
복하게 된다. 그러나 내가 아는 한 작가로서의 나는 이제야
겨우 내가 생각하는 대로 쓸 수 있게 되었을 뿐이다.

But what is to become of all these diaries, I asked
myself yesterday. If I died, what would Leo make
of them? He would be disinclined to burn them; he
could not publish them. Well, he should make up a
book from them, I think; and then burn the body. I
daresay there is a little book in them; if the scraps
and scratching were straightened out a little. God
knows. This is dictated by a slight melancholia, which
comes upon me sometimes now and makes me think
I am old; I am ugly. I am repeating things. Yet, as far
as I know, as a writer I am only now writing out my
mind. *A Writer's Diary, 1926. 3. 20.*

300 나는 매일 무언가에 대해 쓰고, 몇 주는 돈벌이를 위해 계획적으로 떼어놓는다. 그러면 9월에는 우리 각자의 주머니에 50파운드씩 돈이 들어오게 된다. 이것은 결혼한 이후 처음 갖게 되는 순전한 나만의 돈이 될 것이다. 최근까지 나는 돈의 필요를 느낀 적이 없다. 내가 원하면 돈을 벌 수는 있지만, 돈 때문에 글 쓰는 일은 되도록 피하고 있다.

I write every day about something and have deliberately set apart a few weeks to money-making, so that I may put £50 in each of our pockets by September. This will be the first money of my own since I married. I never felt the need of it till lately. And I can get it, if I want it, but shirk writing for money. *A Writer's Diary, 1927. 6. 22.*

301 이 일기는 나의 사교 생활의 빈약함을 먹고 살이 찔 것이다. 런던의 여름을 이렇게 조용하게 보낸 적이 없는 것 같다. 눈에 띄지 않게 군중 속을 빠져나오는 것은 아주 쉬운 일이다. 나는 병자로서의 내 기준을 세워놓았고, 나를 성가시게 하는 사람은 아무도 없다. 아무도 내게 뭔가를 해달라고 요구하지 않는다. 나는 이것이 그들의 선택이 아닌

나의 선택에 의한 것이라는 데서 공연한 자부심을 느낀다. 혼란의 한가운데서 조용히 있을 수 있다는 것은 일종의 사치이다. 사람들하고 대화를 하면서 애써 재치를 발휘하고 나면 젖은 천처럼 축 처지면서 온종일 두통에 시달리게 된다. 그러나 조용히 지내면 차분하고 맑고 상쾌한 아침을 맞을 수 있어 많은 일을 할 수 있고, 산책을 하면서 나의 뇌를 공중으로 던져 올릴 수 있다. 올 여름 두통을 피할 수만 있다면 얼마간의 승리감을 맛볼 수 있지 않을까.

This diary shall batten on the leanness of my social life. Never have I spent so quiet a London summer. It is perfectly easy to slip out of the crush unobserved. I have set up my standard as an invalid and no one bothers me. No one asks me to do anything. Vainly, I have the feeling that this is of my choice, not theirs; and there is a luxury in being quiet in the heart of chaos. Directly I talk and exert my wits in talk I get a dull damp rather headachy day. Quiet brings me cool clear quick mornings, in which I dispose of a good deal of work and toss my brain into the air when I take a walk. I shall feel some triumph if I skirt a headache this summer. *A Writer's Diary, 1927. 6. 23.*

302 몽상은 주로 나 자신에 관한 것이다. 이것을 고치기 위해서는, 자신의 날카롭고 우스꽝스럽고 하찮은 성격이나 명성 그리고 그 밖의 것들을 잊기 위해서는, 책을 읽고, 외부인들을 만나고, 더 많이 생각하고, 더 논리적으로 글을 써야 할 터다. 무엇보다 일에 전념하고 익명성에 익숙해질 것. 사람들과 함께 있을 때는 침묵할 것. 혹은 현란한 말투 대신 차분한 말투로 이야기할 것. 이상이 의사들이 내리는 것과 같은 스스로에 대한 '처방'이다.

The dream is too often about myself. To correct this; and to forget one's own sharp absurd little personality, reputation and the rest of it, one should read; see outsiders; think more; write more logically; above all be full of work; and practise anonymity. Silence in company; or the quietest statement, not the showiest; is also 'medicated' as the doctors say. *A Writer's Diary, 1927. 12. 22.*

303 어쩌된 일인지 『올랜도』의 마지막 장_章에서 영 맥을

못 추고 있다. 마지막 장은 가장 멋져야 할 부분이다. 언제나, 언제나 마지막 장이 손에서 빠져나간다. 지루해진 것이다. 나 자신을 다시 채찍질한다. 나는 여전히 신선한 바람을 갈구하지만 그다지 신경 쓰진 않는다. 다만 10월, 11월, 12월을 그토록 활기차게 해주었던 즐거움을 맛볼 수 없다는 게 아쉬울 뿐이다. 이 작품이 공허한 것은 아닌지, 이렇게 길게 쓰기에는 너무 환상적인 이야기가 아닌지 의문이 든다.

For some reason, I am hacking rather listlessly at the last chapter of Orlando, which was to have been the best. Always, always the last chapter slips out of my hands. One gets bored. One whips oneself up. I still hope for a fresh wind, and don't very much bother, except that I miss the fun, which was so tremendously lively all October, November and December. I have my doubts if it is not empty; and too fantastic to write at such length. *A Writer's Diary, 1928. 2. 11.*

304 마음은 벌레 중에서도 가장 변덕스러운 벌레다. 날개를 파닥이며 이리저리 끊임없이 날아다닌다.

The mind is the most capricious of insects—flitting, fluttering. *A Writer's Diary, 1928. 2. 18.*

305 글쓰기 받침을 잃어버렸다. 이 일기가 빈혈 상태에 이른 데 대한 핑계가 생긴 셈이다. 편지들을 쓰는 사이에 이 글을 쓰는 것도, 어제 시계가 1시를 칠 때 『올랜도』를 끝냈음을 말하기 위해서다. 어쨌거나 캔버스는 채워졌다. 원고를 인쇄에 넘기기 전에 석 달간 면밀한 검토가 필요할 것이다. 캔버스 여기저기에 뒤죽박죽으로 물감을 뿌려놓아 수많은 빈 공간이 생겨나 있기 때문이다. 그러나 비록 잠정적이기는 하지만 '끝'이라고 쓸 때는 고요하고 완성된 느낌이 든다. 나는 편안해진 마음으로 토요일에 레너드와 함께 여행을 떠날 것이다. 나는 이 책을 다른 어떤 책보다 빨리 썼다. 전체가 하나의 농담 같은 책이다. 하지만 즐겁게 빨리 읽을 수 있으리라 생각한다. 작가의 휴일 같은 책. 앞으로 다시는 소설을 쓰는 일이 없을 거라는 확신이 점점 커져간다.

I have lost my writing board; an excuse for the anaemic state of this book. Indeed I only write now, in between letters, to say that Orlando was finished yesterday as the clock struck one. Anyhow the canvas is covered. There will be three months of close work needed, imperatively, before it can be printed; for I have scrambled and splashed and the canvas shows through in a thousand places. But it is a serene, accomplished feeling, to write, even provisionally, the End, and we go off on Saturday, with my mind appeased. I have written this book quicker than any; and it is all a joke; and yet gay and quick reading I think; a writer's holiday. I feel more and more sure that I will never write a novel again. *A Writer's Diary, 1928. 3. 18.*

306 그리고 돈을 벌어야 한다. 매달 25파운드가 들어올 수 있도록 차분히 앉아 신중하고 괜찮은 글 한 편씩을 쓰고 싶다. 그렇게 살아가고 싶다, 스트레스 없이. 그리고 책을 읽고 싶다, 내가 읽고 싶은 것을. 마흔여섯 살쯤 되면 사람은 구두쇠가 되어야 한다. 본질적인 것을 위해서만 시간을 내야 하는 것이다.

And money making. I hope to settle in and write one nice little discreet article for £25 each month; and so live; without stress; and so read-what I want to read. At 46 one must be a miser; only have time for essentials. *A Writer's Diary, 1928. 3. 22.*

307 유일하게 흥분되는 삶은 상상 속의 삶이다. 내 머릿속에서 바퀴가 돌아가기 시작하면 돈도 별로 필요 없고, 드레스나 심지어 로드멜의 집을 위한 찬장이나 침대 혹은 소파도 필요 없어진다.

The only exciting life is the imaginary one. Once I get the wheels spinning in my head, I don't want money much, or dress, or even a cupboard, a bed at Rodmell or a sofa. *A Writer's Diary, 1928. 4. 21.*

308 『올랜도』에 신물이 나서 아무것도 쓸 수가 없다. 일주일 동안 교정을 보았다. 이젠 더 이상 한 문장도 생각해 낼 수 없다. 나는 나 자신의 수다스러움이 정말 싫다. 어째서 쉴 새 없이 말들을 쏟아내는가 말이다. 그 바람에 책 읽을 힘마저 거의 잃어버렸다. 하루에 대여섯, 일곱 시간씩 교정을 보고 이것저것 꼼꼼히 쓰느라 스스로의 독서 능력을 심하게 훼손시키고 만 것이다. 저녁을 먹고 프루스트를

집어 들었다가 도로 내려놓았다. 이것은 최악의 경우다. 자살하고 싶어진다. 더 이상 할 게 아무것도 없는 것 같다. 모든 게 재미없고 무가치해 보인다. 이제 내가 어떻게 부활하는지를 똑똑히 지켜볼 것이다. 뭔가를 읽어야겠다는 생각이 든다, 괴테의 전기 같은 책을.

> So sick of Orlando I can write nothing. I have corrected the proofs in a week; and cannot spin another phrase. I detest my own volubility. Why be always spouting words? Also I have almost lost the power of reading. Correcting proofs 5, 6 or 7 hours a day, writing in this and that meticulously, I have bruised my reading faculty severely. Take up Proust after dinner and put him down. This is the worst time of all. It makes me suicidal. Nothing seems left to do. All seems insipid and worthless. Now I will watch and see how I resurrect. I think I shall read something— say life of Goethe. *A Writer's Diary, 1928. 6. 20.*

309 나를 흥분시키는 것은 쓰는 것이지 읽히는 것이 아니다. 사람들이 내 글을 읽는 동안에는 글을 쓸 수 없기 때

문에 언제나 마음이 좀 허전해진다. 그럴 때면 자극을 찾아 나서보지만 고독 속에 있을 때만큼 행복하지는 않다.

It's the writing, not the being read, that excites me. And as I can't write while I'm being read, I am always a little hollow hearted; whipped up; but not so happy as in solitude. *A Writer's Diary, 1928. 10. 27.*

310 다행히 여성들에게 강연을 해야 하는 오랜 고역이 막 끝났다. 나는 비가 쏟아지는 가운데 거턴에서의 강연에서 돌아왔다. 굶주렸지만 용기 있는 젊은 여성들—이것이 내가 받은 인상이다. 똑똑하고, 열심이고, 가난하며, 떼를 지어 학교 선생이 되도록 운명 지어진 여성들. 나는 "포도주를 마시고 자기만의 방을 갖도록 하십시오"라고 담담하게 말해주었다. 어째서 인생의 모든 영예와 호사는 줄리언이나 프랜시스 같은 남자들에게만 넘치도록 주어지고, 페어나 토머스 같은 여성들에게는 아무것도 주어지지 않는 것일까?

Thank God, my long toil at the women's lecture is this moment ended. I am back from speaking at

Girton, in floods of rain. Starved but valiant young women—that's my impression. Intelligent, eager, poor; and destined to become schoolmistresses in shoals. I blandly told them to drink wine and have a room of their own. Why should all the splendour, all the luxury of life be lavished on the Julians and the Francises, and none on the Phares and the Thomases?

A Writer's Diary, 1928. 10. 27.

311 또다시 어떤 평론가는 내가 문체의 문제에서 위기에 직면했다고 말한다. 문체가 너무 유창하고 유동적이 되어 독자의 머릿속에서 물처럼 흘러 나간다는 것이다.

이런 병은 『등대로』에서 시작되었다. 처음 부분은 물 흐르듯 흘러갔다. 나는 얼마나 쓰고 또 썼던가!

이번에는 『댈러웨이 부인』이나 『제이콥의 방』에서처럼 좀더 억제되고 단단한 문체로 써야 하는 걸까?

Again, one reviewer says that I have come to a crisis in the matter of style: it is now so fluent and fluid that it runs through the mind like water.

That disease began in the Lighthouse. The first part

came fluid—how I wrote and wrote!

Shall I now check and consolidate, more in the Dalloway and Jacob's Room style? *A Writer's Diary, 1928. 11. 7.*

312 내 다음 책으로 말하자면, 그것을 쓰는 일이 내 안에서 절박해질 때까지 쓰는 것을 자제할 생각이다. 잘 익은 배처럼 내 마음속에서 묵직하게 자라난 책이 늘어지고 커다랗게 영글어서, 떨어지기 전에 따달라고 소리칠 때까지.

As for my next book, I am going to hold myself from writing till I have it impending in me: grown heavy in my mind like a ripe pear; pendant, gravid, asking to be cut or it will fall. *A Writer's Diary, 1928. 11. 28.*

313 읽을 때는 맹렬하게, 정확하게 읽자. 그러지 않으면 자꾸만 건너뛰게 된다. 나는 게으른 독자니까. 아니, 그렇진 않다. 나는 내 머리의 가차 없는 엄격함에 놀라고 약간 불안해진다. 내 머리는 읽고 쓰는 일을 멈출 줄 모른다. 나로 하여금 제럴딘 주스버리에 관해, 하디에 관해, 여성에 관해 글을 쓰게 만든다. 나는 너무 프로가 되어버려서 더 이상 꿈꾸는 아마추어는 될 수 없다.

Then I read with fury and exactness; otherwise I skip and skip; I am a lazy reader. But no: I am surprised and a little disquieted by the remorseless severity of my mind: that it never stops reading and writing; makes me write on Geraldine Jewsbury, on Hardy, on Women—is too professional, too little any longer a dreamy amateur. *A Writer's Diary, 1928. 11. 28.*

314 레너드가 방금 들어와 『올랜도』의 3판에 대해 의논했다. 우리는 책을 발주했다. 지금까지 6,000부 이상이 팔렸다. 여전히 놀랍도록 활발하게 판매가 이루어지고 있다. 이를테면 오늘은 150부가 팔렸고, 대부분의 날에는 50~60부가 팔린다. 나는 늘 놀라고 있다. 이러다 말까 아니면 계속될까? 어쨌거나 내 방은 안전하다. 나는 결혼하고 16년 만에—1912년부터 1928년까지—처음으로 돈을 쓰고 있다. 그러나 아직 소비하는 근육이 자연스럽게 작동을 하지 않는다. 왠지 죄책감이 느껴져서, 사야 한다는 것을 알 때에도 사는 것을 자꾸만 미루게 된다. 그러면서도 내 주머니에 넉넉한 동전이 있다는 기분 좋은 호사를 누리고 있다. 예전에는 매주 13실링쯤이 부족하거나 돈이 다 떨어지기 일쑤였다.

L. has just been in to consult about a 3rd edition of
Orlando. This has been ordered; we have sold over
6,000 copies; and sales are still amazingly brisk—150
today for instance; most days between 50 and 60; al-
ways to my surprise. Will they stop or go on? Anyhow
my room is secure. For the first time since I married,
1912-1928—16 years, I have been spending money.
The spending muscle does not work naturally yet. I
feel guilty; put off buying, when I know that I should
buy; and yet have an agreeable luxurious sense of
coins in my pocket beyond my weekly 13/—which
was always running out, or being encroached upon.
A Writer's Diary, 1928. 12. 18.

315 그런데 인생은 아주 견고한 것일까, 아니면 지극히
덧없는 것일까? 이 두 모순이 내 머릿속을 떠나지 않는다.
이런 모순은 지금까지 늘 있어왔고, 앞으로도 언제까지나
존속할 것이며, 지금 내가 발을 딛고 서 있는 세상의 깊은
곳까지 가닿는다. 또한 그것은 일시적이고, 날아가는 것이
며, 투명한 것이기도 하다. 나는 파도 위의 구름처럼 지나
가버릴 것이다. 어쩌면 비록 우리가 변하고, 차례로 아주

빠르게, 그토록 빠르게 날아가 버리더라도, 우리 인간은 어느 정도 연속적이고 지속적이어서 언뜻언뜻 빛을 발하는 것인지도 모른다. 하지만 빛이란 무엇일까? 나는 인생의 무상함에 너무 깊은 인상을 받아서 종종 안녕이라고 인사를 한다. 이를테면 로저와 식사를 한 뒤나, 앞으로 얼마나 더 네사를 볼 수 있을까를 헤아려본 뒤에.

Now is life very solid or shifting? I am haunted by the two contradictions. This has gone on for ever; will last for ever; goes down to the bottom of the world—this moment I stand on. Also it is transitory, flying, diaphanous. I shall pass like a cloud on the waves. Perhaps it may be that though we change, one flying after another, so quick, so quick, yet we are somehow successive and continuous we human beings, and show the light through. But what is the light? I am impressed by the transitoriness of human life to such an extent that I am often saying a farewell—after dining with Roger for instance; or reckoning how many more times I shall see Nessa. *A Writer's Diary, 1929. 1. 4.*

여성과 글쓰기

316 『자기만의 방』을 인쇄하기 전에 아주 꼼꼼히 교정을 봐야 한다. 그 바람에 커다란 우울의 호수 속으로 빠지고 말았다. 아, 호수의 물은 얼마나 깊은지! 아무래도 나는 선천적으로 우울하게 태어난 것 같다! 물에 빠지지 않을 유일한 방법은 일하는 것뿐이다.

One must correct *A Room of One's Own* very carefully before printing. And so I pitched into my great lake of melancholy. Lord how deep it is! What a born melancholic I am! The only way I keep afloat is by working. *A Writer's Diary, 1929. 6. 23.*

317 『자기만의 방』을 출간하기 전에 간략하게 내 느낌을 말해둬야겠다. (…) 언론은 친절하게도 내 책의 매력과 발랄함에 대해 이야기할 것이다. 어쩌면 사람들은 페미니스트라고 나를 공격할지도 모르고 동성애자라는 의심을 할지도 모른다. 시빌이 나를 점심식사에 초대할 것이고, 젊은 여성들에게 수많은 편지를 받게 될 것이다. 내 책이 진지하게 받아들여지지 않을까 봐 걱정된다. 울프 부인은 매우 뛰어난 작가여서 읽기 쉽게 글을 쓴다…… 딸들의 손에 쥐여줄 책이라는 식의 여성적 논리…… 나는 그런 것들에 별로

관심이 없다. (…) 하지만 『자기만의 방』은 열의와 확신을 가지고 썼다.

I will here sum up my impressions before publishing A Room of One's Own. (…) the press will be kind and talk of its charm and sprightliness; also I shall be attacked for a feminist and hinted at for a Sapphist; Sybil will ask me to luncheon; I shall get a good many letters from young women. I am afraid it will not be taken seriously. Mrs Woolf is so accomplished a writer that all she says makes easy reading... this very feminine logic... a book to be put in the hands of girls. I doubt that I mind very much. (…) but I wrote it with ardour and conviction. *A Writer's Diary, 1929. 10. 23.*

318 오, 지금까지는 『자기만의 방』은 꽤 성공한 편이다. 잘 팔리고 있는 것 같다. 뜻밖의 편지들이 날아온다.

Oh but I have done quite well so far with Room of One's Own; and it sells, I think; and I get unexpected letters. *A Writer's Diary, 1929. 11. 2.*

319 생각 하나: 자기 이름을 찾기 위해 기사나 서평 등을 뒤지는 것은 아마도 좋지 않은 일일 것이다. 그러나 나는 종종 그렇게 한다.

Reflection: It is presumably a bad thing to look through articles, reviews etc. to find one's own name. Yet I often do. *A Writer's Diary, 1930. 12. 2.*

320 오늘 〈타임스 리터러리 서플리먼트〉에 가벼운 비난의 글이 실렸다. 그래서 나는 어떤 결심을 했다. 첫째,『파도』를 모두 고쳐 쓸 것. 둘째, 대중에게 등을 돌릴 것, 가벼운 비난의 말을 한마디 하고 나서.

One word of slight snub in the Lit. Sup. today makes me determine, first, to alter the whole of The Waves; second, to put my back up against the public—one word of slight snub. *A Writer's Diary, 1930. 12. 4.*

321 아, 내가 쓴 것을 고쳐 쓰느라 완전히 진이 빠져버렸다. 이 여덟 편의 평론들. 하지만 나는 꾸물대지 않고 단숨에 쓰는 법을 터득한 것 같다. 글을 쓰는 것은 그다지 어려

울 게 없지만, 그것을 고쳐 쓰는 괴로움에 진저리가 난다. 글을 더하거나 빼는 일. 평론을 써달라는 요청이 점점 많아진다. 평론이라면 언제까지라도 쓸 수 있을 듯하다. 그러나 평론에는 나만의 문체가 없다. 그로 인해 이름은 좀 떨치게 될지 모르지만. 그에 대해서는 별로 할 말이 없다. 아니, 그 반대로 할 말이 너무 많지만 지금은 그런 말을 할 기분이 아니다.

Oh I am so tired of correcting my own writing—these 8 articles—I have however learnt I think to dash: not to finick. I mean the writing is free enough; it's the repulsiveness of correcting that nauseates me. And the cramming in and cutting out. And articles and more articles are asked for. Forever I could write articles. But I have no pen—well, it will just make a mark. And not much to say, or rather too much and not the mood. *A Writer's Diary, 1931. 4. 11.*

322 한마디 해둘 말은 내가 너무 기뻐서 떨고 있다는 것이다. 편지 쓰는 일을 계속 할 수 없을 정도로. 해럴드 니콜슨이 전화로 『파도』가 걸작이라고 말해주었다. 아아, 그러

니까 그 모든 게 헛수고는 아니었던 셈이다. 내가 여기서 가졌던 비전이 다른 이들의 마음에 어떤 영향을 미칠 수 있었다는 말이니까. 이제 담배를 한 대 피우고 진지한 글쓰기로 돌아가야겠다.

A note to say I am all trembling with pleasure—can't go on with my Letter—because Harold Nicolson has rung up to say The Waves is a masterpiece. Ah Hah— so it wasn't all wasted then. I mean this vision I had here has some force upon other minds. Now for a cigarette and then a return to sober composition. *A Writer's Diary, 1931. 10. 5.*

323 이 난해한 책(『파도』)이 다른 어떤 책보다 '반응'이 좋다니 정말이지 믿기지가 않는다. 〈타임스〉에도 좋은 평이 실렸다. 나로서는 처음 있는 일이다. 더구나 책도 잘 팔린다. 사람들이 이토록 어렵고 지루한 것을 읽다니 너무 뜻밖이고 기이한 일이다!

Really, this unintelligible book is being better 'received' than any of them. A note in The Times proper—the first time this has been allowed me. And it sells—how unexpected, how odd that people can read that diffi-cult grinding stuff! *A Writer's Diary, 1931. 10. 9.*

324 『파도』에 대해 몇 마디 더 해야겠다. 지난 사흘간 판매가 50부 정도로 떨어졌다. 확 불타오르듯 하루에 500부가 팔린 뒤 내가 예고한 대로 불쏘시개가 다 타버린 것이다. (우린 3,000부 이상 나갈 거라고는 생각지 않았다.) 도서관에서 책을 빌려본 사람들이 끝까지 읽지 못하고 책을 반납한다고 한다. 따라서 예상을 해보자면, 6,000부까지는 꾸준히 팔리다가 그 이후에는 판매가 지지부진해질 것이다. 그렇다고 판매가 완전히 죽지는 않겠지만. 자랑하려는 것은 아니지만, 상투적인 표현을 빌려 말하자면 이 책은 박수갈채 속에 등장했기 때문이다. 모든 지역에서 열광적으로 읽혔다. 나는, 모건 부부의 말처럼, 어떤 면에서 무척 감동을 받았다. 알려지지 않은 지방의 평론가들은 거의 이구동성으로 이야기한다. '이 책은 울프 부인의 최고의 작품이다. 이것은 대중적인 작품은 아니다. 그러나 이런 작품을 썼기 때문에 우리는 그녀를 존경한다. 『파도』는 확실히 흥미로운 작품이다.' 과연 나는 우리 시대의 선도적 소설가가 될지도 모를 위험에 처해 있다. 그것도 단지 식자층에게만 인

정받는 작가가 아니라.

More notes on The Waves. The sales, these past three days, have fallen to 50 or so: after the great flare up when we sold 500 in one day, the brushwood has died down, as I foretold. (Not that I thought we should sell more than 3,000.) What has happened is that the library readers can't get through it and are sending their copies back. So, I prophesy, it will now dribble along till we have sold 6,000 and then almost die, yet not quite. For it has been received, as I may say, quoting the stock phrases without vanity, with applause. All the provinces read enthusiastically. I am rather, in a sense, as the M.'s would say, touched. The unknown provincial reviewers say with almost one accord, here is Mrs Woolf doing her best work; it can't be popular; but we respect her for so doing; and find The Waves positively exciting. I am in danger, indeed, of becoming our leading novelist, and not with the highbrows only. *A Writer's Diary, 1931. 10. 17.*

325 더욱 이상한 것은 이만큼 나이(50세)를 먹은 지금, 어떤 화살이든 자유롭게, 휘지 않게 똑바로 쏠 수 있을 만큼 몸의 균형이 잡혔다는 느낌에 사로잡혀 있다는 사실이다. 따라서 나는 주간지들의 야단법석 따위에는 아무런 관심이 없다. 그만큼 영혼이 변한 것이다. 나는 나이를 먹는다는 것을 믿지 않는다. 태양을 향해 자신의 모습을 영원히 바꿔 나갈 수 있음을 믿을 뿐이다. 나의 낙관주의는 여기서 생겨났다.

> Odder still how possessed I am with the feeling that now, aged so, I'm just poised to shoot forth quite free straight and undeflected my bolts whatever they are. Therefore all this flitter flutter of weekly newspapers interests me not at all. These are the soul's changes. I don't believe in ageing. I believe in forever altering one's aspect to the sun. Hence my optimism. *A Writer's Diary, 1932. 10. 2.*

326 예술은 모든 설교를 걷어낸 것이다. 사물 그 자체. 그 자체로 아름다운 문장. 무수히 많은 바다. 제비가 오기도 전에 피는 수선화다.

Art is being rid of all preaching: things in themselves:
the sentence in itself beautiful: multitudinous seas;
daffodils that come before the swallow dares. *A Writ-*
er's Diary, 1932. 10. 2.

327 나는 뛰어난 작가의 징표란 자신의 틀을 냉담하게
깨버리는 능력이라는 사실을 주목할 뿐이다.

I only mark that the sign of a masterly writer is his
power to break his mould callously. *A Writer's Diary,*
1933. 5. 14.

328 네프 부인이 가고 난 뒤 당연히 나는 너무 피곤해서
몸서리가 쳐지고 몸이 떨려왔다. 이틀 동안 침대에 누운 채
하루에 일곱 시간쯤 자면서 다시 침묵의 세계 속으로 빠져
들었다. 그러다 문득 이런 생각이 들었다. 어째서 나는 이
처럼 갑작스러운 탈진 상태에 빠지곤 할까? (…) 아마도 소
설과 삶이라는 서로 다른 두 영역 속에서 살아가려고 애쓰
기 때문이 아닐까. 네프 부부가 나를 또 다른 세계에서 억
지로 멀어지게 하려고 할 때마다 나는 엉망이 된다. 글을
전속력으로 쓸 때 내게 필요한 것은 산책하기, 레너드와의

어린애 같은 꾸밈없는 일상, 그리고 나에게 익숙한 것들뿐이다. 남들 앞에서 신중하고 단호하게 행동해야 한다는 압박감은 나를 또 다른 영역 속으로 밀어 넣는다. 붕괴는 여기서 비롯되는 것이다.

So naturally after Mrs Nef I was so tired—I shivered and shook. I went to bed for 2 days and slept I daresay 7 hours, visiting the silent realms again. It strikes me—what are these sudden fits of complete exhaustion? (⋯) I think the effort to live in two spheres: the novel; and life; is a strain. Nefs almost break me because they strain me so far from the other world; I only want walking and perfectly spontaneous childish life with L. and the accustomed when I'm writing at full tilt: to have to behave with circumspection and decision to strangers wrenches me into another region; hence the collapse. *A Writer's Diary, 1933. 8. 12.*

329 어제는 클라이브가 놓고 간 아르센 우세의 『참회록』을 읽느라 오전을 다 보냈다. 책은 나에게 얼마나 방대하고 풍요로운 즐거움을 선사하는가! 방에 들어가니 테이블 위

에 책들이 잔뜩 쌓여 있었다. 나는 그것들을 살펴보고 킁킁거리며 모두 냄새를 맡았다. 그리고 그중 한 권을 들고 가서 읽기 시작했다. 나는 여기서 영원히 책만 읽고도 행복하게 살 수 있을 것 같다.

And now I have spent the morning reading the Confession of Arsène Houssaye left here yesterday by Clive. What a vast fertility of pleasure books hold for me! I went in and found the table laden with books. I looked in and sniffed them all. I could not resist carrying this one off and broaching it. I think I could happily live here and read forever. *A Writer's Diary, 1933. 8. 24.*

330 나 자신을 단순히 여성스러운 수다쟁이로 믿게 해서는 안 된다. 무엇보다 그것은 사실이 아니기 때문이다. 그러나 사람들은 모두 그렇게 말할 것이다. 그리고 나는 『플러시』의 대중적인 성공을 몹시 싫어할 것이다. 아니, 이것은 단지 하나의 작은 조각, 물보라의 베일에 불과하다고 스스로에게 말해야 한다. 혹독하고 맹렬하게 창조하도록 하자. 이제 그 어느 때보다 그럴 수 있게 되었음을 느끼고 있

으므로.

I must not let myself believe that I'm simply a ladylike prattler: for one thing it's not true. But they'll all say so. And I shall very much dislike the popular success of Flush. No, I must say to myself, this is a mere wisp, a veil of water; and so create, hardly, fiercely, as I feel now more able to do than ever before. *A Writer's Diary, 1933. 10. 2.*

331 어제 〈그란타〉는 내가 죽은 것이나 다름없다고 했다. 『올랜도』와 『파도』와 『플러시』가 잠재적인 위대한 작가의 죽음을 보여준다는 것이다. 이것은 빗방울 하나에 불과하다. 말하자면 여드름이 난 어떤 조그만 대학생이 남의 침대에 개구리를 넣어두는 것과 같은 사소한 모욕일 뿐이다. 하지만 내게 보내오는 수많은 편지와 내 사진을 보내달라는 요구는 또 다른 문제다. 하도 많이 와서 어리석게도 나는 NS.에 비아냥거리는 편지를 보냈다. 그 바람에 더 많은 빗물세례를 받고 말았다. 이 비유는 글을 쓸 때 무의식이 얼마나 중요한지를 보여준다. 그러나 문학에서 유행은 피할 수 없는 것임도 잊지 말아야 할 터다. 사람은 성장하면서

변화하기 마련이고, 내가 마침내 무명의 철학에 도달했다는 사실 또한 기억하도록 하자. (⋯) 나는 "유명해지거나" "위대해지지는" 않을 것이다. 어떤 딱지가 붙거나 틀에 박히는 것을 거부하고, 마음과 눈을 열고 모험과 변화를 계속해나갈 것이다. 중요한 것은 스스로를 자유롭게 하는 것이다. 그리하여 자신으로 하여금 스스로의 크기를 깨닫고 어떤 것에도 방해받지 않게 하는 것이다.

Yesterday the Granta said I was now defunct. Orlando, Waves, Flush represent the death of a potentially great writer. This is only a rain drop, I mean the snub some little pimpled undergraduate likes to administer, just as he would put a frog in one's bed: but then there's all the letters and the requests for pictures—so many that, foolishly perhaps, I wrote a sarcastic letter to the NS.—thus procuring more rain drops. This metaphor shows how tremendously important unconsciousness is when one writes. But let me remember that fashion in literature is an inevitable thing; also that one must grow and change; also that I have, at last, laid hands upon my philosophy of anonymity. (⋯) I will not be "famous," "great." I will go on adventuring, changing, opening my mind and my eyes, refusing to be stamped and stereotyped. The thing is to free one's self: to let it find its dimensions, not be impeded. *A Writer's Diary, 1933. 10. 29.*

332 거친 바람이 부는 더운 날이다. 정원에는 맹렬한 바람이 불고 있고, 풀밭에는 떨어진 7월의 사과들이 흩어져 있다. 이제 나는 일련의 재빠르고 날카로운 대조에 몰두하면서 마음껏 스스로의 틀을 깰 것이다. 그를 위해 모든 종류의 실험을 시도해볼 참이다. 물론 이젠 일기나 편지도 쓸 수 없고 책도 읽을 수 없다. 내내 구상을 해야 하기 때문이다. 어쩌면 봅 T.가 그의 시에서 나를 누구보다 행복한 사람이라고 한 것은 옳았는지도 모른다. 즉 표현할 줄 아는 머리를 가졌다는 점에서. 아니, 나의 존재를 동원해서 나의 머리가 완전한 성과를 내게 하는 법을 안다는 점에서. 모든 틀을 깨부수고 존재의 새로운 형태, 다시 말하면 내가 느끼거나 생각하는 모든 것을 위한 표현의 새로운 형태를 발견하도록 스스로에게 어느 정도 강제한다는 점에서. 따라서 머리가 제대로 작동할 때는 내 안에 에너지가 충만한 것을 느낀다. 아무것도 거칠 것이 없다. 그러나 이는 부단한 노

력과 열망과 돌진을 필요로 한다. 지금 나는 『여기 그리고 지금』에서 『파도』의 틀을 깨는 중이다.

A wild windy hot day—a tearing wind in the garden; all the July apples on the grass. I'm going to indulge in a series of quick sharp contrasts: breaking my moulds as much as ever I like. Trying every kind of experiment. Now of course I can't write diary or letters or read because I am making up all the time. Perhaps Bob T. was right in his poem when he called me fortunate above all—I mean in having a mind that can express—no, I mean in having mobilized my being—learnt to give it complete outcome— I mean, that I have to some extent forced myself to break every mould and find a fresh form of being, that is of expression, for everything I feel or think. So that when it is working I get the sense of being fully energized—nothing stunted. But this needs constant effort, anxiety and rush. Here in Here and Now I am breaking the mould made by The Waves. *A Writer's Diary, 1934. 7. 27.*

333 최악의 경우 설령 내가 보잘것없는 작가라 해도 나는 글을 쓰는 것이 즐겁다. 나는 스스로를 정직한 관찰자라고 생각한다. 따라서 세상은 앞으로도 내게 흥밋거리를 계속 제공할 것이다. 내가 그것을 사용하든 안 하든 상관없이.

At the worst, should I be a quite negligible writer, I enjoy writing: I think I am an honest observer. Therefore the world will go on providing me with excitement whether I can use it or not. *A Writer's Diary, 1934. 11. 2.*

334 메모 하나: 책이 형편없음에 절망하다. 어떻게 이런 것을 쓸 수 있었는지 모르겠다. 그것도 그렇게 흥분해서. 하지만 이건 어제의 이야기다. 오늘은 다시 책이 좋아 보인다. 다른 책들을 쓰고 있는 또 다른 버지니아들을 위해 한마디 덧붙이자면, 세상일이란 원래 그런 것이다. 끊임없이 오르락내리락한다. 진실은 하느님만이 아신다.

A note: despair at the badness of the book: can't think how I ever could write such stuff—and with such excitement: that's yesterday: today I think it good again. A note, by way of advising other Virginias with other books that this is the way of the thing: up down up down—and Lord knows the truth. *A Writer's Diary, 1934. 11. 14.*

335 작가로서의 기교를 발휘해보려는 모든 욕망이 완전히 나를 떠나버렸다. 그게 어떤 것인지 잘 상상이 되지 않는다. 좀더 정확히 말하면, 내 마음을 책이나 평론의 구절에 맞게 구부릴 수가 없다. 나를 힘들게 하는 것은 글쓰기가 아니라 건축을 하듯 구상을 하는 것이다. 이 단락을 쓰고 나면 다음 단락, 또 그다음 단락이 기다리고 있다. 하지만 한 달간 푹 쉬고 나면 나는 다시 히스 뿌리처럼 강인해지고 탄력이 붙을 것이다. 아치와 돔은 강철처럼 단단하고 구름처럼 가볍게 공중으로 튀어 오를 것이다. 그러나 이 모든 말들로도 핵심을 정확히 표현할 수가 없다.

All desire to practise the art of a writer has completely left me. I cannot imagine what it would be like: that is, more accurately, I cannot curve my mind to the line of a book; no, nor of an article. It's not the writing but the architecting that strains. If I write this paragraph, then there is the next and then the next. But after a month's holiday I shall be as tough and springy as—say heather root: and the arches and the domes will spring into the air as firm as steel and light as cloud—but all these words miss the mark. *A Writer's Diary, 1935. 4. 27.*

336 금요일에 마저리 프라이가 서류를 한 아름 안고 온다고 한다. 또 한 권의 책. 나에게 과연 또 다른 책을 시작할 불굴의 용기가 있는 것일까? 글을 쓰고 다시 고쳐 쓰는 일을 생각해보라. 그러나 거기에는 기쁨과 황홀함 또한 있을 것이다.

Margery Fry comes on Friday with her hands full of papers, she says. Another book. Have I the indomitable courage to start on another? Think of the writing and re-writing. Also there will be joys and ecstasies though. *A Writer's Diary, 1935. 8. 21.*

337 오늘 아침에는 『세월』(이 제목으로 하기로 했다)을 쓰는 것을 중단해야만 했다. 완전히 녹초가 되었기 때문이다.

한 단어도 퍼 올릴 수가 없다. 그러나 나는 거기에 무언가가 있음을 안다. 그러니 하루 이틀 정도 우물이 다시 채워지기를 기다릴 생각이다. 이번에는 꽤 깊을 것이다. 740쪽이나 되니까. 심리학적으로 말해 이것은 나의 모험 중에서도 가장 기이한 것이다. 나의 뇌 반쪽이 완전히 말라버릴 지경이다. 하지만 고개를 돌리기만 하면, 짧은 평론 하나쯤은 가뿐히 쓸 준비가 된 뇌의 또 다른 반쪽이 있다. 아, 뇌에 대해 뭔가 좀 아는 누군가가 있으면 좋을 텐데.

I've had to give up writing The Years—that's what it's to be called—this morning. Absolutely floored. Can't pump up a word. Yet I can see, just, that something's there; so I shall wait, a day or two, and let the well fill. It has to be damned deep this time. 740 pages in it. I think, psychologically, this is the oddest of my adventures. Half my brain dries completely; but I've only to turn over and there's the other half, I think, ready, quite happily to write a little article. Oh if only anyone knew anything about the brain. *A Writer's Diary, 1935. 9. 5.*

338 그런데 이렇게 일을 나눠서 하니까 더할 나위 없이 좋다. 어째서 이 방법을 진작 생각해내지 못했을까. 틈틈이 뇌의 또 다른 쪽이 관장하는, 독서 혹은 다른 책을 위한 작업을 하기. 그것만이 바퀴를 멈춰 세운 다음 반대쪽으로 돌아가게 하는 유일한 방법이다. 그리하면 내가 한결 신선해지고 개선될 수 있다.

> This division is by the way perfect and I wonder I never hit on it before—some book or work for a book that's quite the other side of the brain between times. It's the only way of stopping the wheels and making them turn the other way, to my great refreshment and I hope improvement. *A Writer's Diary, 1935. 10. 15.*

339 나의 저주받은 수다 취미 때문에 『세월』의 작업에 또다시 지장이 생겼다. 다시 말해 4시부터 6시 반까지는 로즈 매콜리와, 8시부터 밤 12시까지는 엘리자베스 보웬과 수다를 떨고 나니 다음 날 머릿속에 칙칙하고 묵직하며 뜨거운 걸레가 들어 있는 기분이 들었다. 머릿속에서 벼룩과 개미와 각다귀가 설쳐대는 것 같았다. 그래서 책(『하이드 파크에

서의 살과 마틴』)을 덮어두고 로저의 회고록을 타자 치면서 오전을 보냈다. 타자 치기는 가장 좋은 진정제이자 청량제다. 이런 일이 언제나 가까이 있었으면 좋겠다. 피곤한 신경을 이틀간 쉬게 하는 것이 내가 내리는 처방이다. 하지만 휴식은 좀처럼 쉽지 않다. 일을 다 마칠 때까지는 수다 파티에의 초대를 모두 거절할 생각이다. 크리스마스까지 일을 모두 끝낼 수 있으면 얼마나 좋을까!

I am again held up in The Years by my accursed love of talk. That is to say, if I talk to Rose Macaulay from 4-6.30: to Elizabeth Bowen from 8-12 I have a dull heavy hot mop inside my brain next day and am a prey to every flea, ant, gnat. So I have shut the book—Sal and Martin in Hyde Park—and spent the morning typing out Roger's memoirs. This is a most admirable sedative and refresher. I wish I always had it at hand. Two days rest of that nerve is my prescription; but rest is hard to come by. I think I shall refuse all invitations to chatter parties till I'm done. Could it only be by Christmas! *A Writer's Diary, 1935. 10. 22.*

340 『세월』을 쓸 때의 나처럼 책 하나 때문에 이토록 고생한 사람이 또 있을까. 책이 나오면 두 번 다시 쳐다보지도 않을 것이다. 이 책을 쓰는 일은 긴 출산 과정과도 같았다. 지난여름을 생각해보라. 아침마다 머리가 지끈거렸고, 잠옷을 입은 나를 강제로 그 방으로 밀어 넣어야 했다. 그리고 한 쪽을 쓰고는 침대에 드러누웠다. 언제나 분명 실패할 것이라는 확신과 함께. 지금은 다행히 그런 확신은 어느 정도 사라졌다. 이젠 그런 확신만 떨쳐낼 수 있다면 누가 뭐라 하건 개의치 않을 것 같다. 그리고 왠지 내가 존중받고 사랑받는다는 느낌이 든다. 그러나 이런 것은 늘 바뀌는, 환상의 안개 속에서 추는 춤일 뿐이다. 다시는 긴 책을 쓰지 않을 생각이다. 하지만 소설은 좀더 쓸 수 있을 것 같다. 장면들이 머릿속에 떠오른다. 어쨌든 오늘 아침은 피곤하다. 어제 너무 긴장하고 정신없이 바빴던 탓이다.

I wonder if anyone has ever suffered so much from a book as I have from The Years. Once out I will never look at it again. It's like a long childbirth. Think of that summer, every morning a headache, and forcing myself into that room in my nightgown; and lying down after a page: and always with the certainty of failure. Now that certainty is mercifully removed to some extent. But now I feel I don't care what anyone says so long as I'm rid of it. And for some reason I feel I'm respected and liked. But this is only the haze dance of illusion, always changing. Never write a long book again. Yet I feel I shall write more fiction - scenes will form. But I am tired this morning: too much strain and racing yesterday. *A Writer's Diary*, *1936. 11. 10.*

341 『세월』에 대해 불안해할 필요는 전혀 없다. 결국에는 잘될 것 같으니까. 어쨌든 이것은 팽팽하고, 현실적이고, 몹시 힘든 책이다. 막 끝냈고, 나는 약간 들떠 있다. 이 책은 다른 책들과는 물론 다르다. 이 속에는 '현실적인' 삶이 더 많이 들어 있고, 더 많은 피와 뼈가 있다고 생각한다. 어쨌든, 질겁하게 하는 물웅덩이도 있고 시작은 좀 삐걱거리지만, 밤에 불안에 떨며 누워 있진 않아도 될 듯하다. 이제는 안심해도 될 것 같다. 나는 진지하게 이렇게 혼잣말을 하곤 한다. 단조로운 기대가 이어졌던 지난 몇 주 동안 나 자신을 지탱하기 위해. 사람들이 하는 말에는 별로 신경 쓸 필요가 없다. 그보다는 엄청나게 우울해했던 '나'라는 여인에

게 경의를 표하고 싶다. 그토록 자주 머리가 아팠고, 그토
록 철저하게 실패를 확신했던 여인에게. 이 모든 것에도 불
구하고 그녀는 그 일을 잘 해냈고, 따라서 축하를 받아 마
땅하다고 생각한다. 낡아빠진 천 조각 같은 머리를 가지고
어떻게 그 일을 해냈는지는 잘 모르겠다. 어쨌든 이젠 좀
쉬어야겠다. 그리고 기번을 읽어야겠다.

There is no need whatever in my opinion to be un-
happy about The Years. It seems to me to come off at
the end. Anyhow, to be a taut, real, strenuous book.
Just finished it; and feel a little exalted. It's different
from the others of course: has I think more 'real' life
in it; more blood and bone. But anyhow, even if there
are appalling watery patches, and a grinding at the
beginning, I don't think I need lie quaking at nights. I
think I can feel assured. This I say sincerely to myself;
to hold to myself during the weeks of dull anticipa-
tion. Nor need I care much what people say. In fact I
hand my compliment to that terribly depressed wom-
an, myself, whose head ached so often; who was so
entirely convinced a failure; for in spite of everything

I think she brought it off and is to be congratulated. How she did it, with her head like an old cloth, I don't know. But now for rest: and Gibbon. *A Writer's Diary, 1936. 11. 30.*

342 솔직히 명성이 떨어진다는 것, 사람들이 예전처럼 열광적이지 않다는 사실은 내게 차분히 관찰할 수 있는 기회를 제공한다. 그와 더불어 나는 사람들과 멀리 떨어진 위치에 있게 된다. 아무도 찾아 나설 필요가 없다. 한마디로 어느 쪽이든 나는 안전하다. 앞으로 열흘간 피할 수 없는 엎치락뒤치락이 끝나고 나면, 느리고 은밀하며 풍성한 봄, 여름, 가을을 기대할 수 있다. 앞으로 다시는 이런 것을 쓰지 않을 수 있기를. 금요일에 서평을 의뢰받게 되면 이 말을 꼭 기억할 것.

And honestly the diminution of fame, that people aren't any longer enthusiastic, gives me the chance to observe quietly. Also I am in a position to hold myself aloof. I need never seek out anyone. In short either way I'm safe, and look forward, after the unavoidable tosses and tumbles of the next ten days, to a slow, dark, fruitful spring, summer and autumn. This is set down I hope once and for all. And please to remember it on Friday when the reviews come in. *A Writer's Diary, 1937. 3. 7.*

343 나는 언제나 본능적으로 스스로를 멍에에 묶는다. 그런 긴장감 없이는 살 수가 없다.

One always harnesses oneself by instinct; and can't live without the strain. *A Writer's Diary, 1937. 3. 12.*

344 '그런 행복은 어디에 있다고 알려져 있든 간에 불쌍한 것이다. 그것은 분명 눈먼 것이기에.' 그렇다, 하지만 나의 행복은 눈먼 것이 아니다. 오늘 새벽 3시에서 4시 사이에 생각한 것인데, 이것은 내가 55년간에 걸쳐 이룬 성과이다. 나는 잠에서 깨어 지극히 평온하고 만족스러운 상태로 누워 있었다. 마치 소용돌이치는 세상에서 깊고 푸른 평온한 공간으로 걸어 들어가 거기서 눈을 크게 뜨고 있는 듯했다. 안전하게, 내게 일어날 수 있는 모든 것에 대비가 된 채로.

'Such happiness wherever it is known is to be pitied

for 'tis surely blind.' Yes, but my happiness isn't blind. That is the achievement, I was thinking between 3 and 4 this morning, of my 55 years. I lay awake so calm, so content, as if I'd stepped off the whirling world into a deep blue quiet space and there open eyed existed, beyond harm; armed against all that can happen. *A Writer's Diary, 1937. 4. 9.*

345 우리는 돈이 생기면 연금 증서를 살까 생각 중이다. 가장 바람직한 것은 돈 때문에 글을 쓰지 않아도 되는 것이다.

We think if we make money of buying perhaps an annuity. The great desirable is not to have to earn money by writing. *A Writer's Diary, 1937. 6. 1.*

346 나는 근본적으로 스스로를 아웃사이더라고 생각한다. 나는 최선을 다해 일하고, 벽을 등지고 있을 때 가장 힘이 난다. 그러나 시류에 맞서 글을 쓸 때면 묘한 기분이 든다. 시류를 완전히 무시하기란 힘들다. 하지만 물론 나는 그렇게 할 것이다.

I'm fundamentally, I think, an outsider. I do my best work and feel most braced with my back to the wall. It's an odd feeling though, writing against the current: difficult entirely to disregard the current. Yet of course I shall. *A Writer's Diary, 1938. 11. 22.*

347 아, 그리고 옷을 입으면서 문득 든 생각인데, 노년이 가까워지는 것과 죽음이 점차 다가오는 것을 묘사하면 얼마나 재미있을까. 사랑을 묘사하는 것처럼 말이다. 쇠약해지는 모든 증상을 기록하기. 그런데 사람은 왜 쇠약해지는 걸까? 나이 드는 것을 또 다른 경험과는 다른 것으로 다루기. 그리고 엄청난 경험인 죽음에 이르는 점진적 단계의 각각을 포착하기. 죽음은 적어도 그것이 다가옴에 있어서는 탄생처럼 무의식적인 것은 아니니까.

Oh and I thought, as I was dressing, how interesting it would be to describe the approach of age, and the gradual coming of death. As people describe love. To note every symptom of failure: but why failure? To treat age as an experience that is different from the others; and to detect every one of the gradual stages

towards death which is a tremendous experience, and
not as unconscious, at least in its approaches, as birth
is. *A Writer's Diary, 1939. 8. 7.*

348 끊임없이 누군가와 함께 있는 것은 고독한 칩거만큼
이나 좋지 않다.

Incessant company is as bad as solitary confinement.
A Writer's Diary, 1940. 8. 10.

349 글을 쓰는 것이 매일의 즐거움이 되어야 한다. 나는
노년의 딱딱함이 싫다. 그런데 내게서 그것이 느껴진다. 나
한테서 삐걱거리는 소리가 나고, 시큼한 냄새가 난다. (…)
데스먼드가 「이스트 코커」(*T. S. 엘리엇의 시)를 칭찬했을
때 나는 질투를 느꼈다. 그래서 나는 늪지를 걸으며 '나는
나다. 남을 흉내 내지 말고 내 길을 가야 한다'라고 스스로
에게 말했다. 그러는 것만이 내가 글을 쓰고 살아가는 것을
정당화할 수 있기 때문이다. 요즘 사람들은 먹는 것을 무척
즐긴다. 내가 차려내는 것은 상상의 식사다.

Writing to be a daily pleasure. I detest the hardness of

old age—I feel it. I rasp. I'm tart. (⋯) When Desmond praises East Coker, and I am jealous, I walk over the marsh saying, I am I: and must follow that furrow, not copy another. That is the only justification for my writing, living. How one enjoys food now: I make up imaginary meals. *A Writer's Diary, 1940. 12. 29.*

레너드에게 남긴 버지니아의 마지막 편지

350

사랑하는 당신에게,

나 다시 미쳐버릴 것 같아요. 또다시 그런 끔찍한 시간을 견뎌낼 자신이 없어요. 이번에는 회복되지 못할 거예요. 환청이 들리기 시작하고 집중할 수가 없어요. 그래서 최선으로 여겨지는 일을 하려고 해요. 당신은 내게 너무나 큰 행복을 안겨주었어요. 당신은 모든 면에서 최고였어요. 이 무서운 병이 닥치기 전까지 우리 둘보다 더 행복한 사람들은 없었을 거예요. 난 더 이상 버틸 수가 없어요. 나는 알아요. 내가 당신 인생을 망치고 있고, 내가 없으면 당신은 일할 수 있다는 것을. 이제 당신은 그럴 수 있을 거예요. 봐요, 이 편지도 제대로 못 쓰잖아요. 읽는 것도 힘들어요. 내가 말하고 싶은 것은, 내 인생의 모든 행복은 당신 덕분이라는 거예요. 당신은 내게 한없는 인내를 보여주었고 믿을 수 없을 만큼 잘해줬어요. 다른 사람들도 모두 그 사실을 알고 있다는 말을 하고 싶어요. 누군가가 나를 구할 수 있었다면, 그건 바로 당신이었을 거예요. 이제 모든 것이 떠나간 지금 내게 남은 것은 당신의 선함뿐이에요. 더 이상 당신 인생을 망칠 수는 없어요.

세상 어느 누구도 우리 둘만큼 행복할 수는 없었을 거예요.

1941. 3. 28.

버지니아

Dearest,

I feel certain I am going mad again. I feel we can't go through another of those terrible times. And I shan't recover this time. I begin to hear voices, and I can't concentrate. So I am doing what seems the best thing to do. You have given me the greatest possible happiness. You have been in every way all that anyone could be. I don't think two people could have been happier till this terrible disease came. I can't fight any longer. I know that I am spoiling your life, that without me you could work. And you will I know. You see I can't even write this properly. I can't read. What I want to say is I owe all the happiness of my life to you. You have been entirely patient with me and incredibly good. I want to say that—everybody knows it. If anybody could have saved me it would have been you. Everything has gone from me but the certainty of your goodness. I can't go on spoiling your life any longer.

I don't think two people could have been happier than we have been. V.

1941. 3. 28

'버지니아 울프의 문장들'에 인용된 저작들

♦ 장편소설

『The Voyage Out』(출항, 1915)

『Night and Day』(밤과 낮, 1919)

『Jacob's Room』(제이콥의 방, 1922)

『Mrs. Dalloway』(댈러웨이 부인, 1925)

『To the Lighthouse』(등대로, 1927)

『Orlando』(올랜도, 1928)

『The Waves』(파도, 1931)

『The Years』(세월, 1937)

『Between the Acts』(막간, 1941)

♦ 일기의 다양한 버전

『A Passionate Apprentice: The Early Journals, 1897-1909』

『A Moment's Liberty: The Shorter Diary』

『A Writer's Diary』(1953)

『The Diary of Virginia Woolf』

♦ 버지니아 울프의 편지 모음집

『Congenial Spirits: The Selected Letters Of Virginia Woolf』
『The Letters of Virginia Woolf』
『The Selected Letters Of Virginia Woolf』

♦ 『자기만의 방』과 기타 에세이

『A Room of One's Own』, 「Professions for Women」, 「Women and Fiction」, 「A Sketch of the Past」(＊회고록), 「Three Guineas」, 「Modern Fiction」, 「Street Haunting: A London Adventure」 외 여러 에세이

버지니아 울프 연보

1882년   1월 25일, 런던 사우스 켄싱턴의 하이드 파크 게이트 22번지에서 태어남. 결혼 전의 이름은 애덜린 버지니아 스티븐.

1895년(13세)   5월 5일, 어머니 줄리아 스티븐이 세상을 떠남. 얼마 후 버지니아 울프의 신경증 증세가 처음으로 나타남.

1896년(14세)   11월, 언니 버네사와 프랑스를 여행함.

1897년(15세)   4월 10일, 이복 언니인 스텔라가 결혼함. 7월 19일, 스텔라가 사망함. 11월, 킹스 칼리지 런던의 여성부에서 고전과 그리스어와 역사를 배움.

1899년(17세)   버지니아의 오빠 토비가 케임브리지 대학교의 트리니티 칼리지로 진학하여 훗날 블룸즈버리 그룹Bloomsbury Group의 멤버가 될 리턴 스트레이치, 레너드 울프, 클라이브 벨 등과 친교를 맺음. 버지니아의 동생 에이드리언도 1902년에 토비를 따라 트리니티 칼리지로 진학함.

1904년(22세)　2월 22일, 아버지 레슬리 스티븐 경이 세상을 떠남. 봄에 언니 버네사(애칭은 네사)와 친구 바이올렛 디킨슨과 이탈리아 여행을 떠남. 5월 10일, 두 번째 신경증 증세를 보인 뒤 석 달간 병석에서 지냄. 토비, 버네사, 버지니아, 에이드리언 네 남매는 하이드 파크 게이트를 떠나 블룸즈버리의 고든 스퀘어 46번지로 이사함. 12월 14일, 처음으로 〈가디언〉에 서평을 기고함.

1905년(23세)　3~4월에 포르투갈과 스페인을 여행함. 신문과 잡지에 서평을 발표하고, 런던 몰리 칼리지에서 일주일에 한 번씩 근로자들을 위한 야간 강의를 시작함.

1906년(24세)　9~10월 그리스를 여행함. 함께 그리스를 여행했던 오빠 토비(26세)가 여행에서 돌아온 뒤 11월 20일 장티푸스로 사망함.

1907년(25세)　2월 7일, 버네사가 클라이브 벨과 결혼함. 버지니아는 에이드리언과 런던의 피츠로이 스퀘어 29번지로 이사함. 첫 장편소설 『멜림브로시아Melymbrosia』(훗날 『출항』의 가제)를 쓰기 시작함.

1908년(26세)　9월, 벨 가족과 이탈리아와 프랑스로 여행을 떠남.

1909년(27세)　2월 17일, 리턴 스트레이치가 청혼을 했다가 곧

바로 취소함. 4월에는 피렌체를, 8월에는 독일의 바이로이트와 드레스덴을 방문함.

1910년(28세)　　1월, 여성의 선거권을 위해 일함. 6~8월, 트위크넘의 요양원에서 한동안 머묾. 2월 7일, 영국의 전함 드레드노트호를 상대로 '드레드노트 사기극Dreadnought hoax'을 벌임. 호러스 드 비어 콜Horace de Vere Cole은 검게 분장한 버지니아 울프와 그녀의 동생 에이드리언 스티븐 등의 일행을 아비시니아(에티오피아 옛 이름) 왕족으로 속여 영국 해군에게 소개했는데, 이들을 실제 왕족으로 믿은 해군 측에서는 그들을 환대하며 전함을 구경시켜줌. 이들이 걸핏하면 "붕가 붕가!Bunga Bunga!"라는 감탄사를 남발하는 바람에 '붕가 붕가'라는 말이 한때 유행어가 됨.

1911년(29세)　　4월, 터키를 여행함. 11월, 피츠로이 스퀘어를 떠나 런던 블룸즈버리의 브런즈윅 스퀘어 38번지로 이사함.

1912년(30세)　　트위크넘의 요양원에서 며칠간 머묾. 8월 10일, 블룸즈버리 그룹의 멤버였던 레너드 울프와 결혼함. 프로방스(프랑스), 스페인, 이탈리아로 신혼여행을 떠남. 10월, 런던의 클리포즈 인Clifford's Inn 13번지로 이사함.

1913년(31세)　　3월, 『출항』의 원고를 출판업자에게 넘김. 여름 대부분을 아픈 상태로 보냄. 9월 9일, 다량의 신경안정제를 먹고 자살을 기도함.

1914년(32세)   7월 28일, 제1차 세계대전 발발. 8월 4일, 영국이 독일에 선전 포고를 함. 10월, 울프 부부가 서리 주의 리치먼드, 그린 가(街) 17번지로 이사함.

1915년(33세)   3월 초, 부부는 다시 파라다이스로(路)의 호가스 하우스(훗날 그들이 세운 출판사의 이름이 됨)를 구입하여 이사함. 3월 26일, 첫 번째 장편소설 『출항』을 이복 오빠인 조지 덕워스가 운영하는 덕워스 출판사에서 출간함.

1916년(34세)   10월 17일, '여성협동조합' 리치먼드 지부에서 강연함. 〈타임스 리터러리 서플리먼트〉에 정기적으로 서평을 기고함.

1917년(35세)   부부가 호가스 출판사를 설립하고 첫 책으로 『두 개의 이야기』라는 단편집을 펴냄. 이 단편집에는 버지니아의 「벽에 난 자국」과 레너드 울프의 「세 유대인」이 함께 실려 있음. 두 번째 장편소설 『밤과 낮』을 쓰기 시작함.

1918년(36세)   신문과 잡지 등에 서평을 기고하고, 『밤과 낮』을 집필하고 호가스 출판사를 위한 조판 작업을 함. 11월 15일, T. S. 엘리엇을 처음 만남.

1919년(37세)   7월 1일, 서섹스주 로드멜의 멍크스 하우스를 구입함. 10월 20일, 덕워스 출판사에서 『밤과 낮』 출간.

1920년(38세)　저널리즘에 매진하면서 세 번째 장편소설 『제이콥의 방』 집필 시작.

1921년(39세)　11월 4일, 『제이콥의 방』 탈고.

1922년(40세)　10월 24일, 호가스 출판사에서 『제이콥의 방』 출간. 12월 14일, 비타 색빌웨스트를 처음으로 만남.

1923년(41세)　3~4월, 스페인을 여행함. 『댈러웨이 부인』의 첫 번째 버전인 '시간들The Hours' 집필 시작.

1924년(42세)　런던의 블룸즈버리로 돌아온 울프 부부는 태비스톡 스퀘어 52번지를 10년간 대여해 그곳 지하실에서 호가스 출판사를 운영했고, 버지니아는 그곳에 자신의 집필실을 마련했다.

1925년(43세)　4월 23일, 에세이집 『보통 독자The Common Reader』 출간. 5월 14일, 호가스 출판사에서 『댈러웨이 부인』 출간.

1926년(44세)　『등대로』 집필 시작.

1927년(45세)　3~4월, 프랑스와 이탈리아를 여행함. 5월 5일, 『등대로』 출간. 10월 5일 『올랜도』 집필 시작.

1928년(46세)　4월, 『등대로』로 페미나상을 수상하고 상금 40파운드를 받음. 10월 11일, 『올랜도』 출간. 10월 20일과 26일에 케임브리지 대학교의 두 여성 칼리지에서 '여성과 픽션'에 대해 강연함.

1929년(47세)　1월, 베를린을 여행함. 10월 24일, 1928년의 강연문을 수정하고 보완하여 『자기만의 방』 출간.

1930년(48세)　5월 29일, 『파도』의 첫 번째 버전을 끝냄.

1931년(49세)　4월, 자동차로 프랑스를 여행함. 10월 8일, 『파도』 출간.

1932년(50세)　10월 13일, 『보통 독자: 두 번째 이야기』 출간. 『세월(가제: 파지터 가문 사람들The Pargiters)』 집필 시작.

1933년(51세)　5월, 자동차로 프랑스와 이탈리아를 여행함. 10월 5일, 『플러시』 출간.

1935년(53세)　5월, 자동차로 네덜란드, 독일, 이탈리아를 여행함.

1936년(54세)　『세월』 탈고.

1937년(55세)　3월 15일, 『세월』 출간.

1938년(56세)　6월 2일, 『3기니』 출간.

1939년(57세)　　런던 블룸즈버리의 메클렌버그 스퀘어 37번지로 이사했지만 대부분 서섹스주 로드멜의 멍크스 하우스에서 지냄. 『막간』을 쓰기 시작함. 런던에서 프로이트를 만남. 9월 1일, 제2차 세계대전 발발.

1940년(58세)　　7월 25일, 『로저 프라이: 전기』 출간. 9월 10일, 메클렌버그 스퀘어의 집이 폭격을 당함. 10월 18일, 폭격으로 태비스톡 스퀘어 52번지가 파괴되는 것을 지켜봄. 이후 런던을 떠나 로드멜의 멍크스 하우스에서 지냄. 11월 23일, 『막간』 탈고.

1941년(59세)　　2월 26일, 『막간』의 교정을 봄. 제2차 세계대전이 발발한 뒤부터 점점 더 죽음에 대한 강박관념에 사로잡힘. 신경증이 재발하고 환청이 들리기 시작함. 3월 28일, 레너드 울프와 언니 버네사에게 각각 편지 한 통씩을 남긴 뒤 멍크스 하우스 부근의 우즈강으로 향한 버지니아는 코트 주머니에 커다란 돌멩이를 넣은 채 강물 속으로 걸어 들어갔다. 그녀의 시신은 21일이 지난 4월 18일에야 발견되었고, 레너드 울프는 화장한 그녀의 유해를 멍크스 하우스의 정원에 있는 느릅나무 아래에 묻었다.